评论的进阶

张立波 ◎ 著

ADVANCED REVIEWS

百花洲文艺出版社
BAIHUAZHOU LITERATURE AND ART PRESS

图书在版编目（CIP）数据

评论的进阶 / 张立波著 . -- 南昌 : 百花洲文艺出版社 , 2024. 8. -- ISBN 978-7-5500-4910-9

Ⅰ . I206.7-53

中国国家版本馆 CIP 数据核字第 2024HP7113 号

评论的进阶

PINGLUN DE JINJIE　　张立波　著

出 版 人　陈　波
责任编辑　杨　旭
装帧设计　文人雅士文化传媒
出 版 者　百花洲文艺出版社
地　　址　南昌市红谷滩区世贸路 898 号博能中心一期 A 座 20 楼
电　　话　0791-86895108（发行热线）0791-86171646（编辑热线）
邮　　编　330038
经　　销　全国新华书店
印　　刷　廊坊市海涛印刷有限公司
开　　本　880 毫米 X1230 毫米　1/32
印　　张　14
字　　数　297 千字
版　　次　2024 年 9 月第 1 版
印　　次　2024 年 9 月第 1 次印刷
书　　号　978-7-5500-4910-9
定　　价　86.00 元

赣版权登字 05-2024-206

网址：http://www.bhzwy.com
图书若有印装错误，影响阅读，可与承印厂联系调换

序言

这是我的第一本评论集，以书评为主。

从读漫画书时起，我们会很自然地谈论一本书的好看与否，这种谈论堪称每个人最早的“书评”。开始写作文后，读后感是一种基本的体裁，好读书，也就好写读后感。中学和大学阶段浏览了大量的新时期文学作品，特别是大型文学期刊上发表的中长篇小说，遗憾的是，当时所写的读后感荡然无存，只记得读大学时写过《罗亭》的读后感，《小城之恋》的读后感，并且，后者略有书评的意味。现存最早的评论文章，是收录在《世界华人诗歌鉴赏大辞典》中的八篇诗评，是在诗人韩惊鸣的邀约下而写的。这些文章，成就了本书的第一辑“诗歌评论”。

1996年7月，到《教学与研究》杂志社当编辑，出于工作的需要，写作了《〈马克思主义哲学全书〉出版》和《〈漫步遐思：哲学随想录〉出版》，这是公开发表的最早的两篇书评。前者更多地具有介绍的性质，比较客观；后者则不乏评论的意趣，展现了个人的主观感受。此外，还写过一篇《“人文丛书”

座谈会纪要》。这些文章，形成了本书的第二辑“新书介绍”。值得一提的是，1998年，给《现代化与文化选择——国门开放后的文化冲突》写过一篇短评，发表在上海的一家报纸上，文章和报纸的名称都不记得了，不过，可以确信副标题中有“读”或“评”而无“出版”字样。

2007年到2009年间，每天坚持写博客，其中包含大量的书评，亦有很多的读书感想，这些文章结集为《坐言起行录》，由中国言实出版社出版。现从中择取若干，分别编入第三辑“知人论世”和第四辑“读书随想”。从一个作者的评论性文字，可以看出他的思想和性情，亦能看出他所处的时代，当然，还能唤醒读者的情绪，激发读者对自己所处时代的思考。自己在读书的过程中，难免产生方方面面的想法，读书是有趣的，读书不是一件容易的事，读书是有意义的，读书带动思考和写作，等等，这些想法构成广义的书评，与书有关的、书内书外的话语都属于书评。

自从读博士时起，关注文本解读的方法，对语言学、叙事学、符号学和话语分析情有独钟。围绕马克思文本的解读，陆续撰写了《从修辞学视角看马克思的文本》《读者批评与马克思文本的解读》等文章；从事马克思主义中国化的早期或“史前”研究以来，基于五四新文化运动时期的史料撰写了《五四时期的妇女话语》《五四时期社会主义话语》和《五四时期唯物史观话语》等论文，此外，还写作了《〈血路〉：人物研究的范式》《蓦然回首：〈张申府访谈录〉释读》《穿越回忆的缝隙：以〈“一大”前后〉为例》等论文。这些文章都不是通常意义上的书评，而是属于文本细读和话语分析，其旨趣不在于评价书的好坏得失。书无论好坏，已然成形，或者是资料集，或者是研究类著作，文本细读和话语分析的用意在于拆解与重构，使小书成为“大书”，大书成为“巨书”，问题的、议题的和论题的“巨书”。本书第五辑“文本细绎”所展现的，就是这一类型的作品。

2008年，孙正聿教授的著作《哲学通论》出版十周年，我应邀写作评论，考虑再三，比较张世英、孙正聿、王德峰三位老师的《哲学导论》，写就《从“原理”到“导论”：哲学基本观念的变迁》一文，方方面面的反响都比较好。这篇文章已然具有学术思想评论的意味。之后，撰写了《主体的执着:〈面向实践的反思〉之反思》《学术、思想与时代的有机契合——兼评〈重释历史唯物主义〉》《从〈走向历史的深处〉到〈回归生活〉——陈先达哲学随笔的意义与地位》《实践、历史和中国式现代化的哲学沉思——杨耕作品系列的意义与地位》等论文。这些文章都有向学术、思想和时代致敬的题旨，一本书表征了一个时代，引领了一个时代，书评也就具有了学术思想和时代评论的意趣。本书第六辑“思想阐扬”所集结的，就是这一风格的作品。

过去二十年间，先后在《珠江环境报》《福建日报》《光明日报》《中国图书评论》等报刊上发表过一些书评。2015年以来，在从事乡村文化和城市意象的田野实践过程中，对广义的文本有所阐发，这些堪称日常生活实践的“书评”。总体而言，学术界对书评不是很重视，对国人所写的新著更是比较轻视，首都师范大学编辑出版的《马克思主义哲学评论》辑刊可谓是对这种状况的一种扭转，其主旨是“当代中国”的马克思主义哲学评论，对当代中国马克思主义哲学研究的“评论”。我应邀负责“佳作短评”栏目，每辑选择五本书，分别写出四五百字的评论，该评论已经出版了七辑，我也就发表了三十五篇书评。本书第七辑“道长论短”所选录的，主要是这些方面的作品。

“溪上遥闻精舍钟，泊舟微径度深松。青山霁后云犹在，画出东南四五峰。”唐代郎士元的这首诗，亦可解为评论的旨趣。将自己的评论文章结集成册，用意在于回顾与总结，而非在评论写作上取得了多大的成绩。相对于学术专著，这些文字更能体现自己的思想痕迹，借助于这些痕迹，自己所写的学术论著的价值当能更为明朗，更为清晰。

是为序。

2023年8月18日

目录

第一辑　诗歌评论

【中国台湾】彩羽:《端居在芒果树下》

树在我的
屋瓦上文身，屋顶，常是
深绿深绿的
浓荫的覆盖，室内充溢着
巨树的芬芳

自那日，蓦地
看到芒果花开，几乎终天
自己都在为树打扫着
些许断柯和叶子，始从雀鸟初啼
而到鸣蝉的喧嚷
今儿，突有
一枚熟透了的果子，从空中
跌落了下来
拾在手中，我知道的
这并不是它的失足，而只是
树所投给我——一枚熟透了的喜悦

【作者简介】

彩羽，本名张恍，湖南长沙人，1928年生。现在台中经营书报摊，创世纪诗社同仁，著有诗集《浊流溪畔》(与方良、同伯乃、丁颖等合著）及散文集等。

【诗歌赏析】

一棵树、一朵花、一阵风、一抹云，都可以成为诗人关注的中心，或洋洋洒洒，或执其一端。究其根本，在于人类的生命进程中，自然已经打上了鲜明的人性的烙印，不再是绝对的自然，而与我们人类相融相通。自然和人类拥有同样的本质属性——时间，它以抽象、运动的形态表现出来，主要特征是变化，变化最终必然导致充盈和丰美；人类在自然的发育成熟中反悟自身，怎能不由此而喜怒哀乐？语言交流往往是贫乏而无力的，人类与生俱有触景生情的本能。更重要的，自然拥有另一个本质属性——空间，因而它宽宏、博大、无垠无际，许多时候，以其无所不在、无所不至，静静而永恒地君临尘世，庇护着我们，充实着我们，让我们在花草树木、季节更替中感受着美好、温馨和欢乐，让我们成为自然的一个单元。物我同一为自然罩上了浓郁的感情色彩，又使人类具备了自然的某些个性与特征，从而在一定程度上拓展了人类的感觉和思想。而且，自然以其广阔的生命力和永恒的魅力，赢得了人类的感激和尊崇，热爱和敬仰。彩羽的《端居在芒果树下》展示的那株巨硕丰茂的芒果树，像位真正的大师，荡涤着诗人的灵魂，在芒果树的开花结果中，诗人也走向成熟的喜悦。与其说这首诗表述了芒果树在诗人眼里的风情万种，不如说是揭示了一位“端居在芒果树下”的诗人的心路历程。

据说诗人总是和冥冥之神灵犀相通的，有意无意之间借助于外在之物，获得天启神谕，灵感随之奔涌而来，美妙诗篇即兴而成。诗人彩羽显然是通过芒果树而感悟的，“树在我的/屋瓦上文身”，树是主动者，它在诗人经意或不经意的时候“文身”，以打磨诗人的肉体和灵魂，激发诗人新的感觉。“文身”这个比喻可谓入木三分，深刻地刻画出芒果树的良苦用心和诗人的感触之深。自然产生一个疑问：“文身”的意义和目的何在？“屋顶，常是/深绿深绿的”，言及“文身”对于诗人视觉的作用。一幅深绿的画面，色、香、味俱全，无疑为诗人开辟出一个隽永馥郁的世界，让诗人沉浸其中，流连其中。设想一下，芒果树下端居的诗人阖目独坐，或思或憩或神游，或者捧卷熟习，聚精会神，这是一种多么自在、凝重而充满神秘气息的意象。“充溢”二字将婆娑的树影和芒果树的芬芳联系起来，呈现出动态的美，其生动形象自不待言。

“自那日，蓦地/看到芒果花开，几乎终天/自己都在为树打扫着”，第二节伊始，“蓦地”一词使得意绪迭起，有一种将画面突然拉近的感觉，喻示了诗人和芒果树的遽然亲近。“芒果花开”应该是亲近感的渊源，它照应的是诗人智慧之门的洞开。假若说“树在我的/屋瓦上文身”时诗人尚且混沌，现在则清醒地感觉到了自己每天都在为树所打扫，自我意识应运而生。从“雀鸟初啼”的早春，到“鸣蝉的喧嚷”的盛夏，断柯一直结实，叶子持续深绿，诗人也在不断地深沉而明澈。“今儿，突有/一枚熟透了的果子，从空中/跌落了下来”，因熟透而跌落，形象地显示出不可阻挡的成熟，它在诗人不曾准备时重重地跌落下来。诗人将果子“拾在手中”，就是将“一枚熟透了的喜悦”拾在手中。

这枚熟透了的果子，就是“文身”和诗人“为树打扫着”的最美丽的结果。“文身”是要受皮肉之苦的，得有坚强的毅力，而“芒果花开”后“为树打扫着”的诗人，则是自觉自愿地端居在芒果树下了，他知道最后的恩赐。诗人未敢奢望，而果子就在手中，喜悦之情足以想象。

纵观全诗，芒果树或者别的什么树仅仅是一种象征，也可以是一本书，一方天空，或者星夜的天空下，或者蔚蓝的天空下，在时间无声地流逝中，我们感悟到极大的撞击，撞击之余心智豁然开朗，灵感纷至沓来，自信与欢愉随之而生。

《端居在芒果树下》最大的特色在于它的生动、可感，作者通过几个具有代表性的画面，寥寥几笔，就勾勒出了芒果树下端居的诗人的神态和心理演绎轨迹。格调清新，意趣盎然，散发出哲理和美的光泽。

【中国澳门】陶里：《无题》

马蹄达达
风卷尘埃飞上火红门墙翡翠瓦
风光是这边的好 朋友
我无意让你惊讶我是如此匆匆
马属于我
我属于不定方向标的前路
却一直没有忘怀
与你一同铸造而又失落的剑
道路属于我 而且
永远属于我 我因此快乐
快乐我曾经是
你家门外的无语过客

【作者简介】

陶里，澳门著名诗人、作家。原名危亦健，1937年生。厦门大学毕业，幼时随父亲旅居越南南部，受华文教育，后旅居中印半岛从事华侨教育工作数十年，足迹遍及越南、柬埔寨、老挝和泰国。六十年代进入香港文坛，诗作发表于《文艺世纪》。作品散见《澳门日报》《华侨报》《香港文艺》《诗与评论》及大陆报刊。出版诗集《紫风书》，小说集《春风误》，散文集《静寂的延续》，散文和小说合集《今且有言于此》等。

【诗歌赏析】

世界上的一切事物都处于永不停息的运动变化之中；任何事物都是运动变化发展的，都有其产生、发展、消亡的历史，都有其过去、现在和未来；一成不变和永恒的事物是不存在的。人的一生也是如此。自从降生到这个世界上，就“哇哇”地舞动着小手，蠕动着双足，试图将某些东西抓在手中。思考、行动、奔波、劳顿，为了生存，为了发展，为了理想和爱情，不停地奋斗和争取。往往，目标并不很重要，目的地能否到达并不很重要，只要一步一个脚印，只要每一天都比昨天超越，人生的意义和价值就显现于永无止境的前进的旅程之中，而不在于得到或者失去。向前、向前，一直向前，是奋斗者永不疲倦的信念，而且就在这个过程之中，他们感受到最内核最本质的幸福与乐趣。《无题》中的主人公“我”显然就是这样的一个人。

“马蹄达达/风卷尘埃飞上火红门墙翡翠瓦”，诗篇伊始，展现了这样一幅图景：城外的驿道上，一骑快马飞驰向前，急促的马蹄，腾起滚滚尘埃，似浪涛奔涌，似乱云澎湃，嗒嗒嗒嗒，一路而来。马如此精神，马上的人自然更有气魄。我们很容易联想起武侠小说里的侠客，骑马，他能骑最快的马，也能骑最烈的马；击剑，他一剑能刺穿大将身上的铁甲，也能刺穿春风中的柳絮；他眼观六路，耳听八方，马不停蹄，直奔城池。马蹄如风，卷起地上旧年的积尘，纷纷扬扬，飞向街道两旁的门墙和屋宇。“火红门墙翡翠瓦”大抵是说城里的富足诱人。

但是，“风光是这边的好，朋友/我无意让你惊讶我是如此匆匆”，我无意也不会停留；“马属于我/我属于不定方向标的前路”。这里道出了马上人“我”的豪迈雄壮的心声。“我”手执缰绳，快马加鞭，仅仅向朋友幽静的院落瞥了一瞥，便一纵而过，丝毫没有羡慕和留恋。许多人贪图安逸平静的生活，不思进取，极容易满足，诗中的“朋友”就是这种人。“我”却执意认为，真正的风光在御马而飞的生涯中，“马属于我”就是奔驰属于“我”，前进属于“我”，奔驰和前进是“我”终生的追求。没有什么让“我”知足，没有什么能让我止步，道路是没有尽头的，“我”就努力地一直走下去。生命的内涵需要不断地充实与提高，无论取得什么样的成就，都没有理由从此歇下脚来；“我属于不定方向标的前路”。

“却一直没有忘怀/与你一同铸造而又失落的剑”，这句诗表述了“我”对于朋友的一种怀念。虽然“我”没有停下马来拜访朋友，却怎能不想起往昔和朋友相处的时光？俩人曾经一同习武练剑，策马奔腾，相约终生浪迹天涯，四海为家。可是，不久以后，朋友中途变卦，也许是厌倦了江湖生活，也许是淡漠了雄心壮志，也许是为某种利益所诱惑，定居下来，安度余生。“我”只好独自挥鞭而去。今日路过朋友家门，不禁往事历历在目，感喟万千。“与你一同铸造而又失落的剑”可以理解为俩人昔日共同的志向或者相伴的年月，“我”充满了追忆、遗憾和感怀，然而信念如旧，永不悔改。进一步深化了“我”的坚定与执着。

“道路属于我　而且/永远属于我　我因此快乐”，点明了快乐的主题。追寻的过程尽管风餐露宿，艰难曲折，坎坷不平，然而快乐就在其中。永远的追寻，永远的快乐。“我”的雍容大度跃然纸上。“快乐我曾经是/你家门外的无语过客”，是的，“我”快乐，虽然朋友的房宅“火红门墙翡翠瓦”。拥有金钱、财富或者天伦之乐，但“我”不屑一顾，因为许多年了，“我”依然雄心不已，志在云霄。“无语”一词，值得玩味。这四句一如前面的风格，铿锵有力，潇洒至极，我们仿佛看到一骑快马自原野上来，又向原野上去，只留下风尘弥漫，久久不散。这让我们忆起香港著名武侠小说作家鬼谷子的《欢乐大侠》题记：谁说英雄寂寞？我们的英雄就是快乐的！

这首自白式的宣言，流畅地从诗人心中倾泻而出，有着强烈的感染力量，是陶里的优秀篇章。读罢全诗，我们不能不为一种撼人心魄的精神所折服，受到鼓舞，得到信心。

【美】林泠:《七重天》

七重天啊，在白色的伞盖下，他的额际展开如草原
收集着，从一个神奇的面上沁出的，七月的晴朗

而恋人们的心，总是长着浅浅的苔
总是湿润；啊，那日子，总是“昙”。

七月是另一个星系秩序的轮回
拂晓相遇，傍晚别离
而白昼是这样静静地度过，为着
争论热带风信子的颜色，和偶然记不清的乐句一小节

【作者简介】

林泠，本名胡云裳。1938年生于重庆江津。台湾大学毕业，美国弗吉尼亚大学博士，现居美国。著有《林泠诗集》。

【诗歌赏析】

生命与自然、爱情与时空构成一幅错综复杂的画面。斗转星移，四季轮回，草木一枯一荣，而天空依然博大恢宏，一如自然的永恒。生活在一望无际的天空下，人们怎能不感到强烈的震撼？生命的短暂可谓过眼云烟，转瞬即逝，人们来不及抓住什么便撒手而去，徒留无限怅惘。追寻叫作爱情的东西，爱情的天地却是那样的迷茫而狭小，且不说彼此之间的隔膜、

争执、赌气、不快，即使心心相印的恋人，往往天各一方，地域遥遥，相聚苦短，分离时长，甜蜜和忧伤成为永恒的主题。千百年来，爱情故事或悲或喜，演绎万千，诗人骚客也留下了优秀的爱情篇章，情节诸般，莫衷一是。林泠的《七重天》正是表达了一种难言的无奈。

沐浴在爱河里的芸芸众生，眼中只看见对方，心底只装着对方，而对于周围的一切，总是熟视无睹，充耳不闻，彻底沉浸在两人世界里。偶尔，不经意地走出来，站在林子里，忽然产生一种刻骨铭心的感觉。读林泠的诗，首先显现在读者脑海中的是这样一种景观：七月的地平线上，一个人抬起头来，仰望邈远的天空，她的神色宁静而执着。她看到了什么？她想到了什么？追随她的目光，读者进入了七月的天空。

这是晴朗的日子。“白色的伞盖”一词，荡溢出深深的迷醉和感恩。的确，七月的天空清淡祥和，明澈悠远，有一种宽广的包容精神，它让我们幸福、平静和愉悦，它让我们的思想自由自在地伸展，让我们心旷神怡、气度非凡。“他的额际展开如草原”，这个句子既是拟人，又是比喻，从爱的小屋里走出的她，感受到和天空之间的神秘的亲近，天空宛若另一个男子，一个高高大大、气势豪迈的男子，呼唤着她，感染着她，包容着她，她读到了他如草原般的胸怀。外面的世界很精彩。

记得古希腊的一位哲学家说过这样的话：恋人的心和神相通。原因大概在于异性之间的交流、沟通和亲近类似与神的接近，那么恋爱中的人比较容易和神呼吸与共。这个神，就是天空、大地、河流与自然的一切。

诗的第二节由外在描述转向恋人心理的写照。这个恋爱中的女子，收回了长长的目光，审察和省思自己的爱情。“而恋人们的心，总是长着浅浅的苔/总是湿润；啊，那日子，总是‘昙’”。这是对于恋爱心理极其细腻而真实地披露。人们在这个世界上生活，总要寻找到自己的另一半，因为半个球是无法滚动的。而历史和现实的种种局限，个人自身的缺陷，使得大多数人都不能觅得匹配的另一半，恋爱非但不能扩展自己，甚而成为一种束缚。在七月晴朗的天空下，恋人们的心苍白而布满浅浅的苔藓，恋爱的日子，总是云彩密集的昙。“苔”和“昙”形象地表现了恋爱世界里的忧郁、愁虑、无所适从以及无可奈何的感觉和思想。

纵然爱情不如想象中的美妙，不如渴望中的新奇，或者，恋人并不是那样称心如意，爱情故事还是要继续下去的。约会，并且在约会结束的时候定下再一次的约会时间，就像“七月是另一个星系秩序的轮回/拂晓相遇，傍晚别离”，简单而又单调。“而白昼是这样静静地度过，为着/争论热带风信子的颜色，和偶尔记不清乐句一小节”，表述了恋人们相处的时光。风信子是一种花，“争论热带风信子的颜色”大抵是说恋人们热烈的争论和探讨，诸如爱的真谛、生命的内核、灵魂的实质，或者是共同欣赏过的而今“偶然记不清的乐句一小节”。许多时候，恋人们平平淡淡地相处，就像“白昼是这样静静地度过。”最后一节道出了爱的过程并不总是大起大落，风云变幻，似觉平淡，但恰恰是平淡之中蕴藏着无法舍弃的情意。

如前所述，《七重天》一诗建立在某种对立之上。这种对立是通过诗的结构和韵律表现出来的。在结构上，诗分三节，第一节勾勒出七重天的灿烂光辉，第二节转向恋爱的心理直觉，最后一节是对于爱情的递进式的沉稳的经验式描述。在韵律上，第一节轻灵明朗，后两节沉缓舒静，形成鲜明的对照。

法国有首古老的民歌唱道："爱之欢乐仅存瞬间，爱之痛苦却贯穿终生。"这种人类经验是文学艺术永远关注的焦点，因为它反映了某种真实的情况，虽然这种见解同强调欢乐的浪漫爱情是格格不入的。林泠正是从这个视角表现恋情，使之呈现出新的意趣，给人以新的感受和启发。

【美】林绿：《旋转的灯光》

他们皆惊愕于此舞姿
当我旋转，以快速的华尔兹
旋转着旋转的灯光
整座天籁也沉默了
奔放不出一组谐音

覆盖下来，斑斓的灯光如无声的空气
狐步跨不出去
我以快三步旋转着
浓妆而苍白的夜色与不能隔绝的噪音
重叠有若沙尘
强吻着发痒的面颊

而纵然快速且晕眩着一丝欢愉
这城池亦属荒地
而七彩的水晶球碎裂瓣瓣空茫
且反射着狂欢凄凉的背影

【作者简介】

林绿，本名丁善雄，海南文昌人，1941年生。美国西雅图华盛顿大学博士。曾任台湾师范大学英研所教授，文化大学英研所教授。著有诗集《十二月的绝响》，评论集《隐藏的景》

等。曾获中山文艺奖及海外文艺学术奖。

【诗歌赏析】

个体与群体的冲突和矛盾，一直贯穿于人类生存与发展的历程，恐惧从众而迷失自我，又担心独断而被众人遗弃，思想深处渴望个性与寻求共性的斗争，使得个性成熟的人，无时无刻不在强忍着孤独的煎熬和远离人群的深刻痛苦。许多时候，我们彬彬有礼，左右逢源，依据文明世界的准则，保持一种适可而止的形象，和大众格调一致，在“彼此彼此”中相安无事，其乐融融。在人群之中，我们看不到自己。直到有一天，久为理性所束缚的内在欲求訇然而起，像一股强大的气流裹挟着我们；于是，我们无所顾忌，想唱就唱个够，想跳就跳个痛快，想玩就玩个尽兴，想疯就疯到底，为所欲为地表达自我，宣泄自我，自由自在，逍遥自得。我们成为真正的自己，与生俱来的自己，长大了以后渴求寻找回来的自己，纵然周围充斥着疑惑、诧异、不屑甚至愤愤不平，纵然在世俗的眼光里，我们破坏了习惯的秩序和规矩。遗憾的是，这样的时光何其短暂，迷狂之后，想想自己和世界的偌大反差，怎能不由衷地悲哀，为自己，为别人，为人生，为命运。迷狂之后，我们依然得披上理智的外衣，不偏不倚地回到人群中去。也许，人的一生，就是不断地在自我意识与认同观念之间的开阔地带上旋转、跳跃、奔波、劳顿，永远都不甘心。于是，永远的空茫，永远的凄凉。《旋转的灯光》里，诗人正是表达了这样一些感觉和思想。

当舞池里的一切郑重严肃、有张有弛地进行时，舞者

“我”宛若从天而降，以快速华尔兹旋了进来，咄咄逼人，使得“他们皆惊愕于此舞姿”。“他们”当然是舞池里的芸芸众生了。稍有舞蹈常识的人都知道，快速华尔兹自由、活泼、明丽、欢快，是一种连续加速旋转的舞步，那么，我们就不难想象，不是舞者在旋转的灯光下旋转，而是旋转的舞者“旋转着旋转的灯光”，舞者是唯一的主宰。在舞池里依然无法彻底放松的人们自然目瞪口呆，惊愕困窘，自惭形秽地退避三舍，旁立静观，“整座天籁也沉默了”。这是不能理解的沉默，是一堵墙，无法忽略的距离。舞者自在的光辉与周围的死寂“奔放不出一组谐音”，舞者的悲哀从旋转伊始就注定了。潇洒自如的舞者孤独无依。唯其苍凉、悲壮，所以伟大。

“覆盖下来，斑斓的灯光如无声的空气”，谓语提到主语之前，强化了舞池里令人窒息的压抑。灯光扑朔迷离，一如沉默的天籁，一层层的淡淡浓浓地盖压下来，似乎要将舞者笼罩和淹没。于是，舞者“以快三步旋转着”，企图冲破重围，冲破无形的网络，寻得生路。“浓妆而苍白”本是舞池里众人的形象，他们极力涂抹粉饰，在急速旋转的舞者的视觉里，他们的神色表情已与窗外渐深渐浓的夜色融为一体，一起困缩于舞者旋转的时空。“不能隔绝的噪音”就是他们惊愕之余的说三道四、蠢蠢欲动。这一切“重叠有若沙尘，强吻着发痒的面颊”，努力将他们的意志强加于舞者，同化舞者，足以设想舞者的抗争是怎样的艰难，舞者的形象也由此推到了极致。

这样的时候，舞者禁不住地喟叹，“而纵然快速且晕眩着一丝欢愉，这城池亦属荒地”。一切都遥远陌生，不可企及，更不容亲近，舞者恰似蛮荒的断肠人，没有归宿，没有一座屋宇容得下他自由的欢快。他的欢愉惨白无依。“而七彩的水晶球碎裂瓣瓣空茫，且反射着狂欢凄凉的背影”，狂欢之后，失落感尤甚。清醒的舞蹈者茫然无措，他定然意识到了刚才的恣意的欢愉与周围沉默的对峙，他不知道以后应该怎样以后又会怎样，他的心境支离破碎、七零八落，这使得我们忆起唐代诗人陈子昂的诗篇《登幽州台歌》：“前不见古人，后不见来者。念天地之悠悠，独怆然而涕下。”

【美】林绿:《影子》

后来彩云散了
我于是缓缓逼向苍茫
前面是雪山
巍然耸立
隐隐泛起焦虑的亮光

这是飘来一团雾
汹涌向我的胸膛
我听见一条流水
冷漠掠过
起伏的山峦
是我的听见
水声凄迷
流过我的眼睛
忽而婉约舒展
忽而踉跄

我捡起一片夕照
缓缓逼向苍茫
流水已绕至我背后的方向
我依然听见
水声里，一些影子

雪花、枫叶，以及窗前月色
不安的创伤

【诗歌赏析】

法国象征派的领袖马拉美倾向诗的音乐化、宗教化和语言化。所谓音乐化，就是每一首诗都是由符号组成的优秀的交响乐，没有具体的意义指向，但又能通过对读者的感应和幻化，衍生出无穷的意义。所谓宗教化，就是诗的神圣性和神秘性，它激起人们心灵深处的庄严、肃穆感。所谓语言化，是指诗除了言语之外别无其他，诗人使用的言语是具有自觉意识的活的话语，一旦形诸文字，自身就足以造成一种唤醒人们艺术感觉的生命力。因此读林绿的《影子》时，不必追究它在讲什么，不必寻绎诗的含义，只需把握这首诗形成了一个完整的简单而提纯了的中心点，一切努力的方向和一切迷离的阶段全都汇聚到这个集中点上来了，这个集中点就是“影子”。

诗以生动的意象开始。“后来彩云散了/我于是缓缓逼向苍茫”，大约是指人经历了浮华岁月后，一步步地接近更为真实的存在。存在可以概括为现象存在和本质存在。现象存在随意而虚浮，一般用感官可以发现，并且是吸引人的耳目的，“彩云”一词正是容纳了现象存在的特性，而“苍茫”则属于本质存在的范畴，人的一生总是要自觉或不自觉地从错综纷纭的感性生活深入到冷峻严肃的理性思维，从可见的感性层面投入到不可见的理性层面，假若诗人抓住了自然界的某些对象，用以表述自己深层的思想，这些对象就不再属于自然界本身，因为诗人已经给这些对象注入了自己特定的意义、特性和价值。歌德在《原则和反省》中写道："象征将现象转化为思想，思想又将现象转化为图景，直到思想在图景中达到有效而不可即的程度。"

"前面是雪山/巍然耸立/隐隐泛起焦虑的亮光"，是诗人灵魂出窍的苍茫图景，将外在的气氛和内心的情感统一起来，"巍然"既是雪山的表象特征又传达了诗人仰目视之的心理感受，"焦虑的亮光"则显然是诗人将自己的感觉加诸雪山的光亮，从而构成一种特殊境界，并赋予这种境界某种哲学的含义。

第二节以流畅如水的语言和迷蒙的梦一般的形象，展现了诗人缓缓逼近苍茫的历程。"这时飘来一团雾/汹涌向我的胸膛/我听见一条流水/冷漠掠过/起伏的山峦"，雾、流水、山峦，让读者也置身其中，感受到这些符号指向的意象产生的鲜活的生命力。"听见"一词绝对不是平常意义上的听觉操作，它使读者联想到聆听音乐时沉浸其中而幻化出一组组连续的画面，当然，这种倾听并不轻松，它是我们的胸膛受到波涛冲击的回应。在时间的流逝之中，诗人行进在起伏蜿蜒的山峦之间，一切都"是我的听见/水声凄迷/流过我的眼睛/忽而婉约舒展/忽而踉跄"，一个虔诚而执着的形象忽然而出。诗人此时此刻，用心谛听，他听到了什么？水声为什么凄迷？又为什么流过我的眼睛？一连串的疑问诱惑人们一点点地反思和回味，诗的音乐化、宗教化和语言化在第二节集中体现出来，语言貌似具体实则宽泛，貌似平淡实则模糊不清，显示了诗人敏感的心灵。

"我捡起一片夕照/缓缓逼向苍茫"，与第一节起首照应，但这时已是"夕照"了，诗人用其一生寻求某种意义和价值，在生命的黄昏，依然在寻求之中，“夕照”一词带有忧郁的悲哀的色彩。“流水已绕至我背后的方向/我依然听见/水声里，一些影子/雪花、枫叶，以及窗前月色/不安的创伤”，毕竟，诗人已将流水抛在身后，但无法抛掉一切关于流水的记忆，甚至于凄迷的水声至今依然不绝于耳，因为流水记载着人世沧桑，流水及水声里的影子久挥不去，全诗的中心点最后归结到：影子。影子里曾有雪花，有枫叶，有窗前月色不安的创伤，三个意象给人以纯洁、生命和迷离的哀痛。“影子”虽不深奥难懂、无法捉摸，却像一个谜，有谜一样的魅力，也有谜一样的晦涩。作为谜，读者要通过诸多意象和象征，透视其深层底蕴；作为意象，读者必须以丰富的想象，跟随它的流动，领悟其深刻的意象，感受其自然洋溢的音乐美。

这首诗自然流畅，婉约动人，富于象征，同时不乏深度和力度，节奏有张有弛，描绘出别具一格的意境，表达了诗人对于生命与命运的思想和感觉。

【菲】云鹤：《猴想》

好几回，试图凌空翻跃
自以为，即使不及南天之遥
也该降落在那
朝夕思慕的广厦之门
只是，一跃再跃
总翻越不出这
生活、亲情、病痛、职责、金钱
构成的五指山

【作者简介】

云鹤，本名蓝延骏，祖籍福建厦门。1942年生于马尼拉。菲律宾著名诗人、建筑师和摄影家。12岁出版第一本诗集，20岁主编《新潮诗选》。作品散见港台、东南亚和大陆报刊。现主编《世界日报》副刊。编辑有《菲华诗歌选》《东南亚三国华文诗选》《台港及海外华文文学辞典》等，推动国际华文文化交流。中国作协第一个菲籍会员，菲律宾作家联盟第一个华裔理事。曾获得多种国际高级摄像艺术的奖项。已出版诗集《忧郁的五线谱》《秋天里的春天》《盗虹的人》《蓝尘》和《野生植物》。

【诗歌赏析】

读过中国古典小说《西游记》的人都知道，猴子孙悟空无论如何精明，总也跳不出如来佛的手掌心，总被如来佛的五个手指捏得牢牢的，终其一生。这个故事让人联想到人生，岂不也和孙猴子差不多？虽然社会不断进步，思想持续开明，交通网络四通八达，通信设备日新月异，但人类究竟在多大程度上获得了更多的自由呢？比之远古时代茹毛饮血的祖先，现代人究竟在多大程度上更为潇洒了呢？只要将目光投向四周，就会发现工业社会里，人们匆匆地迈动着双足一如机器日复一日地运转，忙忙碌碌却不知所终，外表看来胸有成竹实则迷茫困惑并以不付诸感情的奔忙获取物质层面上的满足。人类为一种悖于天性的东西所异化，深受其累而又无能为力。偶尔静思亦有感触，但是第二天清晨又早早爬起来，汇入并未完全苏醒的人流之中，不由自主的竞争以为攫取。这是现代人的悲哀，《猴想》一诗就是表达了这些思想。

“好几回，试图凌空翻跃”，诗人起句就传递了渴望超越的意向。置身于物欲横流的潮流，难得诗人的清醒，他想要摆脱这种诱惑或者说是迫不得已地被卷入，遵循生命质朴的召唤，平静而愉悦地生活下去，做个自在的人，自由的人。也许诗人无意于洁身自好，无意为众人开辟出真正的路，但是毕竟，诗人直面自己的灵魂，聆听灵魂深处温柔而执着的声音，并且断然行动，使自我走出被束缚的狭小天地，走向宽阔广茫的天空。

“自以为，即使不及南天之遥/也该降落在那/朝夕思慕的广厦之门”，这是诗人对于翻越的预想。作为诗人，他天真地自信个人的力量，认为也许无法抵达遥远的自由王国，也总会临近自由王国的大门。人类是宇宙中已知的最高智慧的生物，惯于体察和反悟自身，古希腊有一句著名的格言：“认识你自己。”以诗人的敏感和细腻，不难发现自己的困境，然而走出困境就不是轻而易举的了。诗人很快就体验到这一点。

“只是，一跃再跃/总翻越不出这/生活、亲情、病痛、职责、金钱/构成的五指山”。对于现代人来说，工业文明的进程，使得生活、亲情、病痛、职责、金钱等都蒙上了非人性的色彩，觅尽人类生存的角落，我们无法找到任何足以亲近的东西，也就无法唤起心底最原始的纯朴情感。林立的是喷着黑色烟雾的烟囱，田园一步步地退缩，森林一天天地消亡，生活本是人类所创造的，却反过来吞噬和淹没人类。亲情不似产生之初的纯洁，也被弥漫着的风尘所玷污；病痛不仅仅是生理上的，更重要的是心灵的疼痛，这种疼痛使人麻木不仁；工作不是人生的乐趣，而是使人类繁衍生存的手段，人则沦落为机器的奴隶；金钱愈来愈显露出残酷的面目，人们挖空心思，不遗余力地积聚钱财，似乎金钱就是存在和幸福的证明。因此，诗人把生活、亲情、病痛、职责和金钱比作“五指山”，用意值得玩味。五指山强硬而不可征服，凭诗人一己之力是无法翻越的。个人总是处在一定社会阶段的，在某种意义上，无法摆脱既定的社会关系，诗人试图超越于外，结果只能是深刻地孤独或灰溜溜地回到人群中来，与众人一般庸庸碌碌地活下去。自由尚是个美丽的梦，只能是偶尔在夜里想想，在日常生活中，我们无法奢望自由。诗人“好几回”的翻越企图换来无言的喟叹。

读罢全诗，再回到题目“猴想”，自然感受到其中的揶揄乃至反讽。猴子总是不安分的，总想蹦跳得再高一些，再远一些，结果却适得其反。诗人把自己对于自由的渴求与努力拟作“猴想”，表露出酸楚的嘲讽和无助。

【菲】云鹤:《另一种情诗》

把心掬出来
压在纸上，盖一个
熟透了的番椒般
深红深红的印
然后，告诉你
这就是
写给你的诗

这样，每回你读了
该有一种
好笑却又笑不出来的
凄凉

【诗歌赏析】

云鹤的诗短小精悍，大多抒发乡思乡愁，句式平淡然而感情炽烈，读后令人掩卷深思，颇值玩味。《另一种情诗》也不例外。

情诗是用来表白爱情的诗，写给所爱的人或者记载爱的历程。大家知道，在各种感情中，唯有爱情是血肉相连、血脉相连的，她可以让人生或者让人死，可以让人赴汤蹈火，在所不惜，所以爱情是最刻骨铭心的一种情感。那么，情诗在各种文体中，大概也就是抒情性最热烈而又最缠绵最固执的一种了。

作者把这首思念祖国，怀想亲人的诗题名为“另一种情诗”，足以见其情切切、其心拳拳。

“把心掬出来”，一个“掬”字，情意油然而生，脱颖而出。世界上有哪一种感情比掬出心来更为诚挚更为执着的呢？诗人远离大陆，零落海外，身为一介书生，能以什么报效祖国呢？能以什么表白满腹爱国之情呢？只有这首诗歌了。然而，这不是一首普普通通的诗，不是信手涂鸦，而是用整个身心来写。“把心掬出来”，这短短五个字，就把一个爱国者的形象兀然伫立，栩栩如生，让读者触摸到诗人时刻准备着为了国家、为了民族不辞艰辛、视死如归的精神风貌。

掬出心之后呢？“压在纸上，盖一个/熟透了的番椒般/深红深红的印”。这个印就是心印了。诗人并非故作惊人之举，也不是小孩子说傻话做傻事，而是深思熟虑之后的作为。诗人尝尽了漂泊之苦，体验到海外生活的艰难，更深深懂得了祖国的分量，懂得了故国家园的凝重，所以心甘情愿地掬出心来奉献给亲爱的祖国。这是一颗“熟透了”的心。而心印一如“番椒般深红深红”，比喻独特而富有深意。食过番椒的人都知道，这种东西味道辛辣浓烈，三咂其舌，回味无穷，以此比喻心印，其专其深其强其烈之程度可想而知。诗人的深情一览无遗。而且，通过这个比喻，读者看到心印并不是很明朗的，鲜红的颜色里包含了太多太多的苦涩。因为怀乡在本质上是痛苦的，怀乡就是落寞的乡愁。

这幅“心印图”就是诗人写给祖国的情诗。海外的每一个中国人大都有一幅自己的“心印图”吧。祖国看到这首诗了，祖国人民看到这首诗了，他们时刻关注着海外的华夏儿女，彼此心心相系。

第二节诗人设想，“这样，每回你读了/该有一种/好笑却又笑不出来的/凄凉”。为什么让人读出这种感觉呢？这是全诗的焦点。“凄凉”二字表述了祖国对于海外游子的关切。祖国读了“熟透了的番椒般/深红深红的印”，怎能不为之感动呢？祖国能够读出其中的痴情，也能读出其间的辛酸，所以会有一种凄凉。母亲深深地理解她的每一个儿女，哪怕这个儿女远在异乡他国，音信杳杳。更进一层，这种凄凉是“好笑而又笑不出来的”，原因在于诗和祖国心心相印，他知道这“另一种情诗”的无奈和清愁，读来只能默默无语。应该说，诗最后落脚于“凄凉”处，是出乎意料的，而这正是云鹤的独到之处。这样更为深刻地反衬出心印的错综迷离的情结。感情真切，意境深远。令人同情，又唤起思绪联翩，悱恻入微。

全诗出语自然，质直素朴，表面看来信笔挥洒，未加经营，细致寻味，实则蕴藏着浓郁的情感，表现了诗人对祖国的深情。这是一首别具一格的乡愁诗。

【泰】岭南人:《看星》

小时候，在故乡的庭院，
和家人坐在一起乘凉，
祖母指着天上的星星，
教我看星斗。
那时，天边的星辰，
向我眨着神秘的眼睛；
看来离我很远，
远得像祖母说的故事。

到了中学毕业，在校园，
和要好的同学躺在草地上，
一边交谈升学的志愿，
一边仰望夏夜的繁星。
那时，满天的繁星，
向我眨着甜蜜的眼睛；
看来离我很近，
近得伸手就能摘下。

如今，人到中年，
在海外，在海边，
和久别重逢的友人，
躺在帆布椅上看星。

唉！寒星对我不再眨眼，
只冷冷地挂在寥廓的天边，
有时，看来很近、很近，
有时，看来又很远、很远……

【作者简介】

岭南人，泰国著名华文诗人。在港、澳、台等地的华文报刊上发表过大量作品。

【诗歌赏析】

《看星》是首朴实无华，感情真挚的诗篇。作者通过幼年、青年和中年三个时段对于星空的眺望和遐想，抒发了一些人生哲理，情景交融，义理明晰。

第一节经验地描述了小时候和家人纳凉看星的图景，但是作者所启示的东西远远胜于“看星”，也就是说，“看星”所带来的意象远远摆脱了“看星”这个局限性的经验。“星”可以是自然的星辰，也可以是人们心中的理想、希望以及一切美妙而充满诱惑的东西，因为“星”本身是一个明朗轻快的象征。为什么小时候星星“向我眨着神秘的眼睛”呢？读者可以从心理学、社会化等角度加以考察。儿童时代天真稚气，对于自然和人生一无所知却又渴望知道一切，瞪大一双小小的眼睛，对世界无限好奇。花儿为什么这样红？太阳为什么东升西坠？公鸡为什么会打鸣？小孩子是从哪儿来的？……诸如此类的常识是儿童幼小的心灵所无法理解的，常常求问于父母兄长。毕竟，小孩子不懂得人世的艰难和不幸，不懂得与真善美共存的还有假恶丑，只是感觉很微弱，很渺小，对于面前的路无从把握，一切都新奇陌生，因而“看来离我很远/远得像祖母说的故事”。祖母和祖母所说的故事衬托出了诗人孩提时代的幸福欢乐，他曾经是祖母膝下的娇儿，祖母用一片爱心护着他，难怪诗人只觉察到星空可爱的神秘。

第二节将时间推移“到了中学毕业”。中学毕业意味着十年寒窗，面壁苦读的年月一去不返，不再背负各种折磨精神的考试，可以选学自己中意的课程；意味着长大了，不再忍受父母的唠叨，自由地开辟未来之路；意味着可以正大光明地恋爱了，挽着女友的手臂沐浴温馨的爱河；意味着追求和向往的东西都似乎触手可及，兴奋之情溢于言表。这时望星，发现“满天的繁星/向我眨着甜蜜的眼睛”。心理学研究早已表明，观察同样的事物，心情状态不同感觉也就不同，不同的心情导致不同的感觉。这一节道出了青年时期朝气蓬勃，快乐自信的精神风貌。中学毕业以后，有的升学，有的就业，然而殊途同归，大家都受光辉灿烂的前程所鼓舞，似乎不远的将来，整个世界都属于我们。

最后一节“人到中年”，感觉“唉！寒星对我不再眨眼/只冷冷地挂在寥廓的天边”，感伤之情悄然而出。许多年的奔波徒劳无益，事业一无所成，希望变成了泡影，相爱的人跟自己的仇敌结为情侣，儿子不务正业，更重要的，自己历尽沧桑，不复有往日的豪情壮志，渐渐地淡漠甚而冷漠下来，对一切深感失望甚而绝望，那么，视野中的星星也充斥着阵阵寒意，让诗人心底发冷。何况，诗人远离祖国，漂泊海外，尤感世态炎凉，人情冷暖，其间流露出落寞的乡愁。不再是童稚的少年，不再是激扬的青年，中年时期的诗人，和旧友“看星”，一定看到了自己的人生道路，看到了祖母，看到了中学时代，一定想到许许多多，诉诸笔端，却只有两句“有时，看来很近，很近/有时，看来又很远、很远”。诗人心中往事历历，交替浮现，恍若迷幻，一时幼年的情绪居于上乘，一时青年的感怀浮于脑海，天边的星星，自然也是一时神秘，一时甜蜜，一时遥远，一时亲近。不禁疑惑丛生：星星究竟在哪里？诗人是否看到了真正的星星？星星让诗人无奈，让诗人在经验的层面之上思考探索。

纵观全诗，“星”是个不可忽略的意象。正是从“看星”出发，诗人一层层地切入，探究人生的现象与本质，告诉人们星星时近时远，然而一生之中我们都在凝望它、捕捉它，为星所累，又为星所激动，乐此不疲；即使步入中年的喟叹也透露出诗人并没有彻底泯灭对星的追寻和执着。也许人生的意义正在于此。

（本辑文字出自《世界华人诗歌鉴赏大辞典》，书海出版社1993年版）

第二辑　新书介绍

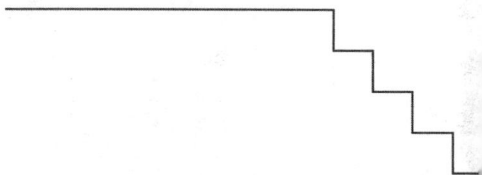

《马克思主义哲学全书》出版

马克思主义哲学的创立是人类思想史上的壮丽日出，它使哲学的主题、性质和思维方式发生了根本的转向，然而，马克思主义哲学常常受到来自不同方面的曲解、非难和挑战。为完整准确地理解和运用马克思主义哲学，在其博大精深的思想智慧的指导下，更好地进行改革开放和社会主义现代化建设，中国人民大学出版社最近组织出版了大型辞书《马克思主义哲学全书》。该书由李淮春主编，王霁、杨耕和陈志良为副主编。

在卷首的“马克思主义哲学”一文中，李淮春和杨耕阐明了编写者对马克思主义哲学的总体理解：

第一，马克思主义哲学是19世纪中叶社会发展的必然结果，是时代课题的哲学解答。英国工业革命及其后果、法国政治革命及其后果、世界历史的形成及其意义，这三者是资产阶级进行历史性创造活动的主要成果，这些成果及其引起的规模宏伟、具有古典形式的社会矛盾是推动马克思创立“新唯物主义”的根本原因，构成了马克思主义哲学得以产生的时代背景。马克思在解答时代课题以及创立新唯物主义的过程中，对英国古典政治经济学、法国复辟时代历史学以及英法批判的空想社会主义都进行过批判性研究和哲学的反思，马克思所走的是一条典型的德国人的道路。但是，马克思主义哲学并非专属德国，而是一种“世界的哲学”，是世界历史的产物。

第二，马克思主义哲学实现了哲学主题的转换和对象的变革，并由此建构起一个新的哲学空间。在哲学史上，马克思和孔德是同时举起“拒斥形而上学”旗帜的，马克思甚至认为，他所创立的新哲学才是“真正实证的科学”。马克思把哲学的聚焦点从整个世界转向现存世界，从宇宙本体转向人类世界，把哲学的对象规定为人类实践活动，把哲学的任务规定为解答实践活动中的人与世界、主体与客体、主观与客观的关系，从而使哲学的主题发生了根本性的转换。这种转换标志着哲学的转轨，即从传统哲学转向现代哲学。不管现代哲学的其他流派是否意识到或承认，马克思的确是现代哲学的开创者和奠基人，马克思主义哲学是“现代唯物主义”。

第三，实践的观点是马克思主义哲学首要的和基本的观点，“实践”是马克思主义哲学的建构原则。换言之，实践的唯物主义构成了马克思主义哲学的本质特征。承认外部自然界的“优先地位”是新唯物主义与旧唯物主义的共性，确认人以自身的活动所引起的人与自然之间的物质变换构成了现存世界的基础，才是新唯物主义的“新”之所在，或者说，是马克思的唯物主义“唯物”之所在。实践是人的存在方式和本质活动。通过对人的实践活动及其意义的全面剖析，马克思使唯物主义和人的主体性统一起来，唯物主义和辩证法因此也结合起来；通过从物质实践这一现实历史的基础出发去解释观念以及一切重大的历史事件，马克思创立了唯物史观，从而消除了物质的自然和精神的历史对立的神话，实现了唯物主义的自然观和历史观的统一。马克思主义哲学所具有的实践本质，不但使它优于任何一种现代西方哲学，而且也使它本身获得了不断发展的内在活力。随着人类实践活动的不断深化和扩展，马克思主义哲学将愈益显示出其不可替代的理论魅力。

全书除“总论卷”外，共分六卷：

第一卷为“来源卷”，介绍了马克思主义哲学的主要思想来源和科学基础，以及它产生的时代背景；

第二卷为“形成卷”，介绍马克思、恩格斯的早期哲学思想，他们世界观的演变过程，即怎样由唯心主义转变为唯物主义、由革命民主主义转变为共产主义，最后创立博大精深的马克思主义哲学体系的过程；

第三卷为“发展传播卷”，介绍马克思主义哲学形成后在理论和实践中的影响，它在世界各国的传播发展，各国马克思主义者在国际共产主义运动中对马克思主义哲学进一步丰富、深化和发展的情况；

第四卷为“理论卷”，全面介绍了马克思主义哲学的基本内容和理论体系，阐述了马克思主义的科学世界观，以及它在自然观、历史观、认识论、方法论和价值论等方面的基本内容和基本知识；

第五卷为“分支卷”，介绍了马克思主义哲学的主要分支学科——自然辩证法、辩证逻辑、伦理学、美学和宗教学的基本思想、基本原理及有关知识；

第六卷为“当代卷”，介绍当代世界的一些哲学家、学者研究马克思主义哲学的概况，包括西方马克思主义，苏联、东欧和当代中国研究马克思主义哲学的各种观点、不同流派、代表人物、主要著作和活动情况等。

概括地说，《马克思主义哲学全书》具有以下三方面的特点：

第一，权威性。自1978年关于“实践是检验真理唯一标准”问题的讨论以来，国内对马克思主义哲学主题、宗旨和根本特征的研究不断推向深入。中国人民大学哲学系作为马克思主义哲学研究、教育和传播的重镇，成果尤为卓著。这部辞书由李淮春、王雾、杨耕和陈志良等学界精英主编，动用近百人，前后持续三年时间，汇集了当代中国马克思主义研究的全新成果，其系统性、准确性和新颖性是无可置疑的。尤其是“当代马克思主义哲学研究卷”，对苏联、东欧的马克思主义哲学研究和西方马克思主义都做了客观公允的分析和评价，对当代中国的马克思主义哲学研究进行了较为全面的回顾和展望，这些对推进马克思主义哲学研究是极为重要、极富借鉴性和启迪作用的。

第二，知识性。本书全面介绍了马克思主义哲学的历史及其基本观点和基本理论，不仅包括有关的人物介绍、概念术语、运动思潮，而且详尽地阐述了马克思主义哲学的主要命题，以及主要分支学科的演变和发展状况，从而使得本书比一般的辞书，具有系统的理论性、学术性和知识性。所以，本书不仅可以被视为一部马克思主义哲学辞典，而且可以作为一部马克思主义基础理论来阅读和学习。

第三，实用性。本书作为一部学习和研究马克思主义哲学的大型实用工具书和有关学科知识的参考书，语言精练，逻辑严谨，同时具有叙述的通俗性和使用的广泛性等特点，适用于哲学专业工作者，同时也适用于广大社会科学工作者、政治理论课教师、行政组织管理人员，以及一切对马克思主义哲学感兴趣的人们。

相信该书的出版将极大地推进当代中国的马克思主义哲学研究。

（本文登载于《教学与研究》1996年第6期）

《漫步遐思：哲学随想录》出版

陈先达教授的名字是与《走向历史的深处》《被肢解的马克思》《马克思早期思想研究》等著述联系在一起的。陈教授在这些著述中所展现的缜密运思和犀利笔锋，每每为人所仰叹、所感喟，我们所体认、所熟悉的陈教授似这些著述及其卓越风格的化身。这即所谓“文如其人”“人如其文”吧。陈教授最近推出的《漫步遐思：哲学随想录》一书，则带给我们一缕陌生而新奇的清风，促使我们以全新的阅读期待面对它、读解它。

这部由王瑞担任责任编辑，中国青年出版社出版的著述，就写作风格而言，具有信实、平和、安然的大家气派。我们往往习惯于“大哲学”“哲学大视野”“哲学大世界”之类的华丽言辞， 以为滔滔不绝的长篇大论是唯一能够体现哲学运思风格的文体，其实，“宏伟叙事”有大家气派，“小型叙事”也同样可以有大家气派。陈教授在该书“前言”中写道：“经常听到年轻人说‘变个活法’，我想，哲学文章是不是也可以‘变个写法’？”相对于陈教授以前的著述，该书的确实现了“变个写法”的愿望，而且堪为成功之作。假如说陈教授的旧作犹如奔腾的河水汹涌澎湃，那么，这部新作则宛若涓涓细流相聚相汇，而且，通过这涓涓细流，我们可以捕捉到陈教授思维流程中的思想片段， 可以想象出这些思想片段如何得以在历史与现实、理论与生活的时空交叉中呈现、成形以及组合，从而在思想上获得启迪的同时，感受到阅读的旨趣。

陈教授“写得通俗点，活泼点”的愿望，意义并不仅仅在于写作风格的转换。哲学文章无疑应写得通俗点、活泼点，但哲学本身是否也应该通俗点、活泼点呢？换言之，哲学尤其是马克思主义哲学，如何才能真正地成为“大众哲学”？哲学的主题是与时代、与人类等宏大命题密切相关的，因而，哲学往往给人一种“沉重”“严肃”的感觉，让人敬而远之，或者让人觉得与现实的具体生活没有瓜葛。陈教授的这部著述则别开生面，展现出一幅通俗、活泼的哲学图景：行走在大地上，让思维随意驰骋，海阔天空；思维是一种旨趣，哲学思维是旨趣中的旨趣，唯有于此，才有哲学写作的旨趣以及哲学阅读的旨趣。

该书的写作风格是新奇的，主题则是我们所熟悉的，假若说主题的熟稔性强化了写作风格的新奇性，那么，写作风格的新奇性则使我们与熟悉的主题产生某种疏离，即熟悉的主题具有了陌生感，从而提示我们需要一种更为认真的阅读态度。

在卷一“我看哲学”中，陈教授探讨了哲学与自然科学、哲学与人生、哲学与时代、哲学与文化、哲学与宗教、哲学与闲暇以及流行哲学与哲学的流行、哲学的真理性与个性、哲学和尚与和尚哲学等关系问题，倡导明白人与明白学，提出哲学既要可爱又要可信、唯心主义者也受唯物主义规律支配、马克思主义哲学家不能是沙漠里的高僧、不能把哲学的阶级性庸俗化、哲学不是李尔王等重要论断。卷一堪称一册“哲学辞典”。陈教授在对哲学本身的阐释中，对知识与智慧、智慧与痛苦、猫头鹰与雄鸡、全球问题与全人类利益高于一切、天上的月与水中的月等论题做出生动而富有力度的解答。在我看来，“不要回错了家”这个论题蕴含了陈教授对哲学、哲学史以及马克思主义哲学的综合性解读。

在卷二“关于人”中，陈教授充分阐发了自己的人学思想。众所周知，20世纪80年代以来，人的问题一直是我国哲学研究的主题，无论是关于异化和人道主义问题的讨论，还是实践的唯物主义、主体性问题的讨论， 都是力求立足于中国特色社会主义改革开放和建设的进程，展开对人的问题的探索。陈教授置身于中国人学研究的发展历程中，对人的本质、人性、人类意识、人的使命、人与动物、人与哲学等人学的基本命题都有独到见解，对人道主义的社会制约性、个人与个人主义、独立的人与人的独立性、人的自我创造和自我实现、人的自然进化和社会进化等论题都有明确立场，并探讨了幸福与满足、仆人眼中无英雄、理性与欲望、苦难与同情、孤独与孤独感、快乐与痛苦等事关个人现实生存的问题。“人只有生活在社会中即生活在人群中才成其为人”，陈教授的这一论题，显示了人学研究的生存论根基，值得关注。

陈教授的学术研究集中在社会历史观方面。在卷三“社会历史”中，陈教授详细辨析了资本主义与社会主义、必然性与宿命论、需要与利益、生物结构与社会结构、目的与手段、感性对象与感性活动、自由的想象与想象中的自由、合目的与合规律等矛盾，提出历史不是苏兹达利城的拙劣绘画、历史唯物主义也是社会唯物主义、道德的根源不在道德自身、选择以不可选择为前提、唯物史观不能忽视对交往的研究、合力论的本质是规律论、历史唯物主义不是物本主义等重要论断。假若说陈教授在《走向历史的深处》一书中着重于对马克思的社会历史观即唯物史观思想的研究，那么在卷三“社会历史”中，他则从唯物史观思想发散开来，对社会历史研究领域的元概念、元范畴、元理论进行探索，从而提供了社会历史理论的片段式场景。

在卷四“认识、真理与辩证法”中，陈教授探讨了联系与思维、科学与经验、理性与审美、和与同、真理与气节、概念与现实、运动与无限等问题，澄清了认识论与辩证法研究中的一些似是而非的东西，并形象地涉及了眼与手、木桶效应与鞭打后羊、碰钉子与被钉子碰、豪奢与自由等饶有兴味的论题。卷四的内容离人们的现实生活最近，表述也大多是从具体的生活实例出发，所以读后印象尤为深刻。例如，在“走过来走过去”一节中，陈教授这样写道：“认识不是客体向主体走过来，而是主体向客体走过去。客体向主体走来是消极的直观反映论；主体向客体走过去，是积极的能动的反映论。不是世界向我敞开，而是我在实践中观察世界。正因为如此，认识什么、为什么认识以及认识能达到的水平，不是取决于客体，而是取决于人类的实践水平。人是在实践中认识的。”认识的主体和客体、直观反映论和积极的能动的反映论、人和世界、认识和实践等认识论中的重要论题都囊括而进，用笔却非常轻巧，宛若一幅山水画，只需轻轻几笔，就形神皆具。

如何看待文化与传统是“后发”国家在推进现代化历程中所面临的核心问题。自20世纪80年代中期以来，“文化热”成为重要的社会思潮。如何看待“马、中、西”三者的关系？如何认识马克思主义的民族化问题？如何看待中国的历史与传统？现代化与传统的关系又当如何认识？关于文化与传统的问题首先是个现实问题，其次才是理论问题。在卷五“文化与传统”中，陈教授集聚了自己十余年来的研究所得，就传统与反传统、农业民族与游牧民族、地理环境与民族性格、复古与革新、洋人与洋奴等关系问题阐发了引人深思的见解。陈教授是一个马克思主义哲学家，他始终坚持运用马克思主义的立场、观点和方法来思考问题。在对文化与传统问题的思考中，他强调马克思主义的光辉是遮不住的，要发展不要重构，而且，改革使马克思主义重新获得生命的活力。

陈教授的这部著述，深入浅出，是力图实现哲学生活化的有益尝试。相信它将极大地推进哲学与大众、理论与实践的结合。

（本文登载于《教学与研究》1998年第4期）

“人文丛书”座谈会纪要

中国人民大学出版社最近隆重推出“人文丛书”第一辑。这套丛书融文史哲于一体，旨在探讨人生和文化真谛，弘扬人文主题，传播人文知识，从而最终提高整个社会的人文素质和精神品格。为了听取社会各方面的意见，该丛书编委会暨中国人民大学出版社于近日举办了“人文丛书”座谈会，来自中国人民大学、北京大学、中国社会科学院、北京师范大学等单位的专家学者以及人民日报社、光明日报社等新闻机构的编辑、记者共三十余人参加了会议。现将这次会议的主要内容做一概述。

第一，对“人文”的综合思考。

人文、人文精神、人文素质和人文学科是20世纪90年代以来中国社会谈论较多的话题，关于人文精神的讨论曾形成上海和北京两地学者南北对峙的局面，关于人文学科面临危机的讨论也是众说纷纭，但对于人文精神和人文学科这些概念本身，一直缺乏细致的梳理和深入的阐释。中国人民大学出版社这次推出“人文丛书”，其目的正在于充分展示人文学科研究领域的优秀成果，努力澄清人文、人文精神等概念和术语。该丛书主编、中国人民大学校长李文海教授指出：随着市场经济的发展，人们普遍呼吁提高社会的人文素质，培育人文精神；“人文”这个词，中国很早就有，关于人文精神，可以作唯心主义的理解，也可以作历史唯物主义的解释；希望通过这套丛书，给人文精神以历史唯物主义的解释，而不要让这个词完全为唯心主义者所垄断。

基于对人文素质、道德水准下降的痛切感受，以及对人文学科的冷落与人文精神衰微的相关性的认识，与会的专家学者在发言中都谈到当前条件下倡导人文精神、加强人文学科建设的必要性和重要性。他们普遍认为，过去更多的是从政治、经济的维度看问题，忽视了人文问题，而人文问题实际上也就是人的现代化问题；单纯的经济增长并不等于社会进步，精神文明也是衡量社会发展的重要尺度，因此必须提高我们社会的人文素质和精神品格。有的学者立足于世界背景来探讨这个问题，指出自21世纪中叶以来，现代科学技术的飞速发展，使人文科学的问题日益凸显出来；近年来“人类困境”的出现，也呼唤着人们重视人文精神；当前世界经济发展的明显趋势是经济与文化一体化，这就要求人们赋予经济发展以文化的价值。

以马克思主义为指导，从个人与社会、事实与价值、历史与现实的互动与统一中去把握人文世界，建构无愧于我们这个时代的人文精神，是与会专家学者的共识。有专家指出，中国传统文化中具有深厚的人文精神底蕴，它注重对人的人格道德理想的培育，强调对天人合一与人际和谐的追求；人文精神具有时代特性，我们并不提倡抽象的人和人性，在社会主义社会，我们提倡的人文精神，是用社会主义的理想和信仰，用社会主义的道德规范，用对社会全面发展的追求来教育人民，纠正和防止市场行为中出现的某些道德滑坡和价值失落现象。有学者强调，提高人文素质对青年学生来说尤为重要，这是精神文明建设的重要内容。

关于人文学科是不是科学，如何看待人文学科的现状等问题，学术界始终存在争议。与会的专家学者普遍认为，人文学科当然是科学，与自然科学和社会科学相比，它有独特的研究对象和学科特征；作为人文学科研究对象的人文世界，是一个以人的内在精神为基础、以文化传统为负载的意义世界和价值世界，我们既不能把人文世界简单地归结为个体的人，也不能简单地归结为超个人的客观文化结构。有专家谈到，在人文学科建设中，应注意防止四种倾向：唯科学主义；人本主义哲学；对马克思主义特别是历史唯物主义的机械教条化的理解；文化决定论或文化主义。有学者指出，现代科学危机或现代文明危机的根源正在于科学遗忘了自己所赖以产生和形成的实践基础，遗忘了现实的人的存在，因此，人在科学知识方面进展越多，就越看不清作为整体的世界，看不清他自己；现代科学作为人类生存的手段，作为人类应对自然挑战的工具，其价值和意义是不容否定的，问题的关键在于对科学的观念要有全面把握和合理定位，而这有赖于对人生价值和意义的明确体认，亦即对自然科学和社会科学的人文前提和人文影响的彻底澄清；在这个意义上，可以说，现代文明的危机也就是人文科学的危机。一些学者强调，西方在资本主义现代化过程中出现的重理工轻人文、科学主义与人文主义两大思潮对立的历史教训应当为我们所吸取，在我们确立和培育社会主义市场经济体制的过程中，人文学科危机的苗头已有所表露，这很值得注意；对人文学科的投资不可能立竿见影，但它的功效是逐步地长期起作用的，它通过对国民素质，尤其是对青年一代人文素质的培育，影响整个社会的进步和发展。

与会的专家学者认为，对人文主题的关注直接关涉着具体的社会实践，也明显影响到我国学术的未来。有学者回顾了中国社会自五四运动以来的思想历程，指出社会每次大的进步都体现为文化的发展和思想的转型，科学技术的发展之根也是深植于人文精神的土壤之中；有专家对20世纪80年代以来的“人学热”和“文化热”进行反思，认为关于人的问题和主体性问题的讨论，实际上提出了人文科学的独立性的问题，而文化研究热潮实质上是实践标准讨论的更深层次的继续，它使人们深刻地认识到，现代化建设不仅是“物”的现代化，不仅要发展科学技术和打好经济、物质的基础，而且必须同时进行政治、经济、法律、教育、科技体制的改革以及民族文化心理结构、理论思维方式、价值观念和道德风尚的改革。

总之，呼吁重视发展人文学科，重视人文教化，弘扬道德价值和审美价值，提高国民整体文化素养、道德水准和审美能力，培育健全的人格，为社会主义现代化建设创造优越的人文环境，是“人文丛书”编委会的明确宗旨，也是与会专家学者们的共同心声。

第二，对“人文丛书”的设想和建议。

中国人民大学出版社历来注重出版高水平的人文和社会科学方面的书籍。“人文丛书”副主编、中国人民大学出版社总编辑王霁教授在谈到该丛书的总体筹划时说，中国人民大学有文史哲方面的文科基地，可以发挥文史哲的综合优势，出版社与校内外一大批优秀的专家学者都有密切联系，这样就完全有条件做好这套丛书的编辑、出版与发行工作，使这套丛书成为精品。

与会的专家学者对首批推出的七本书给予很高的评价。有学者指出，国内同类的书也有一些，但明确打出“人文”旗帜的，这套丛书是第一家，而且由中国人民大学推出这套丛书，具有特殊的意义。有专家认为，首批推出的七本书体现了国内人文学科研究领域的优秀成果，仁智并举，可谓精品荟萃。还有的专家指出，这套丛书就学术意义而言，显示了当代中国学者对人文精神的深入阐释和对人文学科建设的积极贡献；就社会意义而言，显示了世纪之交当代中国学者对国家、民族的前途以及人类整体命运的关注；就出版意义而言，体现了精深、精新和精致的品格，这些都是值得赞赏的。

与会专家学者讨论了“人文丛书”第二批书目的初步设想，并对今后如何进一步出好这套丛书，提出了许多宝贵的意见和建议。有学者提出，“人文丛书”应适当容纳国外人文学科方面的佳作；有专家认为，在选题上既要关注人文学科的理论前沿问题，也要关注现实生活中的矛盾和困境；还有的学者认为，这套丛书在定位上应坚持五个面向，即面向社会，面向大众，面向现实，面向世界，面向未来。与会的专家学者还从各自的学科特点出发，谈了对“人文丛书”的一些具体设想。

（本文登载于《教学与研究》1997年第5期）

第三辑　知人论世

仿吾的转型

最初了解成仿吾，是到人民大学读书之后。知道他先后在陕北公学、华北联合大学、人民大学、东北师范大学和山东大学担任校长，是老一辈的革命家和教育家，心中满是敬仰。后来知道创造社是他和郭沫若、郁达夫等人一起发起的，《从文学革命到革命文学》的著名篇章就出自他的笔下，一个意气风发的文学青年形象顿时矗立在我的眼前，栩栩如生，让我心驰神往。前不久阅读《“革命文学”论争资料》，对他这一时期的作品、才情、锋芒有了充分的体会，同时也产生一个疑问，就是：从革命文学家到革命家的转型是怎样发生的？从文学革命到革命文学的过渡不是很难，无论怎样的冲动，革命文学依然是文学，而革命家则相去甚远了，那完全是另一种品格和风度。

今天翻阅《成仿吾年谱》，读到他1984年1月9日，也就是逝世前四十天，在谈到创造社和他走过的革命道路时，再次强调，他是“从文学革命到革命文学，从文化人到革命战士”。“文化人”这个称号过于笼统，不如“文学青年”亲切，“革命战士”则过于谦虚，他作为“革命家”是当之无愧的。

仿吾从文学青年转向革命家，突兀而断然。1928年，他写出了“革命文学”论争时期霹雳闪电般的文章，如《从文学革命到革命文学》《全部的批判之必要》《知识阶级革命分子团结起来》《革命文学的展望》。他和郭沫若的相关文章结集为《从文学革命到革命文学》,《仿吾文存》也出版了。“文存”就是“存文”,束之高阁，此后，他就脱去文学的衣衫，全心全意投入实际的革命工作中去了。从年谱上看，1929年他只写了一篇《一个紧要的任务——国际宣传》,1930年和1931年空白，1932年写了剧本《七夕泪》和《识字运动歌》,再就是一个文化委员会的提案。1933、1934、1935年又是空白，1936年写了《纪念鲁迅》,1937年写了《写什么》和《陕北公学校歌》。再往后，就是很有限的一些工作报告和纪念歌。新中国成立后，几乎都是教育教学方面的工作报告，后来收入《成仿吾教育文选》。1977年后，出版了《长征回忆录》和《记叛徒张国焘》,新译、校译了一些马克思恩格斯著作，写了一些怀人忆旧的诗文，另外有《稻草人》和《死官僚》算是文学创作。

可以看出，1928年是仿吾的转折点。这一年，他作为文学青年的势头到了最高峰，而后悄然滑落，步入新的道路。这转折是那样的突然，没有一丁点的征兆；又是那样的毅然决然，没有一丝一毫的犹豫。我们知道，1928年后，中国文艺界依然是一个又一个的论辩和争鸣，若说仿吾最初因为投入实际的革命工作而无暇分身，那么到了延安之后，文艺界和思想界一次又一次的讨论，仿吾也完全没有参与，就有些费解了。他也参加一些文艺方面的会议，并担任过中央分局文委书记，但他的工作重心似乎是在中央党校、陕北公学和华北联合大学，即使就文艺发表意见，也是从行政干部的角度提出的。文艺界的风流倜傥、思想界的风雨纵横，都和他无缘了。就连毛泽东发表《在延安文艺座谈会上的讲话》,也不见仿吾有什么学习体会发表。他写的文章，只能是《半年来的陕北公学》《华北联大三年的回顾与展望》《中国青年要走自己的路》《关心人民利益》《认识时代，准备为人民立功》一类刻板而公式化的公文了。

1928年之后，仿吾淡出了文艺界，这多多少少是一个谜。说转型，还是着重于表象。说断裂可能更恰当一些。思想的断裂，性情的断裂，气质的断裂。他作为文学青年的内力，似乎在1928年完全耗尽了，此后，他自得而从容地担负起行政干部的职责，安于那样的角色，认同那样的身份，就像技术工人一样了。

木天的转向

大学时迷恋现代诗，对穆木天一知半解，知道他把象征主义引入了中国，是象征派的代表人物。最近从事文艺大众化方面的研究，又注意到木天的一系列相关论述。

木天不是最早介绍象征主义的，但他是最早专攻法国文学，对象征派诗歌做出深入研究，并进行写作实践的。从《我的诗歌创作之回顾》中可以看到，从1924年暑假到1925年底，木天涉猎了法国象征派的主要代表性作家，“寻找着我的表现形式”，确定了疏离雨果亲近波多莱尔（现在译作“波德莱尔”），疏离浪漫主义亲近象征主义的道路。他在《什么是象征主义》一文中指出，“象征主义诗学的第一个特征，就是‘交响’的追求”。“交响”这个词，源自对波多莱尔Correspondences一诗标题的翻译。“象征主义的诗人们以为在自然的诸样相和人的心灵的各种形式之间是存在着极复杂的交响的。声、色、薰香、形影和人的心灵状态之间，是存在着极微妙的类似的”。“交响”对于穆木天的影响或可追溯得更早。他1926年的《谭诗》一文中写道：“故园的荒丘我们要表现它，因为它是美的，因为它与我们作了交响，故才是美的。因为故园的荒丘的振律，振动在我们的神经上，启示我们新的世界，但灵魂不与它交响的人们感觉不出它的美来。”

《谭诗》一文呼唤“纯粹诗歌”的境界：“我们要求的是纯

粹诗歌（The pure poetry），我们要住的是诗的世界，我们要求诗与散文清楚的分界，我们要求纯粹的诗的Inspiration。”初期白话诗坛走的是“散文化”的路径，木天认为“先当散文去思想，然后译成韵文”是“诗道之大忌”，他主张一种诗的思维术，一个诗的逻辑学。他强调诗歌要有“暗示能”：“诗的世界是潜在意识的世界。诗是要有大的暗示能。诗的世界固在平常的生活中，但在平常生活的深处。诗是要暗示出人的内生命的神秘。”

1931年1月，木天来到上海，不久即加入“左联”，加入共产党。政治思想变了，文学主张也变了，来了个一百八十度的大转弯。他告别了象征主义，转而走向现实主义。《诗歌与现实》一文开门见山：“文学是社会的表现，诗歌是文学的一个分野，自然也是不能例外的。真实的文学，须是现实之真实的反映；自然，真实的诗歌也须是现实之真实地反映了。”在《诗歌与社会生活的关系》中，他进一步明确：“诗歌，是由于生产力的发达所决定了的一定的社会的，阶级的关系的产物……诗歌里边所表现的是社会生活，它的目的就是推动社会。诗歌生产的原动力，就是由于一定的社会的、阶级的关系所造成的社会的、阶级的必要。”这显然是马克思主义的诗歌观了。

“我们的时代，是民族革命的时代，是抗战建国的时代。”基于这样的体认，诗歌工作者的任务就是要用他的歌声，去武装大众心灵。诗歌工作者要做“中华民族解放的喇叭手”。“我们要从民族解放的战争中，抗战建国的现实中，多方面地去选择题材。我们要从前方的战场中去取英勇的伟绩，我们也要从后方的都市和农村中，选取各种的题材。”题材变了，形式也就变了。在木天看来，“主题之多样性，是我们所时时要追求的。

主题之多样性，是要求着形式之多样性的”。应勇于采取新的诗歌形式。“我们的伟大的感情，是要求新的形式、新的样式（体裁）、新的风格的，‘新的酒浆，不能装在旧的皮囊’……我们的新的感情，要求自由的新体诗歌，和与我们的感情相契合的自由律体。”

木天除了强调新的叙事诗、抒情诗，还赞赏大众化诗歌运动中产生出来的新体裁，如歌曲，朗读诗和大众合唱诗。这几种诗歌体裁各有各的特点，在革命斗争中的地位也各有不同。歌曲“是比任何的诗歌都具有大众性的。在歌曲里，广大群众表达着自己的憎恶，表达着自己战斗的决心和信念”。“朗读诗运动是大众化的一条基本路线”。“在革命当中，诗歌是要具有能够在大众之前，歌唱或者是朗读的性质的。大众合唱诗就是为大众能够聚在一起，集体合唱而作的一种有剧的性质的诗歌”。木天认为，要大胆利用在人民群众中仍然具有生命力的诗歌形式，如山歌、大鼓词等民间诗歌体裁。“对于旧形式之利用，是不宜‘削足适履’的”，要加入新的内容，新的情感，它们也是用来为新的革命时代服务的。

关于木天的转向，有的是从时代情势的变化来解释，有的从其一以贯之的现实关怀来阐释，这都不乏道理。若把他的关怀落实到抽象的热情上，会更为切题一些。木天一直强调“交响”，最初是和自然之间的交响，后来是和大众间的交响。无论是自然还是大众，在木天的笔下都是抽象的，概括性的，都给予他极大的激发。由此，旁人眼里的急遽变化和转向，在木天那里实在是轻而易举，几乎不需要任何跳跃，就轻巧地跨了过去。

衣萍的古庙

章衣萍这名字，我此前没有什么印象，直到在旧书店看到他初版于1929年的《古庙集》。衣萍像是女性的名字，书名却有古庙二字，综合起来看未免有些怪诞。

文章倒是有血性的。第一篇《古庙杂谈（一）》结尾就说，中国现在所需要的不是浅薄的博爱主义，而是自强的个人主义！杂谈二针对“你们应该读书，不应该做文章”这种议论，提出不要总想着如何写出不朽的著述，“在太阳底下，没有不朽的东西；白纸的历史上，一定要印上自己的名字，也如同在西山的亭子或石壁上，题上自己的尊号一样的无聊”。杂谈三说国人的“时”和“数”的观念很模糊。杂谈四从东安市场的大火谈起，说国人习惯于在古旧的老屋中生活，直到狂风吹来，大火燃烧，古屋倒了或毁了，新屋才得以建筑起来。“从此以后，我赞美狂风，也赞美大火，它们诚然是彻底的破坏者；然而没有它们，便也没有改造。”

衣萍的《情书一束》出版后，一些教育家指责他利用青年的弱点，陷害青年。他不以为然，反倒说，若能做得到教育总长，就下一道命令，把该书列为大学和中学的课程。他又说，如果高中生而不能读《情书一束》，中学教育就是完全失败的；如果大学生而不能读《情书一束》，那样虚伪的大学也该早点关门！

集子里有一篇序，一篇自序，一篇跋，一篇小序，一篇发刊词，有的平淡，有的激烈，有的哀婉，有的散漫，无论怎样，都有着情真意切。《情书一束》的“跋”里说，“余年轻时也曾弄过文学，其实也不过弄弄而已，并不是对于文学，特别喜欢”。

衣萍批评了一本糟糕的《国语文学史》，评论了清代两位词人，谈论了两个外国人，呼吁《不要组织家庭》，零零碎碎，古今中外都拉扯到了。不过，他说了，他最不喜欢大家把古今中外扯到一起，希望大家不要把自然主义的作品当作《金瓶梅》，把浪漫主义的作品当作《封神传》，把未来派的作品当作《笑林广记》。他对名教授们关于浪漫派和写实派的划分不以为然，嘲弄道：“然而鲁迅君，哈，哈，原来《野草》也是写实派，究竟不知道《野草》里写的是哪块田里或哪座山上的几茎野草。”

《小说月报》的投稿简章中有这样一条：投寄之稿，本社收到后概不答复，亦不退还，并不能告知投稿者能否预先登载。衣萍“祈求”编辑先生老爷开恩，果然，投稿简章有了更改：投寄之稿本社收到后概不答复如不登载除短诗短文外长稿一律寄还。《呼冤》是写给刘半农的信，把刊物分为两种：不欢迎投稿的，欢迎投稿的。可就是后者，也是把投稿者分为四等：元老投稿者，亲属投稿者，投机投稿者，无名投稿者，区分对待。普通编辑对第四等投稿者的态度，也可分为两种：南方的郑振铎式，北方的孙伏园式。前者把第四等投稿者的稿子，堆起来堆起来，捆起来捆起来，在上面批上“不用”两个大字，于是一切都完了。后者倒算和平些，只要编辑有工夫，总得看一遍，然后批上“可用”或“不用”两个红字。不过，伏园可能上了年纪，记性差了些，许多“可用”的稿子也搁下了，于是弄得怨声载道。读到这些，我忽然有点明白，振铎何以官运亨通了。伏园呢，充其量当个出版总署版本图书馆馆长。

从集子所收他人给衣萍的信中，得知他“寂寞地固守着古庙西边的一间房子，清瘦的面貌，热烈的激情”。《古庙集》的出处大概就是这样了。古庙是颓败的，衣萍却没有兀自伤怀，而是像那篇发刊词中说的，要“从荒漠中开辟出乐园来”。集子前“小序”的头一句，就是“小僧衣萍是也”。小僧衣萍，这自称有点可爱，可爱得落寞，可爱得孤寂，可爱得清爽，可爱得飘逸。最后一篇《“不通曰通” 解》说，“不学曰学，学亦曰学；不通曰通，通亦曰通；不白曰白，白亦曰白；不死曰死，死亦曰死；不淫曰淫，淫亦曰淫；不偷曰偷，偷亦曰偷”。这简直就是强词夺理，胡说八道了嘛。

难怪在Google里搜索，第一条结果就是“摸屁股诗人”。文章里说，衣萍以一句“懒人的春天哪，我连女人的屁股都懒得去摸了”而恶名远扬，读者都骂章衣萍缺德，骂他是“摸屁股诗人”，骂得他一佛出世，二佛升天，骂得他有冤无处申诉。其实，那诗句原本是汪静之没有收进诗集的作品，被衣萍看见了，觉得有趣，把它录进《枕上随笔》而已。文章还说，衣萍能作风雅的旧体词，曾刊有《看月楼词》一册，可惜罕见流传。其中《虞美人·有忆》一阕云：“畅观楼外初相见，花底相偎颤。风吹露湿各西东，最是不堪回忆月明中。别来六载音书杳，病久心情悄。人前只道不思量，且向高楼含泪看斜阳。”这旧体词的功夫是有一些的了。无需奇怪，他曾帮胡适校订过宋人朱敦儒的词集《樵歌》。

周作人说过，他的内心有两个鬼，一个是“绅士鬼”，一个是“流氓鬼”。若没有文雅的一面，固然是缺乏教养，但若没有粗俗的一面，也就少了诸多生气。衣萍《古庙集》中的文章，大多是比较粗糙的，或许他是有意为之吧，有些大大咧咧，富有调侃意味，生气、生动、生龙活虎，乃至纯真、执拗和憨厚的可爱劲儿却也都出来了，和钱玄同有那么点像。但衣萍是诗人，是小说家，在很粗糙的句子里也处处流露出细腻和忧伤来。

废名的讲义

1935年前后，废名在北大中文系开设现代文艺课，讲的是新诗，共十二讲，1944年以《谈新诗》为名出版。1946年返回北大后，又续写了四章。我手头的辽宁教育版《新诗十二讲——废名的老北大讲义》，还收入了作者20世纪30年代关于新旧诗的序跋、通信和随笔。应该说，废名的诗论都在里头了。

要讲现代文艺，就得从新诗讲起。要讲新诗，自然要从胡适的《尝试集》讲起。这个集子初版里的诗，废名都可以背出来，也就是从这里，废名开始考虑新诗的标准究竟有哪些。进而，又从这个标准出发，选出《尝试集》里的佳作。他选的第一首是《蝴蝶》。

所谓新诗，是相对于旧诗而言的。胡适把白话作的诗都当作新诗，废名的看法不同。他以为，新诗和旧诗的分别，不在乎白话还是不白话，以往的诗文学里有近乎白话的，但不能援引它们作新诗的前例或同调。那么，新诗和旧诗的区别在哪里呢？废名说了，旧诗的内容是散文的，新诗的内容是诗的。旧诗装不下新诗的内容，昔日的诗人们也很少有人有这个诗的内容。他们作诗同我们写散文一样，是情生文，文生情的，他们写诗自然也有所触发，问题是，仅仅把所触发的一点写出来未必能成为一首诗，他们的诗要写出来以后才成其为诗，因此之故，废名把旧诗的内容称作散文的内容。古诗如陶渊明的诗，一首诗就是一篇散文，可以铺排成一篇散文，新诗的杰作则决不能用散文来改作。废名在这里有一个发现，旧诗的长处可以在新散文里得到发展。

最初写新诗的人，都念念不忘如何摆脱旧诗的束缚，打破它的枷锁，从中解放出来。在这个意义上，新诗是自由的，又是不自由的。等新诗得到大家承认了，诗人们已经是作诗就要作新诗了，作新诗的人乃更是自由，新诗也就进入了废名所说的“第二期”，诗要怎么作就怎么作了，对旧诗词句也不完全排斥了。

废名并没有否决旧诗的特点，事实上，和旧诗相比，他更喜欢用以往的诗文学这个说法，并强调，重新考察中国以往的诗文学，是我们今日谈白话新诗最要紧的步骤。他常同学生们说，现在作新诗的人每每缺乏运用文字的功夫，不如旧诗人们的句子写得好。他不喜欢辛弃疾的“落日楼头”，说“贫”得很，对温庭筠的词倒是赞赏，认为它走到自由路上去了。废名这里有一段话很精彩：“温庭筠的词不能说是情生文文生情的，他是整个的想象，大凡自由的表现，正是表现着一个完全的东西。好比一座雕刻，在雕刻家没有下手的时候，这个艺术的生命便已完成了，这个生命的制造却又是一个神秘的开始，即所谓自由，这里不是一个酝酿，这里乃是一个开始，一开始便已是必然了，于是我们鉴赏这一件艺术品的时候我们只有点头，仿佛这件艺术品是生就如此的。这同行云流水不一样，行云流水乃是随处纠葛，他是不自由，他的不自由乃是生长，乃是自由。”

郭沫若的诗居然可以和冰心的诗相提并论，是废名给我的一个惊讶。他说，郭沫若的诗本来是乱写，乱写才是郭沫若的诗，能够乱写是很难得的事。他又说，《冰心诗集》里的诗又何尝不是乱写的呢？两个人都是豪情万丈，在夸大其词方面，冰心一点也不亚于郭沫若。诗不是作出来的，只是写出来的，写出来好就好，不好也就没法子好，这一派的诗人自由滋长，结果是上下古今乱写，若要说有什么阻碍，旧诗语言文字不听命令，感情有时表达不出来。这里，我又不得不抄一句废名的精彩表述："白话新诗对于这一派诗人的天才，有时反而不能加以帮助，好比冰场上溜冰一样，本来是没有阻碍的，但滑就是阻碍，随便地滑一下，自己觉着，别人也看着你滑一脚了，好像气力不够似的。"

什么样的诗能称作好诗？既要有普遍性，又要有个性。废名说，诗人的感情与所接触的东西好像恰好应该碰作一首诗，这首诗的普遍性与个性就都具有了。若诗感与所碰的东西还应加一番制造，要有人工的增减，那么这首诗的个性自然还是有的，诗的普遍性就成问题了。

最后重申一下废名的新诗论：如果要作新诗，一定要这个诗是诗的内容，而写这个诗的文字要用散文的文字。还要特别补充一句，《谈新诗》是现代作家讨论新诗的第一部专著。

地山的空灵

喜欢读新文学，很大程度上是因为它的稚嫩。自然也罢，做作也好，纯朴也罢，世故也好，豪情也罢，忧伤也好，都是稚嫩的。童年这个词来形容它是很贴切的。新文学是20世纪中国文学的童年。儿童无论怎样，都是可爱的。落华生，也就是许地山的《空山灵雨》，就是这样一个稚嫩的东西。

从中，我抽不出哪个特别妙的句子，也不能总结出什么精深的思想。可是，通读整篇，通览全册，不能不承认它有味道，简单得不能再简单的情节里，轻巧得不能再轻巧的描述里，流露出淡淡的味道，慢慢飘散开来，悠扬而韵长。

一些寓言，一些随感，一些人生的遭际，地山肯定是要表达些什么。他的声音很轻，连心思都很轻。这大约和无奈有关吧。站在人群里，却是旁观者的眼光，远远地看着天地万物，看着人世间。悲哀是轻的，愤懑是轻的，但《心有事》这头篇表明了一切："那时节，我要和你相依恋，各人才对立着，沉默无言。"

标题里有蝉、蛇、蜜蜂、梨花、落花生，有笑、愿、海、桥边，更有《信仰底哀伤》《难解决的问题》《债》《荼蘼》《美底牢狱》《光底死》。此外，还有《暾将出兮东方》《万物之母》《春底林野》《我想》《乡曲底狂言》《生》。最后两篇是《别话》和《爱流汐涨》。末了一句话是："夜深了，咱们回家去罢。”

写这些东西的时候，地山多少有一些倦怠吧。他一定是累了。有一篇题目是《疲倦的母亲》。他在《山响》里说：“我们都是天衣，那不可思议的灵，不晓得甚时要把我们穿着得非常破烂，才把我们收入天橱。愿他多用一点力气，及时用我们，使我们得以早早休息。”

连沧桑也是稚嫩的，这是我读地山的感觉。反过来说，很稚嫩的时候，已经历经了沧桑。这也是新文学的命运吧。地山说：“若要说赞美底话：在早晨就该赞美早晨；在日中就该赞美日中；在黄昏就该赞美黄昏；在长夜就该赞美长夜；在过去、现在、将来一切时间，就该赞美过去、现在、将来一切时间。说到诅咒，亦复如是。”

地山空灵的秘密，让我琢磨了半天。结论是很沮丧的：地山的笔下有人群，有家庭，但没有社会，没有历史，也就是说，没有社会理论意义上的社会，没有历史理论意义上的历史，新文化运动时期域外涌入的种种思潮，对他没有任何的影响。他的感觉是超越了具体理论的，心情是越过了具体时代的，就像书名，他是住在空荡荡的山谷里，淋着灵动的雨水。

洵美的绚烂

领袖、英雄、明星及其他各式各样的名人，几乎都不例外，有一个朗朗上口的名字。行当不同，名字的感觉也大相径庭，如革命领袖的名字往往气势昂扬，明星的名字往往委婉优雅。看到邵洵美这名字，脑海里就浮现出唯美而绚烂的花。我甚至想，洵美应当是富态的。看《洵美文存》里的照片，他却是挺拔而瘦削。

《一个人的谈话》这个题目，可以概括洵美整个的写作特点。坐在屋檐下，站在风雨里，或者在自家的客厅，随便什么地方，话题就滔滔不绝地打开了。自己和自己谈话，他说“我喜欢幻想”，“幻想竟然叫我把一切事情想穿了”。一个人谈话，完全没有限制，这谈话可以是片段的，可以没有连续性，甚至不合逻辑。“因为这一个世界里只有我一个人，我要自由，自由便是我的。”对大多数人来说，一个人的谈话往往是落寞的，孤独的，自怨自艾的，洵美不是。他从《一个讲故事人的假期》，谈到诗歌和性别，谈到现代诗，诗的功用，诗的欣赏，中国人和诗歌的密切。洵美写新诗，并非全为了格调可以自由，或白话比文言容易，而是为了创造，用前人没有用过的方法，写出前人没有写过的东西，别人看得懂还是看不懂是他不曾关心的。他又扯到小说，说现代中国为什么没有伟大的小说产生，是“太想把个人，最大也不过是集团，来做主人翁”。世界是如此复杂，一个事物可以有无数的定义，中心是谁也找不到的。

洵美说，用字能用得准确适当，真是一种愉快。读洵美的文字，我们不能不感觉愉快。没有华丽的辞藻，没有刻意的修辞，完全是口语，却有水到渠成的效果，一点没有二三十年代流行的拗口。对如何用字，洵美是很讲究的，我们却看不出讲究的痕迹。说句俗话，就是他的用字从技术进入到艺术阶段了。字、词、句在他笔下，都是丰润的，醇厚的，像陈年的老酒，寺庙里的高僧。他说，有了充分的经验，一粒谷里可以看见宇宙，热闹里有人生，静寂里也有人生，石头会说话，草会有感觉。“这时候你已是一位完全的艺术家，写下来的便是完全的艺术。”

洵美常说小说一定要有个故事。故事的定义不容易下，简单说来，就是把一切的东西写得活起来。写棵树，不一定说风来时它会摆动就完事，还得给他生命；非但会动，还要会活。写人不一定会动作会说话就完事，他还得会呼吸会思想。洵美赞扬沈从文小说里都有故事。洵美的文艺随笔又何尝不含着故事呢。

我读书，或者是思想靠拢，或者是性情接近。相对而言，读外国书，我关注的是思想，读中国书，我体会的是性情。这样说，并不意味着中国人和外国人在性情上无法沟通，只是因为，国人的性情足够我去体会了；也不意味着中国人的思想不值得深思，而只是，自己作为中国人，对同胞的思想更容易以体会、体贴、体认的方式来把握。洵美的文艺批评和随笔大多是关于域外的作家和作品，却能够从性情入手，究其缘由，《谈翻译》中可窥奥秘。他说自己在翻译文学作品时，从未感觉到文字上的困难，也确信能充分地表现原作的神韵。

洵美对翻译的自信，也体现在对文学的看法上。他说鲁迅有天才没有趣味，茅盾有趣味没有天才，郁达夫有天才又有趣味，在他的作品里，可以看到他整个的人格。洵美是翻译家、作家，也是评论家。他说，在一个新时代里，批评家最大的责任是整理，给紊乱的状态一个秩序。有了秩序，文学的疆域里便不会有别的东西混杂进来。那别的东西，就是政治和道德。洵美好几次讥讽鲁迅和普罗文学家，说他们既不懂什么是文学，又不懂什么是大众：他们以为大众是奴隶，可以受他们自由的驱逐；他们以为大众是猴子，可以受他们强迫的训练。他又说，我们可以同情一个强盗或淫妇，但不能由此就说我们拥护强盗或淫妇的行为，我们也绝不因了同情而自己成为强盗或淫妇。说到底，文学作品是一种文字的艺术，批评家应当首先从艺术的技巧上去发表意见。

洵美曾留学英法，归国后写诗作评，译介的又是西方唯美颓废的思潮，却对传统念念不忘。他所谓的传统，是文化的全部。传统是我们的根基，是我们的资本，忽略了传统，我们便没有了灵魂，没有了意义，没有了目的地，也没有了出发点。洵美以为，新文学的出路，是一方面深入民间，发现活词句及新字汇，另一方面得研究旧文学，欣赏其技巧、神趣及工具。他说，我们可以不满于我们政治的现状，却决不能拒绝我们历史的光荣，可以羡慕乃至采用外国的艺术，但决不能毁灭了本人本地的性格。我们真正的宝物，不是地面上干死的衣壳，而是地底眠伏的虫蛰，只要走到更深一层，我们便可以找见我们过去的，同时又是未来的生命。

《洵美文存》里收集的，多是他1928到1937年间的文字。随便掀开一页，再往后或朝前翻看，都是一样的轻盈，一样的厚重。洵美关于珂佛罗皮斯的一段话，或可用到他自己身上："他没有成见，但是他有他的方向。他的漫画不是一种讽刺而是一种安慰。待人接物他从不想到要估算盈亏利弊，他留心的只是善和恶。他拘谨，像太阳严守着他的位置，但是他要把光明照在一切的身上。他有时也想放任，但是像天上的云，自由在一个更大的范围内。"

景深的书话

陈子善编的《新文学过眼录》里，收集了赵景深的七十二篇评论和书话，其中除三篇写于20世纪80年代，均写于20、30或40年代。读景深的这些文章，就像跟在他后面，在新文学的领地里走马观花，情绪自然也到了那个时代。

开篇是《中国新文艺与精神分析》，用精神分析理论分析新文艺作品，如姨太太和大太太的儿子恋爱，兄妹恋，自恋，同性恋。最令人惊讶的，莫过于从冰心诗里的“海”读出性欲象征。第二篇《鲁迅与柴霍甫》，对二者的生活、题材、思想、作风等方面做了比较，提出他们都是弃医学文，都是描写乡村的能手，都对将来有无穷的希望，但质地总是悲观的，都是幽默且讽刺的。编者以这两篇文章打头，当是有用意的，而且确实对读者，至少对我这个读者造成了相当的影响，在阅读后面的文章时，投下了它的限制。可是，粗粗翻过一遍，我却想说，景深评论作品，主要不是从理论出发，而是他的经验。他在评《虹纹》第一集上的小说时自陈，他没有研究过批评学，批评作品完全凭的是直觉。这直觉的依据也就是生活的经历和经验。

在自己的小说集《失恋的故事》的序中，景深谈到自己年幼时随父母四处漂泊，过着“下流顽童底放荡生活”，有着一生中“将再不会有那样多的朋友”，读了“一百几十种石印的神怪武侠小说、淫书”，还偶然读到少数鸳鸯黑幕派的小说，《少年杂志》和一些童话。这种经历造就了他对生活方方面面的深刻体会，以及对各种题材作品的细腻感受。在为《飘荡的衣裙》写的序中，他说，倘若读者的感受、境遇、志趣一一与作者相合，那就起了共鸣，于是读者便称赞作者不已了，不过这种称赞，只是“在我看来如此”。景深的聪明，在于他能和各种各样的作者及其作品“相合”，既能欣赏鲁迅，也能欣赏叶绍钧、苏雪林、郁达夫、巴金；既能鞭辟入里地分析小说，也能丝丝入扣地赏析诗歌；既能高屋建瓴地评价名人，也能细致入微地体会不大为我辈所知的作家，这样，他写的评论和序跋，自然和作品融为一体了。

景深文章的最大特点，是平实温和，可能他的性格也属于温柔敦厚的那一类吧。在《书呆温梦录》里，他写道：“一个花费了很多时间预备的戏剧演出决不会没有一点好处的；我只说好的一面，把我认为不好的部分隐藏起来不曾说出罢了。”这句话几乎适合于他全部的文章。《丰子恺和他的小品文》里说，他只是平易地写去，自然就有一种美，文字的干净流利和漂亮，怕只有朱自清可以和他媲美。这话用在景深身上，也是很贴切的。为钱君匋《水晶座》作的序劈头盖脸，是这样一段：我该用什么来比拟君匋的诗呢？当你静夜在松柏林中散步的时候，一阵软软的风吹在你的脸上，这风，就是君匋的诗了；当你在床上假寐的时候，一阵淅沥而又哀怨的雨声将你滴醒来，这雨，就是君匋的诗了！他的哀怨有如淡淡的影子，你无论如何用手摸都摸不到，只能得其仿佛。这何止是评论，景深简直是自己在作诗了。这样的句子不胜枚举。景深有感觉，有才情，中西古今的文学史又精通，做起评论来即使蜻蜓点水，也显得洋洋洒洒。

最后一篇是为《世界名画选集》作的序，最后一句是这样的：每一张画都给人一个深深的激动。我要说，景深的每一篇文章都给我一个深深的激动。

丏尊的散文

读民国时期的作品，于我已成为习惯。若有几日脱离，就觉得少了什么。因上课的需要读了一周卢卡奇关于革命的思辨，今晚痛感必须开点小差，就读了《夏丏尊散文选集》。

丏尊这名字我是早知道了的，他的东西怎样，我却一无所知。手头这本集子，是在豆瓣书店买的。那是一家旧书店，我每周都会顺路光顾一两次。自从书架上看到它，到据为己有，中间过去了约有一个月吧。那天，实在没有什么可心的，却又不甘心空手离去，就选了这本1992年出版的集子。理由倒也简单，丏尊的名气我原本就知道一些，从这个集子的序言中有了更多的了解。吸引我的有三个方面：一、他是新文学运动的先驱；二、在师范和中学任教十余年；三、主持过开明书店的工作，创办过《中学生》杂志。第一个方面的原因其实是很虚的，后二者要踏实得多，我想知道那个年代里，师范和中学的老师到底有多大的气概，开书店办杂志又能有多大的志向。

书照例是随意翻开一页。说的是李白的《静夜思》不管谁拿来读，不管在什么年纪读，都觉得有意味，而黄山谷的《戏赠米元章》读来毫无意味。丏尊解释，如果用遗产来做譬喻，李白《静夜思》是一张不记名的支票，谁拿到了都可以支取使用，籴米买菜；山谷的《戏赠米元章》是一张记名的划线支票，非凭记着的那人不能支取，而这记着的那人却早已死去了，于是这张支票捏在我们手里，只好眼睛对它看看而已。这个解释实在妙不可言。用当代读者批评理论来说，就是李白的诗表白了极普遍的情感，谁都可以成为它的现实读者，山谷的诗则是明确写给米元章父子的，和他人不相干，如此，二者的命运就截然不同了。

这篇前面，是《阮玲玉的死》。说的是阮的自杀让大众轰动，原因是大众对她有认识，有好感，她能体会大众的心声，满足大众的要求。丏尊说，好的艺术家必和大众接近。在各种艺术中，最易让大众接触的，要算戏剧和文学。丏尊把电影视作戏剧的一种，认为它的艺术材料及演出方式，有旧剧所没有的便利。电影只要有眼睛的都能看，文学却要以懂得文字为条件。文学对于文盲，就像电影对于瞎子。国内瞎子不多，文盲却多得很，这样，文人就很难有阮玲玉那样的轰动。

丏尊在日本留过两年学，也从日译本转译过作品。这本集子里有《日本的障子》《关于国木田独步》，《小说的开端》介绍了岛崎藤村，赞许他开端就把“阅者”引入事情的深处。丏尊呢，把教育引入事情的深处。在《爱的教育》“译者序”中，他有一个精彩的比喻：“教育上的水是什么？就是情，就是爱。教育没有了情爱，就成了无水的池，任你四方形也罢，圆形也罢，总逃不了一个空虚。”教育中离不开情感，一切的教育都是情感教育，这一点，对今天的教师依然是个警醒。爱学生，把对自然的爱、生活的爱传递给学生，由学生再发扬光大，才能称作教育的成就。

丏尊作为国文老师，有很多的经验。《传染语感于学生》中说，国文科老师的任务，在于对文字有灵敏的感觉，并把它传染给学生。如“赤”不只解作红色，“夜”不只是昼的反对，“田园”不只是种菜的地方，“春雨”也不能只解为春天的雨。见了“新绿”二字，当感到希望焕然的造化之工、少年的气概等等说不尽的情趣；见了“落叶”二字，就会感到无常、寂寥等等说不尽的诗味。《教学小品文》中写道，对于学生学国文，一是不要只从国文去学国文，二是不要只将国文当国文学。重要的是，对生活要有玩味观察的能力，并从写小品文入手，培养作文的兴趣。

丏尊在浙江师范教书时，鲁迅、李叔同也在，且有不错的交情。《鲁迅翁杂忆》开篇说：我认识鲁迅翁，还在他没有鲁迅的笔名以前。那时，学校里大家都叫他周先生。学校里有些功课是聘用日本人任教的，他们的讲义需要翻译，上课时也要有翻译，丏尊和周先生担任的就是这翻译任务。丏尊任教育学科的翻译，周先生任生物学科的翻译。周先生所译的讲义备受称赞，还给学生讲过生殖系统。讲课时，他对学生提过一个条件，就是在他讲的时候不许笑。他给丏尊解释说，在这些时候不许笑是个重要条件，因为讲的人的态度是严肃的，如果有人笑，严肃的空气就被破坏了。别班的学生想借油印讲义看，周先生说可以给，不过你们估计看不懂。原来，讲义很不简单，且故意用了许多古语，如用“也”字表示女阴，用“了”字表示男阴。

李叔同之为弘一法师，和丏尊有些关系。丏尊从日本杂志上看到“断食”一说，和叔同谈起，后者就拿书去看。看过就自己试验了。后来去了虎跑寺几次，叔同皈依三宝，做了居士。丏尊说：“这样做居士究竟不彻底。索性做了和尚，倒爽快！”叔同果真就去了。《我的畏友弘一和尚》《弘一法师之出家》两篇由人及事，由佛及理。前者中有个例子，说的是宿舍丢了财物，疑是某学生所为，却没有证据，身为舍监的丏尊向叔同请教，答曰：“你肯自杀吗？你若出一张布告，说做贼者速来自首。如三日内无自首者，足见舍监诚信未孚，誓一死来殉教育。果能这样，一定可以感动人，一定会有人来自首。——这话须说得诚实，三日后如没有人自首，真非自杀不可。否则便无效力。”后篇中录叔同的话：“理是可以顿悟的，事非脚踏实地地去做不可。理和事相应，才是真实功夫，事理本来是不二的。”

对丏尊来说，读书和教书是本分。丏尊爱书，这本集子头篇就是《读书与冥想》，东拉西扯，最后一段写道：“真要字画文章好，非读书及好好地做人不可，不是仅从字画文章上学得好的。那么，有好学问或好人格的人都可以成为书画家文章家了吗？那却不然，因为书画文章在某种意义上是艺术的缘故。”中间有篇《我之于书》，说自己不喜欢向别人或图书馆借书，非要自己买的才满足，范围广泛。书拿到手里，通常先看序文，次看目录，页数不多的往往立刻通读，篇幅大的只择一二章节翻阅，然后就插在书架上了。在这方面，我和丏尊有着共同点。他说：“关于这事，我常自比为古时的皇帝，而把插在架上的书譬诸列其屋而居的宫女。”

集子里有几篇类似于短篇小说，有几篇属于对话体。类似小说的，据说是作者的自传，对话体中，有一个声音肯定是作者的，或者，两个声音都是作者的，他的思想自言自语，一唱一和。千字左右的《白马湖之冬》，被台湾作家杨牧视作现代记述类散文的先驱，朱自清、俞平伯、方令孺、林海音等“多多少少流露出白马湖风格”，平淡的风格。他在白马湖畔建造的几间小平房，取名“平屋”。他自己编的散文集取名《平屋杂文》。平淡中不乏热情的追求，这从《春晖的使命》《新年的梦想》《春的欢跃与感伤》等文章中可以看出。

人生在世，是有很多无奈的。丏尊把无奈分为客观的和主观的。惯吃黄酒的人遇到没有黄酒的时候，只好吃白酒解瘾，这是客观的无奈；本来就喜欢吃白酒的人，非白酒不吃，只能吃白酒，这是主观的无奈。像“命苦不如趁早死，家贫无奈作先生”，“家贫”和“作先生”都是无奈，这不足悲哀，所苦的是这“无奈”是客观的而非主观的，我们的烦闷不自由在此，我们的渺小无价值也在此。横竖无奈了，与其畏缩烦闷地过日子，何妨堂堂正正地奋斗。也就是说，把无奈从客观的改为主观的，在绝望之中杀出一条希望的血路来。这是题为《“无奈”》的文章中写的，时间是1924年11月16日。丏尊明白，“要改革现社会，就得先有和现社会罪恶面对的勇气”，《试练》一文表明，这勇气是来之不易的，“接连听到那几声尖利的号叫，不由自主地又把两耳掩住了。”

把无奈从客观的改为主观的，改革的勇气却难以保持，落寞也就难免如影相随了。这般情绪，可见于《中年人的寂寞》《早老者的忏悔》。在丏尊，仍要勉力而为，“把这寂寞当作自爱自奋的出发点”。但无论怎样的自爱自奋，都不是革命者的态度，像卢卡奇，就不会写丏尊的散文。可不知为什么，总觉得卢卡奇的文字里，隐约有着和丏尊相通的思绪。正是这种相通，使得我可以从卢卡奇的思辨转而进入丏尊的散文；正是这种思绪，使得我能够体会卢卡奇。

朱湘的家书

读大学时就知道了朱湘。他二十出头就出版诗集，扬名诗坛，属新月诗派，三十不到沉江自杀。想必他的诗也读过一些，只是没有什么记忆了。再次阅读朱湘，读的是他在1928年2月6日至次年8月留美期间写给妻子的信。

家信，尤其是夫妻之间的书信，属于绝对的私人话语。读它，要怀着特别恭敬的心，不应猎奇，不应窥视。这是对读者所要求的。拿起朱湘的信，很容易做到这一点。

既然是夫妻间的窃窃私语，免不了有些肉麻的句子。如：“昨天接到你的信，晚上作了一个梦，梦到同你亲嘴，心里痒麻麻的。妹妹，你那叫我的声音真是麻心。”一连出现三个“麻”字，大概是方言吧，我们倒也能体会。朱湘忆起从前：“你还记得当时你是怎样吗？我靠在你身旁坐下，你身上面的一股热气扑到我的脸上（我想我当时的热气也一定扑到了你的脸上）。我当时心里说不出的痒痒。后来我要摸你的手，我偷偷地摸到握住，你羞怯怯地好像新娘子一样，我当时真是说不出的快活。”又如：“我前两天想，唉，要是我能快点过了这几年，到霓妹妹身边，晚上挨着她睡下，沾她一点热气，低低说些情话，拿一双臂膀围起她那腰身，我就心满意足了。”诗人就是诗人，朱湘的肉麻也是这般的纯真。在朱湘写作的年代，“痴心”可能是写作“吃心”，信中出现了很多次，想一想，倒也贴切。

如我，感受更深的，是他对妻儿的挂念。诸君明白，挂念和思念是很有些不同的。前者重在牵挂，后者倾向于相思。几乎每封信中，朱湘都会讲，妻子你要保重身体，要请奶妈子，还要请老妈子，不要累坏了自己，还让妻子多出去走动，上学或者交友，打打小牌也是可以的。霓君想来也是聪明之人，信中也有诗作，让朱湘“又惊又喜”，“惊的是你作诗进步真快，一日千里也不过如此；喜的是你一片深情都流露在诗句之中，我看完之后，说不出的爱敬”。朱湘时常寄些国内不曾有的零件东西回来，让妻儿开心。他对妻子的爱敬，表现在谈论诗歌文学，待妻子如朋友和同道，也表现在他探听到同床而不怀孕的办法，免得妻子受苦。诗人的心是小的，却不是小心眼的那种小；情是细的，却也是体贴入微的那种细。

爱敬，也是朱湘信中的主题。朱湘说：“你在管家的时候，样样想得周到，那时候你真是姊姊；等到我抱你在胸怀，那时候你又是妹妹了。”朱湘说：“现在这种世界，是平等世界，丈夫有什么事作错了，妻子好意相劝；妻子有什么地方不曾看到，丈夫好意提醒。”妻子吃了太多的苦头，朱湘都深深明白。妻子担心他学成归国，看轻了自己，朱湘说：“我对你只要爱情，不要别的。那斑白胡须的老先生学问最好，我假如要学问，我去找那些老头子好了。我自己也有学问，很够用了，我为什么还要学问呢？我只要爱情！假的我不要，我单要真的爱情。我的亲妹妹，你居然把你千真万确的爱情给我了，我是多么的有福气啊！”

无论谁读朱湘的信，都不难发现，其中的关键词，是钱。

留学在外，别人是靠家里寄钱，朱湘则总是想着每月寄多少钱回家。尽力节省伙食、衣着，努力译书，并打算学做厨师到餐馆打工，以及让妻子买来绣花到美国再卖。妻子要他照相寄回家，免得旁人猜疑夫妻感情不好，却一等再等。朱湘不喜欢照相是事实，不过这次，是筹不够照相的钱。妻子寄食物给他，也要盘算如何省钱，更要免得罚钱。朱湘说："现在美国新定法律，中国运来的东西又加了税。人家国强，我们现在国弱，也无法可想。将来中国强了，他们加税，我们也加税。"国家是卑微的，诗人是卑微的。朱湘始终在为生计奔忙，出国前穷，留学时穷，学成归来依然是穷。那一年四季紧蹙的眉头，我们是可以想见的。

朱湘的穷酸到了什么地步呢？住在又脏又臭的房间里，自己又要做饭，衣服上自然就有股味道，惹得同学生厌。朱湘对此很是敏感，有好几封信中都提到，心中说不出的难受。不只是为了自己个人，也是考虑到国家的脸面。不能给中国丢脸啊。朱湘发誓："不单要替中国学生在学问上争光，并且要教外国人知道，我们中国人并非天生得不干净，不必他们见了中国人就濞鼻子。"身为亚洲人，中国人，朱湘受了很多的歧视。老师少了一本书，就怀疑是他没有还，甚至当堂破口大骂亚洲人。

在信中，朱湘每每展望学成归来后的幸福生活。妻儿衣食无忧，不再寄人篱下借债度日。他又几次提到，国内仇人太多，怕谋不了生。当年文艺界的恩恩怨怨，究竟如何，我们是不清楚的了。

朱湘差不多五天一封信，总共106封，《海外寄霓君》中收了94封。他的信有个特点，就是抬头和落脚之间，只有一个自然段。这样，读起来就是密密麻麻的一篇。若是分开段来，读起来可能会简明，却少了很多韵味。密密麻麻的一篇，翻来覆去也就那几个意思，没有耐心的人会觉得啰嗦，我却以为其中情意绵绵，意味无穷。想想看，那真正的情意，不就是"剪不断，理还乱"吗？读朱湘的"与妻书"，要慢慢地在心中默读，甚至于感觉不到自己在读，只是眼睛在看，心思放在字上。顺带，对书的装帧设计也要赞美一句，小五号字体非常合适，若是字号大了，朱湘的深情厚谊就被"稀释"掉了，就飘散了。

信是写给妻子的，也是写给自己的。不乏自言自语的成分。这自言自语，不是仰天长啸，而是低头自问。在昏暗的灯火下，在暗地里，在无人的空旷里。低语。这言语不是通过嘴唇发出的，是用心嚼着的。敏感、脆弱的诗人，孤苦伶仃的朱湘，即使在他对妻子的细密情思中，我们也不难发现，诗人的心是落寞的，是幽寂的。相信妻子对他多少是了解一些的，也不必讳言，妻子的了解和理解是很有限的。至于这个世界，这个社会，夫复何求？1933年12月5日晨，从上海开往南京的船上，落下了年轻的身影。

或许可以说，朱湘早已预言了这个结局：

葬我在荷花池内，
耳边有水蚓拖声，
在绿荷叶的灯上
萤火虫时暗时明……

葬我在马缨花下，
永做芬芳的梦……
葬我在泰山之巅，
风声呜咽过孤松……

不然，就烧我成灰，
投入泛滥的春江，
与落花一同漂去
无人知道的地方。

写这个读后感的过程中，希望对朱湘知道更多，在百度里轻轻一捞，就捞出了这首诗。题为《葬我》，收录在1927年出版的《草莽集》里。那年，他不过23岁。

生豪的情书

1933年，21岁的朱生豪到上海世界书局任英文编辑。他痛感于莎士比亚戏剧没有中译本的全集，决意用业余时间来翻译。在生活困难，译稿和重译稿毁于炮火的情况下，他坚持不懈，到1944年上半年，译出莎士比亚37部剧作中的喜剧13部、悲剧10部、传奇剧4部和历史剧4部，共31部。大功垂成，而他的病情已发展为结核性胸膜炎及肺结核、肠结核的并发症，于1944年12月26日告别人世，年仅32岁。业内人士评价说，朱生豪的翻译态度严肃认真，以“求于最大可能之范围内，保持原作之神韵”为宗旨，译笔流畅，文辞华丽。我国出版的第一部外国作家全集——1978年版的《莎士比亚全集》，戏剧部分采用了朱生豪的全部译文。我对莎士比亚知之甚少，这里要谈的是生豪写给妻子宋清如的情书。生豪和妻子十年苦恋，离多聚少，加起来不足两年半，大多时候只能书信往来。目前存留的是1933到1937年间的306封信。

信的抬头和落款是很值得把玩的。列举一些有趣的：无比的好人/快乐的亨利，好/朱，好友/不说诳的约翰，好宋/朱，好人/厌物，好人/你脚下的蚂蚁，小姐姐/专说骗人的诳话者，好友/Villain，小亲亲/小瘌痢头，哥哥/Ariel，傻丫头/黄天霸，青女/丑小鸭，好友/你所不喜欢的人，我们的清如/朱朱和我，好友/太保阿书，清如贤弟/吃笔者，宋/希特勒，好/米非士都非勒斯，朋友/老鼠（因不及小猫，故名），昨夜的梦/星期四，清如/心烦意乱，宋/和尚，小弟弟/阿弥陀佛，清如仁姐大人芳鉴/小弟朱生敬启，二哥/拙者，好孩子/朱朱，好好/魔鬼的叔父，弟弟/弟弟，宋儿/鸭子，婆婆/珠儿，宋神经/朱，宋家姐姐/小巫，清如我儿/金鼠牌，爱人/张飞，青子/红儿，威灵吞公爵勋鉴/鄙人约翰斯密司顿首，弟弟/叽里咕噜，二姐/WATATA，小妹妹/伊凡叔父，宝贝/多多，宋宋/牛魔王，妞妞/你的靠不住的，你这个人/卡列班，宋千斤/阿二，等等。

有这样的抬头和落款，可以想见，生豪是怎样的好搞笑，心底的快乐是怎样的自然。情书中也谈到社会，谈到生活，谈到莎士比亚剧本的翻译，但总的情绪是孩童般的活泼和热闹。据说，生豪是不善言谈的，性格内向，但这些情书中，诙谐、幽默不可抑制地流淌着。俗气的人可能从中只看到打情骂俏，而懂真性情的人，会读出生豪的天真烂漫。

情书是不适于评论的，生豪的尤其是。在灯光下静静地读，在清晨慢慢地读，在夕阳里细细地读，在心底里读，不能念出声来，只要感觉，体会，回味。当年，清如从中读到了甜蜜和温馨，她是这些情书“预定的”读者。我们作为读者，显然是侵犯她的专利了。不过话说回来，我们阅读，是抱着旁观者的身份，不是读柔情蜜意，读的是生豪的性情、灵气，孩子般的心地，读的是爱情的美好，人世间的美好，生命的美好。忽然想到顾城，曾经他也有一颗童心，可惜，后来被丢掉了。生豪像孩子，像孩子一样自在，喜欢捉迷藏，说疯话和傻话，疯得要爬到树上去，傻得要跳到河里去，当然，也只是装模作样罢了。

生豪的文字很清爽，富于跳跃，动感很强，简洁而韵味多多，像是两个小孩打闹，五四新思想新道德新风尚的自由、天然统统展现，称之美文学毫不夸张。还是抄录几句：

我是宋清如至上主义者。

为什么我一想起你来，你总是那么小，小得可以藏在衣袋里？我伸手向衣袋里一摸，衣袋里果然有一个宋清如，不过她已变成一把小刀（你古时候送给我的）。

你说过几时带我到月亮里去，几时去呢？你要是忘记了，我不依。你讲一个故事听好吗？

要是世界上只有我们两个人多么好，我一定要把你欺负得哭不出来。

你在古时候一定是很笨很不可爱的，这我很能相信，因为否则我将伤心不能和你早些认识。我在古时候有时聪明有时笨，在第十世纪以前我很聪明，十世纪以后笨了起来，十七八世纪以后又比较聪明些，到了现代又笨了。

寄给你全宇宙的爱和自太古至永劫的思念。

在生豪的信里，好像可以看到郭沫若、刘半农、沈尹默、汪静之等人的影子，但生豪就是生豪，生豪还是生豪。清如是幸运的，她遇到了生豪；生豪是幸运的，上苍赋予他如此的性情；我们是幸运的，可以读到这样的童真；文学史是幸运的，有这样的稚趣可以记载。

唐弢的修养

《文章修养》写于1939年，作者唐弢其时年仅27岁。我现在39岁了，写作也有些年头了，随意翻开《文章修养》，却依然受到教育。

这本书不到10万字，上编6章，偏于叙述，从文字的起源谈到文章的变迁，古文、骈体文、八股文，再到白话文和大众语，下编8章，专谈文章的做法。题材的搜集和主题的确定，字和词，土语和成语，句子的构造和安排，明喻之类的修辞，铺张和省略，会话的写法，最后谈到文气。为了具体讨论，唐弢提供了很多例句，拿来比较和分析，娓娓道来，让读者明白其中的是非曲直，优劣得失。

这本书的优点，首先是生动活泼，引经据典，却丝毫没有卖弄的意思，目的在于表明作者的观点，梳理出明晰的思路。唐弢叙述的语气舒缓，像是久经世故的老人，给儿孙们讲述做人做事的道理。第1章的末尾一句正是："我将像古代希腊的阿德一样，弹起破碎的竖琴，先来为诸君讲一点古老的故事了。"老到而不失热情，教训却不带成见，提供的都是客观的历史和基本的做法。因此，可以给这本书取一个更学术化的名字：中国文章论。

对书中"文气"的观点，我有一些不同。唐弢探讨了句子和文气的关系，提出文气的跌宕根源于声调的转动和句法的变化，以及虚字的频频采用，使文气连贯，波澜增加。我以为，唐弢所说的文气，也就是我们通常所谓的“调门”和“语速”，音高音低，轻重缓急，制造出来的气氛显然是不同的。这只是文气的一种，或者说，是由于“调门”和“语速”，也就是唐弢说的“声调的转动”和“句法的变化”引起的。此外，还有一种，是由于文字表达的思想引起的。固然，任何文字，任何思想的表达都离不开“调门”和“语速”，但仅仅是这两者，未必就有“文气”。唐弢说了，文气说的就是气势。少年有少年的气势，老人有老人的气势，少年盛气凌人是一种气势，老人时断时续的微弱之声也是一种气势。少年的气势源于生命的年轻具有的朝气，老人的气势则在于经历的错综裹挟而来的情感和思想的复杂。唐弢对文气的探讨，更多是技术性的，没有考虑思想本身的气势。

或许，唐弢会和我争论，思想本身的表达也总得通过文字、句法啊。这个不错。不过，我要补充的是，文气之所以为文气，可以说是文章客观存在而后为读者所感受到的，也可以说是因为读者感受到而后我们以为是文章所固有的。唐弢着意说明的是前者，我特别解释的是后者，读者统揽了全部，了解一个老人的全部经历，因而对他的话，对他的微弱的调门，对他的不成句子的话语，都有一种特别的感受；这种感受和句法没有什么直接关系。

无论怎样，我27岁的时候是写不出这样的东西的，39岁的我，依然写不出，不只是因为语文不是我的专业。从小学起上语文课，直到大学语文课结束，对于中国文章，始终没有形成一条线索。常常就想，何尝是外语没有学好，连自己的母语也实在是汗颜之至。

自清的标尺

《标准与尺度》收集了朱自清1947和1948两年写的22篇文章。“自序”中说，这本书取名“标准与尺度”，是因为书里有一篇《文学的标准与尺度》，别的文章，不管论文，论事，论人，论书，也都关涉着标准与尺度。还说，这里只是讨论一些旧的标准和新的尺度，无意确立新的。“标准”一词对应的英文词是standard，“尺度”对应的是criteria。依朱自清的意思，种种不自觉的标准为“标准”，种种自觉的标准为“尺度”。看他的具体阐述，是把标准视作习以为常、大家都承认了的，尺度则是最初为部分人所自觉的，等它得到公认而流传，也就成为标准。这时，又会出现新的尺度。

该书第一篇是《动乱时代》，似乎和文学无关，其实不然。朱自清认定其时是一个动乱时代，有颓废者，有投机者，也有改造者和调整者，他表达了自己对这些不同类型的看法，希望改造者不要操之过急，调整者不要抱残守缺，从而比较快地走入一个小康时代。 第二篇是悼念闻一多的，题为《中国学术的大损失》。朱自清首先谈到闻一多对文学的政治性和社会性有特别的认识，最后又提及闻一多去世前打算根据经济史观研究中国文学史。第三篇《回来杂记》，介绍了北平光复后的情形，包括物价、交通、报纸副刊、古玩、打劫、警察，拉拉杂杂，主要的意思有三个：北平的闲；北平的不一样；北平的晃荡。我一直奇怪，当时的报纸副刊怎么会登载专业的论文，朱自清提供了答案：这种论文原应该出现在专门杂志上，由于出不起专门杂志，只好暂时委屈在日报的余幅上。

前面三篇可视为第一辑。接下来的八篇可视作第二辑，题目分别是《文学的标准和尺度》《论严肃》《论通俗化》《论标语口号》《论气节》《论吃饭》《什么是文学》《什么是文学的“生路”》，都是论从史出，梳理出各个主题在不同时代里的内涵和意义。朱自清文学史家的功力在这里充分地体现出来，三言两语，明晰深入，头头是道。“然后革命了，民国了，新文化运动了……”，“接着是国民革命，接着是左右折磨；时代需要斗争，闲情逸致只好偷偷摸摸的”。类似的句子，快速地引领读者把握文学的变迁，以及时代生活的变迁。

接下来的《低级趣味》比较特殊，此后的七篇可视作第三辑，分别题为《语文学常谈》《鲁迅先生的语文观》《诵读教学》《诵读教学与“文学的国语”》《论诵读》《论国语教育》《古文学的欣赏》。这一辑的主题是语文学，特别注重诵读的必要性，并探讨了接受古代作家文学遗产的路径。

最后三篇是评与序，可视作第四辑。先是介绍郭沫若的《十批判书》，提出“郭先生的学力，给他的批判提供了充实的根据，他的革命生活，亡命生活和抗战生活，使他亲切地把握住人民的立场”。然后为林庚《中国文学史》作序，强调叙述的纲领不在序、文体或作者，而在于“一以贯之”的“见”和“识”。再就是为萧望卿《陶渊明批评》作序，指出文学批评的凸现和各种路径。

朱自清这本书有两个关键词。一个是立场：“立场其实就是生活的态度；谁生活着总有一个对于生活的态度，自觉的或不自觉的。”另一个是时代：“我们要客观地认识古代；可是，是‘我们’在客观地认识古代，现代的我们要能够在心目中想象古代的生活，要能够在心目中分享古代的生活，才能认识那活的古代，也许才是那真的古代——这也才是客观地认识古代。”朱自清是文学家，文学史家，他把文学视作社会的一部分，视作生活的表现，也视作生活的象征。文学的标准和尺度的变换，都与生活配合着。基于这样的思路，他选择了“人民性”作为自己的立场。所谓的“标准与尺度”，不只是文学的，也是做人的。朱自清《论气节》中阐释了“士”向“知识分子”的“变质”，提出这种“变质”是中国现代化的过程的一段，知识分子尽了并还想尽他们的任务。

朱自清不经意间对知识分子的探讨尤其值得重视。他说，气是敢作敢为，节是有所不为，作为知识分子集体的“知识阶级”，先是敢作敢为一股气，后来面临武力和民众，就只能保护自己，作为节而存在。当然，青年一代的知识分子，无视传统的气节，拿出了“正义感”，而后是“行动”。其实，“正义感”是合并了“气”和“节”，“行动”还是“气”，这是他们的新的做人的尺度。等到这个尺度成为标准，知识阶级大概还要变质的吧。朱自清的这个揣测我不是很明白，不过，考虑到知识分子百余年来的命运，这样的揣测不无玄机。

纯粹把这本书作为文学类的书来读，不无裨益。把它作为思想类的书来读，也是理所当然。从文学的标准和尺度，到思想的标准和尺度，到时代的标准和尺度，再到知识分子的标准和尺度，就是这本书所引领的高度。文字是优雅的，思想是敏锐的，情感是醇厚的，功力是笃定的，这就是读朱自清这本书的感觉。我还体会到，他在尽力向上、向前的过程中多少有一些犹疑。

梦家的变化

“梦甲室”是陈梦家的书斋名，取对甲骨文念兹梦兹的意思。《梦甲室存文》中收录了他诗集和学术专著之外的文学创作和学术随笔。

这个集子的第一部分，前面两篇属于书信体小说，接下来的六篇属于散文体小说，然后一篇是作者的回忆录，最后一篇《论朋友》是议论文。这部分的一个关键词是梦，在读第一篇《不开花的春天》时，我注意到这样的句子：“既然我曾做过那许多梦”，“一只铁钩扎破了梦”，“我揭破了美丽的梦”，“我回来重温了过去六个月的梦”，等等。或许是因为作者的名字中有个“梦”字，就对这些句子比较敏感。另外一个原因，和故事的情景、句子的长短，以及语调有关。坦率地说，几乎所有的句子都有些别扭，读起来曲里拐弯，蹊跷的是，在明显意识到这一点的同时，我却一点不曾厌烦，反倒愿意曲里拐弯地跟着它。作者说的是故事，表达的是人情，感悟的是人生。文字里透露着一些妩媚，话语里沉溺着一些暧昧，作者是信教的人，于是乎，我们不难体会，那叙述者和故事总是保持着距离，不远不近地打量着，或是在天上，或是在梦里，或是，在另外一个世界里。有悒郁没有愤怒，有落寞没有消极，有丑却没有恶，所有的感觉都是唯美的。因此，“梦”成了主要的情绪。有三篇题目中含有“梦”字，分别是《某女人的梦》《一夜之梦》

《七重封印的梦》。

第二部分包括诗论、文论和序跋。作者说诗独具的要素有诗形、诗韵和诗感，韵律是诗的装饰，美感是诗的灵魂。他批评“革命文学”的所谓诗只是呼声或句子而已，只有诗的形象的是“诗形的散文”，专以诗的精灵为主的是“散文的诗”，认为它们都是畸形的诗。“真正的文艺，要其为感情的自然表现，不含有任何的目的或作用。”作者属于“新月派”诗人，有这样的看法是很自然的了。他分析了文学上的中庸论，以为生命的意义和文学的使命，都是在不中庸中求中庸。他1932年写了《纪念志摩》，25年后又撰文《谈谈徐志摩的诗》，并拿徐志摩和闻一多做比较。此前，他还写了《艺术家的闻一多先生》回忆闻一多的音容笑貌和艺术生活。在这一部分中，作者的文字完全不同，都是言简意赅的论说，明朗且不乏老道。50年代中期写的徐志摩和闻一多两篇，更是明快，却没有任何轻薄。或许，这当感谢那短暂的“阳春”。

第三部分除写评剧秦香莲的一篇是1954年作的，其余九篇都是写于1956和1957两年。三篇是原则性的讨论，《论简朴》提出简朴是艺术实践中一条重要而基本的法则，所谓简朴，就是单单纯纯、老老实实的，既不过分的复杂，也无不当的花哨。古代的艺术作品常常在简朴的形式下表现得很美很完整，大自然中也很多不经艺术加工的简朴。作者以机关院子里的盆景、书籍的封面设计、民歌手的嗓子、文章的句子、播音员的广播等为例，坚持“为了真实，为了美，为了减少一些浪费，应该在我们的艺术实践上、文章的写作上、生活方式的安排上，甚至于我们的说话，都要简朴一些，才是好的”。《论间空》提出间空或空白是中国艺术实践中一个很好的方法，并具体分析了中国文艺作品和庭院建筑中运用间空的方法。作者的落脚点是很有趣的，他说，日常生活中要善于忙里偷闲，尽管我们今天的生活是快速度的，但还是要在时间和空间上挤出一点空白。《论人情》指出好的文艺作品总是顺乎人情合乎人情的，现在的文艺作品本能刻板地模拟古人，专家们不能学究地研究农民，《聊斋》说的是鬼怪，其实全是人情。落脚点是，要严肃也要诙谐，严肃的开会、自由的茶座，都是需要的。这三篇文章都是从文艺开始，落脚到现实生活，作者后来被划作“右派”，也就不难理解了。后面几篇讨论豫剧、曲剧，对自己的编辑工作做出反省，《两点希望》刊登于“鸣放”的1957年5月6日《文汇报》，说了大家的顾虑，特别是对有些当领导的担心，“但我相信毛主席的号召，是在新形势下浩浩向前涌进的力量的源泉，我们个人是不能等不能停的，还是赶快地放鸣吧！”结局如何，我们都知道了。这一部分的文字，都是很干净的，态度也平和。

第四部分是讨论文字的，其中关于文字改革的三篇我读了几遍。作者的态度从《慎重一点“改革”汉字》这个标题可以看出。改革汉字的困难太多，不如不改的好，这是其一。其二，我们要的是科学的简化字，科学的教学汉字。总的来说，作者是比较保守的，认为简化汉字要有步骤，有原则，不能图快，不能随便简。他更不赞成以拼音代替汉字的措施。作者的态度是保守的，道理是清楚的，他有细致的考虑，也希望大家好好研究，并批评了《汉字简化方案》，建议改回已经公布的简化字。自然，他的建议只是建议而已，我们现在使用的很多汉字已经是简化了的。

第五部分先是一篇评论张荫麟《中国史纲》的文章，接着《论习文史》。说民元以来的中国政府与之前朝代不同在于良好的智识分子避免政府职务，治理地方的人皆不经考选制度而来，因此政府在军阀、党徒和无聊政客三种人手中。这篇作于1948年。后面九篇都是关于文物陈列和考古的。

第六部分是关于铜器的，包括流出国门及别国收藏的具体情况，有两篇题目义愤填膺：《反对美国侵略集团劫夺在台湾的我国古代铜器》，《美国主义盗劫的我国铜器》。《关于修理铜器》一文提出了修理和存放的具体措施。《铜鼎》介绍了一些冶炼、铸造、用途等情况，并特别介绍了著名的大盂鼎。到底是作家出身，又有思想，指出它的特点在于中庸式与对称的不平衡性。

《梦甲室存文》的内容就是这样了。从主题的变化到句法和语调的变化，我们或能感受到一个诗人，一个作家，从郁悒的激情，激情的郁悒，到平和、踏实而不无质地的文物考古学家的过程。这过程是迅速的，摧枯拉朽的，陈梦家只能走这么远了。在这个过程中，纵然有很多变化，但认真、高贵、负责任是一以贯之的。

望道的修辞

依据《陈望道语文论集》附录的“著译编述目录索引”，陈望道的文章著译集中在1918年到1949年间，其中，尤以1919年至1924年为多，与后20年的篇数比例为9:1。1921年发表的文章有百余篇，其中包括译文4篇。涉猎人文社会科学的多个领域，包括哲学、法学、政治学、伦理学、因明学、美学、文艺学、新闻学等，基点和重心在中国语文研究，特别是语文改革、语法学和修辞学等领域。

《共产党宣言》的第一个中译全本，是陈望道1920年初春在家乡义乌分水塘柴屋里翻译出来的。两年后，他的《作文法讲义》一书由上海民智书局出版，这本16开的小册子是中国系统地讲授作文法的第一部书。再四年，《美学概论》由上海民智书局出版。1931年，上海世界书局出版他的《因明学》一书。一年后，他的《修辞学发凡》又由大江书铺出版，刘大白在该书序言最后写道：“还有可以附带提及的，陈先生在十年前曾经著有《作文法讲义》一书，在上海民智书局出版，这也是中国有系统的作文法书的第一部。”1934年，针对当时社会上出现的“文言复兴”现象，陈望道与人一起发动“大众语运动”，主张建立真正的“大众语”和“大众语文学”，并创办《太白》半月刊。1938年开始，他积极提倡拉丁化新文字运动，发起成立“上海语文学会”“上海语文教育学会”，并撰文支持文字改革，积极从事语文运动。

除《共产党宣言》外，陈望道在20世纪20年代还出版了《空想的和科学的社会主义》《文学及艺术之技术的革命》《社会意识学大纲》《苏俄文学理论》《艺术社会学》《伦理学底根本问题》《实证美学的基础》等译著，在报刊上发表了《唯物史观底解释》《马克斯底唯物史观》《性的道德底新趋向》《新体诗底今日》《现代思潮》《劳动运动通论》《社会主义底意义及其类别》等译文，涉及马克思主义、社会主义、文艺学、伦理学、逻辑学、劳工和妇女等问题。至于他的著述，首篇文章是1918年发表的《标点之革新》，次年发表的文章，有《扰乱与进化》《机器的结婚》《我之新旧战争观》《我很望天气早些冷》《改造社会底两种方法》《妇女问题的新文学》《妇女解放和淫荡少年》《真理底神》等。

有四个问题值得留意：一是陈望道从标点符号的改革开始，涉及现代人文社会科学的诸多议题，这是否具有修辞学方面的意义？能否借助后现代的修辞理论加以阐发？二是陈望道在发表大量的关于社会改革的文章时，时而就文法、修辞发表看法，这是否也具有修辞的意义？三是陈望道在1949年前的著述从《作文法讲义》开始，以《修辞学发凡》结束，是否也同样具有修辞的意义？四是陈望道的修辞学思想和他的共产主义思想之间是否具有某种关联？

《作文法讲义》分“导言”“文章的构造体制和美质”“选词”“造句”“分段”“记载文”“记叙文”“解释文”“诱导文”“文章的美质”“新式标点用法概略”，以及钱玄同和陈大齐发表在《新青年》上的《中文改用横行的讨论》。“记叙文的流动”一节中，陈望道提出，记叙文的整理必须把握“流动”的原则和“流动”的缓急、次序的节奏。文章中的“事迹”要时时开展，不可有停顿（有些坊间旧小说，议论或诗文穿插太多，时感停滞不进）。根据记叙文四要素，流动次序有四种形式：“A.以人物为经其余为纬，如传记一类”“B.以事迹为经其余为纬，如记事本末一类”“C.以所处为经其余为纬，如方志一类”“D.以时分为经其余为纬，如编年一类”。

《修辞学发凡》共分十二篇。第一篇概述了修辞现象和修辞学的全貌，指出修辞现象有消极和积极两大分野，又解说了修辞所可利用的语言文字的可能性和修辞所需适合的题旨和情境。第二篇阐述了修辞所可利用的语言文字的可能性。第三篇阐述了消极和积极两大修辞分野的区别与联系。第四篇阐述了消极修辞的一般情况。第五篇到第九篇都是阐述积极修辞，其中第五到第八篇阐述积极修辞中的辞格，第九篇阐述积极修辞中的辞趣。第十篇阐述修辞现象随种种不同情况而变化，以及它的统一的线索。第十一篇阐述语文的种种体式，特别详述了体性分类而言的体式。第十二篇“结语”，阐述修辞学的变迁、发展，并指出研究修辞学应有的努力。其中关于消极修辞和积极修辞的分类，是否可以与积极自由和消极自由相提并论，值得细究。

相对来说，《修辞学发凡》在语言学上的最大影响在于将修辞格研究推向高峰。根据这一范式，语言运用研究的操作步骤包括：一共有多少修辞格，话语有没有特别的地方，这个地方是不是辞格，这是什么辞格，这个辞格有什么作用。辞格分析在20世纪汉语修辞学史上历时最久、影响最大，从杨树达的

《汉文文言修辞学》到谭永祥的《修辞新格》乃至濮侃的《辞格比较》，采用的基本上都是辞格分析的范式。1951年6月6日，吕叔湘、朱德熙的《语法修辞讲话》开创了另一种范式：标准分析。根据这一范式，语言运用研究的操作步骤有：话语有没有特别的地方；这个地方是好的还是不好的；好坏与词句组织的关系。张弓1963年出版的《现代汉语修辞学》在苏联影响下，提出了语体分析的范式，语言运用研究的操作步骤大体是：语言一共可以划分多少语体，某一语体在词频、句长、句式等方面有什么统计学的特征，某一话语在词频、句长、句式等等方面的统计学的特征与何种语体相应，确定该话语属于某一语体。20世纪80年代初，林兴仁等又提出了同义结构分析的范式，语言运用研究的操作步骤大体包括：话语有没有特别的地方，这个地方与什么构成同义结构，在这一组同义结构中为什么如此选择。

上面四种范式和时代的政治话语之间似乎存在一种同构关系，范式的转换表征了政治倾向的变迁。这是我们的第一个初步判断。同时我们也不能不看到，这些范式遵循的还是同一个研究传统，特别关注效果，也就是语言的艺术化的技巧及其选择。这一命题有三点预设：第一，所有的语言行为都可以分为两类，“修辞”的语言和没有“修辞”的语言，亦即“艺术化”的语言和“非艺术化”的语言；第二，修辞是一种“装潢”，而非“建筑”本身；第三，修辞的“装潢材料”就是若干辞格和“同义结构”。而且，在修辞学的研究中，大都以文学作品为对象，以文学语言的研究为中心，以文学的语言艺术的研究为中心，几乎把全部精力集中于对已有的某一言语作品“成品”的注释上，导致内部循环，就像我们习以为常地用马克思主义来分析社会生活，或者是社会生活的变迁再次印证了马克思主义的科学性，或者是马克思的基本理论在时代分析中再次发挥了伟大的作用。

当代的修辞学研究业已转向语用学，或者说，已经以言语行为为核心，逐步建立起整合修辞学和语用学的语言运用研究范式。言语行为是人类行为的一种，而且可以视作人类行为的表征，对20世纪中国人文社会科学中的一般言语行为的研究，或能打开一条通道，在这条通道上，各种各样的话语都能获得有效的分析，促成类似于福柯《词与物》或怀特《元史学》的研究成果。

（本辑文章选自《坐言起行录》，中国言实出版社2015年7月版）

第四辑　读书随想

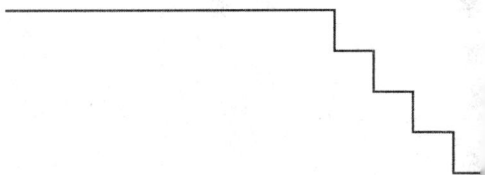

天天读书

早上醒来就想，今天该读书了。好像已经很久没有好好读过书了。今天我要从大早上开始读，读一整天书。

书是我的寄托。自打认字时起，我就喜欢上了读书。起初是什么书都读，凡是有文字的东西在我眼里都是书，画册是书，杂志是书，报纸是书，黑板报是书，甚至莫名其妙的地方刻写的莫名其妙的几个字，在我眼里也是书。这种混乱不堪的意识当然早就改正了，不过读大学时看到课桌上歪歪扭扭地或表白或宣泄的句子，旅游时看到某某“到此一游”的涂鸦，或者某人用脚用树枝用石子在地上划拉的笔画，还是让我觉得富有深意。

多少有点所谓的思想以后，我知道了人生就是一本大书，能把这本书读好读完，可不是件容易的事。漫长而短暂的一生，幼年时我们盼望快快长大，就像听故事和看小说时，我们迫不及待地想知道答案，可这怎么可能？看小说可以直接翻看最后一页，人生却不可以，若是可以，只能意味着出生的那一刻也是死亡。成年后我们希望时间过得慢一些再慢一些，书翻得慢一些再慢一些，每个字都用心揣摩，每个句子都反复解读，每个段落都颠来倒去地来回折腾。可是，时间的水流自有它的速度，它舒缓时我们无法推动它，它迅疾的时候我们又无法阻挡。这样说来，所谓漫长和短暂，都是我们的心理状态罢了。

快也罢慢也好，人生毕竟是有限的几十年。我们家祖上都比较长寿，活到八十是很普遍的事情，像我已故的祖父，85岁时还能跨上“二八”自行车，到镇上的小店喝点小酒，心满意足了，再推着车优雅地返回。89岁那年，他实在是老了，就像转动太久的机器，牙齿一类的零件完好无损，耳朵一类的零件锈迹斑斑，最要命的是心脏，实在是累了，于是那么一天，突然就停止了跳跃。我对寿命的要求不是很高，不好锻炼，不过自我感觉还算不错，在心底里偷偷盘算着，应该能活到九十四岁吧，比祖父多活那么几年。

长寿固然是好事，但活一天就得读一天书。读书是我的天职。有这种认识也有很多年了，有时这天职完成得不错，有时却也丢三落四，有些漫不经心。每每我也会自我安慰，总不能天天读书吧，可闲暇不过三五天，自责就会涌上心头，似乎读书的历史性重任就压在自己肩上。读书是为自己读，也是为历史而读，自己少读一两本书，历史就缺少了几页，历史的厚度就打了折扣。这样一想，就赶紧快马加鞭。

书有很多种，不同时期读不同类型的书。过去二十年来，由于专业的缘故，哲学类的理论书籍读得多些，偶然拿起一本小说，有趣是有趣，可读过之后，总觉得不过瘾，味道不够，深度不够。读三五天小说，反倒觉得自己浅薄起来，继而惊慌失措。总读哲学书呢，又觉得累，觉得憋屈，不由得暗自牢骚：你说说看，为什么有那么几个人，几十个人，几百个人，喜欢思考这些问题，提出这样一些概念，这不是成心和我们过不去吗？这实在是唯恐我们活得清闲啊。

牢骚也罢愤愤不平也好，哲学书已经读习惯了。这学期的主要任务，是读一本哲学书。书的名字我就不说了，知道的人我不说也知道，不知道的人我说了也还是不知道。读这本书是很偶然，原本是想过几年再读。可是，有国外的朋友把书送到我手上了，焉能不读？那就读吧，高高兴兴地读，快快乐乐地读，老老实实地读。读书一定要认真，读哲学书尤其如此。这本书我得读一辈子，至少，得始终摆在我的案头。

每天有很多事情，需要读的书很多，有些书明明知道它写得不是很好，但由于这样那样的原因不得不读，以致于拖累了该读的必读的书。这学期想读、必读又该读的这本，是大书，厚重，我每周顶多只有一个半天用来读它，再就是忙里偷闲，急急忙忙地浏览那么几句。我们都知道，哲学书不比文学，得静下心来读，首先得进入语境，进入状态。所以很多时候，只是远远地打量着书的封面，甚至只是在心里想想它，反倒更显得虔诚和尊重。

今天还好，摒弃俗务居家读书，读得头昏脑涨，读得“四体不勤，五谷不分”。

阅读经典

今天我们谈谈怎么读书。读书似乎是再简单不过的事情了。识了字就会读书，不认识的字可以查字典嘛。每每女儿读书时不认识某个字，就喊我过去，我不耐烦地说，自己查字典。女儿无奈，只好接受我的建议，自己动手解决问题。其实，我比女儿还懒惰，自高中毕业后，不认识的字就永远不认识了，读书时偶尔遇到陌生的字，就径直跳过，没有任何犹豫。不认识就不认识吧，我总不能什么都认识啊，是吧？我很会给自己找理由。上课时用到某个自己不会念的字，我就说，就是那个什么什么字，我也不知道怎么读。这么说时，我一点也不脸红，很坦然很无辜的样子。大多时候，学生会告诉我那个字的读音，我有时记住了，有时又忘掉了。

读书首先要识字，其次要懂得词的意思，再次要懂得每个句子的含义。最后，就是一篇文章一本书的总体思想了。注意，我说的是总体思想，而非中心思想。以前上语文课，重要的任务就是把握中心思想。我一开始就不以为然。为什么要把握中心思想啊？难道中心就是一切吗？为什么不关心不是中心的那些思想？再说了，什么是中心什么不是中心由谁说了算啊？把握中心思想这个追求的最大问题，用后现代主义的术语来说，就在于它的中心主义、本质主义、基础主义。它以中心压抑了边缘，而所谓的中心，其实也不过是一种构造而已。它把历史的、政治的构造视作自然而然、天经地义的东西，结果便是自我遮蔽，遮蔽了“中心思想”中隐含的权力与利益。这样的中心一经确立，就忘记了自己的历史，就希望一劳永逸地占据中心的位置，这怎么可以呢？还有，即使中心真是那么重要，那也不能忽视边缘啊？！没有边缘的枝叶和枝节，中心岂不显得光秃秃的？没有边缘的陪衬，何来中心的耀眼？这样说来，边缘至少和中心一样重要，需要把握的是总体而非中心。

不过话说回来，也不必这么后现代。朴实地说，语文课的学习，是为了培养学生概括和总结的能力。这绝对是必要的。尽管我对老师概括的，或者说教师参考用书概括的中心思想不以为然，对概括这个工作还是很赞成的，用心揣摩，受益颇多。这对我后来阅读各种图书时迅速抓住核心议题、基本命题、关键词一类的东西，培育了良好的基础。不过，大多数时候，读小说我关注的是情节以及情节的链条，读诗歌我刻意地体会意象、情绪和它营造的地老天荒、沧海桑田，或者小鸟在空中划过留下的痕迹，读散文更多的是追随它自由而散漫的步伐，那步伐或轻或重，或者青春的冲动，或者年老的回味。如果说有中心的话，那么中心从来都不曾集聚在某一点上，中心就是一切，就是全部。它在文本的所有字词句中体现出来，无论何时何处，只要你稍加注意，就会注意到中心的苗头，它猛然露出笑脸，或者伸出小手，然后又迅速地隐身，稍纵即逝。

古人说，熟读唐诗三百首，不会作诗也会吟。用在读书上，读得多了，自己就会读了，拿起一本书随意翻看几眼，就能大致判断出它的内容、风格和品位。优秀的作品具有同样的品位。经典之所以为经典，就在于它的品位。常读常新，每次阅读都有新感觉，这就是经典的品位。经典的含义是永远也无法完全把握的，没有谁可以，没有哪个时代可以，没有哪种方法可以。对经典的解读与诠释无论怎么样的深刻与考究，都不过是附着于它之上的寄生虫而已。它只能在经典广袤的大地上寻找到一点借以存身和过活的能源。大地就是大地，它不畏惧任何的寄生虫。这样说来，那种懒得阅读经典，指望借助这本或那本解读、导读来迅速把握经典的想法，是何等的可笑和荒唐！这时，你汲取的只是寄生虫的营养而已。

那些以解读和导读为生的人不要生气。对新人来说，解读和导读类的文章值得一读，它告诉人们前人是怎么看待经典的，有哪些不同的观点，还有，前人是如何读出这些东西的。为什么会有不同的读后感。合格的导读应该提示这些问题。至于合格的解读，应该梳理出基本的问题、议题、命题，主要的角色、形象、情节，等等。导读的工作在于打开经典的窗子，解读的工作在于引申出一条路来。这些都有积极的、毋庸否认的价值。导读看过了，解读读完了，对经典的接近则有待开始。阅读经典，体会经典，做出自己的导读和解读，让自己也做一回寄生虫，这样，才算是真正读书了。

读书，这本或者那本

早就想和你谈谈那本书了。我知道你读过。遗憾的是，总没有机会，大家都很忙，各有各的目标，凑在一起不容易。偶尔匆匆忙忙地遇到，闲言碎语几句，就又各自上路了。我一直希望能和你交换看法。还好，那天电话里不知怎么的，就说起这本书了。你说起初打算好好读，也认真地读了前言，前所未有的感动。只是你有太多的事情要做，这本书在你的专业之外，尽管你喜欢它的风格，觉得读书就应该读这样的书，你相信会从中受益良多，可它毕竟不是你的专业。就像曾经有个电视节目，主持人让嘉宾选择一本书，带到荒岛上去。只能带一本。你犹豫了，最终，还是没有选择你最喜欢的那本。毕竟，它不属于你的专业。在这个专业化的时代，还是要把专业做好。想想看，荒岛有荒岛的荒凉，却也有都市里难得的清静，带本专业书过去，待那么一周或者一个月，一年，细细琢磨，将会有多么大的收获啊。就这样，那本书你只是读了前言，就放下了。想再拿起却已艰难。不是没有理由，就是没有时间。甚至，你还担心它破坏你好不容易培养起来的专业兴趣。想想也是，这世界上有那么多的书，太多太多的书你永远没有机会听说，有那么一些书你可能听说过，你触摸过封面的书极为有限，你所能打开目录的书更是微乎其微。能把前言细细地读过，已经是很幸运的了。

你问我读过那本书没有。没有，我只是听说过有这么一本书。好像是十多年前出版的，书店里早已看不到了。学校图书馆有没有，我不清楚，或许有吧。你知道，研究生毕业后，我几乎不去图书馆。我不习惯在图书馆看书，也不习惯借阅图书馆的书。觉得有必要看某本书时，首先想到的就是去书店。书店里没有，就考虑网上书店。实在没有办法又很想读，就让学生去图书馆，复印一本。

大概是两年前吧，我告诉你我读过那本书。你很诧异。我怎么会去读那样的书？不只是浪费时间，更重要的是败坏胃口。你对我的鉴赏趣味和能力产生怀疑。我说不能总是读经典名作吧。有时候，我就是想读一本无聊透顶的书，明明知道它无聊无趣荒唐可笑，可还是忍不住去读。或许是读经典读累了，或许是想恶作剧，或许是想自我嘲弄一番，总之，我的确是读了。保不准以后还会读什么无聊的东西。你对我很失望。我怎么可以那样呢？对自己不负责任。时间是有限的，心情是不能随便破坏的，品位是应当保持高雅的。你说与没说的道理我都明白，你却不明白我为何要读无聊之作。于是，距离就产生了，隔阂就出现了。直到那天通了电话，你才多少有些释然。我无意做圣人，不可能总读圣贤之书，我只是一个普普通通的人，凡人所拥有的我都拥有。你希望人世间有至真至善至美，我也希望，你希望我能展示，我却无能为力。美好是我们都向往的，然而，我们不可能“美好”地活下去。

曾经读过的书，有几本有用，几本有益，几本有趣？我实在回答不上来。所以，我常常建议你应该读这本书，应该看那本书，你究竟读没读，我很少问。读了如何，不读又如何？读书毕竟是一件专业化的事，情绪化的事。因为专业，自有专业的威逼利诱；因为情绪，自有内心的波动起伏。旁人的建议只能是建议而已，不会有什么决定性的作用。

一起读书，在今天是很容易的事，技术上没有任何难度。不需要坐在同一个教室或者图书馆里，不需要同看一本纸质书。在互联网上，即使各自处在遥远的地方，打开电子书库，就可以同时阅读。若能一起把那本书读完，自然是很不错的。坚持下去很不容易。那本书其实很薄，就那么薄薄的一个册子，里面的字都很简单，意思也浅显，就像中国古代的经典，什么人都能读，什么人也都能体会，但究竟懂了几分，能不能贯彻在自己的一生中，却不是那么简单轻巧的事。

人生说到底就是一本书而已。

封　面

一本书最先吸引我们的，自然是封面。底色，图案，书名，作者的名字，以及其他的信息。一些时候，我会久久地摩挲着封面，凝视着它，舍不得掀开，不敢掀开。

从时间上说，是作者先写就一些文字，然后才有书。书和封面同时生成。从读者的角度来说，无论是否在意，总是先看到封面，再看到里面的文字。这样，封面有意无意的暗示与指引不可小觑。封面带给读者太多的触动，太多的联想。这些触动和联想往往制约了文字的意义方向。

五月的一次电话里，父亲为封面设计，足足对我埋怨了一阵。当然，不是埋怨我，是埋怨他很期待的那个画家。画家在晋南小城有些名气，业余从事书籍的装帧设计。他提供给父亲的第一个封面，很是简单，就是以某一种纯色为底，并且说，这是目前最时尚的风格。父亲说，我不懂时尚。画家说，我只会时尚。父亲说，哪怕有片树叶也好。画家说，那你自己添加吧。父亲说，我是会画画，可这是让你来设计啊。听父亲转述这些对话，我不禁笑了。

在读书的过程中，我不时会回到封面上来。书中文字的读解会影响到对封面的感觉，再度面对封面，也会对刚刚读过的文字有别样的感受。文字和封面相辅相成。一些时候，优秀的文字可能掩饰封面的不足，读者沉浸在文字造就的氛围中，以致于淡忘了封面。一些时候，我们也会为封面和文字的背离感到悲哀，越是为文字感动，就越是对封面不满，或者，越是对文字生气，就越是为封面喊冤。

读过一本喜爱的书之后，反过来倒过去，颠三倒四，随意翻开一页，都是那样的自如，那样的亲切。一本书就是一个整体，封面、扉页、封三、封底，书名、目录、字体、行距，所有的一切汇聚在一起，构成了一本书，其中任何一项的细微变化，都会影响我们对书的印象。

对一本书的爱，最终会回到封面上来。一本书认真地读过三遍、五遍之后，可能很难再一字一句地从头读到尾。很多时候，我们只是一次又一次地凝视着封面，然后径直翻到书中的某一页，然后再回到封面上来。或者，隔三岔五会想到它，不一定为了阅读，只是想起它，就会有特别感动，特别满足。

很多年后，书中的具体内容或许模糊不清，对封面的记忆却依然深刻。

它是永恒的图像。

朱弦三叹

读过《阅读马克思的三种方式》《书写马克思的三种方式》一类文章的朋友都不难体会，我喜欢“三”这个数字。“三足鼎立”表明了“三”的稳定性。我喜欢“三”，主要是基于感觉递进的意义，也不乏对三足鼎立的信赖。譬如读书需要读三遍，读到第三遍才真正有所印象。

因为书名或别的缘由，一本书突如其来地映入眼帘，此前漫不经心的态度遂一改而为恭敬，对作者对文本，也是对历史对文化。小心地把书捧在手中，像是教徒捧着经文。过于虔诚，就对自己的资质发生怀疑：我能读这样的书吗？我的阅读会不会让作者觉得委屈乃至受侮辱？但愿望迫切，急不可耐，想急忙了解究竟，把握作者的意图和文本的美妙。囫囵吞枣，顾头不顾尾，捡了芝麻丢了西瓜。在第一遍阅读时，这是很普遍的感觉。为某个词感慨，为某个意向感动，为某个情节莫名其妙地感伤，或击节叫好，或哑然失笑。这都是习以为常的事。

除了说好，好，就是好，一遍读后合上书，我没有更多的字词来表达心情。词汇是我的弱项，词汇贫乏是我的一大缺点。第一遍读后尤其如此。像是读了，又像是不曾浏览。把书合上，它就好像与我无关了。好在哪里，怎么个好法，似乎能说出个一二三来，又似乎无言以对。于是想着读第二遍。

第二遍伊始，照例有些拘谨。那书在感觉上还是作者的，透过文字空隙和页边的空白，他远远地打量着我，不冷不热，好像从不认识我。当然，这些都只是我的多愁善感。章节目是接触过了的，字词是温和的，我甚至有诸多的感动。距离迅速拉近。相比较第一遍阅读，这次多了耐心、重心和一以贯之的好奇心。似缓似疾，亦缓亦疾，偶尔的停留之后是眼睛迅速地游移，继而又是目不转睛，细心品味。一切都在向中心地带聚集，文本的中心和文本所依附的文化的中心，中心主义的中心，抽象的中心。

在阅读过程中，整体的感觉渐次跳跃出来，渐渐地积累，环绕，形成一个又一个同心圆。内外相映，前后照应，厚重厚实的体会油然而生。多了整体和总体，细节上却也多了朦胧和模糊。欣欣然，又若有所失。仿佛一切都在掌控之中，摊开手掌，却没有一粒细沙流落。

第三遍就从容多了。携带着此前的阅读经验和问题意识，再度面对封面上的名字，竟然感觉到作者的坦然和相承。一字一句，一行一页，一节一章，既各自独立，又相得益彰。第一遍的支离破碎和第二次的整体化，而今融会贯通，怎么看怎么对，随意抽离出一段来，都能在文本的结构中加以把握；单个的字词在文本的总体得以落实，文本的总体呢，又能够在任意一个字词上获得寄托。

立体感全面建立起来。无论把书平放着，竖立着，还是斜倒着，它都是那么卓尔不群。把书轻轻合起，放在书桌或者插在书架上，它就那么静静地矗立着，不动声色。遥遥相对，距离似有似无，书还是书，我还是我，一切似乎不曾改变。

抵制阅读

从阅读的角度来看，书大致可以分为三种，一种是单看其书名或封面就丝毫不能引发你的兴趣，一种是你愿意阅读，阅读之后也有所收获，但无意或无须再读，还有一种，就是抵制阅读。

抵制阅读肯定不是作者的初衷。没有哪位作者会抱着被抵制阅读的目的写作。一般说来，抵制阅读，就是不好读、耐读，经得起翻来覆去地读。这样的书，很能考验读者的智识和耐心。希望轻巧地接近它的读者，会失望，会烦恼，乃至绝望。

这样的书，或者貌似封闭，你左奔右突，也难以发现突破口；或者杂乱无章，你绞尽脑汁，也无从梳理出接近它的路。可是，只要是业已写就的书，被拒绝阅读不是它的本意，也不是它的目的。它在等待，在期待，等待和期待着对抗性的阅读。

富有力度的阅读总是对抗性的，只有顽强地和文本对抗，才能艰难地向前挪动，一步步地接近它。在这个过程中，文本中的字词句开始闪亮，像是列队的方阵，号角声起便亢奋起来。它们的动静取决于整个战场的阵势。

战争的最终解决，凭借的不是妥协。促使双方坐在谈判桌旁的，是力量的对比。即使双方通过战斗意识到旗鼓相当，那也是一种收获。针对抵抗阅读的书，需要用小锤子敲打，这样的敲打每次都会有新的收获。

翻来覆去地阅读

一本书能让你翻来覆去地阅读，一定是因为有趣，因为深刻。

你喜欢的书，向来是有趣的那种。乏味的书你是没有耐心的，连扉页都不会多看一眼。

毕竟是做理论的，读来读去，还是喜欢深刻一些的书。这深刻，不是故作高深的那种，不是矫揉造作的那种；是“浓妆淡抹总相宜，深深浅浅皆关情”的那种，是“远看山有色，近听水无声”的那种。

每次好像都读懂了一些，体会却相去甚远，云里雾里，大致的轮廓是有那么一些，却总是朦朦胧胧。或许是因为过于执迷吧，所以不悟；也正是因为不悟，所以更是执迷。

于是，从前言到后记，从目录到文献，需要翻来覆去地读。

随意翻开一章，一页，细细读过，然后向前或者向后。这种随机的、跳跃式的阅读，往往比按部就班的阅读更有成效。

一些时候，你甚至把目光滞留在后记上。后记里能有什么呢？无非是交代一些相关的事项，与本文无关。而你，恰恰要在最无关的地方，寻找那相关的一面。

若是翻译过来的书，附有术语的中英文对照表，你照例目不转睛，像是端详一幅画。

文字的情绪

读了三十多年书，思想方面的汲取越来越有限，像语文课那样总结段落大意、中心思想更是陈年旧事了。那么，读书，特别是随心所欲地读书，究竟是读什么呢?

简言之，读的是一种感觉。这感觉或者是和自己目前的情绪相契合的，或者是自己努力寻觅的，或者是自己刻意去学习的。书店里那么多书，那些能引起自己注意，并促使自己伸出手把它捡起来，再翻看几页的书，先是因为书名，而后就是由特别的装帧设计、几行出神入化的文字，一下子抓住你的心思，你急急忙忙地前后翻看，希望感受更多，体会更多。透过文字，可以捕捉到作者的急促或从容，沉稳或慌张，自信或胆怯，这些和作者的思想功力有关，性格有关，风格有关，境遇有关。从中，我们能够体会作者和自我的关系，和环境的关系，和时代的关系。

自己写东西也是这样。看往日留下的文字，可以析离出基本的情绪和意向。词汇、句式的长短、标点符号的使用等等，从中，可以回味写作时的微妙情绪。什么时候是上扬的，什么时候是低迷的，什么时候是积极热情的，什么时候是百无聊赖无所适从的，这些，都可以一丝一缕地抽取出来。甚至，是“小我”的惆怅，还是“大我”的意气，是一己的沉醉，还是时代的回声，也可以仔细地分辨开来。

在拒绝宏大叙事的今天，对时代的关怀依然是必要而迫切的。从个人的切身感受出发，却又不能局限于此，感受是个人的，关怀则当向着时代。那些吸引我们，让我们感动的文字，表面上看是东家长西家短，其实，背后还是隐含着、散发着时代的情绪。那些似乎微不足道的细节，体现的却是时代的深不可测。这两年读晚清到1945年间的作品，就是想对那个时期有所感觉，特别渴望感受各路思想的基本风貌和细枝末节。

今天去书市，在所谓的“旧书淘宝一条街”流连了两个小时。先是一套1992年出版社的《创造社丛书》，辑有小说、散文和文艺理论，四本30元，应当说很便宜了。《叶紫文集》两册，1983年版，20元。《邵荃麟评论选集》两册，1981年版，20元。《文学研究会评论资料选》两册，1992年版，30元。20世纪80年代出版的书，现在已经很难寻觅了。民国线装书动辄三四千元，明清的木刻版更高，像六册明朝时的木刻版《荀子》，用白绵纸印刷，完全没有修补过，价格至少十万元，我等只能过过眼瘾了。

那些纸张发黄、不乏破损的旧书，真的像黄金一般珍贵了。不过，我看在眼里，发现的是往昔时代的熠熠闪光，想象的是作者的眉目与神情。他们似乎从破败的纸张里面，一点一点地浮现，静静地，或者飞扬跋扈地打量着我。在他们面前，我只能是被动的读者，无助的客体。我担心他们会嘲笑我。幸好，我还算是朴素，衣着不是那么光鲜。

文论的读法

最近一段时间，阅读的多是1915到1945这三十年间的文论。就性质来说，这些文论当然属于新文化的文论，简称新文论。

阅读新文论，目的不外乎了解那个时期的思想和观点。自读中学时起，对于这个时期多少有所了解，也读了一些作品，不过，头脑中的基本框架，来自一些教科书和研究著述。即使是现在，我也不能说这个框架是错误的，但却不能不清楚地意识到，不大量地阅读当时的作品和文论，对于这个框架的理解总是存在一些隔膜。头脑中既有的框架，是移植进来的，是别人经过阅读和研究后形成的框架，有着别人的特点，也有着别人的局限。只有在自己阅读了材料后，才能切实理解既有框架的高明，它的有限性同时也就暴露出来了。

阅读新文论，我很注意它的句法、篇章结构，以及独特的用词。每个时期，每个人，乃至同一个人的不同阶段，都有各自的特点。这些特点一方面是个性，另一方面又折射了当时的一些普遍性。它巧妙在什么地方，有趣在哪里，都要慢慢体会。思想和观点固然重要，却也是通过句子和语汇传达出来的，在这个意义上，关注句子和语汇，比关注思想和观点更为重要。

阅读新文论，最终是为了感受它的“气”。“文气”是中国文学批评中的常用术语，它的源头可追溯到先秦著述中的

“气”，孟子的“知言养气”直接引发了“文气”一词。曹丕首次提出“文气”说，“气之清浊有体，不可力强而致”，说的是作家的才气；“徐干时有齐气”和“公干有逸气”，说的是作品的风格。后来《文心雕龙》中的《养气》篇，从养身讲到对文学创作的意义。自魏晋以来，文气成为论文的常用术语。在具体的分析中，气可以指向作者的志气、作品的生气，可以用来描绘一个时代的艺术风格。这一类的词有气格、气势、气脉、气韵、气象、才气、辞气、骨气，等等。20世纪中国文艺思想的曲折，说到底，也就是“气”的高昂、低沉、迂回，等等。体会新文论中的气息，触摸它的脉搏，是非常关键的，需要细致入微地寻味。例如，周作人和鲁迅各自的“文气”是相去甚远的，胡适、钱玄同、刘半农等人也都有着自己的文气，胡风、冯雪峰、周扬等人的文气又是另外的样子，这些都要通过读他们的书，静静地揣摩。

了解思想，把握句法，感受文气，这是阅读的一个过程。三个环节是递进的，是逐步深入的。了解思想可以借助别人的介绍，把握句法则要亲自面对文本，感受文气更是要从文本的结构走向话语。

语文的重要

若不说，别人怎么知道你有心思？若不写，别人怎么知道你有想法？何止别人不知道，恐怕你自己也不会知道的吧。我常常对自己这么说，对学生这么说。

语文的历史和重要性不需要我来重申。我不会比历史学家说得更多，也无法比语文学家说得更好。自踏入人世的那一刻起，听说就是我们的第一堂课，父母和亲人喋喋不休地说话，我们起初一定是什么也不懂的，只看见他们的嘴唇在动，只听见莫名其妙的声音，我们欢喜着，稀里糊涂地张望和倾听。渐渐地，我们懂了，一点一滴地懂了。那言辞间流露的是爱，声音里传递的是情。人世间的爱与情，通过父母亲人张张合合的唇，展现给我们。

我们模仿，咿呀学语，父母亲笑了。许多年后，父母依然记得我开口说第一个词的情景。那在人类学看来自然得不能再自然，正常得不能再正常的事，在父母的眼中无异于奇迹。宝贝会喊爸爸了，会叫妈妈了，这是多么地令人振奋。也许，只是从那时起，我们才真正称之为人。人，就是那会言语的小动物。这么说，并不是歧视具有语言障碍的儿童，也不否认所有的动物都有其交流方式。无论怎样，言语是人世间交往通信的基本方式，和其他的动物相比，人的言语自有其特点。

从字到词，从单一的词到合成词，倒不是句子的句子，再到完整的一句话。父母从来都懂得孩子在说什么，比孩子自己都明白。由于父母的明白，孩子很快就聪明起来。

看图，识字，读书，作文。从幼儿园到小学，从中学到大学，听说读写的基本能力，就这样培养出来了。学校就是教听说读写的。当然，大学里的听需要理论的根基，说需要思想的熏陶，读有一套又一套地充斥着本体论的方法，写更是这个规范那个要求。如果说此前所有的听说读写都在常识的轨道上滑行，那么进入大学后，听说读写成为专业行为，不同专业有不同的方式，以至于文科和理科间，甚至文史哲间，都相去甚远，不必等到大学毕业，差别已一览无遗。和不同专业的学生在一起，音是知道的，意思却不甚了了，自己说得简单清楚，听者却满脸的困惑。

说得远点，民族间、国家间的困惑和矛盾，也就是听说读写上各有千秋，难以通融。于是，理解成为渴求，交往理性成为哲学家的首要议题……

打住，还是回到个人这个层面吧。民族宏大，国家高深，我可不敢信口开河。对普通人来说，倾听是重要的，听他人的话，听自己的内心。不能侧耳倾听的时候，就朗读、诵读、默读，古人和前辈的教导大都记录在册，翻开历史的案卷，那静默无语的文字里，也似乎有声音的波动。听过了，读过了，或者在听与读的过程中，我们就想说点什么，写点什么。如果说听与读更多地出于历史性的礼貌，那么，说与写，更是生命本能的冲动。

检查有检查的写法，情书有情书的样式，小说有小说的风范，散文有散文的思路。这些暂不去理会，对普通人来说，想说就说点什么，哪怕语无伦次，毕竟，我们都不是专业的演讲者；想写就写点什么，哪怕杂乱无章，毕竟，我们都不是下笔千言的作家。要斟酌，不要雕琢，要修辞，不要伪饰。真诚最好。

一定要说要写。我常常对自己这么说，对学生这么说。说和写要成为习惯，一如饮食和睡眠，一日三餐，保障8小时睡眠，没有谁会觉得多余或重复。每天都得说点什么，哪怕自言自语，也得写点什么，哪怕东拉西扯。能力是在具体做的过程中培养出来的。只有开口说了，才知道自己说的多么有趣，动笔写了，才知道自己竟然能写出那么精深的话来。

相信自己。事情总是比我们以为的美妙，表达、表现和表述中愈见生命的光彩。

写作的现代性

写作是一件困难的事。每天都在走路，在读书，在说话，在若有所思，总之，经历经验体会始终在继续，可一旦坐在电脑前想写点什么，却乱糟糟一团乱麻，甚至稀里糊涂空空荡荡。写作就这样成为难题。

没有线索，这是我反思的第一个结果。所谓头脑清楚，就是有明确的线索，可以弯曲，可以扭曲，但线索必须得有，这样，就有轨迹可循，顺着它，或者逆水行舟，都很容易，洋洋洒洒，下笔万言。

那为什么提不出线索呢？缺乏力度。反思由此深入了一层。线索不是自然而然，天经地义，与生俱来的东西，它需要提炼。一个字，一个词，一个短句，仅此足矣。头昏脑涨的时候，浑浑噩噩的时候，无所适从的时候，就是因为抓不住那个恰当的字眼，它像是在深海里，又像是在空无的风中，无影无踪，只能徒然地伸出手去，又无奈地落下。

提炼需要力度，情感的力度，思想的力度，个性的力度。修心养性，天人共鉴；有张有弛，高屋建瓴；倾耳注目，山高水长……而我，这些力度都不具备。就像写的字一样，都是软趴趴的，不会精神抖擞，更没有趾高气扬的劲头。

如何能培育力度出来？这是很大的一个问题。那些卓越的人们给我们诸多启示。读伟人的传记，英雄的传记，任劳任怨的普通人的传记，感受最多最深最明显的，就是他们言行举止中凸显的力度。个子不需要很高，块头不需要很大，装束不需要很高档，即使眼睛小一点也没有关系，力度就是力度，它能把读者全部的注意力都吸引过来。

小时候我们惯于区分好人和坏人，随着年龄的增长，力量、强力、暴力、权力，一切与力有关的词汇和现象凸显出来。再大的道理，也不得不在体魄强大者面前屈居下风；再优雅的民族，也不得不在船坚炮利面前落荒而逃；再温顺的民众，也不得不忍受滥用权力者的无端盘剥……所谓“落后就要挨打”“枪杆子里出政权”说的都是力的重要性，力是唯一的理由，也是全部的真理。尼采在20世纪中国的流行，鲁迅对尼采的青睐，80年代青年大学生对尼采的朝拜，既是个体的需求，也是社会的渴望。“国富民强”是引言，也是脚注、文中注和尾注。

可如果所有的范例都不过是要说服力的要义，人生实在是太没有美感了。可以没有道德，但不能没有美。力固然是一种美，但力之外，应当有别样的美的风范。或者说，不能把力作为最高的范畴，倒是应当把它搜罗在美的框架里。这样，就可以对力有一些限制。这样想想，写作成为难题，就不全然是缺乏力度的缘故。

现代性的逻辑如果说有什么问题，就是把力视作最高的规范。而尼采的意义绝不在于倡导“权力意志”。他愤愤不平地说：所谓的尼采哲学家从我的哲学狮穴中拉出了什么呢？不是，但以理（Daniel）——那个蔑视人类与野兽之王的“超人”，而是丛林之王狮子本身，努力要让所有的文明和文化屈服于他的丛林意志之下。

字 词 句

在写作中，字从来不是问题，困难在词的选择。“选择”这个词用在这里其实很不恰当。没有谁可以随心所欲地选择用这个词或那个词，当你自以为在使用某个词时，其实是词在使唤你，是词通过你的手，你的笔，你面前的鼠标和键盘自我呈现。

词总是在应当出现的时候出现。人们往往说，一不留神，就碰到了一个词，似乎非常意外，非常不可思议，奇妙无比。这正好说明了词的主动，它总是不期而至，又悄然而去。它的来去都不在众人的掌控之中。所以，当一个词骤然降临的时候，除了感动与感恩，你还能有什么样更大的情怀呢？可词的到来是天经地义的，它不需要理由，也不需要你的感谢。感谢多少有些虚伪。

词的到来是那样突然。你苦思冥想了很久，不知该写什么的时候，它冷不丁就在你的笔下浮动，你未免吃惊，甚至大吃一惊。你不知道这样的词是否恰当，是否可以表达你希望表达的思想。你甚至想抹去它，驱逐它，可是，词已经落在你的文本中，你无可奈何，只有接受。你是何等的无奈，又是何等的庆幸！词降落在你的文本中，就像神灵降落在古人的花园中。阅读人类远古时期的神话，人们每每为神灵的无所不在而艳羡，是啊，文明时代尚未到来的时候，神灵就早已远遁。现代的话语中没有神的位置，没有神的痕迹，对诗人来说，这是怎样的遗憾!

当神灵般的词语蓦然出现，你会惊慌，惊慌的同时，你会欣喜。而后，就是为如何安置它而踌躇。你原初的规划里是没有这个词的，或者，仅仅是在另外的一些词中伴有它的痕迹，就像人们在今天的建筑设计中可以窥见上帝的启示。大写的诗人、智者和设计师都是远古时代的遗民，历尽文明的洗礼和磨难，这些艰苦卓绝、寥寥无几的遗民，顽强地据守在神庙的周围，守护着，抵御着。

词沉默不语，就像神灵从不言语。神灵是不需要声音的。词沉默着，唯其沉默，所以宁静；唯其宁静，所以熔融。它熔铸，它吸纳，它以最大的包容显示出对世界的耐心。或者，说小一些吧，显示出对你的文本的耐心。静静地等待着，观望着，词从容不迫。

在这样的形势面前，如何完成句子，就是新的考验了。

理由在别处

最近要求学生写读后感，动辄说，这很容易，无非是为什么拿在手中的是这本而不是那本，一本书拿在手中，若是喜欢，说说喜欢的理由，一二三四五，若不喜欢，说说为什么不喜欢，五四三二一，很简单的。学生说了，那老师，你来谈谈你自己的喜欢或不喜欢吧。

在书店里，新书琳琅满目，令人目不暇接，拿起这本而不是那本，不排除突如其来，随心所欲的因素，但更多的时候，还是有可以自我分析的缘由：譬如，专业，和专业相关；主题，书名传递了这一方面的信息；作者，熟悉且推崇的作者；装帧设计，封面的样式。大致就这些吧。并非所有专业的、与专业相关的都会捡起，但这是首要的一个因素，然后，排除掉一些不感兴趣的主题，再排除一些不曾听闻过的作者，难以忍受的图书样式，能够拿在手中的，就数目有限了。当然，一些时候，哪怕主题与专业无关，仅仅由于作者是自己熟悉且推崇的那种，或者仅仅因为独特的装帧设计，也会不由自主地拿起书来，摩挲检视一番。

在家里，书架上满满当当，一些书是十年前买的，一些是前几天才从旧书店里淘的。床头和书桌也会有意无意地摆放一些。但是忽然想看点什么时，还是东张西望，煞有介事地挑拣。这本的确是经典，可最近没有读它的兴致；那本关乎时尚，可自己近来爱好古董；这本太深奥，现在就想读点轻松的东西；那本太庸俗，不适合当下纯净的心情……选择实在是困难的事，选项和余地愈多，在书架前流连忘返的时间就愈长。往往，书还没有挑好，电话响起，又该忙别的事了。

一本书拿在手里，除非是受人之托，迫不得已写书评，大多时候，阅读的感受总是赏心悦目，心旷神怡。字里行间的意思自不必说，更多的意思总是超乎字里行间。小说讲述的故事固然感人，此外还有更多难以言表的感受；哲学理论固然深刻，刻骨铭心的却还在深刻之外；新闻报道触目惊心，动人心魄的还在事实之上……作为读者，我们的感受总要比作者试图告诉我们的要多，有时，甚至和作者的原初意图南辕北辙，有“无心插柳柳成荫”之感。我们知道作者想说什么，想表达什么，想证明什么，但作者在这些方面成功与否，常常和我们的注意力毫不相干。

喜欢一本书，肯定有这样那样的理由，说出个一二三来并不困难。只是，把一二三摆出来之后，我们难免会惶惑，自己之所以喜欢，仅仅是这些理由吗？有没有其他的理由，更多的理由？有时候，在有理有据地摆出各种理由之后，我们忽然觉得，其实是不需要什么理由的，喜欢就是喜欢，真正的理由就是没有理由。遇到自己喜欢的作者，无论他写什么怎么写，你都会莫名其妙地喜欢。遇到自己喜欢的文字，固然可以拆解它的结构，分析它的语感，但更多的时候，还是沉浸其中，一遍又一遍地体会它的美感好了。

能说得出来的理由，充其量是一些细枝末节，更大的理由，更成其为理由的理由，超乎我们的分析之外。喜欢一本书时，这书劈头盖脸，完完全全罩了下来，我们来不及分析，没有机会和能力分析。那勉勉强强做出的分析，只能是顾左右而言他，似是而非，似乎是那么回事，其实不然。

七七八八地写了这些，学生看了，一定无言以对。他们肯定怀疑，这老师说了半天，简直文不对题嘛。其实，那让我们爱不释手的，常常是另外一些理由，我们不曾想到的理由。我们对问题的回答，往往和问题无关，即使普遍以为完美无缺的答案，也未必和问题有实质性的关联。答案总是一种偏离，偏移，游移，正是在这样的答案中，问题与其说获得了解答，不如说有了新的向度和维度。这样说来，在给出喜欢一本书的理由时，我们所做的，只不过是又一次，更多地表现、表达和表述心底的喜欢而已。想想看，当你提出这个问题，默念这个问题，三番五次地追问“我为什么喜欢它”时，那意义重大的事件，正是“喜欢”这个词一遍又一遍地得以重复。重复又不仅仅是重复。重复从来就不只是重复。

思考就是全部，即使没有答案。喜欢就是喜欢，无须条分缕析的理由。换言之，思考的过程本身，就是一种答案。反思喜欢之为喜欢的缘由，就是一种根据。

读后感

女儿每每要买新书，我说好啊，只是买一本读一本要写一篇读后感。那别买了我也不看了，女儿很是干脆。话是那么说，我还是尽力满足女儿好读书的习惯。写读后感岂是容易的事，我自己都做不到，怎能要求女儿。不过，对于读后感包括的内容，可以稍加论说。

所谓读后感，首先是眼前的这本书和想象中的区别。在阅读之前，我们早已生发诸多想象，想象即期待，期待即诱惑。在阅读之旅上，无论离想象愈近还是愈远，想象总归是想象，神秘还是神秘。书自然地躲避读者，拒绝读者，没有谁能完全读懂一本书，所谓读者和作者的融合，不过是读者刹那间的灵魂出窍。

读后感，还是眼前这本书和之前过目的其他书的区别。不敢说读书破万卷，每个人多少都读过一些书。阅读一本新书的过程中，涌现的种种感受都牵涉到另外的书，其他的书，读过的、听说的和想象过的。很自然地会有一种比较。通常情况下，既有的阅读融入生活，成为新的阅读的背景，作为读者的我们为新书而感念时，也就很少意识到，这种感念蕴含着与昔日阅读的比较。

一本书读过，可能增添了新的知识，带来新的感悟，也可能促使读者做出新的人生设计，改弦易辙，幡然悔悟。书把读者引向它的周围，然后为读者指出未来的方向。纵然不能说读书只是手段，读书本身绝不是目的。我们不是为读书而读书，一定有更大的目标萦绕，诸如美德，诸如历史，诸如虚无。

当读者说这本书带来一种新的感受时，他显然是说，之前的书不曾有过这种感受，或许他曾经体会，后来遗忘了，捧起这本书，他再次拥有曾经的美妙无穷。事实上，没有什么可以重复，时移世易，所谓重复不过幻觉而已。我们手中的《人生》，不再是20年前的版本，即使翻箱倒柜觅到它，感觉亦万重变迁。

一位读者说，某某书在他的阅读史上具有转折点或里程碑的意义。他显然是在告别某些东西，新的世界在眼前敞开，没有什么能阻挡他的步伐，披荆斩棘，所向披靡。

在朋友的书架上，摩挲一本心仪已久的书，我心狂喜。只是每页的边角有一些批注，是朋友的朋友的读后感。“这不会影响你的阅读吧？”朋友略带不安。影响？这有什么不好吗？为什么拒绝影响？批注即使干扰阅读，我也可以和它相抗衡，还是相当的自信，呵呵。

每每在书店胡乱翻书，果真购置回家的书，却是非常之挑剔。有专业书，非专业书，也有小人书。农民的后代渐渐小资，所读的书越发精致，自责与歉疚也就随之而生。阅读的初衷在于救赎，结果却常常是更多的负重，在这个意义上，阅读是德行，也是罪过。

从昨晚到今天上午，一直在读薄薄的宋词，是女儿最近从书店买的。反复咀嚼，乐此不疲。最早对宋词的痴迷，是在高中时期，此后，就转向20世纪的新诗。而今重读宋词，万千感慨，真要写点读后感出来，却一筹莫展，于是有了上述不着边际的宏论。看来，宏论所以流行，只是因为容易。

“懂”的真谛

讲课的过程中，我偶尔会说，这个问题我也不是很懂。或者，他为什么这么想，我还没有弄清楚。我觉得很难，我是不懂了，你们慢慢思考吧，也许对你们来说很简单。呵呵，我这样的老师，说好听点是谦虚，难听点说是浅薄，客观地说，我是实话实说而已。

最近讲授法兰克福学派，说实在的，我只能在文字的表面上游荡。中国学者为此写了太多的文章和专著，我读过，也写过一两篇，但深度如何，只有天知道了。我是越来越知道自己无知了。熟悉哲学史的人会说，知道自己无知就是最大的知。话是这么说，可是，知道自己无知的那种滋味，远不如不知道的好。谁愿意自己无知呢，谁不希望自己天文地理一通百通呢。承认自己无知，没有什么了不得的，只是回到思想的起点而已。可承认这一点，多少需要一些勇气。学生们眼巴巴地盯着老师，希望从老师这里学点秘籍，而我坦然承认自己的无知，我常常会有一种自毁脸面、自甘堕落的羞愧。

懂意味着什么，读到什么地步，讲到什么地步，才算是懂了呢？读书的时候，讲课的时候，我一次次地想到这些问题。无论如何，懂不是站在文本的彼岸，不是岸上的渔夫。要多少懂一些，就必须下到河里去，必须游到河对岸去。设身处地和文本一起，经历文本经历的一切，这是前辈告诫过我们的。这样的过程，就是把自我暂且忘记，进而投入到文本中去，投入到文本的历史和风风雨雨中去，那文本由此成为作为读者的我们的文本，那字词句似乎是经由我们的头脑，一点点地流露出来。所谓全神贯注，所谓出神入化，大约都有这样的意思。这样当然不错，我也有过这样的经历，这样的体会。

这样的投入，不只是投入所阅读的那个文本，在更为一般的意义上，毋宁说是投入文本所从属的文本之流中去，文本的历史的海洋中去。已经有太多太多的文本，我们无论选择哪一个，其实也是在阅读其他的文本，所有的文本。我们阅读阿多诺也好，马克思也好，康德也好，柏拉图也好，孔子也好，都是在阅读人类的文明和文化。每个经典作家的意义，都在于他在人类文明史中的表现和位置。我们对某个经典的不怎么懂乃至无知，也就是对其他经典的隔膜，因而也就是对整个人类文明的懵懂。我们的一生，始终处于学习的过程之中，读柏拉图多一点，读康德就可能少一些，读现代多一些，读后现代就可能少一些，这样说来，我们总是有所局限，所谓的不懂乃至无知，正是源于这样的局限。谁能摆脱这样的局限呢？我们始终是无知的孩子。作为教师，我们的工作只不过是带领学生一起求学罢了。

当然，我们可以有另外一种乐观的理解。无论是投身到河里，还是奋力游到河的对岸，都是“我”在行动。行动的主体是“我”。河流也罢，对岸的树木花草也罢，都是“我”的一部分，或者是背景，或者是布景，反正都是我视力所及，思想和感觉所及。这样说来，我阅读，就是努力把文本纳入我的领地，我讲解，就是引导学生进入我的领地。当我说我也不是很懂的时候，只不过是为自己的领地不够宽敞，不够华美而惭愧罢了。谁不希望自己的家园风景宜人呢？可即使自己的家很狭隘，也不能不引领学生进入，至少自己的狭隘作为反面教材，能促使学生去寻求更大的家园。在我求学的时候，每每对老师讲述的不满足，不以为然，就自己去图书馆里浏览，希望找到更好更深更恰当的解释。

真正意义上的懂只有一种，就是提出自己的概念构架，把解读的文本梳理一番。譬如，基于自己的概念和命题来解读霍克海默或阿多诺，给它一个消解，一个安置。解读就是解构，用自己的概念构架把它解构掉，大致也就可以说自己懂了。归根结底，我们是不可能融入霍克海默或阿多诺的文本之家的，与其苦苦地做这样的努力，不如把它纳入自己的囊中好了。这可不是容易的事。我的喉咙，我的胃，我整个的器官要具有这个能力，还需要很多年的功夫。目前的解读，只能是慢慢培养这方面的功夫。若有幸有那样的时候，我的解读也就是有待解读的文本了。如此说来，真正意义上的懂，就是在另外一个山头上，和解读的文本对峙，遥相望，唇枪舌剑。

老师只不过是老师而已。负责的老师，不在于他对文本本身阐释得多么深入，而在于他引领的道路是否具有启示性。提示学生必要的参考书目，告诉他们基本的解读方法，特别是针对不同的文本，告诉学生不同的入门办法。这样的讲述，不免类似于数学老师的题型训练。可说到底，老师只能是教练，可以带领学生行走一段，但也只能是不长不短的一段而已。把自己的体验传递给学生，成功也罢，失败也罢，只要是自己切实的体验，总会给学生一些帮助。紧接着的，就是学生自己独自去体验体会了。老师所能做的，就是把学生引到合适的门口，或者抵达门口的途中。

想到这里，我多少有些释然。

（本辑文章选自《坐言起行录》，中国言实出版社2015年7月版）

第五辑　文本细绎

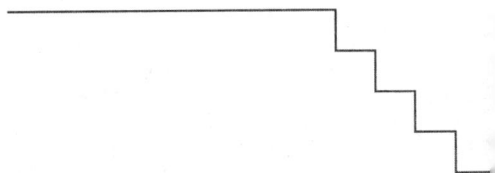

从修辞学视角看马克思的文本

解读马克思的文本，有各种各样的视角。既有的视角，大都是从某种特定的理论生发出来的，诸如存在主义、结构主义、后结构主义，等等。除此之外，可能还有一种视角，即修辞学的视角。修辞学当然也是一种理论，但就解读马克思的文本而言，这种理论所提供的视角更多的是一种态度、姿态和精神，而非某个既成的思想框架。

所谓修辞，依据亚里士多德在《修辞学》一书中的说法，是“发现在任何指定情况下所有可以获得的说服手段”。[①]人们通常认为，修辞是指用某种特殊的语言技巧、表达方式，最有效地传达信息、打动对象的策略。如果说传统的修辞学源于广场上的讲演，现代的修辞学则是和传播（交往）直接相关。历经数个世纪的演变，20世纪50年代以来，修辞学批评着重考虑的是文本、作者和读者间相互作用中语言活动的产生、过程和效果，无论这种活动是想象的还是功利的。而且，随着我们的生活环境愈来愈被视作修辞环境，所有的文本都可视作修辞文本，修辞学批评也就不再局限于文学领域，对一切文本都可进行修辞学的解读。当代的研究强调，每一种语言都有其修辞性

① 见王先霈等主编《文学批评术语词典》，上海文艺出版社1999年版，第241页。

和逻辑性，如果说，逻辑性使读者得以依据明确表明的连接把言辞串联起来，修辞则必须在言辞之间及言辞周围的静默中活动，试探着怎样才能发挥作用，其效力究竟有多大。修辞可能是对逻辑的修饰，也可能无意识地促成偏离。

1837年11月10日马克思写给父亲的信中谈到，他赠给燕妮的头三册诗缺乏自然性，“修辞学上的考虑代替了富于诗意的思想”[①]，这似乎表明他当时对修辞学缺乏好感。但就在同一封信中，他还谈到他翻译了亚里士多德《修辞学》的部分章节，这种翻译是他当时所从事的“正面研究”。在后来的理论活动中，马克思不仅重视科学社会主义理论的建构，而且重视其具体的传播和宣传，他曾强调“极力利用一切可以利用的手段来宣传自己的伟大原则和把全世界的工人联合起来”。[②]在马克思的著作中，演说、讨论、交谈、通信等等，都被视作传播和宣传，其基本的职能是规劝，为此，他的著述中融会了欧洲历史上诸多文艺作品的典型和名句。关于精神交往和物质交往，语言和文字，传播者、传播媒介和传播对象，报刊和舆论等等，马克思都有一系列重要的论述。可以毫不夸张地说，在把修辞视作一种修饰、一种语言技巧的意义上，马克思是一个毋庸置疑的修辞学家。

从修辞学的视角看马克思的文本，很自然地，我们会充分关注马克思文本中的语气、节奏，以及马克思采用的文体。例如，马克思关于自由贸易的演说和关于雇佣劳动与资本的演

① 《马克思恩格斯全集》第40卷，人民出版社1982年版，第10页。

② 《马克思恩格斯全集》第16卷，人民出版社1964年版，第595页。

说，至今读来仍有强烈的现场鼓动气息，而《共产党宣言》中的段落简短，论证明确，充满了碑文般精炼的语句和惊世骇俗的气势。例如这样的语句："生产的不断变革，一切社会状况不停地动荡，永远的不安定和变动，这就是资产阶级时代不同于过去一切时代的地方。一切固定的僵化的关系以及与之相适应的要素被尊崇的观念和见解都被消除了，一切新形成的关系等不到固定下来就陈旧了。一切等级的和固定的东西都烟消云散了，一切神圣的东西都被亵渎了。"[①]假若说《共产党宣言》第一章可谓是一部资产阶级的"英雄史诗"，第二章则是无产者和革命党人的"散文诗"。在"英雄史诗"和"散文诗"的淋漓尽致中，《共产党宣言》获得了极大的象征性，洋溢着排山倒海、不可抗拒的力度和魅力。如果我们承认马克思的学说既晓之以理，又动之以情，马克思思想的魅力在于"理"和"情"的统一，那么，在阅读马克思文本时，就不仅要关注其逻辑的自洽性，还要分析其修辞的力度。

马克思对语言的产生、语言和思维的关系、语言的分化和融合、现代文明语言的形成都有相当的研究，而且，与他追求一种纯净透明的现实生活相应，他渴望纯净透明的思想和语言。在马克思看来，所谓"显而易见""自然而然"的思想观念都是在特定的社会中被生产出来的，马克思批评意识形态，就是指责它"无意识地"遮蔽了现实生活，违背了思想和语言的透明性。值得注意的是，把修辞视作虚饰和浮夸是不确切的，把语言的不透明性完全归于意识形态的作用也是不合时宜的。

---

① 《马克思恩格斯选集》第1卷，人民出版社1995年版，第275页。

而且，语言的透明性是一个错觉，修辞作为语言固有的特性，是一切文本所无法避免和控制的。尽管哲学文本一向自觉地远离修辞，追求纯粹的逻辑推演和透明度，但依然无法摆脱修辞的纠缠。事实上，马克思的著述中存在着大量的比喻和借代。例如，马克思关于意识形态的定义就借助于视觉隐喻："如果在全部意识形态中，人们和他们的关系就像在照相机中一样是倒立成像的，那么这种现象也是从人们生活的历史过程中产生的，正如物体在视网膜上的倒影是直接从人们生活的生理过程中产生的一样。"[①]马克思《路易·波拿巴的雾月十八日》关于幽灵，关于"19世纪的革命不能从过去，而只能从未来汲取自己的诗情"，关于"从前是辞藻胜于内容，现在是内容胜于辞藻"等论述，揭示了能指与所指、内容与形式之间的分裂，这种分裂既意味着语言的脱节，也表征了时代的脱节。

从修辞学视角看马克思的文本，意味着对其多重意蕴的重视。我们一般并不否定文本的"作者意图"，但文本毕竟是通过语言来表现的，而语言不仅仅是一种"写实"，而且具有建构和想象的功能，语言的修辞性必然指向随机、偶发和意义的播撒，以及事物也许并不能总是通过符号组织起来的可能。同样是阅读马克思的文本，不同读者获得的结论往往相去甚远，乃至大相径庭，其原因之一，就是由于马克思的文本本身固有的修辞性，促成了丰富的、繁杂的语义空间，使得马克思的每个文本中都存在着"多性能"话语，它们常常指向不同的方向，忽视了其中的任何一个都可能造成误解。换言之，马克思的文

① 《马克思恩格斯选集》第1卷，人民出版社1995年版，第72页。

本本身具有内在的张力，并由此构成一个可以随着时代境遇不同，做出不同解释的空间。例如著名的结构与主体（斗争）的矛盾，就与马克思文本的修辞性直接相关。对马克思文本中的一些关键性词语，也应当充分关注。英国史学家埃里克·霍布斯鲍姆（Hobsbawm）1997年为纪念《共产党宣言》发表150周年而写的文章认为，马克思恩格斯其时所说的communist party，与现代民主政治中的党派没有什么关系。[①]霍布斯鲍姆的观点不一定正确，却提示我们，对马克思恩格斯其时使用的词汇特别是政治词汇，一定要注意它们在19世纪40年代政治学和哲学话语中的含义。由此我们不难理解，20世纪出现的种种不同的马克思主义版本，何以都可以从马克思的文本中引经据典，而我们则很难简单地斥之为“挪用”。事实上，历史上所有传之久远的文本，留给后人的都不仅仅是一套清晰明了的教条，而更多的是一个语义丰富的叙事，一个具有弹性空间和可以从中走出的“豁口”的叙事。

从修辞学的角度看马克思的文本，要求我们充分关注其预期的和现实的读者。应当承认，马克思首先是为其同时代的人写作的，而且，其不同文本的具体的“预期读者”是各不相同的。马克思非常注意依据“预期读者”的不同来选择不同的话语方式，为了适应不同“预期读者”的需要，他甚至在理论原则上做出某些让步。马克思在《资本论》法文版序言里写道：“法国人总是急于追求结论，渴望知道一般原则同他们直接关

① 参见埃里克·霍布斯鲍姆：《史学家——历史神话的终结者》，马俊亚、郭英剑译，上海人民出版社2002年版，第329页。

心的问题的联系，因此我很担心，他们会因为一开始就不能继续读下去而气馁。”[①]在恩格斯替马克思为美国的一家报纸撰稿时，马克思特别提醒：“要写得俏皮而不拘束。这些先生们在外国栏中是非常大胆的。”[②]20世纪的中国读者作为马克思文本的“现实读者”，有其特定的思想文化传统和时代背景，而且起初是借助于俄国人的视界来看待马克思的，其中自然不乏合理的或不合理的误读、惰性的或创造性的误读。更为重要的是，中国读者所阅读的基本上是中文版，翻译本身就是阅读，借助于译本的阅读就是对阅读的阅读，考虑到中文版主要是通过俄文版转译过来的，那么，中国读者的阅读就是“第三重”阅读了。如果说翻译基本上可以传达“原初语言”的逻辑性，那么，其修辞性则是很难传达的，翻译过程中由此发生的偏离和游移是难以想象的。我们要考察马克思文本的“原初意图”，就必须考虑马克思写作时的“预期读者”，需要阅读“原初语言”，而一个中国读者对马克思“原初语言”的阅读本身也是一种翻译。因此，准确而历史地看待马克思的文本，需要迂回曲折，付出相当艰苦的努力。

（本文登载于《学术月刊》2003年第1期）

---

① 《马克思恩格斯全集》第23卷，人民出版社1972年版，第26页。

② 《马克思恩格斯全集》第27卷，人民出版社1972年版，第332页。

读者批评与马克思文本的解读

在现代语境中，所谓阅读，也就是考察作者、作品以及作者、作品与世界的关系。这是因为，在现代语境中，作者对于自己作品的地位是毋庸置疑的：作者是自己作品意义的决定者，而作品又决定了读者的理解视域。既然作品的意义是由作者决定的，要理解一个作品，明智的做法自然就是考察作者的生平和他所处的社会境遇，以及作者写作的意图、动机和提出的见解。虽然也会谈到读者，但所涉及的只是作品对读者的教育作用，而对读者自身功能的研究微乎其微。这样，在既有的作品面前，读者处于一种被动的感知的位置，他的存在，似乎只是为了等待影响和教化。

20世纪60年代以来，作品（work）开始被置换为文本（text）。依据巴特的观点，“作品是具体的，占用了一部分的书籍空间（例如，在图书馆中），而文本是一个方法论的领域……这种对立让我们回想到拉康在‘现实’和‘真实’之间做出的区分：一个是明摆着的，另一个则是被证明的。”[①]随着作品被置换为文本，阅读所关涉的“主体（作者）/客体（作品）”被置换为“实践（写作）/（互文性）领域”。后者貌似二元对立

① Roland Barthes, “*From Work to text*”, In Josue Hariri ed., *Textual Strategies: Perspectives in Poststructuralist Criticsim*. Ithaca: Cornell University Press, 1979, p74.

的形式下，没有任何具体的对立。比较而言，作品是一个具体的客体，文本则是一个始终开放的领域中的游戏，并必须在这个领域中得到解释。换言之，作品是已经完成了的东西，而文本则始终处于生成之中。因此，从文本的渊源、作者的声音或文本的语境来寻求文本的意思和解释，是不可取的。

随着作品被置换为文本，作者的地位就岌岌可危了。福柯在《什么是作者》中考察了作者的谱系，提出，我们习惯于说作者是著作的天才创造者，在他那里蕴藏着无比丰富的经验，并拥有一个不可穷尽的意指世界，而事实正好相反：作者不是灌注一部作品意指的无限源泉，作者并不优先于作品；在我们的文化中，作者是人们进行限制、排除和选择的某种有效性原则。[①]福柯认为，作者概念是一种意识形态的产物，它表征的是人们惧怕意义膨胀的意识形态形象。现在面对文本，我们不应再追问“谁在真正说话”，而应思考：这些话语以何种形式存在？它曾在哪里使用过？它怎样才能流通？谁能将它据为己有？在它内部什么地方可接纳一个可能的主体？谁能承担主体这些变化不定的功能？

在福柯看来，19世纪出现了一类可称之为“话语的创始人”的作者，他们不只是他们自己著作的作者，而且创造出其他文本的可能性与规则。马克思就属于这样的“话语的创始人”，他不只是《共产党宣言》或《资本论》的作者，而且奠定了话语无穷无尽的可能性。具体地说，马克思既使某些类同成

① 参见〔法〕福柯：《什么是作者》，载王岳川等编：《后现代主义文化与美学》，北京大学出版社1992年版，第304页。

为可能，也使某些差别成为可能；不但造成了以后的文本能够采用的相似性因素，也为一些差异打开了闸门，为引进一些异质性因素开辟了空间。因此，不能依据现代的作者概念来理解作为话语创始人的马克思。福柯还提出，一种话语的创始与其后生成的转换是不同构的，扩展一种话语的类型，并不是给予它一种在开始时并不具备的普遍性，而是打通某些潜在的应用道路。在此转换过程中，人们并没有宣告这些创始人著作中的某些命题是错误的，所谓的“错误”或者被视为创始人著作中无关紧要的陈述，或者被视为是“史前的”因素。总之，一种话语实践的创始并不参与其以后的变化。只有这样，我们才能理解这些话语领域里“返回始源”的不可避免的必然性。

人文科学中的作者之死和社会中的立法者之衰落是并驾齐驱的。现代作者在社会中，承担的是“立法者”角色，这一角色具有优先接近真理、理性和科学知识的特权，对争执不下的各种意见纠纷做出仲裁，并最终决定哪些意见是正确的和应当遵守的。而在后现代语境中，阐释者取代了立法者。阐释者不提出普遍的真理主张，也不提供任何强制性指令，他只是勾画出各种选择，并以一个平等的身份参与各种公开的争论；他调停社团内部的争论，并对拥有不同真理观念的其他社团解释和说明这些论述；他时刻提防沟通过程中的意义扭曲，但并不认为其中哪一个解释具有绝对的优越性。[1]

随着读者地位的提升，读者批评脱颖而出，它特别强调

① 参见〔英〕鲍曼：《立法者与阐释者——论现代性、后现代性与知识分子》，洪涛译，上海人民出版社2000年版，第5—7页。

读者在批评活动中的重要作用，把读者的接受和反应作为批评的主要内容，着重探索读者与作者、文本的相互关系和相互影响。而且，相比较此前批评模式致力于真实与虚假的分界，读者批评更多地关注阅读的趣味。读者批评最初仅局限于文学批评领域，随着后现代主义的弥漫播撒，抛弃作者、重置读者的做法，成为人文社会科学领域中比较普遍的现象。

任何一部文本，都是为阅读而写作的，这样，在文本的写作过程中，读者始终是“在场”的。伊瑟尔提出了隐含的读者（implied reader）这一概念。所谓隐含的读者，不是指实际进行阅读的读者，而是文本的一种特殊构造，是文本结构的组成部分，它提示了透视文本意义的若干角度。埃尔文·沃尔夫提出了有意向的读者（intended reader），意在重新建构作者心目中所具有的读者概念。在他看来，常常不是现实读者的趣味，而是在作者想象中构成的读者意念限定了文本的形式和主题思想。普莱提出了虚构的读者（virtual reader）这一读者类型，它一方面是作者对读者构想的外溢，另一方面是阅读指示的楷模，是为真实读者（real reader）提供的标准读者。也许，最重要的是重视真实读者亦即实际阅读文本并做出反应的读者。真实读者不是单数，而是复数；真实读者的处境也是各不相同的。

意义并不内在于文本，而是在文本和读者的相互作用亦即阅读过程中产生的，文本制约着读者，读者也可以建构文本，所以，接受过程不是对作品简单的复制和还原，而是一种积极的、建设性的反作用。这种创造性特别体现在读者对空白的发现上。在读者批评看来，即使是追求完整统一的传统文本，也不可避免地出现省略、遗漏甚至神秘，读者应有意识地去发现文本中的空白，充分体味文本中那些沉默的因素，分析空白在文本结构和技巧中的作用，用想象和理智去参与文本的创作。在此意义上，空白是阅读中不可或缺的积极动力，它促使读者不断增补和调整，充分发挥文本的不确定性和开放性。

事实上，在马克思那里可以看到一些相似的见解。在1857年写作的《〈政治经济学批判〉导言》中，马克思指出："在社会中，产品一经完成，生产者对产品的关系就是一种外在的关系，产品回到主体，取决于主体对其他个人的关系。"马克思还表达过这样的意思："作者绝不把自己的作品看作手段。作品就是目的本身，无论对作者本人还是对其他人来说，作品都绝不是手段，所以，在必要时作者可以为了作品的生存而牺牲他自己的生存。"①马克思的这些表述，很容易让人联想到艾柯的话："为了不致给通往文本的道路制造麻烦，作者最好在他完成写作时立刻死亡。"②然而，问题的关键在于，马克思是否颠覆了现代的主体概念。③如果我们承认这种颠覆，那么，发挥出一种马克思主义的读者批评理论，就是完全可能的。当然，马克思主义的读者批评理论，不会坚持"作者的死亡"，而是在读者、文本、作者和时代之间斡旋。

就对于马克思的理解而言，恩格斯在马克思墓前的演讲，

---

① 《马克思恩格斯全集》第1卷，人民出版社1995年版，第192页。

② Eco, *Postscript to the Name of the Rose*. Orlando, Fla.: Harcourt, Brace and Jovanovich, 1983, p7.

③ 参见张汝伦：《主体的颠覆：从黑格尔到马克思》，《学术月刊》2001年第4期。

塑造了经典的马克思画像。自20世纪20年代以来，卢卡奇等西方马克思主义者开始重读马克思；20世纪70年代末以来，国内也开始重读马克思。对马克思的阅读何以成为问题？为什么需要重读马克思？对这些前提性的问题，大家的思考是相当有限的，答案也是相对简单的。注意力都集中在发现本真的马克思上。在这种解读中，读者和马克思文本的关系，是一种被动接受的关系：文本静止地待在那里，等候着读者的走近；读者则力图摆脱自己的各种主观愿望，期望原原本本地把握马克思。在这个过程中，如果说读者也曾试图发挥主体的作用，那也只是为了更好地接受文本发出的各种指令。对于阅读—接受过程本身，则几乎是完全忽视了。也正是由于这种忽视，我们无法在不同的阅读结论之间进行调停和对话。

因此，不能把马克思的作品孤立起来，将它绝对化成一种没有时间的物，绝对化成一种供人观赏的静止不动的纪念碑；而马克思文本的时间性的发挥，有赖于读者的时间性。基于这种认识，在解读马克思的文本时，就需要具体考察马克思的文本的“隐含的读者”“有意向的读者”或者“虚构的读者”：是工人、资本家，还是自己的同志？是本土的居民，还是外国人？是当时的人，还是未来的人们？我们也需要思考“真实读者”：在不同时期，现实地阅读马克思文本的读者是哪些人？他们的反应如何？工人、革命者、同盟、敌人各自的反应何以形成？例如，《共产党宣言》是受共产主义者同盟领导人的委托而写的，其目的是整合组织，因而不难推断，这个文本不能不考虑当时的现实，不能不考虑全体盟员的认识水平和觉悟程度，不能不针对当时统治阶级和各国资产阶级对共产主义的具体态度。这种面面俱到的考虑，以及党纲的写法，也都限制了马克思和恩格斯对一系列具体问题的论证。换言之，这个文本必然有各种缄默不语的地方。事实上，马克思的确采取了各种写作策略，以适应包括编辑在内的“有意向的读者”的旨趣。在恩格斯替马克思为美国的一家报纸撰稿时，马克思特别提醒：“要写得俏皮而不拘束。这些先生们在外国栏中是非常大胆的。”[①]另外还应考虑到，马克思撰写的新闻作品在问世时，可能经过了编辑的加工处理，以合乎他们的要求。所以，只有具体辨识马克思不同文本的“隐含读者”“有意向的读者”和“具体读者”及其反应，才能比较客观地看待马克思文本的意义，看待马克思文本在历史流变中的不同效果。

特别需要考虑的是，恩格斯作为马克思文本的第一读者，在相当程度上确立了马克思文本的“接受指令”。依据Carver的考证，马克思似乎没有对自己和恩格斯关系的性质有太多描述，只是在一个新闻记者写到“Marx and Engels says”时，他抱怨说，这把他们两个人视作一个人了。[②]另外，在《反杜林论》第一版序言中，恩格斯仅仅说“在德国的友人”再三请求他写这本书，而在1885年（——这时马克思已经去世）的序言中，恩格斯提出，这本书所阐述的世界观绝大部分是由马克思确立和阐发的，只有极小的部分是属于他的。他还说，在付印之前，他曾把全部原稿念给马克思听，而且经济学那一编的第十章就是由马克思写的。Carver追问道：“为什么要读给马克

① 《马克思恩格斯全集》第27卷，人民出版社1972年版，第332页。

② 参见Terrell Carver, *The Postmodern Marx*, Manchester University Press, 1998, p165.

思听？（马克思自己能读！）即使他是大声朗读，马克思在听吗？奇怪的是，恩格斯没有谈到马克思自己对《反杜林论》说了些什么。”[①]Carver认为，虽然马克思1880年为恩格斯《社会主义从空想到科学的发展》法文版写的前言向读者推荐《反杜林论》，但也只是肯定它的“政治”内容，这就是说，马克思对《反杜林论》的认可是有限的。

马克思逝世后，恩格斯为马克思的诸多作品写了导言或序言，在恩格斯的叙述中，马克思成为“年长的合作者”，他则是“年少的合作者”，一旦马克思离去了，共同的任务就交给他了。恩格斯以“一致同意”和“工作分工”等，确立了自己作为“标准读者”或者说“理想读者”的地位，并绘制出标准的马克思“肖像”。在一些人看来，忠实的后人们所做的工作，只能是进一步充实和完善这幅肖像。恩格斯提供的马克思肖像是唯一合法的肖像吗？如果承认读者是复数而非单数，承认读者不是无时间性的抽象存在，那么，我们就应当承认，在恩格斯的解读之外，势必还有其他的合法的阐释和理解。各种不同的阐释之间是否具有或者说可以达成一种基本的共识？如果承认读者和文本之间不是单向地被动接受关系，而是互动的关系，即：读者受文本的召唤，按照自己的主观条件去发现文本的潜能，使文本成为“他自己的文本”；与此同时，他也按照文本规定的范围和方式改造自己，从而扩大了自己的可能性，那么，我们就比较容易理解，为什么把马克思的文本视作单纯的学术作品来读，也会产生各种各样的歧义，甚至得出截然对立的结

① Ibid., p170.

论，发挥出不同的理论思路。由此我们需要着重思考的，就不再是认知的“真实性”，而是这样的问题：在阅读马克思的过程中，读者自身的历史文化经验发挥了怎样的作用？马克思的文本又如何影响了读者及其所处的社会和时代？

如果把读者大致划分为消费者类型的读者、批评者类型的读者、作者类型的读者[①]，那么，我们大致可以说，苏联模式的马克思主义哲学教科书培养出的，是消费者类型的读者，西方马克思主义者和中国马克思主义者属于批评者类型的读者，而马克思自己，当然是属于作者类型的读者了。消费者类型的读者，把马克思的文本视作自明性的绝对真理，随时用它来证明自己观点和路线的正确。作为批评者类型的读者，西方马克思主义者总是戴着一副理论的面具来阅读马克思，其结果自然是生成黑格尔主义的马克思主义、弗洛伊德主义的马克思主义之类的东西；中国马克思主义者则是从中国本土的文化传统和社会现实出发，创造性地阅读、运用和发挥马克思的思想，从而形成了“中国化的马克思主义”。而马克思作为作者类型的读者，在思想发展的过程中，也在不断回顾和反思自己的道路。

以往的马克思主义史，不过是作者和作品的历史，即生平加作品的编年排列。如果首先关注的不再是“作品的意义是什么”，而是“读者如何使得意义产生”，如果承认没有绝对的、独立的文本，也没有不变的接受意识，文本存在于时间系列里视野的不断交替演化中，而且它只有被接受并产生影响才能流

① 参见朔贝尔：《文学的历史性是文学史的难题》，载〔德〕瑙曼等著《作品、文学史与读者》，范大灿译，文化艺术出版社1997年版。

传下来，马克思主义史就应当被视作马克思文本和不同时代读者的“期待视野”交融的结果。期待视野决定了读者对所读文本的取舍标准，也决定了他对文本的基本态度和评价。而读者期待视野的历史性和开放性，也决定了文本价值会不断发生变化。因此，马克思主义史的撰写，必须参照马克思文本接受的历史性，考察不同的接受者和接受活动所处的特定的历史环境，梳理不同时代接受状况的变化。

新历史主义的代表人物格林伯雷说他从事新历史主义批评的最初愿望是想要同死者对话。然而我们如何同过去对话，怎样透过时间的距离来理解死者所说过的话？我们试图理解过去某一事件在它发生的时代意味着什么，同时也要理解这件事对于我们今天具有什么意义。这两个阐释维度不是互不相干的，读者对历史的“再现”，其实也就是为历史确定一个现在的位置，因而，“再现”历史的努力无法逃离现在价值观的支配。我们需要追问：再现的是谁的历史？“再现”历史的同时，读者必须表露自己的声音和价值观，也就在这里，读者试图参与和建构关于未来——而不只是关于过去——的对话。

读者批评启示我们，“马克思是谁”这个问题，和“我们是谁”这个问题是密切相关的，离开了对“我们是谁”这一问题的关切，对“马克思是谁”这一问题的解答，就成为马克思在《关于费尔巴哈的提纲》中所批判的“旧唯物主义”。随着对“我们是谁”这一问题的不断追问，“马克思是谁”这一问题也将不断获得新的答案。换言之，随着读者所处时代境遇的变迁，马克思的文本呈现出自身的“意义多重性”，读者其实也只不过是这个过程的见证人而已。在这样的阅读中，马克思的文本不再是外在于我们，外在于当代生活的东西，相反，它就在我们的思想和生活之中，它就是我们的一种思想传统。对于既有的各种理解，我们不能简单地遗弃，相反，我们需要做的，正是详细描述各种具体的阅读和阐释过程，揭示各种不同的理解得以形成的历史缘由。

（本文登载于《学术研究》2003年第9期）

蓦然回首:《张申府访谈录》释读

1979年，中美正式建立外交关系，两国间的学术交流随之展开。舒衡哲作为美方第一批来华进行学术交流的成员，把“五四运动”作为研究对象。在这个过程中，她注意到张申府在中国现代政治和社会思想中的影响。通过北京图书馆的安排，两人于1979年11月12日在图书馆客厅见面，此后，改为不时在张申府家中访谈，持续了五年之久。1980年3月24日，舒衡哲打算先写一本关于张申府的书，关于五四运动的写作任务暂且搁置。1992年，*Time for Telling Truth is Running out: Conversations with Zhang Shenfu*由耶鲁大学出版社出版。2001年，该书的中译本《张申府访谈录》由北京图书馆出版社出版。本文试图从质性研究的角度入手，对《张申府访谈录》予以阐释性解读，并对质性访谈和传记的特点做出一般性概括。

类　型

人作为语言和社会的存在物，离不开相互间的交流和对话。访谈是交流和对话的一种专业化形式。大多数人可能不曾做过访谈，甚至不曾读过访谈，却似乎对访谈有一种不言自明的认知，以为可以在诸多的文本中，清楚地区分出访谈；看到冠有“访谈”二字的文本，更是以自己的访谈标准来看待它，培育阅读的期待。面对《张申府访谈录》一书，读者的这种期待可能会落空，它显然不是通常意义上的访谈。

该书中没有大段的对话，而是基于年、月、日的记录编排。并且，不是按照时间的先后排序，而是打乱了时间顺序。像第二章，先是“巴黎，1922年10月”，接着是“1985年5月25日”，然后是“1920年11月20日”。从体裁来看，不同日期下的内容具有日记、年谱和回忆等不同的性质。所谓日记，当然是舒衡哲在采访张申府的当天所记；所谓年谱，是舒衡哲梳理张申府的资料时所做的编年式处理；所谓回忆，是舒衡哲对先前访谈张申府时具体情景的回忆。《张申府访谈录》的每个日期下，或者是三者中单一的某种体裁，或者是三者糅合起来，间或有一些问答式的访谈，但更多的是舒衡哲对访谈的叙述，以及围绕访谈而进行的考证和阐释。

从质性研究的角度来看，该书是基于访谈的人物传记。舒衡哲说：“这本书不是标准的历史著作，也不是传统式的传记，而是透过迂回曲折、前后对照的对谈反映张申府一生。”[①]关于质性研究，邓金和林肯的定义非常精确：“质的研究是基于将观察者置身于被观察世界之中的研究活动。它包含一系列可以使被观察的世界变得清晰起来的阐释性的、经验性的实践活动。这些活动改变了世界，它们将研究的对象世界变成一系列‘作品’——现场笔记、访谈、交谈、照片、记录以及有关自身的备忘录。”[②]这个界定对我们解读《张申府访谈录》非常有用。

---

① 〔美〕舒衡哲：《张申府访谈录》，李绍明译，北京图书馆出版社2001年版，第7页。该书的其余引用均采用文内注。

② 〔美〕邓津、林肯：《质性研究手册》，朱志勇等译，重庆出版社2000年版，第3页。

借此，我们可以对该书的体裁做出这样的一种定位：一本基于访谈且保留访谈痕迹的传记。

舒衡哲对访谈的重要性有敏锐地认识，把访谈视作“进入张申府的生命的最有意义的方式”。每次会谈前，舒衡哲都会做精心准备，以便获得更多的有效信息。1981年6月6日张申府过生日时，舒衡哲所送的礼物，就是一套过去三年收集到的张申府著作的索引卡片。“一个性格安静和敏感的人可能比一个爱控制别人、在社交场合异常地活跃的人更适合做一名质化访谈员”。[①]舒衡哲的性格是否安静不好确定，但毫无疑问，她是一个敏感的人。譬如，“眼睛相遇”，就知道张申府“正要告诉我他的生平”。（第7页）初次看到李健生，舒衡哲虽然大部分时间只是旁听和拍照，但却能够“听到和感到李健生仍然在心中带着痛苦”。（第10页）舒衡哲对访谈的环境也颇为敏感，譬如，“春天的温暖使我和张申府在他王府仓胡同家中客厅的谈话也变得轻松起来”（第59页）。张申府的言谈举止都被舒衡哲记载下来，并加以分析。以笑为例，有“自满的笑”“冷冷的笑”“勉强的笑”“自我挖苦的笑”，等等。（第134、139、177、183页）笑声足以“改变文字的意思”。（第19页）

舒衡哲所做的访谈属于深度访谈，在宏大历史和个人经历之间有意无意地划界，她采访张申府的原初动机是探究历史，因而，她才会有这样的感慨：“虽然我们的谈话重点应该是历史，但张申府却有意无意引入其他话题，特别是他个人的

① 〔英〕阿克塞、奈特：《社会科学访谈研究》，骆四铭、王利芬译，中国海洋大学出版社2007年版，第48页。

故事。”（第7页）不过，舒衡哲很快就适应了张申府的这种叙说，并且认识到它的价值。“一次访谈就是一次观点的互动，是两个人就一个共同感兴趣的主题进行的观点互换。”[①]就此而言，舒衡哲所做的访谈也属于响应式访谈，她关注的是张申府对自身经验及其所处世界的理解，她对自己作为访谈者的个性、风格和信念有清醒的自觉，致力于和张申府建立谈话伙伴关系，在非结构化的访谈中获得丰富的材料和理解的深度，实现了“质性访谈既是艺术也是科学”的目标。[②]舒衡哲认识到，张申府对平反有着强烈的渴望。一方面是官方的平反。“但官方平反不等于自我平反；张申府过去十年所追寻的，是自我平反——他与我的谈话，目的正在这里。”

舒衡哲对访谈的伦理与权力关系有着清醒的自觉。在最初几次的晤谈中，舒衡哲都忐忑不安：“我们是否较前熟络了？我们互相测试对方的方式有无不同？他会不会邀我再来？”（第6页）在访谈中，她察觉到：“他仍然在探测我。他要诉说他的生平，但要按照他的方式去做。他不要顺从任何次序，也不要固定于某个主题上。”（第7页）对于张申府迂回曲折、忽前忽后的谈话，舒衡哲承认自己疲于应付。然而，舒衡哲努力跳出他的故事，找一个稳稳当当的地方，予以组织观察。舒衡哲对自己的位置有着自明：“我是不是真正在中国的景象以外呢？就算是，也不可以称是西方意义的客观。我当然不是完全从外面看

① 〔丹〕苛费尔、布林克曼：《质性研究访谈》，范丽恒译，世界图书出版公司2013年版，第2页。

② 〔美〕赫伯特·鲁宾、艾琳·鲁宾：《质性访谈方法：聆听与提问的艺术》，卢晖临等译，重庆大学出版社2010年版，第13页。

我的人物的。有些中国字进入我的脑中，那是关于主观和客观的统一。”（第10页）舒衡哲既有设身处地地“移情”式理解，又始终保持着必要的距离，打量、审视着张申府，亦打量、审视着自己对张申府的访谈。

面对着大量的档案文献，舒衡哲起初不知所措：“我真不知如何处理这大量的资料，我感觉淹没在一个水池中。这些资料的重要性在哪里？我如何选择？为何这样选择？”她觉得自己“像一个盲人需要一条带路的狗”。（第13页）文献和访谈相结合，描述和阐释相联系，最终形成《张申府访谈录》的章节安排。正文包括六章，每章涉及一个主题。按照舒衡哲的说法，“张申府回忆往事和我们友谊发展的节奏，决定了每一章的内容”，并且，“由于这个节奏是回旋性的和情节性的，本书各章并不依循时间的顺序，而是围绕对话中某些情结和矛盾而层层展开”。（第8页）舒衡哲所说的“情结和矛盾”，也就是“关键性事件”或“突现”。[①]邓金把“突现”分为四种类型：能够对个体生活产生全面影响的重大事件；累积性或典型性事件和经验；仅仅代表个体生活中某个时刻的小“突现”；再次体会到“突现”的生活片段，它们再次唤醒了特定的经验。《张申府访谈录》的每一章涉及一个主题，每个主题都通过上述四种“突现”得以阐述。

该书采用了“深度描述”，读者可以了解访谈的日期、地点、话题，想象具体的访谈情景，相关人物的声音、情感、行

① 〔美〕邓金：《解释互动论》，周勇、刘良华译，重庆大学出版社2009年版，第166页。

动和意义不仅能够被“听到”，而且能够被“看见”。该书采用的深度的、情境性的、交往性与多重声音的解释，则使得访谈及对于访谈的审视、反思和阐释具有了明显的质感。深度描述的表演性和解释的象征性，使得读者产生强烈的在场感、历史感和史料感。所谓在场感，即我们仿佛悄悄置身于访谈的现场，亲眼看见舒衡哲和张申府的访谈，亲耳聆听他们的交流。所谓历史感，是指舒衡哲一次次把我们拉回到过往的岁月，特别是张申府在20世纪20年代到40年代末的辉煌时期。所谓史料感，是指该书谈到的一些文章、书信、照片几乎不曾公开披露过，《张申府文集》中也没有收录，由此，该书具有明显的文献和档案意识。

譬如，《张申府访谈录》的扉页和目录之间，是23张照片。除了第一张是舒衡哲和张申府对谈的那张，第三张是张申府父亲的单人照，其余都是张申府一生不同时期的单人照或和其他人的合影。此外，正文中还提到了很多照片，都是读者不曾看到过的。马克思恩格斯曾经批评在“夸张了的拉斐尔式的画像中，一切绘画的真实性都消失了”，“如果用伦勃朗的强烈色彩把革命派的领导人——无论是革命前秘密组织里的或报刊上的，或是革命时期中的正式领导人终于栩栩如生地描绘出来，那就太理想了”。无独有偶，“伦勃朗式”正是用来描写银版照相的术语。舒衡哲对这些照片做了很多的阐释，细致入微，堪称“图像学”的一种实践。[①]

① 米歇尔认为，“图像学”不仅是关于图像的科学，而且是关于图像的政治心理学，是关于图像恐惧、图像恋癖，以及偶像破坏与偶像崇拜之间斗争的研究。米歇尔：《图像学》，北京大学出版社2012年版，第9页。

认识张申府不到半年，舒衡哲就打算为张申府写一本书。张申府去世后，他女儿给舒衡哲去信，表示相信舒衡哲能完成《张申府传记》的写作。"每一个生命都有其自身的形式。传记作者必须找到理想而独特的形式来表述它。"[①]基于作者介入程度的不同，可以把传记分为客观性传记、学术性传记、叙事性传记和小说化传记四种[②]，《张申府访谈录》显然介于学术性传记和叙事性传记之间。舒衡哲曾经想过给张申府写一部长篇小说，却又担心这会破坏历史的真实，因而放弃了这个念头。在该书中，舒衡哲不是简单地陈述或还原事实，而是带着自己的问题意识，不断地介入。

片段性

从踏进张申府家门时起，舒衡哲就打算抽离官方的史论框框，因为张申府"原是生活得多彩多姿的人"。（第250页）从一开始，她就有这样的思想准备："一个幸存者，基于需要，必定是一个双面人（甚或是多面人？）。"（第5页）张申府传记的写作是困难的，困难就在于它所要求的系统性和完整性，舒衡哲努力地"避开虚伪勉强的完整性，特别是像政治史或系统哲学所提供的那样的完整性"，这种完整性不符合张申府的经历，也和舒衡哲和张申府的谈话内容"并不吻合"。（第252页）

---

① Edel, L.. *Writing Lives: Principia biographica*. New York: Norton, 1984, p30.

② Clifford, J.. *From Puzzle to Portraits: Problems of a literary biographer*. Chapel Hill: University of North Carolina Press, 1970.

张申府“一生都喜欢新的思想”，他对舒衡哲讲：“我碰到新的东西时，我就忘记早些时候曾经吸引我的事物。因此我非常分散。”学术思想上的“日新月异”“见异思迁”在很大程度上影响了张申府思想的深刻性和整体性。即使对他所钟爱的罗素，除了五四时期比较集中的翻译和介绍外，张申府并没有实现写一本关于罗素的大书的夙愿。事实上，张申府不曾写过任何一本专著，他写了很多，翻译了很多，但篇幅都不大。舒衡哲据张申府的《所思》一书判断：“片段与整体，构成张申府的主题。”（第140页）张申府不喜欢长篇大论，在1930年写作的一篇文章中，他批评“有的人总喜欢写长文章，文章不长就不是好文章”，认为“既流行短篇小说，为什么就不可以以短篇文章相尚？这样子岂不是写者既省事，看者也省时”。“假使你的意思多，也不妨分作几篇写，也并没有非挤在一篇不可的道理。”①

张申府热衷学术的同时也热衷政治，学术和政治相互缠绕，相互打扰，启蒙意识则不断和革命实践相调和。对共产主义的承担并不影响张申府对启蒙的热情，他自始至终都保持独立异行的知识分子本色，忠于自己对真理的看法，然而，政治毕竟是复杂的。在和舒衡哲的交流中，张申府感叹：“唉，政治是很无聊的。如果哲学受到政治的影响，就会变得片面和讨厌。”（第176页）无论这是张申府晚年的反思，还是他早年就具有的意识，一个不争的事实是，他的一生都不曾脱离政治，他的辉煌、沉寂和回光返照都是由于政治的缘故。他的老朋友

① 张申府：《男女的相喻》，《中国大学日刊·妇女问题专刊》，1930年4月20日。

徐盈认为："我从来没有印象张先生是哲学家，他的主要活动就是政治。"（第179页）

舒衡哲提出了这样一个问题：在中国历史上有没有读书人不"谈政治"的时候呢？从张申府和徐盈的例子中，她得出的答案是"没有"。张申府对此的回答似乎有些无奈："谁叫我们是知识分子呢？知识分子就是要以天下为己任，这是中国读书人历来的责任。"张申府显然没有摆脱这个责任或者宿命。那么，问题的要害就在于怎样"谈政治"。无论张申府自己当时如何期许，后来如何反思，无论时人和后人如何看待张申府的作为，直观地看，张申府的特点是以启蒙的方式介入政治，他不甘心单纯地启蒙，也不能全身心地投入政治，由此导致了学术生涯和政治生涯双重的片段性。

由于具有明显的启蒙意识，1925年五卅运动时，张申府担心"反帝国主义有沦为旧式排外主义的危险"，认为"事情的根本责任乃在人性与制度"。所以，他手持的旗子是两面的，一面写着"打倒帝国主义"，一面写着"痛雪人类奇耻"。[①]紧接着，张申府又撰文强调，中国需要一种新的世界观，这种世界观超越了中国传统文化和现代西方资本主义文明，"先就物质的基础，而引之趋合于理想"。[②]大敌当前，民族情绪高昂，张申府却在理性和感情、中国的政治困局和未来的文化需要之间寻找中间路线，"批判性思考比血的控诉占的位置更重"，难免给人以榆木脑袋之感。

---

① 张申府：《帝国主义等》，《语丝》第35期，1925年6月19日。

② 张申府：《第三文化之建设》，《京报副刊》1925年6月22日。

由于这种明显的启蒙意识，在时代的政治洪流面前，张申府尽管积极和努力，却自始至终都没有彻底地投入。在五四时期，张申府关注的是个人内心的解放。他不是政治行动派，五四当天的活动他是旁观者。在和舒衡哲的访谈中，张申府"承认自己只是一个旁观者，他只是不自觉地被一起自发的事件拖进去"，并且，他觉得"无妨让回忆流连在个别事项上，例如他们在西单咖啡馆的聚会"，而不必加进警察、水炮之类的惊险情节。（第200页）在1979年12月10日的访谈中，张申府承认："我总是接近事件的中心，但又从来没有全面卷进去。"（第53页）他觉得自己很像罗素，支持正义，同时不偏不倚，保持逻辑头脑，而不会被群众的情绪裹挟。

舒衡哲和张申府初次见面，主要谈的是"公众大事"，她觉得谈话重点应该是历史，张申府却有意无意引入其他话题，"特别是他个人的故事"。这些个人生活片段和中共正在纪念的五四运动没有什么关系，但对舒衡哲来说，"却是意外的收获"，并激发了她的访谈欲望。（第8页）面对舒衡哲的探寻，张申府的叙说随意散漫。他要按照自己的方式诉说他的生平，"他不要顺从任何时间次序，也不要固定于某个主题上"。（第7页）他在谈政治时，总是带入他的哲学；谈哲学时，又会跳到另一个层面谈到刘清扬。

在官方记载和张申府的忆述中，刘清扬被视作追随者，舒衡哲则要追寻"官方历史和张申府回忆以外的"刘清扬，具有思想和行动的独立性的刘清扬。正统的历史把张申府和刘清扬"生活中的矛盾熨平"，舒衡哲则"宁愿紧握着零散的线索"，"走进20世纪中国政治的迷宫"。（第103页）她努力避开"张申府个人色彩太浓的图像的干扰”，绕过刘清扬女儿的叙述，尝试从刘清扬的图片中“另寻蹊径”，寻求她的真我。舒衡哲思考了这样一个问题：为什么刘清扬容易被张申府及其他男性权威所控制？她给出的“最明显的答案是：她的易受控制在于她的性别”。（第83页）

舒衡哲意识到，张申府不喜欢“零碎地”保存过去，而是想编织一个“完整故事”。（第31页）然而，在20世纪中国革命的背景下来考量，即使充分肯定张申府的独立性，但是毕竟，在共产主义运动的链条中，他是脱节的，1925年是一次，1948年是一次。1979年后，张申府有幸重新回到这个链条上，重新衔接起来。对此，他有时表现得很洒脱，有时则心有戚戚，他还是很在意自己在中国早期共产主义运动中的位置。而在正统的历史中，张申府只能是“爱国同志”或“模范学人”，因而，张申府转而强调自己是20世纪中国最伟大的哲学家，以此来表明自己一生的完整性和系统性。

全面恰恰是张申府的哲学旨趣。我们或可这样理解，他在政治上失去了完整性，需要从哲学上获得补救。张申府正是如此。他的哲学信念是一以贯之的。他对于中国文化命运的关切是一以贯之的。“我的哲学对经验采取较为周延的观点；这是比较彻底的实在论”，张申府称之为“大客观”。在寻求“大客观”的过程中，张申府回到中国哲学的某些思想，特别是儒家的“仁”和“中”。在1932年的《所思》中，他再次强调了1927年所持的立场：主观和客观之间，唯心论和唯物论之间，实在主义和实用主义之间，都没有清楚的界限。尽管张申府心仪的罗素不大理解和敬重孔子，张申府却把罗素和孔子相提并论。

“风流成性的妇女解放运动者、癖好数理逻辑的共产主义者、宗师罗素却又景仰孔子的哲学家、爱好学院式哲学的政治活动者”，面对张申府生平中的这些“纠结”，舒衡哲大概只能采取片段性的叙述方式。况且，“作为一个历史过来人，在公开和私下的回忆里，张戴上不同而且经常互不协调的面具，这就越发使得他的谜解不开”。（第5页）大量的互不关联的细节，使舒衡哲无法把它们归纳为一条故事主线。由此，也就导致了《张申府访谈录》的特点：“本书没有一个贯串性的主题或意念，它是由许多小故事组成的网，一层层、一页页地把它的主人包围在中心，我让读者自行体味、判断以及重组故事的片段；在逐层剥开这个网时，每人或许对书的主人翁形成不同的看法。至于我，则在故事的过程中说明我的观点，以及在通往张申府的生命和住屋的路上，为读者竖起清楚的标志。”（第7页）

投　射

贯串明确日期的《张申府访谈录》一书，实则包括两种日期，一种是作为现在进行时的日期，另一种是作为一般过去时、过去进行时和过去完成时的日期。就该书的“访谈”性而言，前者是主线，后者是副线，但这种关系并非固定不变。二者相辅相成，建构了张申府的历史形象。

毫无疑问，张申府是该书的主人公，全部的叙述最终指向他。但是，主人公并不一定就是中心，或者说，该书不是把张申府直接作为中心来塑造的。就访谈而言，张申府是受访者，至少在原初的意义上是被动的。自1979年平反后，张申府成为修正中共党史的一个重要资料来源，也是中共革命伟人重新定位的关键人物，从事中共党史研究和中国革命史研究的研究者每每登门造访，在很大程度上满足了沉寂多年的张申府诉说的欲望。然而，舒衡哲的造访让张申府兴奋不已，他每每“焦急地注视着院子”等候舒衡哲的光临。舒衡哲敏锐地注意到这一点，并暗自揣测，“是不是因为西方有位学者要写他的故事”？（第15—16页）

对五四新文化运动那一代人来说，西方有着特殊的意义。对张申府本人来说，西方的意义更是首当其冲。张申府和舒衡哲的每次谈话，都免不了说到罗素，“罗素似乎是这么多年来支持他不致没顶的救生圈”。张申府相信自己了解罗素，甚至认为自己“可能是全中国唯一了解罗素的人”。（第139页）舒衡哲认识到，张申府所谓“我崇拜你”，其实是一种“理性的崇拜”，是“想说一些关于罗素和他自己的新东西”。（第142页）遇到罗素之后，张申府有十年之久都在模仿罗素，希望成为罗素式的哲学家。1946年，张申府发表《罗素：现代生存最伟大的哲学家》一文，1983年，他又发表《我对罗素的赞佩与了解》，此时，他“不太担心”罗素对中国的影响，反而“更多关注”罗素对他本人的意义。

《张申府访谈录》谈到罗素的一些段落，完全是把罗素作为主角来叙述。读到这些段落时，我们难免惶惑，似乎罗素成为叙述的核心，张申府反倒成为陪衬。这样的一种叙述策略，也和过去时与现在时的对照直接相关。现在时是访谈，是回忆，过去时叙述的是往事，它的作用是补充和核证回忆。而核证，可能是证实，也可能是证伪。

对张申府来说，回忆即生命。应当说，他的政治生涯在1948年就结束了，连带着一同结束的，还有他一生的荣耀和辉煌。此后，在北京图书馆默默无闻三十年，直到1978年，他像“出土文物”一般，重新获得人们的注意、尊敬和认同。他开始滔滔不绝，然而，所有的言说都不过是回忆而已。通过回忆早年的思想和活动，前半生的交际和作为，张申府获得自信，获得自我。张申府个人的同一性或统一性，经由回忆建立起来。“张申府的记性，好得令人惊奇。”（第8页）张申府的自信建立在回忆之上，他的过去赋予他自信和荣耀。准确地说，是他记忆中的过去的自我，赋予他自信和荣耀。

舒衡哲发现，相对于张申府的著述，她在和张申府交谈中所涌现的史实“有时是配合的，有时是扭曲的，有时却又是质疑的”，那些著述宛若“锚索，使回忆不致从复杂的真实经验中漂流得太远”。（第8页）譬如，1910年秋，张申府在北京顺天高等学堂读书时，写了一篇命题作文，嘲笑“造反者即英雄”这个说法。60多年后的1977年6月，张申府补充了一句：“欲图天下太平，其惟人人为天子乎！”他解释说，这句话他一直以为是文章里有的，后来重读却没有看到，应当是当时某个同学撕去了最后一页。所以，他在1977年再把那句话补上，才感觉有些满足。因为有了这一句，张申府就显示出早在学生时代，他就有了把孔教和民主相结合的想法。

在舒衡哲看来，“张申府的一生，是一部关于记忆与失忆的寓言”。（第1页）个人挖掘出来的过去，最终必会对公众历史造成冲击。张申府的记忆不只是关乎他个人的事业，也不只是关乎他个人的声名，而是关系到20世纪的中国革命和社会进程。就此而言，张申府的一些夸大其词，也就容易理解了。记忆“不是历史，而是历史的目标之一，也是历史制作的初试步骤”，[1]通过张申府的记忆，以及其他人的记忆，我们可以寻求20世纪中国的投射，中国传统的投射。对舒衡哲来说，张申府“像一面打破了的镜子”，使她“窥见中国革命的一鳞半爪”。（第252页）张申府晚年住院期间，还写作《我的人生观》一文，抄送给舒衡哲。他说：“我要用我的生命，我的人生观的演变，作为中国的一面镜子。”（第245页）

张申府和同时代的他人互为镜像。官方史家注意到张申府，很大程度上是因为张申府是周恩来的入党介绍人。张申府自己也对此津津乐道，并补充说是他推荐周恩来到黄埔军校任职。这样，周恩来成为事实上的核心。同样，在对梁漱溟等人的叙述中，张申府也失去了中心的位置。梁漱溟“娓娓动听、清晰而又详尽的回忆，有一种节奏感和可信性”，这显然不同于“张申府近日的自夸和越来越散漫的回忆”。这也许是因为梁漱溟“不需要像张申府一样，要靠谈话来记录他的一生”。（第40页）此外，聚光灯也常常落在其他人的头上，譬如说，关素文，她是张申府的妻子，通常会在舒衡哲和张申府结束交谈的时候出现，随意附和几句，提供一些零星资料。（第219页）

1980年3月24日，舒衡哲去拜访时，张申府不舒服，但一席话后，张申府炯炯有神，精神亢奋。舒衡哲感慨地说：“记忆能治病，我今天算是领教到了。”（第8—9页）这样的访谈显

---

① 〔法〕勒高夫：《历史与记忆》，方仁杰译，中国人民大学出版社2010年版，第145页。

然具有治疗性的功能，“并非是基本概念性的，而是情感的以及个人的”。[①]舒衡哲体会到：“谈话给他的欢乐使他暂忘现代中国知识分子所遭受的悲惨命运的愤怒。”（第9页）舒衡哲作为女性，年轻的西方女性，这种性别身份也是至关重要的，或许在张申府的潜意识里，舒衡哲扮演了圣母的角色。当张申府在王府仓胡同的家中大谈性即食物时，舒衡哲经常窘得无地自容，而在张申府的妻子不在家时，房间“显得更为亲切”。（第8页）舒衡哲在张申府身上看到自己父亲的影子，她的父亲和张申府一样，都经历过战争和革命，都曾经失去过一个孩子，并且，他们两者都追求感官享受，“尤其是对女性和生活品位方面”。（第3页）舒衡哲逐渐意识到，有两条故事线交叉，一条是中国的，一条是欧洲的。

聆听张申府的回忆时，舒衡哲的心中每每“唤起一些东西”，使得她随着工作的进展而更加投入和精神焕发。（第9页）阅读张申府关于妇女解放的文章，聆听张申府关于个人情感的回顾，舒衡哲常常困惑不已。当自己的中文水平欠佳、难以赶上张申府的语速时，她也会郁闷和着急。录音机出现问题，她就得硬着头皮拼命用笔记录，“许多零乱分散的故事情节源源而来”。（第7页）尽管舒衡哲的专业是现代中国历史研究，没有足够的哲学修养去了解张申府的哲学奥义，但还是努力去理解张申府的世界观何以一变再变，先由数理逻辑变为辩证唯物主义，再由辩证唯物主义变为一种融合孔子和罗素的个

① 〔丹〕苛费尔、布林克曼：《质性研究访谈》，范丽恒译，世界图书出版公司2013年版，第44页。

人哲学。

张申府从小接受传统教育，而后在五四新文化运动中反戈一击，对现代西方文化有敏锐的感悟和接受。“即使我对中国的传统价值有很多批评，而且批评得很激烈，但我喜欢住进我的历史源头。”（第24页）对于张申府来说，儒家学说具有重要的支持作用。然而，这种作用不是“修身齐家治国平天下”，而是个人的良心安慰。他清醒地意识到，“我们再也不能自命为儒家的真正继承人”。（第26页）张申府一再和舒衡哲谈到18世纪的儒者纪昀，引为知己。“在张遇到困难，不能平衡内心的信念和外在的责任的那些日子，纪昀是他模仿的对象，以走出政治主导的文化传统的层峦叠嶂。”（第25页）

在阅读《张申府访谈录》时，我们也不能不意识到，我们所读的是中译本，那么，译者的投射也应当纳入视野。张申府早年以翻译和介绍罗素著名，舒衡哲在该书的“中译序”中写道：翻译《张申府访谈录》“不啻是用文字去构造一个新世界的尝试”，如果说张申府从外国思想中撷取许多深奥和陌生的意念，将其“诠释”给中国读者，那么，李绍明则把舒衡哲访问张申府所写成的著作“精炼”成关于中国文化的对谈。他们二人都是筑桥者，不光在中国文化词汇中。李绍明是旅美华人，汉语是他的母语，他把一本关于中国人的访谈书译成中文，其间具有双重的折射，他的译文具有半文半白的味道，也在很大程度上让读者体会到五四新文化时期新文化的语词、语感和语气。

余　论

《张申府访谈录》一书中不曾出现“质性”二字，这并不妨碍我们从质性访谈和研究的视角来看待该书。事实上，也只有从质性访谈和研究的标准入手，该书的特点和趣味才能获得充分的体察。舒衡哲采访张申府，正值中国改革开放、重塑历史的时期。舒衡哲的访谈见证了这一过程，亦是对这一过程的具体参与。《张申府访谈录》提供的第一张照片，舒衡哲和张申府目光对视，下面注明“1983年舒衡哲访问张申府先生时摄”。画面的感觉很紧凑，满满当当的书柜前，摆放着一个放有植物的小茶几，分坐两旁的张申府微微侧身，舒衡哲侧身而坐的幅度则大得多，身子也明显地前倾，像是在探询张申府。

透过舒衡哲的目光，我们仿佛看到了张申府及其身处的时代和社会，另一方面，舒衡哲的目光引起我们更多的关注。张申府是怎样的一个人固然重要，舒衡哲抱持怎样的一种意图和姿态更为重要。事实上，《张申府访谈录》中，舒衡哲不时透露自己的意图，也对自己的姿态有着详细的记述。在1979年后的数年间，舒衡哲打量着张申府，她是谦恭的，也是居高临下的。今天我们阅读《张申府访谈录》，则首先是打量舒衡哲，打量三十年前她对张申府的打量。这势必要穿越业已重重的历史层级。

历史需要记忆，有赖于记忆，诸多的个人记忆、集体记忆、社会记忆、文化记忆相互杂糅，构成了郁郁葱葱的历史。就个人历史而言，同样离不开记忆，记忆赋予个人以同一性，舒衡哲一再感慨张申府的“记性好”，若是丧失了记忆，张申府的主体性亦不复存在。正是由于记忆、记忆力和记忆术，张申府才获得了顽强的生命力。我们有理由相信，在他被迫沉默的三十年间，他一定是在心底默默地追记、追忆。他必须保持这些记忆，等待它得以呈现的时候。然而，在漫长的抑制、沉默和等待中，记忆的重心势必发生这样那样的游移，记忆的样式势必发生晦暗不明的变化。

舒衡哲和张申府初次见面时，张申府就强调："我们一定要坦率地谈，说实话的时间不多了。"（第8页）[①]实话意味着真实、真相和真理。1921年在巴黎时，张申府写了一篇题为《说实话》的文章，认为中国需要成立一个"实话党"。对于张申府的肺腑之言，我们不能不感动，感动之余又不能不沉思。按照舒衡哲的说法，即使在压力重重的1967年，张申府曲意而写，却没有删改他生平的任何一件史实。问题是，什么是历史真实？历史叙事的旨趣何在？就是为了探究所谓的历史真实吗？其实，事实也好，虚构也好，对张申府来说，他所讲述的都是自己的生活经验。故事总是围绕着某些事实或生活事件的核心而构建起来的，与此同时，在选择、添加、强调和诠释"所记起的事实方面"，个性和创造性具有很大的自由空间。[②]就此而言，历史真实和叙述真实或者紧密相连，或者略微相似，或者相去甚远。

舒衡哲作为《张申府访谈录》一书的作者，也是书中的叙

① 《张申府访谈录》英文版的书名直译过来，是《说实话的时间不多了——与张申府会话》。

② 〔以〕利布里奇等：《叙事研究：阅读、分析和诠释》，王红艳译，重庆大学出版社2008年版，第7页。

述者，第一人称的“我”贯穿全书。作为读者的我们始终追随着舒衡哲的目光，在这个过程中，毋宁说舒衡哲常常成为我们的聚焦点。“要了解张申府，我还有很远的路程要走。或许我永远不能找到答案，又或许所谓答案，其实是把事情过分简化而已”。（第103页）舒衡哲的这段话，与其说是谦虚，不如说是清醒；与其说是无奈，不如说是坦然。同样，对于《张申府访谈录》一书，我们不应抱有过分的期待，它不能给我们提供什么答案，它所做的其实是提出更多的问题，激发更多的问题意识。张申府去世后，舒衡哲深切地意识到：“没有他的鼓励的话语，没有他的笑声在我耳边响起，我怎样继续我们的故事呢？”（第252页）请注意，“我们的故事”。访谈不是一个人对另外一个人的访谈，而是在构造双方共同的故事。

故事包括开端、过程和结尾，每个故事都有其特定的结构特征。舒衡哲担心，张申府逝世后，“他遗下的故事鳞爪散布得太远，每个个别的故事鳞爪都可以被误会为完整的故事”。在写作《张申府访谈录》的过程中，舒衡哲逐渐意识到：“现在什么都不重要了，除了讲这个故事的乐趣之外。”[①]作为读者，我们在阅读该书的过程中，或可有这样的意识：“现在什么都不重要了，除了看这个故事的乐趣之外。”

（本文登载于《马克思主义哲学评论》第2辑，社会科学文献出版社2017年5月版）

① 〔美〕舒衡哲：《张申府访谈录》，李绍明译，北京图书馆出版社2001年版，第22页。

模型：从《宽客人生》到《动物精神》

把《宽客人生》(〔美〕伊曼纽尔·德曼著，韩冰洁译，机械工业出版社2015年版）和《动物精神》(〔美〕乔治·阿克洛夫、罗伯特·席勒著，黄志强等译，中信出版社2016年版）两本书放在一起讨论，容易给人一种联想：“宽客人生”的要义就是“动物精神”。《宽客人生》的作者伊曼纽尔·德曼应当是不同意这种联想的，他在书中不曾提到动物精神，他的叙述也很难给人以动物精神的思考。这两本书的文体截然不同，理论高度也有很大差别，德曼在我们眼里无疑是伟大的，却也不过是从物理学家到数量金融大师的“传奇”,《动物精神》的作者乔治·阿克洛夫和罗伯特·席勒则分别是2001年诺贝尔经济学奖得主和2013年诺贝尔经济学奖得主。在诸多的阅读书目中选择这两本书来阅读，最初是出于一个简单而直接的初衷，那就是:《宽客人生》提供了一种人生的模板,《动物精神》提供了一种理论的模板。我先是阅读了《动物精神》,而后阅读了《宽客人生》,在阅读后者的时候,“模型”一词引起我的关注，然后再一次阅读前者,“模型”得以成为链接和贯穿两本书的关键词。“模型”其实就是“模板”，如此一来，最初阅读的初衷在最终的阅读效果中得以展开、落实，本文聚焦“模型”的三重意蕴，包括作为人生楷模的模型、金融世界的模型和作为思维模式的模型，涉及物理学、数学、计算机科学和金融学方面的专业思考，也涉及人生道路和思想方式的一般性思考。

作为人生楷模的模型

在我们这样的年纪，需要引领，需要启示，需要榜样。《宽客人生》一书首先打动我的，就是它呈现了一个“榜样”。该书原版亦即英文版的书名 *My Life as a Quant：Reflections on Physics and Finance* 直译为中文，是《我的宽客人生：对物理学和金融的沉思》。中译本的副书名把“对物理学和金融的沉思”改为“从物理学家到数量金融大师的传奇”，无疑是传神之笔，精彩地显现了德曼的人生故事，德曼本人应当也能坦然接受“物理学家”和“数量金融大师”之类的名号，不过，对于中文世界的“传奇”一词，他应该知之不多。“传奇”是中国古代小说的一种文体，是在史书传记和六朝志怪小说基础上发展起来的文言短篇小说，盛行于唐宋时期。据考证，小说被称为“传奇”，始于晚唐裴铏《传奇》一书，宋以后人遂以之概称唐人小说。鲁迅先生曰：“传奇者流，源出于志怪，然施之藻绘，扩其波澜，故所成就乃特异。”（《中国小说史略》）又曰：“小说亦如诗，至唐代而一变，虽尚不离于搜奇记逸，然叙述婉转，文辞华艳，与六朝之粗陈梗概者较，演进之迹甚明，而尤显者乃在是时则始有意为小说。”可见，唐代传奇乃文人有意为之，且较为成熟之小说作品。明人编刻的《古今说海》《古今逸史》《五朝小说》等书收录这些小说“往往妄制篇目，改题撰人”，造成了混乱，鲁迅“发意匡正”，编选了《唐宋传奇集》。质言之，“传奇”是一个文学作品的类别，指在有一定的历史事实或一定的民间传说的基础上，经过人们不断地传颂和作者的加工修饰而成的有离奇色彩的故事。德曼如果了解汉语“传奇”一词的历史和语义，或许会对“从物理学家到数量金融大师的传奇”这个中译本的副书名有一些难为情吧。然而，对我们这些年轻人来说，“传奇”极大地激起了我们的阅读愿望。

《宽客人生》采用自述的方式，记叙了德曼读书时代以来的梦想、追求、努力和后来的转型。德曼最初的理想是“一定要在物理学界成功”，这个强烈愿望促使他从开普敦大学毕业后，到哥伦比亚大学读研究生。博士毕业后，他先后在费城和牛津工作，然后到洛克菲勒大学工作，再后来是到波尔得工作，而后是贝尔实验室的商业分析系统中心，从此以后，像德曼自己所说：“现在，我像绝大多数人一样，为了钱而做‘上司’想让我做的工作。这才是真实的世界。”德曼这样表白，无疑是表明了现实生活的压力，另一方面，我们也不必把他这个表白过于当真。德曼之前从事的都是理论物理学的工作，到贝尔实验室之后，德曼最喜欢的是编程，他把编程视作最纯粹的活动之一，是真正的利用语言的建筑。他特别迷恋于语言设计和编码撰写，花了很多时间来创造特别的计算机语言，以便于使用者解决特定问题。在贝尔实验室的五年间，德曼主要从事设计编程的工作，设计并运行了一种他称作HEQS的语言。看到同事爱德华所设计和编写的代码，德曼意识到，很多物理学家是如何误解非学术世界中工作和职业的性质了。对德曼来说，1980年到1985年在商业分析系统中心工作期间，几乎没有学过什么商业或金融知识，然而，他在这里学到的软件工程技巧，为他两年后在高盛设计固定收益金融模型中的很多工作奠定了基础。

《宽客人生》一书总共16章。前6章叙述的都是德曼从事理论物理学的学习、研究和工作经历，第7章可以说是一个过渡，到贝尔实验室的商业分析系统中心工作，第8章起，“华尔街在招手”，此后，德曼进入高盛的金融策略小组，开始学习期权理论，成为“宽客”。宽客的主要工作是“金融工程”，或更为准确地说，“数量金融”。这是一个跨学科的混合体，包括物理学模型、数据技巧和计算机科学等，目的是对金融证券予以估值。到该书的最后一章，德曼重回哥伦比亚大学，从事教学和研究工作。就我目前的学习经历而言，对该书前7章的内容比较容易理解，对后面几章中涉及计算机科学的内容也容易理解。

把《宽客人生》和《动物精神》结合起来，我们会对德曼的人生自述有一些特别的关注。比如，关于从开普敦大学到哥伦比亚大学读书，德曼是这样写的：“一定要在物理学界成功，这种盲目但强烈的愿望激励我离开开普敦，一个简单而又偶然的机会把我带到哥伦比亚大学。”这里所说的“盲目但强烈的愿望”类似于阿克洛夫和席勒所说的动物精神。德曼还有这样一段回顾：“我从哥伦比亚大学的老师和学生的命运中得到一个教训：性格和机会与天赋同等重要。运气，再加上我母亲所说的‘忍耐’，也就是坚韧不拔的毅力，最后起到至关重要的作用。”德曼所说的性格、忍耐，类似于“动物精神”，只不过阿克洛夫和席勒把动物精神作为宏观经济学的一个重要增补，也就是把人性的元素纳入宏观经济学的思考，德曼则是强调人格的要素在人生发展中的重要性。

在《宽客人生》中，德曼讲述了一个又一个的故事，既有他自己的成长故事，也有他耳闻目睹的故事，并且，后者参与了前者，或者说，后者对前者具有极大的影响。比如，群星闪耀的哥伦比亚大学的苍穹中，最耀眼的那颗星当属李政道，德曼看到李政道20世纪50年代拍摄的一张照片时，受到如此强烈的震撼："照片上的他正在演讲，年轻的脸庞上闪耀着荣光，就好像走下西奈山的摩西一般，傲睨万物。"德曼被粒子物理学和宏观相对论深深地吸引住，固然是因为这些是研究物、空间和时间的学问，可以发现宇宙中最深奥的规律，也不乏爱因斯坦、李政道等伟大前辈的感召。德曼后来的职业选择，也受到前辈和同事的诸多启示。

物理学家大批涌入其他领域就职的部分原因在于，20世纪70年代，他们传统的就业市场——学术领域萎缩了。20世纪80年代，很多物理学家转向投资银行业。物理学家惯于考虑动力学，也就是事物随着时间而变化的学问，它是经过验证的可靠的成功理论和模型。物理学家和工程师精通数学、模型和计算机编程，又能够适应新领域，因此，华尔街向物理学家招手。物理学家在华尔街工作，最常见的是，建立模型估计证券的价值。相对而言，股票交易比较简单，拼的是胆量，需要承担风险，债券则复杂得多，涉及数字、计算、代数乃至微积分，这就使得确定债券的正确价值非常困难，从而促使华尔街向擅长数学建模的高手敞开了大门。

金融世界的模型

《宽客人生》一书的纯粹理论部分，就是"序言 两种文化"。也就在这个开篇部分，第一个小标题是"为世界建模"。

按照德曼的叙述，纯粹的思考与优美的数学具有发现宇宙中最深奥规律的力量，如果说数学是科学的皇后，物理学就是国王。德曼最初痴迷于物理学，就是因为物理学具有“为世界建模”的魅力，后来转向金融工程，同样是从事“为金融世界建模”的工作。他的信心和勇气，执着和成就，就是在“建模”的过程中积累并展现的。

在贝尔实验室工作期间，德曼第一次听说了布莱克–斯科尔斯理论，了解到期权的收益居然也涉及粒子物理学研究中用过的海维赛德函数中的代数和微积分，一时有了兴趣，不过，他当时不明白什么是对冲或风险中性，也不关注股票市场，直到1985年底到高盛工作后，才深入了解这个模型。德曼在高盛最初的工作是研究债券期权的估值模型。利用一种期权对冲另一种期权，像高盛这样的公司需要模型来告诉人们每一种期权的价值，以及期权对于利率变化的敏感度。德曼的上司拉维，曾尝试对适用于股票期权的布莱克–斯科尔斯模型进行修订，以使其适用于债券期权，至少能近似地适用于短期国债期权。布莱克–斯科尔斯期权定价模型，是其时金融世界中最著名的、应用最广泛的模型，它能使人们确定期票股利的合理价值。这个模型告诉人们，如何使用标的股权来复制期权，而且还能估算出这种复制期权的成本。“根据布莱克和斯科尔斯所言，复制期权就像在做水果沙拉，而股票就像其中的水果。”基于这个模型，有一些新的模型出现，拉维模型就是其中之一。它捕捉到了债券价格未来变化的特征，也更符合交易员的直觉，但也存在着一些更深层次的、更加细微的问题。从本质上讲，拉维模型没有考虑到其违反了所有理性的金融模型中作为基础的“一价定律”，它无法对债券分开来建模，一次一只是不可能的。德曼及其同仁认识到，我们需要对所有国债的未来价格变化进行建模，也就是要对整个收益率曲线的变化建模。在这个思考中，物理学家的思维基础提供了帮助。“当物理学家开发模型时，他们首先会求助于一个关于世界的模型，这个模型上的空间和时间都是不连续的，只存在于一个网格里的点上，这就使得利用数学进行描述更容易了。我们利用相同的思路开发我们的模型。”

德曼到高盛不久，就发现并解决了拉维模型中的一个很小但很重要的问题，因而得以加入费希尔·布莱克的团队。布莱克和斯科尔斯最初的模型无疑是有缺陷的，它假定的都是最理想化的简单市场，只考虑未来股价变化的不确定性，忽略了其他更细小的复杂之处，然而，这个模型的优势也是非常明显的，它可以在自身基本理念得以维护的同时，容纳修改和完善。很多学者尝试对布莱克–斯科尔斯模型中关于股票未来价格的一些假定做出修正，其中，拉维的模型捕捉到了债券价格未来变化的特征，非常有意义，也更具有实用性，但也存在着其他更深层次的、更加细微的问题。德曼通过对拉维模型的反复审视，得出这样的一个结论：它无法对债券分开来建模，一次一只是不可能的，必须针对所有债券的未来变化设计模型，也就是关于收益率曲线本身的模型。

德曼比较详细地叙述了这个建模的过程。他的叙述中，有这样一些方面值得关注。其一，为交易员构建模型，应当简单、一致、能够反映现实。简单意味着一个随机因子就能推导出所有变化，一致意味着模型得到的所有债券理论值要与其当前市场价格相符，反映现实意味着模型所得到的未来收益率曲线的变化区域，应该与那些现实中的收益率曲线变化相似。其二，布莱克–德曼–托伊模型的核心原则是，将长期债券视为连续短期债券投资的组合，从这个角度出发，两年期利率来自连续两次一年期投资，第一次是一个已知利率，第二次是一个未知利率。连续运用这个方法，就能利用任意时点的当前收益率曲线来确定所有未来一年期利率的变化范围。其三，新模型最吸引人的地方在于它满足一价定律。到1986年底，德曼进入高盛还不到一年，就已经与同事完成了这个模型的绝大部分，运行程序的速度也还不错。

在建模的过程中，德曼具有一种自觉而明确的模型意识。他把开发的模型当成一个宏伟的关于利率的统一理论，期待可以利用它对世界上所有与利率相关的证券进行定价。当然，他明白现有的模型是一个简单的、基于现象得出的模型，很有用但也只不过是一个玩具而已，应当尝试使用、谨慎对待。“世界是难以名状的、复杂的。但我们所做的是一个很好的起点，利用它我们可以捕捉到长期和短期利率间合理的联系。我们的模型可能没能描述这个真实的世界，但它描述的是一个可能存在的真实世界，是众多世界中的一个，这就使它的价值非比寻常。”后来在总结这一模型得以广泛接受的原因时，德曼提出了三点：其一，作为实践者，非常清楚交易部分到底需要什么样的模型；其二，他们的模型更有利于实践者使用；其三，他们的模型经过调校后几乎可以用于任何曲线。因此，即便后来出现了更强大、更复杂的模型，德曼的模型还在继续为人所用。

德曼从1988年10月到1989年感恩节，在所罗门兄弟公司工作，从事对抵押贷款的建模。为了估计出一个抵押贷款池到底价值多少，必须依靠一个关于未来利率水平的模型，然后利用这个模型所生成的上千种利率情景，对结果求平均，从而模拟出贷款池未来的现金流。德曼喜欢或者说习惯物理学的严谨性和可预见性，对抵押贷款估值不感兴趣甚至反感。另外，这个公司的工作氛围令人紧张和厌倦。“在高盛，敌人是与你竞争的公司，而在所罗门兄弟，敌人是与你竞争的同事。”结合《动物精神》一书，我们可以说，德曼在所罗门遇到的是一种“动物精神”，不同的公司文化显现了不同的“动物精神”。德曼将金融研究视作一种科学活动，所罗门公司的人们则把金融建模视作一种市场推广工具，以商人的视角来应用这一工具。由此，德曼逐渐了解到使用模型当作销售工具背后的逻辑，意识到“开发成功的金融模型不仅仅是一场寻找事实真相的战争，还是一场争夺使用者信任和体验的战争。当正确的模型、正确的概念能够让人更容易地思考价值的时候，也就能够占领世界”。

重新回到高盛之后，德曼领导了量化策略小组的工作，依然从事建模的工作。他对自己所做工作的叙述始终是充满激情的，也是包含技术含量的，我们能够从中学到很多东西。特别是，他提供了关于建模的许多观念。比如，“模型就是模型而已，是对理想化世界进行玩具一样的描述。简单模型构想的是一个简单的未来，复杂模型构想的是一组更加复杂的未来，这些情景能够更加贴近真实的市场情况。但任何数学模型都不能捕捉到人类心理的复杂精密。”“模型只是模型而已，并不是事情本身。因此，我们不能指望它们是真正正确的。模型最好被视为一组你能研究的平行的思想领域。”“接触一个模型的正确方法就是像一位小说家或一位真正的大妄想家那样，暂时搁置怀疑，然后让梦想发挥最大作用。”此外，“不存在一种普遍适用的波动率微笑模型”，“面对不确定性，我对衍生品价值采取一种多世界观”，诸如此类的言论，显示德曼的思想已经达到了世界观的层面。事实上，他在波尔得工作期间，已经对托尔斯泰关于“业”的说法有所体悟，他写道：“命运要求你放弃虚荣、野心和傲慢，来信奉上帝。心甘情愿地主动做这件事是最好的。但如果你没有，那么‘业’，也就是命运日常的运行方式，将会慢慢地、固执地抹平你的虚荣，剥掉你虚荣与自以为是的外衣，就像自动剥皮机中的土豆一样，直到你听命为止。”

作为思维模式的模型

凯恩斯在其1936年出版的《就业、利息和货币通论》中，阐述了美国和英国这样资信良好的政府何以通过借贷和支出促使失业劳动力重新就业。他的方案获得广泛认可，被各国采用乃至载入法律，比如，在美国，1946年的《就业法》将维持充分就业归为联邦政府的责任。凯恩斯主义的宏观经济政策大体可行。然而，书中对经济运行和政府角色的深入分析被忽视了。凯恩斯承认，大多数经济行为源自理性的经济动机，但也有许多经济行为受动物精神的支配。他是这样论述的：“除了投机所造成的经济上的不稳定性以外，人类本性的特点也会造成不稳定性，因为，我们积极行动的很大一部分系源自自发的乐观情绪，而不取决于对前景的数学期望值，不论乐观情绪是否出自伦理、苦乐还是经济上的考虑。关于结果要在许多天后才能见分晓的积极行动，我们大多数决策很可能起源于动物的本能——一种自发地从事行动，而不是无所事事的冲动，它不是用收益的数量乘以概率后而得到的加权平均数所导致的后果”。

在凯恩斯看来，动物精神是经济发生波动的主要原因，也是非自愿就业的主要原因。《动物精神》一书对凯恩斯的这一思想做出高度评价，认为：正如亚当·斯密的“看不见的手”是古典经济学的基本原理一样，凯恩斯的动物精神是观察经济的另一个关键角度，这一角度解释了资本主义潜在的不稳定性。正是在阐述动物精神对于经济的驱动时，凯恩斯引入了“政府角色”这一话题。他认为，政府在经济中的角色类似于各种育儿指南给家长安排的角色，政府的恰当作用是搭建平台。

“动物精神是凯恩斯解释大萧条的核心理念。”遗憾的是，凯恩斯主义的追随者几乎抹杀了所有的动物精神。20世纪70年代兴起的新古典经济学对缩减版的凯恩斯主义经济学提出批评，提出现代宏观经济学的核心就是“经济学家根本不需要考虑动物精神”。撒切尔夫人和里根总统任职期间所实施的政策，关于政府作用的“宽容性父母论”取代了凯恩斯主义的“幸福家庭论”。《动物精神》一书利用行为经济学这门新兴学科的观点，描述了经济运行的真实状况，解释了当人们作为真实的人，即拥有合乎人性的动物精神时，经济是如何运行的。该书还解释了，为什么忽视真实的经济运行会使世界经济陷入危机：信贷市场崩溃，实体经济岌岌可危。《动物精神》一书的写作始于2003年，出版于2009年。作者认为，从本书写作时起到“现在”（也就是该书完成时）的世界经济走势只能用动物精神来解释。超越理性的信心、对故事的痴迷、对公平的渴望、不可避免的腐败以及对货币的幻觉，这些构成了所谓的动物精神。作者所说的动物精神，就是“能够真实反映人们观念和情感的思维模式”。

《动物精神》正是从这一角度延伸开来。本书分为两大部分，第一部分介绍了动物精神的五个组成部分：信心及其乘数，公平，腐败与欺诈，货币幻觉和故事，也就是五个原理：

（1）信心及其乘数。信心这个词是指那些不能用理性决策来涵盖的行为，它在宏观经济学中起到重要作用。

（2）公平。在许多经济决策中，对公平的考虑是一个主要动机。

（3）腐败与欺诈。经济中的阴暗面，以及时不时发生的溃败和失败让经济动荡不安，经济波动部分归因于腐败的显著程度和可接受程度在不同时期发生着变化。

（4）货币幻觉。人们的决策往往受到名义美元的影响。

（5）故事。人类的心智是按照记叙式的思维构造的，它把一系列内在逻辑和动态变化的事件看成一个整体，人类行为的许多动机来自我们生活中的故事，这些故事产生了人类的动机结构。

每一个阐述的方式都别出心裁，时而列举案例，时而用实验证明，时而结合当下的时事。第二部分则从动物精神的角度，应用第一部分的理论，解释八大用理性无法解释或解释不好的问题，比如为什么经济会陷入萧条，为什么有人找不到工作等。

理论的发展，模型的演进，都是基于现实的需要。《动物精神》一书的作者认为，21世纪初的这种危机出人意料，而且公众和许多关键的决策者没能完全理解这场危机，原因就在于传统经济学理论根本没有涉及动物精神的原理。传统的宏观经济学家试图厘清宏观经济学并使之更加科学化，为此引入了研究框架和学科规范，分析当人类只有经济动机而且完全理性时的经济运行情况。如果画一个正方形，然后再把它分成4格，两列分别表示经济和非经济动机，两行分别表示理性和非理性反应，那么，现有的模型只填充了左上角那一格。“如果不把动物精神添加到理论模型中去，我们就会丧失判断力，也就无法认清危机的真正根源。”

在最近的二三十年间，叙事学在人文社会科学领域获得普遍重视。这一方面是由于后现代思潮消解了“历史真实”与“历史叙事”之间的界限，另一方面是因为各个民族国家乃至地方致力于历史传统故事的讲述，此外，也是出于对未来发展方向的想象与展望。由此，“故事”一词颇为流行，讲故事、讲出一个好故事，成为各行各业普遍的追求，当然，这里所说的“讲”不只是“言辞行为”，而更是“言辞 + 行为”。基于这样的背景，《动物精神》一书对故事的强调不足为奇，书中提出或重申了这样一些观点：成为伟大领导人的首要条件就是会编故事；人们对于事实要点的记忆，是围绕故事来排列的；人类的思维模式是以故事为基础的，等等。该书举例阐明，政治家最会编经济故事，故事推动整体经济，信心随着故事波动，故事就像“传染病”。

小　结

《宽客人生》展示给读者的，是德曼从物理学家到数量金融大师的传奇故事，这个故事给年轻的我们极大的激励，对我这个信科学院的学生来说，更是有着特别亲近的感觉。《动物精神》一书认为，“故事”在我们的商业乃至宏观经济中，扮演着极其重要的角色。我们对现实生活的感觉、对自我身份的认同以及对自身行为的看法，是同我们自身和他人的生活故事交织在一起的。这些故事在经济中发挥重要作用，“故事”为我们一切行为的动机和目的提供支持，也可以说，是我们接受的“故事”决定了我们的一切行为。特别值得注意的是，作者把故事与信心这一最重要的动物精神元素结合起来。“信心并不仅仅是一个人自身的情绪状态，它也是一个人对他人信心的一种判断，以及他人对他人信心的洞察。它同时还是一种世界观（对时事动态的一种看法），是大众对新闻媒体和公共讨论所传播的经济转变机制的理解。信心的高涨往往由鼓舞人心的故事所致，这些故事总是和开发新业务、某人如何神奇致富这类传说有关。新时代故事则总是伴随着全球股票市场的大繁荣。如果不详细地了解那些故事，就很难理解过去的经济信心从何而来。随着岁月的流逝，我们会逐渐忘却过去的故事，这也就是我们对过去的股票市场和宏观经济波动总感到迷惑不解的原因所在。”

人到底是被理性还是非理性主导？这是一个深奥而又现实的心理问题、哲学问题。所谓动物精神，就是行为宏观经济学中“理性预期”和“有效市场理论”之外，对信任、公平、腐败、货币幻觉和故事的忽略，主流的经济学分析仅考虑经济动机和理性反应，却不曾意识到非经济动机和非理性反应的价值，从而产生决策偏差。要理解经济如何运行，弄清楚如何管理并促进经济繁荣，我们就必须关注能够真实反映人们观念和情感的思维模式，或者说动物精神。如果我们不承认那些重大经济事件背后基本上都有人类心理方面的原因，那么就永无可能真正弄清楚它们的来龙去脉。看完很有收获，同时意识到自己的经济学和金融学知识储备完全不够，特别是需要一定的宏观经济学基础和很好的行为经济学理论，才能较好把握。

《动物精神》一书对我国经济发展具有重要的启示意义。从计划经济体制转为市场经济体制，是我国经济体制的一个根本性转型，其历史意义毋庸置疑是巨大的，取得的成就也是有目共睹的。这一转型中，政府曾经发挥的“计划”作用让位于市场的“自发”作用，市场的功能、作用和地位获得高度的认可，一些人甚至相信“市场万能论”。事实上，这是古典经济学的基本观点。当代西方的一些经济学家已经认识到，如果个体的非完全理性相互强化，进而形成全社会非完全理性的信念，就会给整个经济带来非常严重的影响，由此导致经济危机的发生。这时，就不能完全靠市场经济“看不见的手”了，而是需要政府的干预。动物精神的出发点在于发现和探索危机的产生机理，在理性的经济学中提出人们难以改变的人性弱点，这些人性的弱点如何导致经济运行的不理性和市场的失效。经济学不能忽视非理性因素，而其本身往往又是很难估算和预测的。

（本文写于2018年9月，未刊稿）

视角、时态和意趣：《零度诱惑》的三重解读

无法归类的文本是无法理解的，理解首先要求的就是归类，在某一类型的文本库中得到安置，在某一类型的理论库中得到落实。单纯的归类又是远远不够的，文本必须有超出类型的东西，类型难以容纳的东西，类型无法阐发的东西，才能赋予自己的独特性。面对《零度诱惑》①这部小说，我们首先想到的就是既有的生活经验和阅读经验，在类似的记忆库存中获得支持，以便从容地理解，当然，从一开始我们就不会满足于相似和类似，而是期待着话语的差异和陌生性，差异更能唤起读者的好奇心，陌生更能激发读者的阅读乐趣。本文拟从视角、时态、意趣三个方面予以解说，以期为《零度诱惑》的阐释提供一个开放性的构架，并在小说的书写和阅读方面提供一般性的启示。

视　角

《零度诱惑》包括四部分：解码器；第一部；第二部；第三部。“解码器”具有“导论”的性质，第一句“在我生命的后视镜里”提醒读者，《零度诱惑》具有“从后思索”的意思，是“我”在后视，“我”在回望。“我”是谁？谁是《零度诱惑》

① 汪明明：《零度诱惑》，广西师范大学出版社2017年版。

中的“我”？谁在看？谁在说？第一部第一章第一节的首句，“我不能确定，是否，我最早发现了那个秘密”（第7页）。“秘密”即便昭然若揭，“我”的作用也难以确定，笛卡尔“我思故我在”的确定性大可存疑。

第一部从苏南之行写起，“我”和尤嘉霓随同陈逸山出差，到苏南某大型服装企业采访。“那一次，怎么说呢，对我仅是例行采访，但对我的同事尤嘉霓却意义非凡。”从一开始，“我”就和尤嘉霓相对而视，“我”在明处，尤嘉霓在暗处。尤嘉霓处于不利的位置，被审视的位置，被窥探的位置。“我”是《新都报》记者，尤嘉霓是广告部职员，二者的职责和身份很“角色化”。按照惯常的看法，记者是记叙事实的，广告部是从事公关和宣传的，二者对于“真实”的态度相去甚远，乃至大相径庭。并且，“在相当长的时间，她对我而言，是一个有秘密的女孩”。“我”的窥探之心和盘托出。“秘密”在这里有神秘之意，更多的却是暧昧之情。“我”想到初中时发育良好的同桌女孩，高中时高挑丰满的女孩，她们的“秘密”或许缘于她们的“早熟”，“她们是天生的社交高手”。“我”对尤嘉霓知之甚少，但从最初认识她的时候起，就把她和曾经的中学女孩相提并论，相信她“就是这样的女孩”。

“在绝大多数现代叙事作品中，正是叙事视点创造了兴趣、冲突、悬念乃至情节本身”。[①]作为读者的我，翻看《零度诱惑》三两页，就不怀好意地揣测，小说中的“我”对尤嘉霓

---

① 〔美〕马丁：《当代叙事学》，伍晓明译，北京大学出版社2005年版，第128页。

有明显的羡慕、嫉妒、恨。对初识场景的详细描述，一方面表明尤嘉霓的善于表演，另一方面也表明了“我”对她的基本判断：“尤嘉霓并非美艳至极，而是风情尽现。”（第9页）在这个判断中，“风情”是一个贬义词，“并非美艳”也就成为挑剔乃至刻薄之词。“我”对尤嘉霓在各种场合的举手投足都很关注，男同事请她吃饭的时候如何，落座的时候如何，吃水果的时候如何，甚至“从包里掏出一款漂亮的方帕”如何，“漫不经心地问起男同事的家庭”又如何，等等。“我”似乎是一个隐形人，对尤嘉霓如影随形，形影不离。“后来，我无意中发现一个小秘密，她去化妆间还有一缘由，是将衣裙的标签牌藏掖好。”（第10页）至此，在小说第一部第一章第一节，尤嘉霓的虚荣、做作、心机，都跃然纸上。最后一段，“一扇扇回望的窗户打开了”，“我又回到那个夏天”，也就是跟尤嘉霓随同陈逸山出差的那个夏天，重申了“我”回望的视角。

车门关上，“一个流动的小舞台”诞生，若是把司机视作道具，也就总共三个演员，陈逸山和尤嘉霓分饰男、女主角，“我”是配角。“我”的名字首次道出，“我，辛悦”。读过巴特《文之悦》的人们很容易想到，“辛悦”就是“心悦”，或者至少是“欣悦”，欣赏的愉悦。陈逸山沉浸于“游移的悦”中，“我试图开口，却因紧张而禁锢了自己的活力”。“我没有表演的天分，也无法驾驭这种微妙的场合”，却念兹在兹，“该怎样撩动呢”。（第12页）显然，“我”并不单纯，也不纯粹。“我”对自己的笨拙耿耿于怀，此刻的尤嘉霓“却巧妙地启动轻盈的诱惑密码”。联想到“解码器”最后一段的第一句，“一个短暂的旅程，一个充满未知的男人，两个年龄相仿的女孩，一定会有一点故事”（第3页），我们恍然大悟，“短暂的旅程”若有实际指意，就是苏南之行。“两个年龄相仿的女孩”则表现出“我”和尤嘉霓旗鼓相当，心存一争高下之气。

“秘密”是小说中惯用的一个伎俩，“探秘”和“解密”是推进情节的惯用手法。关键在于，谁在探秘，谁在解密？不同的“谁”导致了视角的不同。“那一晚，我究竟怎么了，是什么诱引我追踪的脚步？”“我是知晓他们秘密的第一人”，“知道秘密的人比制造秘密的人更感窘迫”。当然，“我”不忘自我洗刷，明明是“我蹑手蹑脚地尾随其后”，却强调“我成了被动的偷窥者”，“我没有主动偷窥秘密，秘密却如淘气小孩，迫不及待地跳到我面前”。类似的扪心自问和反思，把读者从事件的外在过程引向“我”的内心，叙述者的内心，窥探者的内心。“我”和事件的距离得以拉开，“追踪的脚步”停止了，甚至急急忙忙地后退和远离，忙不迭地脱开干系。“我是什么？一个不该出现的旁观者？”（第23页）意识到自己是旁观者，并且是“不该出现”的旁观者，“我沉浸于凉透了的黑暗中”。“黑暗”表现在叙述上，就是在第一部第一章后，频频露面的“我”忽然销声匿迹。

“我”消失了，“历史”登场了。“历史”作为“智者”，多多少少有一点“神目论”的意思。“尤嘉霓对平庸生活有着与生俱来的厌恶”，出生于小市民家庭却不甘平庸，向往自由而读了旅游专科，当导游仅仅半年就心生厌恶，期盼过一种“高尚生活”，精神的高尚生活过于缥缈，物质的高尚生活充满诱惑。尤嘉霓频频跳槽，直到应聘到《新都报》广告部，成就《零度诱惑》大半部的情节。历史的视角常常包含着理解，所有的理解却都指向了这样一个问题："究竟从何时起，尤嘉霓习惯性地将肉体纳入计算程序？"（第35页）尤嘉霓的身体经历过一小段禁锢的时期，然而，从"箍紧你的性别曲线"到"展览你的性别曲线"的时间和思想跨度并不漫长，尤嘉霓的姐姐尤嘉云1992年南下深圳求职，四年后回老家探望，告诉尤嘉霓两个结论：身体也是资本，性是社交的一种，性本身是用来消费的；学会贩卖身体，并将身体贩卖到最高值，就是个聪明女人。"深圳"的符号性众所周知，它是一个时代的象征和缩影。尤嘉云此后在小说中不再出现，尤嘉霓的其他家人也不再出现，尤嘉霓到《新都报》工作前的同学、同事和朋友通通不再出现，所有的"历史"凝结为这样一个"现实"，尤嘉霓"从不羞涩于将裸体呈现给异性，而是在乎：呈现给谁，如何呈现，呈现的最终结果"（第46页）。

"我"属于尤嘉霓的"现实"，再度登场自然而然。在第二部第二章第一节，"我"出现在尤嘉霓和陈逸山的对话中。尤嘉霓说，"那一天，如果是辛悦呢，如果是她跳到你的床上，你会照单全收吗？她也很清纯可人啊"，陈逸山回答，"生活中有无数可能性，但最终只有一个结果"。简简单单的对白，无懈可击的回答，重要的是"结果"，假设没有"意义"，那么，"我"就是多余的，尤嘉霓也不必理会"我"。"我"的再一次出现，是在第二部第四章的第一节，尤嘉霓被调往《新都报》上海办事处，"我"猜测是因为尤嘉霓和某子报总编的私情传闻为陈逸山所知。紧接着的第二节，2007年，广告部的同事请"我"参加一个饭局，在尤嘉霓到场之前，人们对尤嘉霓的故事津津乐道，"谁给她单子，就跟谁睡"。"这是个目光的视域，到处都是目光，好奇的、贪婪的、嫉妒的、掠夺的目光；这同样也是个唾液的世界，四处喷溅的唾液，传播着念珠菌的霉菌，感染、红肿至溃烂。”（第170页）具有杀伤力的目光无处不在，到处都是，“我”对此不乏厌恶和抨击，作为读者的我却产生疑虑，“我”的目光又如何呢？再下一节，也就是该章的最后一节，接续了第一章的苏南之行。“回家后，我将饭局上的所闻所见输入电脑。自从上次苏南之行后，我开始萌生写尤嘉霓和陈逸山故事的想法，断断续续地写，历经多年，尚未结束。尤嘉霓会有怎样的结局？这始终是谜。”（第171页）这个晚上，尤嘉霓出现在“我”的梦中，与“我”针锋相对，表达她生存的艰难和不易，强调“表演不过是一种生存手段”，痛斥“到处都是出卖肉体、出卖灵魂的事情”，并且，她和陈逸山之间并非简单的肉体交易，“每个人在做一个决定时会有无数个想法聚合在一起，每个行动背后都不是一个简单的理由”。经由“我”的质疑和尤嘉霓的应答，尤嘉霓所作所为的正当性有所显现。

“我”的最后一次出场，是在第三部亦即最后一部最后一章最后一节的结尾。“自此，我再没听到她的任何消息。尤嘉霓——曾灿烂过，芬芳过，也曾像春天的花粉，痒酥酥地撩拨人们的呼吸系统，好像吹口气，就没了。”（第334页）“我再没听到她的任何消息”所表明的，是“我再没听到”，也是“再也没有”她的消息。就此而言，“她”和“我”之间有着密切的、内在的关联。“我”的叙述引出了“她”的故事，“她”在舞台上浓妆艳抹、招展妖冶的时候，“我”消失在舞台下众多的旁观者之中。在“我”漫长的消失过程中，“她”一直粉墨登场，我们或可认为，“她”是“无我之我”。“我”的旁观和窥探造就了“她”,“她”淋漓尽致的表演淹没和放逐了“我”,当“我”再度归来和浮现时,“她”只能悻悻退场。像尤嘉霓一样的登场随时都在发生,和尤嘉霓类似的退场也随时都在发生,“明天,将是遗忘,普普通通的遗忘”。这是“我”的遗忘,“历史”的遗忘,“主体”的遗忘。

生活中的每个人都努力地成为“看”的主体,小说中也是如此。就对于尤嘉霓的凝视而言,除了“我”这个大视角,小说中还有很多视角,其中不可忽视的,是她的几任男友和情人如陈逸山、袁琅、萧歌,还有一些不具名的老板和官员,他们都是男性的目光。借用福柯“知识即权力”的命题,视角即权力,尤嘉霓有她的视角——权力,然而,她始终不是主体。当她主动诱惑陈逸山的时候,她貌似主体,然而,最终能够跳上陈逸山的车,却还是被“审查”通过的结果。确认“有益无害”,陈逸山才接纳了她。更何况,尤嘉霓自觉而主动地生活在男性的目光中,“她迫切地在男人的目光中寻找自己的面孔”,“她和她们的面孔存在于他们观看的目光中”,“她和她们不能生活在没有男人的目光中”(第276页)。这个世界是由男人主导的,一切的游戏规则都是由男人制定的,无论尤嘉霓多么聪明地服膺和利用规则,“小伎俩越玩越娴熟,什么时候小鸟依人,什么时候又显得神通广大,切换转合收放自如”(第217页),都只能是游戏的客体。

《零度诱惑》中,作为“第三人称”的“她”的叙述占了相当大的篇幅,归根结底,就是因为尤嘉霓只能是“她”,只能作为“她”而存在。现实和媒介中的成功女性是尤嘉霓的镜像,她在她们的华丽表演中寻找自我,发展自我,实现自我。

目睹林美琪的华丽登场，尤嘉霓每每“升涌无可名状的挫败感”，她茫然四顾，“忽觉自己面目模糊”，她迫切而慌乱地在人们的眼眸中寻找自己，“我是谁呢”。“每个人都怕被边缘，被边缘意味着身份的退场、游戏的出局。男人通过思想和行为的一致趋同进入成功人士行列，女人要按照时尚界制定的范本，对自己的赘肉斤斤计较，人人都活在他人认知的观点中，真正的自我则消失在众人相同的追求中。”（第132页）尤嘉霓敏锐地意识到，“我之所以是我，是在别人看待我的目光中，是我消费的品牌Logo映射在别人眼眸里的形象”（第183页）。“身体已经漂移，交付给市场，身体的使用价值亦将随身体的衰老而日益贬值，正如站在玻璃橱窗后无人问津年老色衰的女人。所以，要趁青春葱茏时，赶紧销售吧！”（第39页）随着更为年轻的模特的横空出世，尤嘉霓的美丽被冲淡了，她只能“后退、后退，退出了聚焦点，退出了画面”（第227页）。女性的自我物化和客体化，是尤嘉霓的悲哀，也是与她同类的其他女性的悲哀。悲哀而不自知，是双重的悲哀。

“你站在桥上看风景，看风景的人在楼上看你。”在《零度诱惑》中，尤嘉霓始终处于“被看”的处境中，即便在她自以为处于观察者位置的时候，也还是为叙述者所观看，为小说中那些嘲笑她的人们所观看。当然，作为读者的我们也在观看，透过“我”的眼光观看，透过历史的眼光观看，透过小说中其他人物的眼光观看。在阅读的过程中，尤嘉霓不时引起作为读者的我的怜惜，即便在觉得她很可笑、很张狂、很无知的时候，对她也有一种发自内心的怜惜。生活中，那被侮辱和受伤害的人有很多，尤嘉霓也是其中的一员。

时　态

按照结构主义，小说叙事由故事和话语两个部分组成，故事中的事件通过话语转化为情节，情节呈现的顺序不必和故事的自然逻辑相同。无论顺序还是逻辑，都离不开时间，而故事时间不同于话语时间。查特曼认为英语的时态系统无须借助于副词就能指示事件序列中至少四个时间段：（1）最早的时间段，通过过去完成时来表达；（2）紧随的时间段，通过过去时（或过去进行时）来表达；（3）更晚的时间段，通过现在时（或现在进行时）来表达；（4）最晚的时间段，通过将来时（或一般现在时、发挥将来作用的现在进行时）来表达。对这四个时间段，查特曼分别用“先前时间”“过去时间”“现在时间”“将来时间”来指称，此外，还有“无时间”的存在。在大多数叙事中，“故事现在”被置于“过去时间”上，“话语现在”则用“现在时间”来表现。[①]《零度诱惑》开篇的首句“在我生命的后视镜里”所表现的是“话语现在”，第二段“清晰记得十八岁时”所表现的则是“我”的“过去时间”。

在一部小说中，过去时、现在时和将来时等不同的时态杂糅，促成了情节的扑朔迷离、张弛有度。就《零度诱惑》来说，时态与视角之间有着相应的关系，“现在时”更多地呈现平行的视角，“过去时”呈现的是回望的、俯视的视角，“将来时”呈现的是追逐的、仰望的视角。陈逸山“喜欢给每个情人起绰号，被起了绰号的情人，等于贴上他思想的标签”（第110

① 〔美〕查特曼：《故事与话语：小说和电影的叙事结构》，徐强译，中国人民大学出版社2013年版，第65页。

页)，这里的“喜欢”和“起绰号”用一般现在时来表达，比过去时更为妥帖。“假若尤嘉霓二十四岁，陈逸山二十四岁，他们还会相互吸引吗？”（第135页）。带着这样的假设，小说从刚刚大学毕业二十四岁的陈逸山开始写起，直到二十七岁的陈逸山，这一故事时间应当是过去时。“尤嘉霓会注意到二十四岁的陈逸山吗？”显然不会，“她的目光千篇一律地聚焦在成功人士的身上”（第136页）。故事时间又回到了“现在时”。时态简而言之，无非是过去时、现在时和将来时，在叙述的意义上，“现在时”不可或缺，就意象和意向而言，“过去时”和“将来时”的意义巨大。即便“一切历史都是当代史”，当代抑或说现在的意义取决于过去和将来，用福克纳的话来说，“过去从未死亡，它甚至没有过去”，并且，“竭尽全力返回起源的过去不是把我们往后拉，而是把我们往前推，而未来却使劲把我们往过去驱赶”。①

“时间是一个叙事问题，一个故事与话语的问题；而时态则是语言中的语法问题。”②时态与文体之间有着相应的关系。《零度诱惑》作为一部小说，并非通常意义上的故事重现，而是叙事、随笔、议论、新闻等不同文体的杂糅。杂糅的意义无须赘言，它不是简单意义上的拼贴，也不是通俗意义上的混搭。拼贴或混搭所凸显的依然是原初的格式及材料，杂糅则是一种全新文体的诞生，原有的格式及材料被吸纳、消化、融

---

① 〔美〕阿伦特：《过去与未来之间》，王寅丽、张立立译，译林出版社2011年版，第8页。

② 〔美〕查特曼：《故事与话语：小说和电影的叙事结构》，徐强译，中国人民大学出版社2013年版，第66页。

合，形成了一个新的存在物。在这个存在物中，顺序、偶然性、因果性之类的关系更为复杂，更加富有包容性的组织原则和解释原则得以可能。

在叙事所花费的时间和故事事件本身持续时间的关系，亦即话语时间和故事事件的关系中，时长是一个重要概念。话语与故事有大致等同的时长时，有两个常见的成分，一是较短时长内的明显的身体动作，二是对话。《零度诱惑》中穿插了大量的对话，具有戏剧的现场感和及时性。似乎就是当下，就是此时此地，在现实生活中的每时每刻，都在发生的对话，都在发生的事情。尤嘉霓和陈逸山的对话，实际的或心理的，其实并无新意，一如其他的外遇之间的对话一样，但对他们来说却是新奇的，对作为读者的我们来说似乎也是新奇的。就此而言，没有什么真的成为过去，也没有什么真的作为经验或教训为后人所汲取，甚至，并不存在所谓的“后人”，每个人都在重复前人的故事却不自知，欣欣然地踏足其中，似乎自己是第一个吃螃蟹的人。

小说中披露了很多电视娱乐节目、新闻报道和不算奇闻的“逸事”。小说中第一次出现“电视剧”，是这样的一种状况：“或是为了掩盖过于夸张的交欢声，房客将电视打开，夜深人静，电视剧里的对白搅乱了一夜的梦。”（第22页）21世纪90年代后期，“成功男人的形象频频出现在影视剧中”，“2010年，在一次网络调查中，至少有六成大学生希望嫁给富二代”，“亿万富豪征婚联谊会”“爱商培训班”，等等，还有媒体热评陶萃丝，称之为“猎女”，力捧她为“21世纪女性的新偶像”。诸如此类，从核心与从属的关系角度来看，这些事件属于“次要情节事件”，居于从属的地位。从属不只意味着不重要，而且意味着它们的意义是由“核心”决定和赋予的，因而更多地归入“话语”而非“故事”，其功能在于“增补”。尤嘉霓和陈逸山及其他男人的故事，由于这些增补性的事件，变得更为丰富，这些事件发挥了背景、扩展和延伸的作用。就此而言，“增补”不容小觑，它们补充、说明、完善了核心故事。在德里达的解构思想中，“增补”和在场、延伸、本源性的缺乏等概念结合在一起，构成一套相互诠释的话语体系，拆除了中心与起源的既有结构，将理性逻辑视作是修辞性的替补，从而对西方的形而上学史发起巨大挑战。在类似的意义上，《零度诱惑》中的次要情节事件冲击了既有的小说叙事模式，偶然性的介入使得核心事件的发展前景不再聚焦于“问题—解决”，而痴迷于“问题—显露”。

在古典叙事中，出现跟公众流行的行为标准不大符合的行为时，公开说明是必不可少的，这也就是我们通常所说的叙事评论。《零度诱惑》叙述和公序良俗相违背的事件时，势必要伴之以评论，并从一般性的评论深入到概念阐释。比如，某医生因换妻游戏而被拘捕，报道里他和记者有一场关于“性移情”的对话，在简要地复述这个事情之后，小说展开了对“性移情”这个概念的剖析。从陶萃丝的发迹，区别了“猎女”和“烈女”，也区别了“猎女”和“淑女”，并从时态方面做了阐释，“淑女”是过去时，“猎女”则是现在进行时、将来进行时。在古典小说中，评论具有把“非常态”或“非自然”行为合法化的作用，而在《零度诱惑》中，评论的功能可能更多地在于其他的可能性空间，其目的既非归化，亦非异化。另外一些时候，概念解释是以讲故事的方式来进行的。“In”“酷”“拉风”“蔻”是21世纪初的时尚用语，小说为此描述了一些场景，提供了形象化的阐释。概念解释具有辞典的意味，辞典则具有一般性的意味。多年以后的读者看到《零度诱惑》中的“流行语汇”，若有“不再”流行之感，这些概念解释当具有历史概念之历史性解释的意味。

基于时态和视角、时态和文体的杂糅，《零度诱惑》的叙述中有紧凑和连贯，也有散漫和断裂，结构和解构并存，再结构如影随形。尤为重要的是，时态的杂糅意味着主体的扭曲和分裂，一以贯之的、统一的主体不复存在。《零度诱惑》中，“我”在小说伊始就翩翩登场，“我”在观看，“我”在回望，第一部中“我”一再出现，然而，第二部仅仅出现了四次，其中一次还是在尤嘉霓和陈逸山的对话中。然后，就是在小说最后一部的最后一节中出现了。那么，对《零度诱惑》来说，“我”是必不可少，还是可有可无？“我”究竟发挥了什么作用，在小说的叙述中究竟充当了什么角色？“我”仅仅是一个旁观者吗？当“我”在尤嘉霓和陈逸山的对话中出现的时候，显然参与到他们的情感纠葛当中了。陈逸山一再体味“游移的悦”，这固然有其自在的意境，但“悦”和“辛悦”有没有关系呢？如果有关系的话，那么，所谓“游移的悦”不就是游移的“辛悦”吗？陈逸山和尤嘉霓缠绵的时候，多多少少也是在体会辛悦。“我”对此不可能一无所知，那么，我的态度如何？小说中没有提到，作为读者的我们不妨妄自揣测。

杂糅不同于矛盾，它包容、吸纳乃至消解矛盾。如果说由矛盾组成的文本容易激发多义的、开放式的阅读，那么，杂糅的文本在呈现多向度的同时，促成的却是偷窥、无可奈何、沉默乃至冷漠。归根结底，矛盾是现实主义和现代主义的特征，杂糅是后现代主义的特质。在时态的杂糅中，从“伪浪漫”到“真现实”的过渡和转换自然而然，应运而生。从升腾到坠落。升腾越是虚幻，坠落越是实在；升腾越是曼妙，坠落越是疼痛。一方面，真实和虚假的界限丧失了，道德和不道德的界限模糊了，是与非、美与丑的标准不复存在；另一方面，界限又一直存在着，标准从来都是存在着的。生活是如此，叙事是如此，时态也是如此。在时态的杂糅中，尤嘉霓的矫情、心机、骄矜让人怜悯，陈逸山的高高在上、自以为是让人嘲弄而又可被理解，袁琅的“性爱餍足”让人憎恨而又羡慕。历史地看，过去、现在和未来之间似乎有其一以贯之的线索，然而，必须清楚，这是“历史地看”的结果。在故事开始和展开的过程中，谁能看到前景，谁能“历史地看”？上帝之死与人之死之所以有密切的关联，就是“神目”的缺失和目的论的丧失。

作为小说主角的尤嘉霓离不开陈逸山和袁琅，还有其他形形色色的男人，站在故事的尽头回望，尤嘉霓“不过是聚光灯外的观众，被光芒所吸引，走进去，白炽炽地眯了眼，失去了方向”（第3页）。她努力地想要掌握自己的命运，然而，她的命运始终被掌握在别人的手中，莫名其妙的别人的手中。这个别人，可以说是社会，也可以说是历史，而历史不过是身为男性的他者之故事罢了。《零度诱惑》中有大量的“格言”，如“人人都在描摹，人人都被描摹”，“世界已被媒体自我言说”，“裸体本身并无诱惑力，诱惑产生于幻想裸体的旅程中”，等等。读者不妨以为这些句子用的是过去时态，那么，它们表现的是尤嘉霓的思想，读者若是把这些句子视作现在时态，那么，它们表现的就不只是尤嘉霓的思想，也是作为叙述者的“我”或历史的思想。

意　趣

叙事类型主要包括浪漫剧、喜剧、悲剧和讽刺剧。在浪漫剧中，主人公向着目标和最终胜利而去，途中面临一系列的挑战，奋斗就是最大的意旨。喜剧的目标在于重建社会秩序，主人公具有不同寻常的社会技能，足以战胜那些可能破坏秩序的种种危险。悲剧的主人公则是被邪恶势力所打败，并遭到社会的排斥。还有，讽刺剧提供的是对社会霸权愤世嫉俗的一种观点。[①]按照这种分类，《零度诱惑》最初似乎是浪漫剧，而后是讽刺剧和悲剧，最终显示为“喜剧”。

《零度诱惑》讲述了尤嘉霓和陈逸山、袁琅、萧歌等男人的故事。女人和男人的故事可能关乎情感，也可能关乎金钱；可能关乎权力，也可能关乎志向，尤嘉霓和男人们的故事囊括了所有这些内容。然而，《零度诱惑》的意趣超乎这些内容之上，如名称所显示的，它的旨趣在于诱惑，准确地说，在于零度诱惑。第一部第一章第二节谈到“轻盈的诱惑”，“一个姿态、一个眼神、一个信号，可以无声无息地消泯抑或波澜起伏地上演，一切皆在想象中预演”（第13页）。与“我”的笨拙不同，尤嘉霓“巧妙地启动轻盈的诱惑密码”，也启动了《零

① 〔以〕利布里奇等：《叙事研究：阅读、分析和诠释》，王红艳译，重庆大学出版社2008年版，第77页。

度诱惑》的密码。男女之间的关系离不开诱惑，一切的关系都离不开诱惑，在欲迎还拒和欲拒还迎之间，故事悄无声息、游刃有余地发生。话语时间多于故事时间，心理描写多于动作描述，就是力图充分呈现诱惑的过程。苏南之行，从乘车前往到回返，尤嘉霓和陈逸山之间发生了很多暧昧，“迷醉于景象的欺骗，深情款款不知倦怠地表演”，仿佛是在上演一场“暧昧的轻喜剧”。尤嘉霓步步紧逼，陈逸山不断突围，两个人在围猎与突围的情欲游戏中乐此不疲。尽管尤嘉霓“注定是等待的一方”，但权力关系随时随地发生反转，尤嘉霓在性爱的过程中“戴着观察家的眼镜去观察对方”，似乎就能掌控局势，对方沉迷而自己不沉迷，这就是“性爱的博弈”（第122页）。

把《零度诱惑》视作浪漫剧，主要不在于它叙述的是男女之间的情事，而在于情欲背后或之上的理想和目标。“使尤嘉霓兴奋的不是做爱的快感，而是胜利的欲望、主宰的荣耀感”，陈逸山心满意足的则是“尤嘉霓，我的第十二个情人”。最初表现为双赢的游戏，双方在情感结构上也是互补的，陈逸山称尤嘉霓“小妮子”，尤嘉霓快活地唤陈逸山“老爸”。这种角色扮演是自觉的，也是虚拟的，彼此情感上的满足更是符号性的。激发陈逸山的“不是尤嘉霓本人，而是服饰符号所潜蕴的信息”，在捉摸不定的角色游戏之中，“意象激发了幻想，角色刺激了性欲”（第108页）。在“角色的隐喻”时期，真实的面容被掠过，一切都发生了偏离和迷失。作为一场创造性的游戏，陈逸山将其定义为“创意性趣”。在情感的游戏中，归根结底，双方在意的都是自己。陈逸山在意的是自己的力度“是否亦如青春的男孩子，蓬勃而旺盛”，尤嘉霓在意的则是自己的魅力、诱惑性和满足感。

在情欲的游戏中，时尚不可或缺。《零度诱惑》可谓是时尚展厅，时装节目频频上演，模特盛装出场，在为故事提供了时代背景的同时，也洋溢和渗透着强烈的都市时尚气息。没有时尚就谈不到情欲及诱惑，在高级文明或文明的高级状态中，时尚是一大要义，它表达着身体，提供关于身体的话语，也正是在日常生活中，时尚被切身化了。“凡是文化，总要给身体增加一点什么，总要对身体进行梳妆打扮，以提高它的吸引力。”[①] 就此而言，日常生活、文化、身体、衣着之间有着内在的一致性。服装重塑了自我，激发了联想，建立一种梦幻般的快乐，陈逸山称尤嘉霓为“封面女郎”，“封面女郎”也越来越自信，确信自己引领了时尚。借助于不同的衣着，尤嘉霓和陈逸山“沉湎于捉摸不定的角色游戏中”。和尤嘉霓不同的是，陈逸山并不沉浸在对服饰本身的迷恋中，而是“拆解它，重组它”，按照他自己的意愿、想象“重组情境”，让服饰变成自我情绪或欲望的“另一种语言”。他所谓的“创意性趣”即源于服饰。

在陈逸山和尤嘉霓最初的追逐中，故事不乏紧张，但总体上是稳定向前发展的，可谓是“前进型叙事”。两个人走在一起之后，很快就转为“稳定型叙事”，情节是平稳发展的，曲线图没有什么波动。角色游戏和创意性趣的意义就在于，使得“稳定型叙事”富有节奏感，不至于限于单调的重复。“游移的悦”作为陈逸山的旨趣，以及《零度诱惑》最初所呈现的意趣，效

---

① 〔英〕恩特维斯特尔：《时髦的身体：时尚、衣着和现代社会理论》，郜元宝译，广西师范大学出版社2005年版，第1—2页。

用也就在于给“稳定型叙事”以必要的促动。“游移的悦”在小说中出现了四次，分别在第12页、34页、103页、141页。在第三次出现时，小说提供了对“游移的悦”的解释。陈逸山习惯把外遇定义为“游猎”，四处漂移，缺乏连贯性地“追猎”，欢愉之后再回到自己的小木屋。追猎和被追猎者始终滑行在轨道之外，没有固定的程序和节奏，由此带给他“游移的悦”。苏南之行就是如此。对陈逸山来说，这种“游移的悦”是一种“甜蜜的休息”（第103页）。“游移的悦”是陈逸山的兴趣所在。除了小说中的解说之外，我们可以对“游移的悦”做出更为一般性的解释，那就是时尚与现代性的一个共同特征，不断地推陈出新，追逐新潮。时尚就是“永恒重生”的新。对现代美学来说，新颖具有自我提供正当性的能力，而不再需要借鉴进步或其他类似的概念。如果说时尚有什么深度，那就是不断地为变化而变化，美存在于那种与主体绝对同时的暂时性与稍纵即逝之中。欲望和愉悦也是如此。

随着影视媒介的发展和普及，现实生活中的每个人都极大地受到影像的引导。六岁的尤嘉霓就学会了寻找参照物，并喜欢和参照影像做比较，成年后的尤嘉霓更是迷恋于玩镜子游戏，“二十二岁，尤嘉霓的新形象脱颖而出，她抹杀真与假的界限”，亦步亦趋地逼近心仪的“偶像”（第54页）。从那时起，她就遗忘了真实的自我，真实的自我作为“她”躲在遥远的一角沉默不语。对生活在影像时代的尤嘉霓来说，“影像不再让人想象真实，因为它就是真实”（第55页）。影像促成了普遍化的模仿。韦伯在20世纪初就指出，在流行的发展过程中两种趋势并存，一方面是模仿群体特征的“趋同”，另一方面，个体始终希望突显自己的“标异”，所以流行始终是在一窝蜂地聚集和快速消散之间摆荡。“在统一的模式命令下，众人生怕错过任何一个流行节拍，out即身份的退场、游戏的出局。”（第130页）

流行的时尚引领潮流，塑造自我。从服饰到美容整形，从角色扮演到假装高潮，尤嘉霓在满足陈逸山的幻想的同时，也满足了自我的幻想。“表达什么比自我是什么更重要”的本意就是“装范儿呀”（第78页）。相比较尤嘉霓，陈逸山喜欢的似乎是真实，“对抗媚俗，对抗潮流，对抗人工制造，对抗一切虚假作态”（第129页）。其实，他喜欢的不是真实，而是虚拟真实想象中的真实。在消费社会中，这种真实早已遁迹，无处存身。尤嘉霓之所以成为现在的样子，是陈逸山及其同类诱导出来的，然而，在最初的满足与得意之后，他们又渴望所谓的纯朴，渴望而不可得，就出现了“幻想的缺失”。《零度诱惑》表达了这样一个意思：幻想在貌似得到满足的同时，导致了缺失。也许，从来不曾实现的幻想才不会缺失，然而，现代性的特点正是在于，满足幻想，消灭幻想，满足就是消灭。在这样的矛盾和纠葛中，浪漫剧很容易同时显现为讽刺剧和悲剧，焦点人物尤嘉霓挑战的是社会的道德习俗，她一时的成功可谓是“邪恶”的成功，“正直”人物即便不是遭到排斥，也是劳而无功。

在《零度诱惑》中，诱惑同时具有中性、褒义和贬义三种词性。为了摆脱诱惑，必须尽情地展示诱惑；为了揭示秘密，必须充分地隐藏秘密。在诱惑与摆脱诱惑之间保持恰当的平衡，是叙述的一大难题，也是意趣的分叉和偏离。如果不能充分地展现“诱惑”，“摆脱诱惑”就是无稽之谈；然而，如果

“诱惑”最终指向的只是“诱惑”自身，叙述也就不过是一个自体循环。必须从“诱惑”开始，最终也必须“摆脱诱惑”，与此同时，“摆脱诱惑”是“诱惑”的题中应有之义，反之亦然。“解码器”的第一段表明，“在我生命的后视镜里，似乎有两条轨迹交错运行，两种声音，两个姿态，扭结着”，“它们或有短暂的和谐，但，更多时候，是斗争，是相互的批判，毫不留情的批判”。这就提示我们，小说具有消费社会理论和批判理论两种向度，具有波德里亚和马尔库塞两种意趣，简言之，就是呈现诱惑和摆脱诱惑两种意趣。如果说《零度诱惑》前半部较多地呈现了“诱惑”，后半部主要呈现了“摆脱诱惑”乃至“摒弃诱惑”，从理论的角度来看，这是从“仿真”景观向对“虚假现实”的批判倒退，从叙事的角度来看，这是“衰退型叙事”的特点。正是在这种衰退中，政治和道德的正确性得以显现，小说具有了“喜剧”的结局，但这个喜剧的主人公是谁呢？肯定不是尤嘉霓，如果必须有一个主人公，就只能是时隐时现的“我”了。但是，“我”只不过是小说中的视角人物而非焦点人物，小说的“喜剧”性也就勉为其难了。

在这个向度上，“拯救幻想”作为《零度诱惑》的潜在意趣，当能获得斑驳陆离的理解。尤嘉霓和陈逸山的对话作为一种调情，在对话中较量智商，在对话中激发情趣。在第二部第二章第二节，尤嘉霓梦中有一场和心理医生的谈话，其意义也在于拯救幻想。这促使读者可以对其施展“叙事疗法”。尤嘉霓和袁琅、萧歌的情感，在根本上也就是在拯救幻想。然而，什么是幻想？对陈逸山来说，“欲望在亢奋、高涨间竞逐；一边是占有的竞赛，一边是炫耀的竞赛，而一切竞赛归根到底都是权力能量的竞赛”（第248页）。对袁琅来说，幻想就是所谓“爱情的滋味”，对萧歌来说，幻想就是尤嘉霓承认对他有爱。而对尤嘉霓来说，“真实的我？她已遗忘，真实的自己褪色消隐了，‘她’怯懦地躲在遥远处，不肯多语”（第54页）。我们很容易认为，这里的“她”就是“幻想”。我们也不妨认为，小说的第三部，尤嘉霓到上海办事处工作不久即辞职，就是一个拯救幻想的举措，她的幻想就是“疯狂的假设性剧情在虚构中走向真实”（第227页）。在根本上，“拯救幻想”不过是一场徒然的幻想罢了，无论所欲拯救的幻想是情欲的、政治的还是道德的，只要被认定是幻想，那么，游戏就不可挽回地走下坡路了。作为读者的我读到陈逸山在双规中反省往事的时候，对于阅读的期待也就渐渐弱化了，袁琅的出场多少具有“救场”的意义，但他的形象魅力显然无法和陈逸山相比。尤嘉霓在离开陈逸山之后，沦为所谓“公共情人”，但这种“公共情人”是没有公共性的，只能是无可奈何地独自舞蹈。

在为消费、物欲、肉欲、权力欲所刺激的同时，读者不能不发现，《零度诱惑》远不止是一场后现代时尚表演，在华丽的面具之下，隐藏着一张张悲苦的脸，一颗颗饥饿的心。宛若一场时尚的假面舞会，灯光忽然大亮，舞者原形毕露，浮夸的作秀顿时显得滑稽可笑。尤嘉霓是如此，陈逸山是如此，袁琅也是如此。“尤嘉霓对平庸生活有着与生俱来的厌恶”，与厌恶同在，甚至先于厌恶的是不甘和恐惧，所以在学生时期编造自己家庭的富有。陈逸山小学时就懂得“荣耀需俟机争夺，不能躲在暗处，应竭尽全力跳进荣耀之光中”，工作后目睹年老的普通同事的落寞，即积极“为仕途之路运计铺谋”，起初也多次品咂苦涩的滋味。出身富裕之家的袁琅少年时即随心所欲地玩性游戏，以至于很早就丧失了“追逐的乐趣”，被尤嘉霓称作“患有性爱餍足症的男人”。饥饿的，实在是太饥饿了，在从“温饱”向“小康”飞跃的道路上，或者是情感，或者是欲望，都在不择手段乃至恬不知耻地争取与掠夺。正是在这个意义上，《零度诱惑》表现为“悲剧”。在评判尤嘉霓、陈逸山、袁琅及同类人时，后现代的消费理论有所作为，更有力所不逮、牛头马面之状。《零度诱惑》中时态的杂糅，在根本上，就是前现代、现代和后现代的杂糅。

情感的终结、幻想的终结、主体的终结、诱惑的终结，所有这些终结耦合在一起，构成《零度诱惑》的终极意趣。“解码器”最后一段的最后一句，“所有的故事都浮游出水面，而我更关切的则是潜于水下，窃窃交错的心灵私语。看不清面孔、表情，思想却如水晶般透明，以其自身光泽照亮往昔和未来”。这似乎表明，故事的重要性在于它所表达的思想，在于它所传达的意趣，具体的故事情节可能很快就会为人们所遗忘，它所传达的意趣和表达的思想却可能持久。后现代时尚超越了意义，然而，即便是对时尚的抵制也仍然是在时尚的秩序中被定义的，意义的丧失也仍然是限制在意义的领域之内的。在这个意义上，死亡不过是“一种光辉的肤浅的表象”，尤嘉霓的毁容与销声匿迹又算得了什么呢？！“时尚的快乐是循环的幽灵世界的快乐，在这个世界上，过去的形式作为有效符号不断地复活”，这里有“一种类似自杀的欲望”。[①]

① 〔法〕波德里亚：《象征交换与死亡》，车槿山译，译林出版社2006年版，第127页。

结束语

《零度诱惑》开篇的“解码器”提醒读者，它旨在解码，然而，就其作为原创性的作品而非评论来说，它首要的任务在于编码，解码属于读者的责任。一部小说开宗明义表示“解码”，其实质性意义在于“解码”和“编码”的混合，在于以“解码”之名行“编码”之实。后现代思想所谓打破和消灭界限的旨趣，在《零度诱惑》里，具体地体现为打破和消灭了“编码”和“解码”的界限，编码即解码，反之亦然。对此，我们还可以在另外一个层面上予以理解。所谓“解码”，是“解”社会和时代之“码”，小说作为虚构和想象，和现实的社会之间始终处于不即不离、若即若离的关系，即便是现实主义的作品也不是写实，因为写实从来都不是小说的“属性”，质言之，写实是反小说的，小说是反写实的。但这并不意味着小说和现实之间没有关系，小说的虚构和想象也绝不意味着它对现实的“虚假”反映，归根结底，小说无意“反映”现实。

我们不妨把《零度诱惑》视作表演性文本。依据潘格特的定义，表演性文本包含“叙事者、剧情、行动、变化的观点，以及此时此地的经验感受，并使之具体化”。[①]邓金进而指出，以读者——研究者的关系为中心，表演文本会成为“我的故事”的汇集之地。“这类故事朝记忆转去，而不是转向当下活生生的经历，并且将记忆看成批评、解释以及行动的诞生之所。”表演性文本的旨趣不在于提供真相，而是“要求作为观众或合

① Marianne A. Paget. A Complex Sorrow. Philadelphia：Temple University Press， P.27.

作表演者的读者顺着作者或表演者的眼光，使故事中的经验重新变为活生生的事实。在与表演者一起重温昔日经验的过程中，读者将会活动起来，随之，他们也可能会回想起自己过去的经历”。[①]随着《零度诱惑》叙事者的眼光，我们看着尤嘉霓的成长、纠结与变化，看着她所观看的电视节目、广告影像，看着她所参与的情感纠葛与夜宴，看着她一时的喜悦、得意和挫败，就仿佛看着自己身边的某个人、某类人，甚至像是看着“我们每个人经历的人生”（第1页）。在表演性文本中，故事进展并无某种固定的顺序安排，叙事片段的组合扯断了时间的链条，叙述者可以随时向前跳跃，也可以随时往回追溯。常规的因果关系不复存在，诸多的叙述者可以同时言说，所表达的意义各有不同，叙事、独白、对话、旁白及意识流凌乱地拼凑在一起。《零度诱惑》作为表演性文本，它穿越了各种文体和风格，其叙事总是片段性的，不乏诗意和戏剧色彩，并且，所有的表演都是一种伪装，是对真实事件的复制，是对模仿的模仿。与此同时，表演具有行动政治的意味，读者有望借助它质疑现实，实现对现实的超越。

在后现代的语境中，我们很容易理解法国著名文学批评家蒂博代百年前的观点，并不存在所谓全人类共有的审美趣味。“这不应该妨碍我们谈论好的趣味和坏的趣味，或者更确切地说，有一些好的趣味和坏的趣味存在。然而必须对某些事情小心对待，必须对某些事情加以区分。”作为哲学专业的从业者，

---

① 〔美〕邓金：《解释互动论》，周勇译，重庆大学出版社2009年版，第21页。

由于职业习惯，我常常从小说中读出了理论，读出了哲学，而哲学如黑格尔所说，是时代精神的精华。就此而言，小说和现实社会的关系，也就在于它对时代精神的一种呈现，这是不同于哲学的另外一种呈现方式。总体性的把握是必要的，理出一条明确的线索，提炼出一个或几个明确的命题，总体性俨然就有模有样地呈现出来。但对于小说来说，总体性的把握总是可疑的，令人不满的。某一时期、阶段的某一类型的小说，拥有同一个总体性，由此展现时代精神或时代精神的某一个侧面。我们读一篇小说，最终会到达总体性，但“到达”之旅尤其值得关注。《零度诱惑》的一个很大的特点，就是叙事具有片段性和散漫性，随意翻开一页，都可以即兴地读下去，而不会产生“没有头绪”之感。

“解构文本的目标是考察它的生产过程——不是作家个人的经验，而是文本生产的模式，即作品的材料和在作品中对它的安排。”[①]解构文本势必要谈到意识形态。意识形态是体现在特定话语之中的，《零度诱惑》作为一种独特的言语方式，包含着某些假设，符合人们的某些期待，其最后的结果也在人们的意料之中，或者说合乎人们的“道德”与“正义”期待。然而，什么是道德？什么是正义？小说之为小说，其故事性和文学性更加值得关注。如果说在阅读小说的过程中，读者一再为道德的、政治的、正义的议论所打扰，那么，掩卷沉思，还是愿意更多地停留在富有文学性的描述的字面上，摩挲、缠绵、

① 〔英〕贝尔西：《批评的实践》，胡亚敏译，中国社会科学出版社1993年版，第131页。

腾翔。“尤嘉霓的一只手，捂紧敞开的衣襟，生怕一不小心，秘密，就从胸部，扑腾腾跳出来。正如一位带小狗上公车的女孩，小心翼翼地隐藏着，可小狗毛茸茸的头，还是不管不顾地，从女孩的衣襟处探出头，挣破女孩的秘密。”（第91页）作为读者的我宁愿尤嘉霓捂紧她的手，宁愿“我”不会揭开尤嘉霓的秘密，揭开我们身处其中的社会的秘密。有秘密的社会是安全的，有秘密的人生是快乐的，必须隐藏一些秘密，正如必须保留一些诱惑，哪怕仅仅是零度诱惑。

（本文2017年12月完成，登载于《粤海风》2021年第4期。发表时有删节）

《星渊》：哲学、空间与历史性

对哲学史略知一二的读者，大都知道德国古典哲学家康德的名言："有两种东西，我对它们的思考越是深沉和持久，它们在我心灵中唤起的惊奇和敬畏就会日新月异，不断增长，这就是我头上的星空和心中的道德定律。"对艺术史有所涉猎的读者，大抵理解荷兰后印象派画家凡·高的代表作《星月夜》，在这幅画中，树木衬托天空，房舍托起无边的宇宙，金黄的满月形成巨大的旋涡，星云的短线条旋绕纠缠，旋涡状的天空与平静的村落形成强烈的对比，自由安详与疯狂躁动一并呈现。网络小说《星渊》的标题，很容易让具有哲学和艺术基础的读者想到康德名言和凡·高名画，而在阅读的过程中，这种联想时隐时现，发挥作用。本文拟从"哲学"入手，通过"空间"和"地点"的纠葛，阐述《星渊》的"历史性"存在。

哲学形影相随

"古希腊哲学家赫拉克利特说过，一切皆流，无物常驻，人不能两次踏入同一条河流。"《星渊》第一章"顺流之船（一）"由此开篇，将读者带入哲学的河流。率先登场的林思末开设了两门课程，《人文主义思潮研究》和《人本主义思潮研究》，她所在的教研室是哲学基础教研室，而后出场的周品初是从牛津"挖到"哲学基础教研室的博士，那么，应当是牛津大学毕业的哲学博士。从最初的三章来看，主要人物隶属于哲学基础教研室，小说所讲述的也就是哲学基础教研室的故事了。

从目录可以看出，大多数章节的标题具有哲学的影子，或者源自哲学史上的故事，或者出自某个哲学命题，或者源于某个哲学信仰。第23章“原子偏斜（一）”和第24章“原子偏斜（二）”让人想到古希腊哲学家伊壁鸠鲁；第26章“必要实体（二）”借周品初之口，说出14世纪英格兰的逻辑学家、圣方济各会修士奥卡姆的剃刀原则“如无必要，勿增实体”；第28、29、30章以“面具假象”为题，和培根的种族假象、洞穴假象、市场假象、剧场假象不无契合；第31、32、33章以“因信称礼”为题，应当是对保罗在《罗马书》中所说“因信称义”的挪用。第58、59、60章以“预定和谐”为题，应当出自17世纪德国哲学家莱布尼茨的单子论，他认为，灵魂和形体各自遵守自己的规律，它们结合成一致，是由于一切实体亦即单子预定的和谐。第61、62、63章以“仰望星空”为题，自然会让读者想到康德的那句名言。第70、71、72章以“理性狡伎”为题，黑格尔的拥趸势必赞赏“天意对于世界和世界过程可以说是具有绝对的狡计”。第81章“走廊隐喻（三）中”，周品初对沈毓清所指的詹姆斯“走廊说”一清二楚，赢得沈毓清的欣赏，“公共走廊”承担起沟通桥梁的作用。

在故事的情节及人物的思想中，哲学大多时候若隐若现，一些时候脱颖而出。“这种矛盾带来的张力让林思末这个学了10年辩证法的人，感到极度舒服。”第四章末尾这句，不只是这一章的结语，对小说全文亦有着相当的提示作用。辩证法就是哲学，林思末作为《星渊》的一号人物，学了10年辩证法，又身处一个接一个的矛盾之中，也正是这些矛盾造成持续的张力，推动了故事的发展。第31章中，新郎莫秋川上门迎亲，新娘出了一个“哲学基础题”，询问康德所说的“两样东西”是“哪两样儿”，周品初代为回答：“在我之上的星空和居我心中的道德法则。”这似乎不过是小说中的一句言语，无须过度阐释，但深度的、多重的阐发亦无不可，根本而言，这体现了《星渊》的世界观。“虚荣虽然是劣根性，但是用对了地方，会给你打开很多渠道，让你涨了身价。”（第2章）“但是她忘记了，命运也是一种辩证法。”（第5章）“人生的玩笑无处不在，或大或小，或多或少，总是不能完全按照自己的意愿来。”（第68章）这些人生感悟，就是作为价值观和人生观的哲学，有时不乏庸俗，不乏宿命。“有时候，她想，命定论也没什么不好。按照必然性生活是件多么轻松的事情！为什么会有偶然性的侵扰，为什么要让意志自由……这段坎坷的情路，让她悔悟，也让她清楚地认清现实，哪里有什么命中注定，生活不是冒险，就是赌博。”（第24章）这段旁白，则不只是林思末的个人感悟，对故事情节的发展亦具有提纲挈领的作用。

哲学在《星渊》中的基础性表现，莫过于矛盾也就是“二元两立”了。第41、42、43章都以“二元两立”为题。第67章“爱的精神（一）”中写道：“这就是哲学上，解决矛盾的一种基本方式：矛盾双方经过一段时间的对立发展，最后融合成一个新事物。”从人物形象来看，林思末和周品初堪称最大的矛盾；从思想做派来看，二者的矛盾引发出一系列的矛盾，情与理，公与私，家与国，正义与邪恶，等等。正是这些矛盾推动了故事情节的进展。第39章“黑暗深渊（三）”中，林思末将周品初视作“扮演救世主的摩菲斯陀匪勒斯”，“正面是光明，背面是黑暗，表象是星空，本质是深渊”，而她曾经不顾一切地追逐星空，实则是奔赴深渊。在第62章“剧本杀”的游戏中，林思末对周品初表示自己和林白一样喜欢仰望星空，并梳理了哲学史上的“星空说”：“古希腊的泰勒斯在仰望星空的时候不小心掉进坑里，还被人嘲笑说，哲学家只关注虚无的东西而不关注现实。”“康德把头顶的星空和内心的道德律作为自己最敬畏的东西，自我与自然融合为一，主体的力量不言而喻。”“后来黑格尔也说，只有那些躺在坑里，而从不仰望星空的人，才不会掉进坑里……”林思末表示：“我不想做那个躺在坑里的人，我宁愿去尝试危险，也不想止步不前。我想做那个昂首阔步，走在星空下的赶路人。”“星空”和“坑”并置，“二元两立”的意思油然而生，星空下的“赶路人”正是在两立的二元中笃定前行。“星渊”的意象、意境、意趣、意志，次第显现，熠熠生辉。

对当代哲学前沿有所了解的读者，可能会对《星渊》中的哲学不以为然：这些不都是老掉牙的哲学家吗？为什么没有福柯、阿甘本，没有波德里亚、巴塔耶？“没有的”新派哲学家还可以举出很多。对此疑问，我们可以径直作答：《星渊》讲述的是一个古老的故事，人物、事件及材料是当下的，故事则是经典的。明澈、清丽、深邃、厚重，这些缘于哲学的相互关联、一脉相承的阅读感受，是《星渊》戏剧性效果的根底所在。贯穿《星渊》的哲学，质言之，属于实践哲学。哲学的传统中存在着理论哲学和实践哲学两种不同的取向，理论哲学对应康德所说的理论理性，关心的问题是“我们能够知道什么”，而实践哲学对应康德所说的实践理性，关心的问题是“我们应该做什么”。要确定“我们应该做什么”，就必须辩驳正义和非正义（这是法哲学和政治哲学的主题），区分善和恶（这是道德哲学的主题），识别秩序和混乱（这是社会哲学的主题），辨析美和丑（这是美学的主题）。因此，法哲学、政治哲学、道德哲学、社会哲学和美学都属于实践哲学。我们认为，《星渊》作为一部广义的“正义论”，主角林思末和周品初为正义而战，为此展现了法哲学、政治哲学、道德哲学、社会哲学和美学的思考，彰显了正义终将战胜邪恶这一永恒的、绝对的必然。

空间和地方是情节的要义

就我目前看到的前82章来说，故事发生的地点包括星城明德大学、英国伦敦、内蒙古草原、云南边陲小城。其中，明德大学最为显要，主要的故事都发生在这里，伦敦赋予了故事国际性，人物情节及意义空间得到极大的扩展。草原的意义主要在于地方性，与地方性相关的奇异性亦不可小觑。云南边陲小城对故事的历史性至关重要，它所具有的传奇色彩亦值得高度重视。

星城及明德大学具有不言而喻的中心地位和正统性，英国伦敦的学术访问，使得中心暂时被搁置，明德大学的“当下”让位于关仁安对往事的回顾，钱平章生前喜欢的歌曲《追梦人》激发周品初对目标的追索。相对而言，伦敦是周品初所熟悉、林思末所陌生的，在这里，周品初所具有的优势地位得以充分凸显。在人物的关系格局及心理较量上，女生偶然发病，林思末出于善心送她去医院而耽误了会议，客观上展现了林思末的“弱势”地位。在内蒙古调研，林思末和周品初都是外来者，林思末处于危险的境地却浑然不知，周品初则是有备而来，关键时刻解救了林思末，甚至不惜自己受伤。在云南边陲小城，林思末独自寻找钱毓清犯罪的证据，周品初暗中提供保护。从星城到云南，从明德大学到边陲小城，故事的历史空间得到极大的拓展，主要人物的形象塑造亦获得丰富的展现。

为了叙述的方便，我们有必要区分空间和地方。空间与地方是人们熟知的表示共同经验的词语，通常所说的地点，可以指称空间，亦可以表示地方。按照人文主义地理思想家段义孚的观点，“可以用各种方式定义地方，其中有一种定义是，地方是任何能够吸引我们注意力的稳定的物体”；“地方意味着安全，空间意味着自由”；“空间”和“地方”相互界定，“从地方的安全性和稳定性来看，我们注意到了空间的开放、自由和威胁，反之亦然”，而且，“如果我们认为空间是允许运动的，那么地方就是暂停的。在运动中的每一个暂停都使区位可能被转换为地方”。[①]藉此，空间可以是单位、平台，地方可以是故乡、家园；前者空旷、开阔，后者亲近、私密；前者相对理性，后者更为感性；前者是工作的地点，后者是生活的地点。《星渊》所展现的空间与地方的争执，并非外在的冲突，而是内在的纠葛。空间和地方的区别并非泾渭分明，主要人物之间的冲突正是在于空间与地方的争夺，以及何种空间、谁之地方的争夺。

① 〔美〕段义孚：《空间与地方：经验的视角》，王志标译，中国人民大学出版社2017年版，第133、1、4页。

在空间和地方的较量中，空间占据积极、主动的一方，矛盾、冲突和斗争都是在空间中发生的。空间是相互关系的产物，是各种层级、各种规模的社会关系共存与互动的场所，小到哲学原理教研室，大到明德大学乃至星城，以至于最大的全球层次。空间从来不是静态的，表面的、暂时的风平浪静蕴含着更大的风浪，因为产生空间的社会关系始终处于动态之中。空间中存在着秩序元素，而非只有混乱元素，但这里的秩序更多具有文化政治和权力的色彩，而非故乡和家园的祥和意味。空间一旦变得和谐，那就变成了地方。当然，地方一旦成为冲突的场所，也就具有了空间的意义。

小说伊始，林思末从教室回到教研室，目睹的是周品初作为“新人”的出现，并且是作为“中心人物”和“偶像”的出现。但她最初仅仅把周品初视作偶像，因而不曾意识到他的威胁。林思末内心把明德大学作为自己的学术之“地方”，也就是学术之“家”。她把周品初作为偶像，事实上是企图使得教研室具有真正的“家”的意味。“夫妻双双把家还”，家是“家”，教研室亦是“家”，这是多么美好的想象啊。显然，林思末把教研室这个小小的“空间”曲解为“地方”了，由此招致一系列的挫败和屈辱。周品初从英伦归来，明德大学及哲学基础教研室对他来说，是工作的单位。故事的发展很快表明，这是他战斗的地方，因而，也就具有空间的意义，他所做的一切都是为了匡扶正义。明德大学于周品初而言，是“国”的具象化，由于他和林思末的恋情，“保家卫国”这个成语在此置换为“卫国保家”，明德大学就此具有了地方的意义。周品初最初劝导乃至逼迫林思末离开明德大学，而林思末坚定不移，二人貌似在争夺明德大学这个地方，实则都是在探求正义的空间。相比之下，吴启铭以明德大学为家，是为了保全自己的私利，沈毓清以明德大学为家，是为了掩盖自己的罪恶。关仁安出走他国，田寅复远走异地，则是为了避开沈毓清的旺盛气势，保存实力，以求他日重归明德大学之“家”。

熟悉人民大学的读者很容易把《星渊》中的明德大学“读作”人民大学。明德楼是人民大学师生所熟悉的，“时雨苑”与人民大学教师在世纪城的小区“时雨园”几乎等同，何况“明德的很多老师都住那”。由此，明德大学哲学基础教研室，也就很容易被“读作”人民大学的哲学院的某个教研室。据官网介绍，中国人民大学哲学院——中国的哲学、伦理学和宗教学教学科研重镇，新中国哲学教育的“工作母机”，是目前国内教授最多、规模最大、学科配备最齐全、人才培养体系最完善、具有国际声誉的哲学院系，入选国家“双一流”建设学科，QS世界大学哲学学科排名32位（2020），连续三年大陆高校排名第一。当然，还有别的高校建有明德楼，“明德”作为中国秦汉以来的“大学之道”，为现代中国的每个高校所秉持。就此而言，“明德大学”显现出巨大的教育、学术、思想与人生空间。

对李梅来说，明德大学和云南边陲小城都具有空间和地方的双重意味。明德大学作为她曾经就读的高校，具有生存空间的意义，由于沈毓清的缘故，甚至具有家园的亲近之感。然而，阴差阳错，她被迫到云南边陲小城苟且偷生，这里是沈毓清的家乡。对李梅来说，这是爱恨交加的地方，一方面，基于她对沈毓清的旧情，沈毓清的家乡于她而言具有亲近之感；另一方面，她落脚云南，应当有沈毓清对她予以禁锢的考虑，由此，云南也就成为她的“牢笼”。第74章“自由枷锁（二）”中，林思末对李梅的女儿李念云讲解“人生而自由，却无所不在枷锁之中”，面对李梅不安和躲闪的眼睛，进而补充“人生在枷锁中，却无不向往自由”。补课的动机实在补课之外，虚实相间的叙述具有言语行为的效果。不幸的是，李梅寻求自由之时，边陲小城成为她永久的归宿。

对《星渊》来说，地点的游移，主要人物的空间和地方之争，连带着人物形象的变化。一个人在单位和家里的形象有很大的不同，在单位或家里面对不同对象的时候亦有很多的不同，从星城到英国，到内蒙古，到云南，地点的变化、心境的变化，身份和角色的变化，更是造成人物形象的莫大变化。地点的游移促成人物形象的多重化，场景的描写也就具有了“控场”的作用，以至于读者的眼光常常从人物转移到地点和场景本身。并且，空间和地方是有性别的。“从空间和地方的象征意义和它们所传达的显著性别气息，到通过暴力达成的赤裸裸的排斥，空间和地方本身不但被赋予了性别，而且通过这种方式，它们都反映和影响了性别被建构和理解的方式。”[①]在《星渊》中，“空间”更多地具有男性色彩，“地方”更多地具有“女性”意味，因而，周品初占据上方的情节是在“空间”发生的，林思末处于主导地位的情节是在“地方”发生的，小说中其他的人物也因其性别身份而对于地点具有不同的参与、塑

① 〔英〕多琳·马西：《空间、地方与性别》，毛采凤等译，首都师范大学出版社2018年版，第231—232页。

造与引导。

历史性是故事的生命力

小说开篇，安插了两个楔子。一是20世纪90年代，星城明德大学发生的惨痛一幕，告示与自尽；二是（姑且可以视作21世纪20年代第一个年头）9月9日，来自英国的航班在星城机场降落，周品初回到阔别已久的星城。这两个楔子，造就了小说的两条时间线，一条是正在进行的故事，可以称作“现在进行时”，另一条是过去进行的故事，可以称作“过去进行时”；前者塑造了大多数的情节，后者则为前者提供了理由和动力。

《星渊》的历史性，是故事的历史性。第一章中，林思末率先登场，她开设的《人文主义思潮研究》和《人本主义思潮研究》两门课程，现如今的哲学科班教师应该是很少开设这种课程的。人文主义和人本主义已经成为历史，它承载的是20世纪80年代的思想与社会。林思末从教室（显性地点）转入教研室（隐性地点），带出了周品初。把林思末和周品初联系在一起的，表面上是人文学院院长吴启铭（幕前关联），根子则在于钱平章、沈毓清、关仁安、田寅复（幕后关联）。幕前展现的是学院活动的常规，上课、测评、比赛、讲演、复试、新生会演、聚餐、调研，等等；幕后呈现的则是安控、意识流俱乐部、家国恩怨；幕前展现的是言情戏码，幕后呈现的则是特情曲目。幕前与幕后，关乎“过去”和“历史”。“过去”类似于物自体，“历史”是“过去”的表象，并不断地、多重地建构、解构与重构，因而，“过去”具有不同种类、不同样式的表象。“在人的意识当中，对过去的感受是同对未来的感受联系在一起的。”[1]历史记忆、历史认同和历史担当是联系在一起的，关仁安、田寅复、沈毓清、吴启铭基于各自的历史记忆来行动，林思末和周品初则是基于各自的历史认同来行动。从中国叙事学的角度来看，《星渊》所展现的“过去”和“历史”的关系，也就是“史实性”和“虚构性”的关系，“过去”只有在叙事化和文本化的途径中才能展现自身，历史性和叙事性密不可分。“过去”在本质上是非叙事和非再现性的，只有通过历史的叙事才能有效地接触和把握“过去”。[2]

海登·怀特在阐述历史叙事的结构时，借用了弗莱对《汤姆·琼斯》和《理智与情感》的对比：“弗莱认为，两部小说的标题揭示了它们所要讲述的故事的重点和目的是不同的。它们也引发不同类型的问题。前者让人思考弗莱所说的‘情节问题’，后者让人思考‘主题问题’。前者让人关注情节衔接（到底如何发展成最终的结局），后者令人关注主题阐释（故事的重点是什么）。”[3]《星渊》的标题，则让读者在关注“主题问题”的同时，关注“情节问题”。《星渊》具有明显的戏剧性，阅读《星渊》也就类似于现场观看戏剧表演。《星渊》在读者面前展示出场景不断变化的舞台。舞台上当然都是表演，然而，对观众来说，还是可以、当然也是必要区分出小说中人物的表演

---

① 〔英〕J.H.普勒姆：《过去之死》，林国荣译，华夏出版社2020年版，第1页。

② 〔美〕鲁晓鹏：《从史实性到虚构性：中国叙事诗学》，王玮译，北京大学出版社2012年版，第148页。

③ 〔美〕海登·怀特：《叙事的虚构性：有关历史、文学和理论的论文》，马丽莉等译，南京大学出版社2019年版，第165页。

性。第59章中，林思末奇怪田寅复何以轻易说服了周品初，田寅复说："这有什么难的？反正，大家都是演员，就看谁演得更像，更真喽！"按照戈夫曼的观点，即便生活本身就是事件的戏剧性展现，"并非整个世界都是一个大舞台，但是关键在于，要想具体指出世界在哪些方面不是舞台，却也并非易事"。[①]阅读《星渊》的过程中，注意到人物的表演性，才能获得观众应有的体验，或者是会心的一笑，或者是揪心的担忧。沉浸到人物的表演性之中，读者才能真正身临其境，参与其中，乃至于与剧班共谋。

如果说文学性根本而言就是指形式，《星渊》的历史性也就在于叙述的历史性。伊格尔顿认为："如果人对作品的语言没有一定的敏感度，那么既提不出政治问题，也提不出理论问题。"[②]阅读《星渊》时，应当高度关注小说中气氛、速度、句法、语法、肌理、节奏等一切可归为形式的东西，主角的挺拔、配角的适宜、情节的自然抑或离奇，都是语言的效果使然。叙述者和所叙述的人物、场景、事件之间保持恰当的距离，或者俯首可拾，或者遥遥相望，或者高高在上，或者抬头相望，距离的不同伴随速度的差别。《星渊》作为长篇小说，描述以动态为主，动中有静，静态描写和动态叙述结合得比较自然，如果没有必要的停留、聚焦、放大，一切都将一带而过；如果缺乏行进的速度，那就难以促成画面的及时转换。人物之

① 〔美〕欧文·戈夫曼：《日常生活中的自我呈现》，冯钢译，北京大学出版社2008年版，第58页。

② 〔英〕特里·伊格尔顿：《文学阅读指南》，范浩译，河南大学出版社2015年版，第1页。

间的对话尤其值得分析，故事的延展主要是通过对话来推进的，是对话塑造了人物，促成了广阔的历史空间、情境空间和语义空间。心口如一或口是心非，言行相符或有口无行，直截了当或弦外有音，等等，所有这些体现了人物的正面或反面、简单或复杂。

在《星渊》的叙事中，伏笔、排比和回放值得关注。例如，第7章中，年轻人说“他只说，凡事谨慎，切忌着急”，神秘气氛油然而生。第26章中，林思末听到坐在前排的一个女生小声嘀咕道：“她们宿舍就是神神秘秘的，上学期还老逃课呢。”第64章中，林思末早就打听过了，“她们宿舍这一年都没去过自习室了”。到第82章，“祈愿会”的实景披露，“神神秘秘”和“一年都没去过自习室”的伏笔得到落实。《星渊》中的排比句不算太多，但具有慢镜头的聚焦作用。例如，第11章中，“周品初果然不负众望，他的声音舒和有力，他的姿态稳重得体，他的发言精彩深刻，他的目光深邃不可捉摸”；还是11章，“台下观众一片哗然，紧接着是热烈的掌声与笑声，带着莫名的起哄，带着隐晦的暧昧，带着抓心挠肝的绯闻气息”；第30章中，“这些，是散落在他生命中的偶然性，不可控的偶然性，无法打破的偶然性”。慢镜头或快镜头的回放，实则是心中的回想，例如，第21章中，林思末“脑海里翻涌混乱的记忆”，周品初的“形象如风般变幻”，“他第一次向自己伸出手”，“他每一次对她微笑，有意无意对她关心，陪她走过校园的每一条路，和她一起吃过的每一顿饭，在办公室里的每次说笑，还有放任她喝醉又私自将她带回家里……”这些回放对林思末而言，“终究，还是她自己误会了”。第39章末，周品初从英国归来，坐在小丁的车上，脑海里回放他和林思末的那些过往，“快乐的，忧郁的，鲜明的，暗淡的，都与他无关了”，然而，回放的意义在于恋恋不舍，“可她已经住在他心里面，要他怎么道别”。这两个回放各自具有独特的意味，联系起来更是意味深长。

《星渊》的历史性，是读者参与情节进展的历史性。按照经典叙事理论的观点，叙事是围绕着故事世界里已经发生和完成的事情展开的，词性变化由过去+事实+完成三者构成，当代的文学实践则表明，肯定性事实和否定性事实，反事实和未予实际化的可能性，共同根据叙述者的情况对指涉世界中的事态做出界定。“更为重要的是，叙述者目睹事件的传统叙述方式正在被当代兴起的同步叙述（与未完成的事件序列同步）或预示叙述所取代，居于支配地位的情态往往转移到假设的祈愿式或义务式。”[①]叙述方式的转变与广播、电视、电脑等媒介技术的发展内在相关。《星渊》作为豆瓣阅读长篇拉力赛的参赛作品，读者面对的不是已然完成的整部小说，而是追随不断发布的故事情节，与人物、事件、行动保持“同步”和“共鸣”，极大地增加了投入、卷入或参与故事的深度和力度。读者面对的不是回顾性叙述的那种周全的总体把握，每个读者都可能、可以在叙事中发出自己的声音，拥有自己的言说位置，叙事的历史性也就不再是简单的、单一的，而是始终在发散、不断在拓展的历史性。

---

① 〔美〕戴卫·赫尔曼：《新叙事学》，马海良译，北京大学出版社2002年版，第89页。

余　论

夏至的傍晚，中国人民大学东门对面小街，新七天咖啡馆，二层靠窗的桌子，安迪将打印成册的《星渊》交付于我。16开纸型，沉甸甸的一大厚本，只是业已发布的69章。信手翻阅，"文创产品"的感觉油然而生。安迪读研，就是在中国人民大学哲学院哲学系马克思主义哲学教研室，听过我开设的《马克思主义哲学中国化研究》《历史哲学研究》，抑或还有《文化哲学研究》，之后她在出版社等机构工作三年，又回到马克思主义哲学专业读博，听过我开设的博士生课《马克思主义哲学原著研读》。记得我曾在课堂提问："读博和读研感觉上有什么不同？"还有："五一假期回老家县城的体验和在北京有什么不同？"她具体是怎样作答的，我已没有印象，只是记得她谈笑风生的状态，和读研时有了很大的区别。现如今，她的博士论文已经完成，已经通过教研室组织的预答辩，主题是实用主义价值观研究。《星渊》给我一个很大的、猝不及防的惊讶：那个马克思主义哲学专业的博士？那个写作《实用主义价值观研究》的同学？答案随之而来：是又不是。恰当的说法可能是这样的：马克思主义哲学专业的一名博士，在写作学位论文《实用主义价值观研究》的间隙，写了一部网络小说《星渊》，两部作品在方方面面都相去甚远，但也不乏相辅相成之意。所"辅"所"成"，就是青年马克思主义学人应有的追求，就是当代中国的文化气象。

马克思主义和文艺的关系，实在是太紧密了。马克思主义经典作家在分析人类社会结构的基本形态时，把文学、艺术现象定位于上层建筑中的特殊的意识形态，并以经济基础与上层建筑、社会存在与社会意识的关系框架来规定文学、艺术的本质，对文学、艺术有许多独到的见解。牛津大学日耳曼语文系泰勒讲座教授所著《马克思和世界文学》，阐述了马克思一生各个阶段所发表的有关文学的言论，分析了他如何把自己阅读过的小说、诗歌和剧本的丰富知识运用到自己的著作当中去，也阐明了马克思的文艺和美学观点。在当代世界的文学艺术和意识形态领域，“当代”“马克思主义”“文学”“批评”这四者变动不居的争论，形成了“一个相互吸引、再吸引的力的场”[①]，持续有力地发挥作用。在我国，马克思主义思想运动从一开始就和文艺事业内在相连，早期的马克思主义者往往在文艺创作和评论方面卓有建树，1930年的左翼文学运动作为世界无产阶级文学的有机组成部分，有力地推动了马克思主义文艺的大众化。1942年毛泽东在延安文艺座谈会上的讲话中所提出的文艺为人民群众，首先是为工农兵服务等一系列重要思想确立了党领导文艺工作的根本方针，直到今天仍然具有重要的指导意义。

2014年10月15日，习近平在京主持召开文艺工作座谈会并发表重要讲话。他强调，文艺是时代前进的号角，最能代表一个时代的风貌，最能引领一个时代的风气。实现“两个一百年”奋斗目标、实现中华民族伟大复兴的中国梦，文艺的作用不可替代，文艺工作者大有可为。对中国网络文学的总体认识

① 〔英〕弗朗西斯·马尔赫恩主编：《当代马克思主义文学批评》，刘象愚等译，北京大学出版社2002年版，第2页。

和把握，当基于这样的背景和高度来把握。“中国本身就是一部正在形成而尚未完成的全球‘网络’小说。”依据庄庸等人的阐发，中国“本身就是一部正在成形的小说——一种尚未充分认识自身力量和性质的文本”，进而言之，中国网络文学正是认识“中国这部正在成形的小说”的最佳文本，并且，中国本身其实就是一部正在形成的“网络”小说——网络小说一切核心元素（幻想、主角为王、寻梦、追爱和奋斗），也正是中国故事的核心元素。[①]《星渊》的历史地位当借此予以体认。作为一部网络小说，一部正在写作而尚未完成的网络小说，《星渊》无疑属于中国这部“正在形成而尚未完成”的网络小说的有机组成部分，正在积极有力地参与中国这部伟大的文化文本、思想文本、创世纪文本的历史性构建。借此，对安迪作为中国人民大学哲学院马克思主义哲学专业的博士生写作网络长篇小说，不必奇怪，不能轻视，反倒值得由衷的欣喜与高度的赞赏。

借用“游客凝视”的概念，我们阅读《星渊》宛若游客凝视，旅游在本质上是视觉性经验，为了要生产并维持凝视的对象，每个景点都有一套复杂的“生产过程”，以生产并维持“凝视的对象”[②]。《星渊》就是这样的一个生产过程。林思末、周品初等人物及其出现的每一个场景，对读者来说都具有“景点”的意义，对苛刻的读者来说亦有耐看、耐读的价值。应当说，《星渊》在很大程度上满足了读者的阅读期待，达成了读者

---

① 庄庸、杨丽君主编：《中国网络文学阅读核心书目（第1季）》，中国青年出版社2019年版，第409页。

② 〔英〕约翰·厄里、乔纳斯·拉森：《游客的凝视》，黄宛瑜译，上海人民出版社2020年版，第13页。

的阅读愿望，并且，为网络小说的阅读经验提供了一些让人着迷的人物，令人愉悦的桥段，发人深省的思绪。

（本文登载于《京师文化评论》2022年秋季卷，社会科学文献出版社2022年版）

乡情、传统与遗产：解码《我们这代人》的三重进路

代际意识作为现代意识的一种，强调作为“当前一代”的“我们”承前启后，站在历史的制高点上慷慨激昂，指点江山。在现实的生活中，每一代人的代际意识无一例外都会经历三个阶段：青春时期的意气风发；中年时期的踌躇满志；后中年时期的意犹未尽或余味无穷。文波的小说《我们这代人》（中国言实出版社2022年1月版）着力刻画了19世纪60年代生人的奋斗历程，同时叙述了父辈们的快意恩仇，并且回望了祖辈们的沧桑往事，由此，“我们”这代人的故事与父辈们、祖辈们的故事叠加起来，营造了厚重的历史感。本文拟从乡情、传统和遗产三重进路入手，对《我们这代人》的基本符码予以解读和阐发。

乡　情

小说之为小说，首先在于其虚构性，其次才是艺术性。虚构源于想象，任何想象都有一定的现实基础，现实主义小说是如此，现代主义小说是如此，后现代主义小说也是如此。越是富有虚构性和想象力的小说，越是激发读者的好奇和联想：这是可能的吗？这是哪里的事情，哪些人的事情？或许，正是为了满足读者的好奇心，小说作者的想象力越来越发达；正是为了挑战读者的联想力，小说作品的虚构性越来越离奇。当然，

也有一类作者对读者的好奇心不以为意，有一类小说无意挑战读者的联想力。文波就属于这一类作者,《我们这代人》就属于这一类小说。

小说伊始，“胡春来开着奥迪车，离开原太市向北飞驶”（第1页）, 这是黄昏时分。当晚八点，胡春来在老家平原县找了一个小旅店住下，辗转反侧难以入睡，半夜三点就退了房，向同州市进发。山西老乡或者对山西地理有所了解的读者，很容易寻到原型,“原太”即太原,“平原”即原平,“同州”即大同。小说中的地名在现实的地图上有了着落，读者头脑中的画面感自然活灵活现起来，故事也就成为发生在我们自己或周边人身上的事情，感觉熟悉而亲切，期待也就愈发现实起来。

胡春来经常陪妻子薛桂花去河东,“河东在并西省的南部”（第16页）。运城市古称“河东”, 读者由此获得充分的自信，“并西”即山西。胡春来不大喜欢河东人，觉得他们总是自我感觉良好,“喝个酒也喜欢绕来绕去，以显示自己的学识”，相反，他喜欢同州人“大口喝酒大口吃肉的直来直去”（第16页）。河东人称同州人为“北路人”, 同州人叫并西省南部的人为“南县人”, 河东人属于此列。胡春来不大喜欢河东人，但对自己和关公是老乡津津乐道，他从小就崇拜关公，在外地出差时每每对不了解关公家世的人不厌其烦地解释:“关公，山西运城解州人，世界上最大、烟火最盛的关帝庙就位于运城解州。”（第26页）初到同州的胡春来从夏县订了一尊关公铜像，送给裴七龙以联络感情，并且，特意拎了一箱闻喜煮饼。“运城解州”和“闻喜”的出现，使得小说具有了写实的意味。胡春来初次拜访裴七龙，带了关公铜像和闻喜煮饼，就是“想唤起七龙的这份感觉，拉近彼此的距离”（第27页），于读者而言，这唤起了山西老乡特别是晋南老乡的浓浓乡情。

当代的读者反映批评理论注重考察作家对其作品的读者所持的态度和要求，探究不同文学文本所意指的不同读者类型，发掘现实读者在确定文学意义上所起的作用，研究阅读习惯和文本阐述之间的关系，从而确定读者在“作者—作品—读者”关系网络中的地位。作为业余作家，文波写作《我们这代人》，对“虚构读者”和“理想读者”之类的专业批评术语可能不甚了了，但小说一经出版、投放到市场上，他对“意向读者”应当会予以反思，对“现实读者”应当会有所判断，对“内行读者”不能不有所期待。

基于专业批评和市场营销的角度，需要考虑《我们这代人》的“虚构读者”和“理想读者”。“虚构读者”概念旨在为现实读者提供“标准读者”的楷模，使其依据文本的内在要求而自我调整。“理想读者”概念是由作者或批评家根据文学作品的预期效果得以实现而设想出来的读者类型，用尧斯的话来说就是：“理想读者不仅具备我们今天可及的一切有关文学史的知识，还能够有意识地记录全部审美现象，并反过来印证文本的效果和结构。”[①]阅读《我们这代人》时，作为外在的读者的我们不能不猜想文本内在的读者亦即“虚构读者”，这个读者随着文波写作的过程而不断成长，随着写作的完成而将自己凝固在作品之中。也就是在“虚构读者”定型之时，“理想读者”脱颖

① 王先霈、王又平主编：《文学批评术语词典》，上海文艺出版社1999年版，第481页。

而出，并处于不断地生成和再生之中。

“意向读者”概念反映的是作者对读者的期待，文波写作《我们这代人》，毫无疑问，“意向读者”首先指向19世纪60年代的人，文波作为“我们这代人”中的一员讲述“我们这代人”的故事，有望推动“我们这代人”的内部对话。这样的一种内部对话，并不排斥年长的一代或年轻的一代，相反，期待乃至渴望他们的倾听，就此而言，《我们这代人》的“意向读者”居于跨代际的指向。进而言之，《我们这代人》反映的主要是生活在并西也就是山西，且具有厂矿和机关经验的人们的故事，“山西”“厂矿”“机关”“社会”也就成为吸引“现实读者”的四个要素。“现实读者”概念旨在根据实际阅读作品并做出反应的读者，揭示他们各自的社会规范和趣味，就《我们这代人》而言，“山西”“厂矿”“机关”“社会”四个要素中的任意一个，或任意两个、三个的组合，或四个要素同时具备，生成“现实读者”的不同类型。至于“内行读者”，通常指的是有文学能力的读者，他们有能力将文本鞭辟入里、融会贯通，就《我们这代人》的“内行读者”而言，除了文学专业特别是小说批评行当的人士外，还应当包括对山西的历史、地理、社会、民俗有所了解乃至无所不晓的人士，对厂矿企业特别是大型国有企业、对政府机关特别是省级机关的情况轻车熟道的人士。

“意向读者”“现实读者”“内行读者”中，“山西”不可或缺乃至鳌头独占，这就提示我们，在考察《我们这代人》的读者情况时，缘于山西的乡情是至关重要的要素。作家、批评家刘醒龙为《我们这代人》作序开门见山：“《我们这代人》看似情节简单，继承‘山药蛋派’‘讲故事’的传统，其实是有一定阅读难度和‘陷阱’的。”（第1页）《我们这代人》在何种意义、何种程度上继承了“山药蛋派”“讲故事”的传统，有待深入细致地分析，不过，源于山西的乡情的确是它的一大基础，应当作为我们解读《我们这代人》的首要符码。

乡情是具体的，是和具体的人物、地点联系在一起的。阅读《我们这代人》，胡春来的江湖义气，罗跃强的乡土情结，李春梅的质朴纯真，卫蕊花的脱胎换骨，矬三的憨厚老实，七龙的复杂面相，还有诸多人物的性格特点，都具体而实在地呈现出乡情，并在乡情的氛围中得以成型。胡春来是平原人，罗跃强是河东人，两人在对方的身上看到自己的另一面——或者是自己缺乏且冀求的，或者是自己欣赏却又疏离的。“罗跃强自1986年从安西市调回原太市，胡春来对他一直特别关照。”（第38页）。用“调回”而非“调入”或“调到”，表达的就是对于并西省的乡土之情。

乡情是广泛的。《我们这代人》大体上可以分为上、下两部分。一到十八章为上半部，胡春来是显而易见的主角；十九到四十二为下半部，罗跃强是当之无愧的主角。上半部的故事发生在并西省，下半部的故事从安西市开始，中经乌鲁木齐，其后以原太市为主要场景。“安西”即西安。太原、西安、乌鲁木齐、苏州，都属于《我们这代人》的“乡情”之列，如果说有什么区别，就是太原、西安、乌鲁木齐、苏州构成不断扩大的同心圆。乌鲁木齐的场景非常有限，却相当重要，罗跃强和马英莲的情感故事是在安西到乌鲁木齐的出差途中开始的，并且，在乌鲁木齐一挥而就。如果没有这趟出差，罗跃强不会邂逅马英莲，和李春梅的恋爱应当会直接走向婚姻，不会出现情感上的一波三折。就此而言，乌鲁木齐之旅意味着远乡之旅。此外，苏州对马英莲的母亲奚梦雅至关重要，她回到苏州“就像一个复活的少女”（第35页）。《我们这代人》中，有对家乡的长年累月的坚守，更有“远乡”与“还乡”的相辅相成，这些共同造就了“乡情”的质地与果核。

传　统

《我们这代人》第一章就写道，胡春来老家平原县是有名的“中国摔跤之乡”。当地俗称摔跤为“挠羊”或“跌对”，“挠”即“扛”，“挠羊”即“扛起羊”，意味着“胜利与强大”，是一种“宣告、展示与炫耀”（第1页）。对“挠羊”的介绍，实则是对胡春来性格的揭示。小说把平原人的摔跤史追溯到宋朝，特别是在南宋的时候，身为岳飞部下的一名平原老兵返回故里，把军中所学的“角”（近似于摔跤）传授给乡邻，使得这项运动得以“广泛开展，世代相传，终成习俗”（第2页）。

胡春来是名门之后，他的祖先呼延赞是并州太原人，北宋名将，后周淄州马步军都指挥使呼延琮之子。元朝时，蒙古人将他们这支改姓为胡。“胡春来父亲从小就经常给他讲这段家族史。”（第2页）胡春来的父亲胡一德是平原有名的摔跤教练，胡春来三四岁时就跟着父亲学习摔跤，后来又跟着父亲请来的保定师傅学会了保定摔跤的二十四式。十四岁时，胡春来参加并西省少年摔跤比赛，勇夺桂冠。《我们这代人》第一章对胡春来所从属的地方传统、家世传统的介绍，使得胡春来的个人形象意味深长。事实上，胡春来、罗跃强及其他诸多人物都背负着各自的历史，由此，“我们这代人”也就不仅仅是一代人，而是承载着悠久的历史，作为历史的传人而演绎当下的故事。

第二章中，胡春来所住的小旅馆旁有一家刀削面馆。“并西省是面食的故乡”，海内外早有“世界面食在中国，中国面食在并西”的说法，并西的刀削面又属同州市“最有名气”（第8页）。“铁皮切面”的典故由来已久，并且，大酒店里的刀削面不如刀削面小馆的筋道。第三章显示，胡春来对饮食比较挑剔，卫蕊花最初打动胡春来的，除了朴实自然的美丽，就是她做的饭菜——凉粉、羊肉、土豆粉羊杂割、胡麻油炒鸡蛋还有主食黄糕——都具有同州地方特色。第十六章中，薛桂花做了几道正宗的河东菜，“蜜汁葫芦”“糖醋茄盒”“肚丝汤”“麻椒菜”，每道菜都显现出“南县人”的“细曲”（第100页）。

同州民间有句谚语：“三十里莜面四十里糕，十里的荞面饿断腰。”谚语蕴含着历史故事，也蕴含着人生哲理。同州还有一句谚语：“砍柴要刀，吃饭要糕。”从古至今，黄糕在同州人的餐桌上始终扮演着主角。“卫蕊花做的饭菜，咸淡相宜，剩菜剩饭也能添加混搭，不浪费还有新鲜感，胡春来很喜欢吃。”（第17页）“食色，性也”，果不其然。告子是一位年轻的哲学家，他对孟子的“人性善”观点很不满意，就找上门与孟子辩论，说了句“食色，性也”。按照通常的理解，意思是食欲和性欲都是人的本性。还有一种理解，“食”是动名词，表喜爱之意，“色”为态度、美好之意，“食色，性也”即喜爱美好东西是人的本性。

作为地方传统的摔跤，作为生活习俗的刀削面，富有文化底蕴的谚语，所有这些构成了传统叙事。所谓传统，离不开社会关系的传承，两性关系是一切社会关系中基本的关系，由此，两性关系的模式传承构成了传统的重要内容。《我们这代人》中，胡春来一出生，母亲就送了性命；十四岁时，父亲又遇车祸去世。少年当自强的胡春来，在岳父面前毫不示弱，薛桂花主动追求的胡春来，但并不能约束胡春来，事实上，正是胡春来的男子汉气魄强烈地吸引着她。胡春来的形象比罗跃强的形象有利得多，胡春来周围人的形象则比罗跃强周围人的形象要弱不少。罗跃强一直有父母的关爱。这种关爱的根本意义，在于传统的有效传承，这离不开家庭的作用。罗跃强很早就认识到，“父亲能从人性的角度理解别人”（第50页），思考问题总是从多方面考虑，懂得“位置越重要，承担的责任越大”，他希望儿子“平平安安、平平淡淡就好”。（第51页）“妻贤夫祸少，好妻胜良药。”罗跃强能在权力面前始终保持清醒，面对巨大的诱惑也能平淡处之，“全靠背后的贤妻李春梅”（第52页）。并且，“李春梅总能给罗跃强一种力量，他知道，即使他在事业上碰得头破血流，梅子都是他坚强的后盾”（第59页）。

《我们这代人》中的爱情婚姻宛如越罗蜀锦，各有所长。胡春来在并西大学历史系读书时，就读于专科班的薛桂花被胡春来赛场上的飒爽英姿所吸引，主动发起攻势。由是之故，在胡春来和薛桂花的婚姻关系中，薛桂花事实上处于弱势的一方。而在罗跃强的第一段婚姻中，马英莲主动追求罗跃强，并始终处于强势地位。显然，主动追求并不意味着将自己置于下方。裴七龙和梁美娟相濡以沫、忠贞不渝的爱情婚姻，令人潸然泪下；卫蕊花和裴三龙的婚姻不乏戏剧性，令人啼笑皆非。当然，占篇幅最大的，是罗跃强的爱情与婚姻故事。小说中，胡春来的故事以事业为主，罗跃强的故事则把情感作为贯穿始终的轴线，胡春来的故事是社会与市场的故事，罗跃强的故事则是家庭与婚姻的故事。在讲述罗跃强的故事时，连带引出了其他的爱情婚姻故事，包括：李春梅的父母的故事，马英莲父母的故事，马英莲的姨妈姨父的故事，马英莲的表姐王青亚和李奎义的故事，等等。“一段婚姻的缔结是由多种因素促成的，在特定的大时代和大环境面前，个体的力量是非常渺小的，更是微不足道的”（第159页），罗跃强的这种认识，大体上适用于《我们这代人》中的所有婚姻。

《我们这代人》的下半部，是从罗跃强离开家乡到安西上班开始的，之后他回了四次老家。第一次是带马英莲回老家，马英莲大衣肩膀上有烟头烧过的痕迹，罗跃强以为是自己的烟灰所致，一直心神不宁，其实是马英莲先前出差时，不知什么时候让人给烫的。她跟罗跃强回家，担心路上比较脏，特意穿了这件大衣。她在罗跃强的村子里不大自在，觉得自己像动物园的猴子一样被人打量。罗跃强第二次回老家，是一个人回去的。第三次回老家时，跟马英莲已经离婚，是李奎义和马青亚陪他回去的。马青亚说：“选择什么样的伴侣，往往就会拥有什么样的婚姻，而长久的婚姻，从来不单单是两个人的相濡以沫，更多的是两个家庭的勠力同心。马英莲和罗跃强完全不是一个世界的人，他们开始的吸引只是冲动，而真的走到一起才发现彼此格格不入。这次来河东这种感觉更加强烈。”（第254页）马青亚的观点属于老生常谈，重要的在于，她在河东更为强烈地意识到这一点。罗跃强第四次回老家，是带着李春梅一起回来的。“罗跃强母亲准备烙饼，李春梅熟练地把火点着拉起了风箱，罗跃强拿个小板凳坐在李春梅的旁边，心中划过从未有过的踏实”，因为他看出了“母亲对李春梅非常满意，眼睛里流露出的那份慈祥好舒坦”（第267页）。当晚，罗跃强到南房睡了，“他好久没有睡得这么香”，第二天睁开眼时，天已经大亮，“听见母亲和李春梅在院子里开心地聊着”，他蓦然感觉“这个世界是如此的美好”（第268页）。

可以说，返乡之旅构成了《我们这代人》下半部的一条主线。离家远行是为了回归，回归又是为了更好的远行。泛泛而谈，返乡之旅就是传统的“温故而知新”。《我们这代人》中，传统具有地域性，也具有多元性。“同州市是农耕文化和游牧文化的交汇处，曾是民族混居之地，汉、鲜卑、匈奴、契丹、女真、蒙古都曾在这里厮杀、混居在一起。或许，正是这样一段历史才造就了同州市文化的多元，才造就了同州人的包容，才造就了同州人的美丽、豪爽、大气。”（第15—16页）同州文化具有多元性，南县人也并非铁板一块。“同州市人叫并西省南部的人为南县人。同州市大街小巷很多南县人打饼子，其实这些人也不是一个地方的，他们口音各异，但在同州人听起来是一个样。”（第25页）对传统的守护并不意味着排他，薛桂花和女儿莎莎到同州看望胡春来时，参观了云冈石窟、应县木塔、浑源悬空寺，亲眼看见这些世界级的建筑文物，不能不“对雁北人多了几分敬重”（第100页）。

《我们这代人》中的传统叙事，既有历史文化传统、地方文化传统也有革命历史传统和新中国建设的成就经验。小说中出现的“陈家庄”是具有光荣传统的革命老区，在抗日战争和解放战争时期，我党在陈家庄建立了太岳三分区的地委、政府及稷麓县委、县政府各个机关，有河东“西柏坡”之誉。2009

年12月，被中共山西省委、省政府命名为“山西省爱国主义教育示范基地”；2013年6月，被中共山西省委党史办命名为“山西省党史教育基地”。2015年，被定为省级美丽宜居试点村；2016年，“太岳三地委旧址”被列为山西省第五批重点文物保护单位。在历史的传说中，西汉末年刘秀逃难途中为农妇陈氏所救，登基做皇帝后感念救命之恩，敕封陈氏为一品诰命夫人，所居乡民免除五年赋役，乡人为此将村名改为“陈家庄”。陈家庄将历史文化传统、地方文化传统和革命历史传统有机地贯穿、连接在一起，“206”厂和“303”厂的故事则属于新中国及改革开放事业的样板。此外需要强调的是，《我们这代人》中，城市基于农村的背景而存在，机关基于厂矿的背景而显现，这或许表明了农村和厂矿更能称得上传统的根基。

遗　产

乡土的意义在于传统，传统的价值取决于我们对传统的利用，这就导出了“遗产”概念。遗产是一个非常宽泛的术语，从建筑、古迹、纪念碑等实体，到歌曲、节日、语言等非物质性事物，皆可冠以遗产之名。根本而言，遗产关乎的不是过去，而是现在和未来。英国学者罗德尼·哈里森指出：“遗产不是消极的过程，不单是保存古物这么简单，相反，它主动地将一系列物品、场所与实践集合起来，我们的选择犹如一面镜子，映照着我们当代所持并希冀能带向未来的某种价值体系。”[①]

---

① 〔英〕罗德尼·哈里森：《文化和自然遗产：批判性思路》，范佳翎等译，上海古籍出版社2021年版，第4—5页。

前面讲过，《我们这代人》可以分为两篇，第一到十八章构成“上篇”，第十九到四十二章构成“下篇”，前者以“现在进行时”为主，后者以“过去完成时”为主。叙述结构上的这种安排，使得下篇已然具有追溯、增补和反思的意味，上篇徐徐展开的情节为下篇确立了基本的立场和站位。现代意识包含三重追问——我们从哪里来、我们现在置身何处、我们将要往哪里去，上篇主要讲述的是胡春来的当下和前行，下篇着重讲述的是罗跃强的过往。就此而言，《我们这代人》隐含了一个重要的思想旨趣：应当怎样面对遗产？遗产的意义究竟何在？

胡春来初到同州，为了跟当地的裴七龙结交，特地从夏县订制关公铜像。不料，起初送来的是一尊古代女性的铜像，整体上是唐式之风，他猜测是文成公主。“杨贵妃在历史长河的扮演中并未以正面形象显现，所以为杨贵妃制作的可能性不大；武则天大权在握时已是中年，即便是制作铜像也是中老年居多。”（第22页）胡春来大学是学历史的，典故信手拈来，这合乎他的角色安排。这样的角色安排值得深究。司马迁《史记》有言：“亦欲以究天人之际，通古今之变，成一家之言。”北京大学历史学教授罗新认为：“历史学家归根结底不是传承什么文化，也不是要把某种古代的东西保存下来。他的使命本质上是质疑现有的历史论述，去反抗、去抵制种种主流的历史理解。”[①]当代英国历史学家表示：“事实上，历史赋予我们两种形式的权力：一方面，通过将人们牢固‘捆绑’在对过去的

① 罗新：《有所不为的反叛者：批判、怀疑与想象力》，上海三联书店2019年版，第7页。

同一性叙述之中，历史可以被用来加强群体认同感（对国家或是对社群）；另一方面，通过充实那些有作为的公众的思想资源，历史赋予他们权力。”①《我们这代人》中，胡春来之为历史学专业的毕业生，意味着小说同时在发挥这方面的作用；一方面，它是关于历史的，人们都是在历史的逻辑上翩翩起舞；另一方面，翩翩起舞的人们羽扇纶巾，将历史的逻辑予以延展和偏移。

关公铜像于《我们这代人》而言，具有辐射性的意义。关羽在世时，魏、季汉、吴三国上流社会从道德信条、人格特征、勇烈风范等方面给予高度赞誉。历代朝廷对关公多有褒封，清朝雍正时期尊其为“武圣”，与“文圣”孔子地位等同。经过1800年传承和发展，关公形象已经从历史人物逐渐升华为人们心中的道德楷模，成为中华民族的重要“精神道德榜样”，关公文化应运而生，其所蕴含的忠、勇、仁、义，智、信、礼、廉，无一不是中华优秀传统文化的结晶。胡春来将关公铜像赠予裴七龙，有和七龙结义之意，也有推崇七龙急公好义之意。七龙的正屋东墙上有“贻谋燕翼，勿忘祖恩”八个大字，这是他的祖父所赐，是裴氏祖训第一章节的最后一句。七龙也是读过大学的人，由于侠义之举而被退学。侠义之举值得肯定，遗憾的是，他终究是违背了祖训，也没能全面地贯彻关公“忠勇仁义智信礼廉”的精神。胡春来又何尝不是如此呢？

按照关公文化研究专家胡小伟的观点，在有关关羽的“造

① 〔英〕约翰·托什：《历史学的使命》，刘江译，上海人民出版社2021年版，第2页。

神”过程中，文学诸样式，包括传说、笔记、神话、戏曲、小说等，与民俗、宗教、伦理、哲学、制度一起相互作用，有着不可磨灭的功绩，“关羽是与中国古代小说、戏剧这些文学样式共相始终的一个形象”。①《我们这代人》讲述了诸多的友谊故事，堪称关公文化的当代延续。概括起来，小说中的友谊分为四类：一是战争年代的生死之交，如马英莲的父亲马占武和秦剑波，抗美援朝时，秦剑波救过马占武的命。二是特殊年代的患难之交，如罗跃强的父亲罗宝学和当过国民党军医的钟云宁，罗宝学时常带些吃的给钟医生，钟医生则使得罗跃强安全地出生。三是同窗岁月的金石之交，如罗跃强和李奎义，二人是大学系友，原本一个分配在303厂，一个分配在206厂，由于马英莲的缘故，罗跃强调到206厂工作，跟李奎义成为同事。罗跃强把李奎义介绍给马英莲的表姐王青亚，二人也就成为姻亲。四是忘年之交，如马进和罗跃强，马进由最初对罗跃强的欣赏到信任，“现在又多了点连自己也说不清楚的感觉，他的眼睛发湿，紧紧地握住了罗跃强的手”（第70页）。此外，胡春来和卫蕊花一夜贪欢之后，转瞬“用最无邪的心”欣赏她来自“天然的纯净”（第86页），从而转换为友谊和亲情。胡春来和罗跃强更是莫逆之交，也是君子之交，赤诚相见，肝胆相照。

《我们这代人》的人物中，女性不可或缺，并且，个性鲜明通过女性之间的比较得以彰显。比如，罗跃强两任妻子的比较，罗跃强妻子和胡春来妻子的比较，罗跃强的岳母与其姐姐的比较。还有，卫蕊花和陈美馨的比较，这两个人因为胡春来

---

① 胡小伟：《关公崇拜溯源》，北岳文艺出版社2022年版，第6页。

而有了关联，因为相互倚重而成为姐妹。胡春来是公司董事长兼总经理，陈美馨是公司副总，主要负责公司房地产业务流程及规划，卫蕊花是办公室主任兼营销部主任。由于胡春来，卫蕊花“要向过去告别，开始一种全新的生活”（第80页）。由于陈美馨，卫蕊花变得现代和时尚起来。卫蕊花家里有很多老物件，“一个老物件代表一段回忆，能够打捞出年深日久的陈年往事”，老物件汇集而成的“就是一个时代的记忆”（第97页）。“裴张村”这个村名，或可理解为裴氏家族从河东向北方的延展，裴张村的拆迁则表征着老村落的革故鼎新。在参与薛张村拆迁的过程中，卫蕊花依据北方农村的实际情况提出建议，后来，自己也开公司当了老板。

卫蕊花意味着年轻女性的成长，奚梦雅则标志着年长女性的变化。马占武身上有老革命的无私和大局观，对待妻子奚梦雅则比较霸道，马占武突发心脏病去世后，奚梦雅跟着苏市来的哥哥弟弟回了苏市。回到苏市的奚梦雅“就像一个复活的少女，变得开朗阳光”（第237页），和“反右”时落难的恋人邱炳光重逢后结为夫妻。这使得作为女儿的马英莲大为光火，罗跃强最初也是大吃一惊，“但转而一想，这个世界上一切的事情在别人眼里是那样的不可思议，而在当事人身上却是合情合理的必然”（第242）。和卫蕊花、奚梦雅不同，李春梅和王青亚代表了始终如一的坚守。李春梅做事得体，积极上进，虽然父亲是一厂之长，她身上却没有半点的“骄奢之气”（第134页），“李春梅的家人，相互间的关心是由衷的，互相之间说话是温和的”，让罗跃强感觉“很温暖很踏实”（第195页）。罗跃强有负于李春梅，她却怎么也恨不起来，终究和他重续前缘，结成恩爱夫妻，甘心夫唱妇随。王青亚和表妹马英莲长得有几分像，但比马英莲温顺得多，心如明镜、善解人意，在罗跃强和马英莲离婚后，跟李奎义一起陪罗跃强回老家，对其父母解释事情原委。通观《我们这代人》的叙述，胡春来和罗跃强的视角最为主要，王青亚、李春梅乃至卫蕊花的视角不分轩轾，这无疑表明了对中国传统女性品德的褒奖。

《我们这代人》中，多次出现梦境的描写。去往乌鲁木齐的列车上，罗跃强和马英莲同处一个卧铺车厢，一见钟情、心动不已，当晚“居然梦到了马英莲”，早晨醒来，担心自己说什么梦话让她听见，心中忐忑不安（第144页）。和马英莲互诉衷肠后，则梦到李春梅的父亲“横眉冷目”，李春梅站在一旁“哭个不停”，脾气和善的李春梅母亲也“指着罗跃强的鼻子”（第163页）。罗跃强和马英莲结婚后，并没有真正放下李春梅，几次说梦话都提到她的名字，这是马英莲最不能容忍的，也是导致二人离异的根本原因。此外，胡春来对自己父亲的梦，对自己未曾谋面的母亲的梦，都具有象征性的意义。依据弗洛伊德的观点，“梦的工作对思想进行加工，是梦唯一的本质特征。也许在实践中我们可以忽视它，但理论探讨绝对绕不过这一点”。[①]梦是一种重要的心理现象，对《我们这代人》中的“梦”进行分析，无疑有助于我们更为深刻地认识和把握人物心理。

《我们这代人》中，裴七龙对胡春来讲述自己的家世，卫

① 〔奥〕西格蒙德·弗洛伊德：《精神分析引论》，徐胤译，浙江文艺出版社2016年版，第177页。

蕊花对胡春来讲述自己的家事，马英莲对罗跃强讲述自己的家事，王青亚对罗跃强讲述自己的家世，等等，所有这些叙述都具有创造性的意义。自我是我们讲述的产物，我们讲述故事不仅是为了和他人交流，也是为了和自己交流，就此而言，叙事具有返璞归真的效用。生命故事基于客观事实，反映的是个体所处生活的价值观念和规范，每个人的生命故事都是独一无二的，两代人的生命故事也是各有千秋。生命故事的功能是“为自我提供自我认同”，同时也有助于“改善情绪”及心理健康的“整体维护”。[①]《我们这代人》作为文学叙事，像俄罗斯套娃一样，包含了诸多的叙事形式和内容，所有这些叙事都在自觉地介入过去，积极而富有创造性地创造未来的自我和社会，从而在客观上发挥了遗产保护和利用的价值。根本而言，遗产是一种“参与过程”，一种“交流行为”，一种“为当前与未来制造意义的行为”。[②]

余　论

2011年，我主编的《六十年代生人：选择抑或为哲学选择》由黑龙江大学出版社出版，具有三个方面的旨趣：为六十年代生人提供“自我反思、总结及整体展现的平台”；向五十年代生人以及更年长的前辈们，汇报“六十年代生人的努力和风格”；对“70后”予以必要的示范，使得他们更为明确马克思

---

① 〔加〕安格斯、〔挪威〕麦克劳德：《叙事与心理治疗手册》。吴继霞译，北京师范大学出版社2020年版，第196页。

② 〔澳〕简·史密斯：《遗产利用》，苏小燕、张朝枝译，科学出版社2021年版，第i页。

主义哲学研究已经达到的层面，由此更为顺畅地做进一步的发挥。[①]文波2022年出版的《我们这代人》，则是以小说的形式，对六十年代生人予以描述和刻画。于我而言，这部小说具有三方面的意义：首先，我属于小说所言的“我们这代人”。其次，故事所发生的场景主要是在西安、太原，及运城和大同。运城是我的老家所在地，大同是我大学毕业后工作过三年的地方。再次，主人公所在的工厂属于军工企业，我大学毕业后曾在大同的一家军工企业子弟中学任教。对于个体的意义无疑是有限的，对于“我们这代人”的意义总归也是有限的，《我们这代人》的真正意义在于传递乡情、激发传统，并提示这样一个严肃的问题：现时代应当如何继承遗产？应当继承怎样的遗产？

文波速递《我们这代人》一书的同时，把稿本一并寄了过来。稿本和成书的区别，首先在于章节上，稿本有49章之多，成书则只有42章，字数压缩了五六万，情节自然有所删减，比如，钟云宁的孙子回乡探访，陈美馨的情感纠葛，等等。经由这些删减，小说显得更加凝练，然而，乡情的戏码打了不少的折扣，特别是钟云宁的孙子从台湾返乡将乡情发挥到极致，成书对这一情节的删除无疑令人遗憾。陈美馨的情感纠葛，陈美馨和卫蕊花的倾心交谈，具有女性成长与互助的重要意义，成书中删除了这些，也就使得意义向度受到很大的削减。稿本和成书更大的区别在于胡春来和罗跃强的出场顺序，稿本中，前半部分以罗跃强为主，后半部分以胡春来为主，成书则颠倒了

① 张立波主编：《六十年代生人：选择抑或为哲学选择》，黑龙江大学出版社2011年版，第1页。

这种顺序。这就使得“正邪”结构变为“邪正”结构，恰好预示了“邪不压正”。刘醒龙为《我们这代人》作序，题为“向正直平常的人生致敬”，应当是注意到了这种结构。就故事的力度而言，“邪恶”终究比“正直”要有力得多，小说的后半部分之所以能压住前半部分，从表面上看，是因为后半部分在章节和字数上压倒了前半部分，实质上是后半部分所呈现的传统意涵发挥了重要作用。由此，促成了“扶正祛邪”的文本效果。

《我们这代人》正在由小说向电视连续剧转化。从文波提供的编剧创意来看，小说着重于刻画大时代中的两个从社会基层崛起的人物，剧本则通过对代表性人物的刻画，展现时代的风云变迁，这样就具有了宏阔澎湃的史诗性，超出了刘醒龙所说“山药蛋派”讲故事的套路。目前拟定的主演人选（暂且保密）符合小说中的人物形象，应当能够很好地演绎角色。电视剧叙事和小说叙事，有很大的不同。看电视剧，看的是画面营造的剧情；看小说，看的是文字（在读者头脑中转换后）呈现的故事，然而，无论是看电视剧还是看小说，都是参与、创造、巩固自我的过程，是民族文化认同和面向未来的过程。相信《我们这代人》能够很好地发挥桥梁维护的意义，并且，呈现意义建构的辩证法，由此，《我们这代人》将远远超出“我们这代人”，在历史文化的传承中拥有不可或缺的一席之地。

（本文2022年6月完成，登载于《黄河》2024年第4期。发表时有删改）

第六辑　思想阐扬

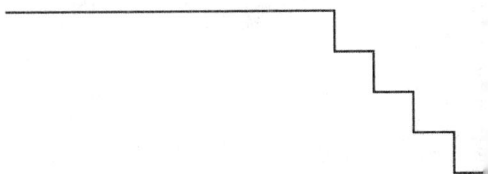

从“原理”到“导论”：哲学基本观念的变迁

改革开放以来中国哲学界特别是马克思主义哲学研究领域发生了一系列的变革，归结起来，主要包括三个方面的内容：首先，对基本概念、命题和理论做出重新阐释；其次，对哲学原理教科书体系进行反思和重构；再次，就是从“原理”走向“导论”。这三个方面依次递进，层层深入，对此，学术界已经有各种各样的分析与阐述。本文希望通过对三本《哲学导论》的对比，展现从“原理”到“导论”的转换过程中，在基本观念上究竟发生了哪些变迁，这些变迁又具有什么样的积极意义。

所谓“原理”，顾名思义，就是本原性、源出性的道理、真理和哲理。通常所说的基本观点、立场和方法，都属于“原理”的有机组成。毫无疑问，哲学作为一种精神自觉，乃是对本原或源出性存在的追问，这种追问无休无止，只有把它落实在某一种理论上，才会出现“原理”。“原理”一旦形成，追问就成为多余，成为庸人自扰，我们只需在“原理”的平台上理论联系实际，就足以解决所有的问题了。质言之，“原理”是和哲学的本性相抵触的。它固化了思想的“原版”和“底板”，教条主义和本本主义也就相依而生。从“原理”转向“导论”，意味着马克思主义哲学再度释放出创造性的能量，现代西方哲学的其他流派也参与到我们面向现实和未来的思想创造中来，中国传统的精神智慧更是获得积极挖掘和创造性的转化。

“哲学原理”存在很多问题，“导论”却也面临着诸多的质疑，首当其冲就是阿多诺强调过的，名副其实的哲学是无法介绍的。他的理由是，哲学中的命题和结论固然重要，其中凝结的思考更为关键，前者作为信息可以从一处传递到另一处，由某个人教授给其他人，后者则需要追随作者，重新历经思考的整个过程。[①]如此说来，“导论”面临的困难丝毫不亚于“原理”。“原理”也好，“导论”也罢，都难免遭遇过度自信的诘问。如果说“原理”的问题在于轻巧地把某种哲学乃至某种哲学的某种阐释视作唯一的本原式的真理，从而导致教条、偏执与僵化，“导论”的困难则在于引导绝非轻而易举的事情。和“原理”径直把读者引向最基本、根本的道理、真理相比，“导论”固然谦逊了许多，却也担当起“路标”的角色。“路标”的作用绝非小可。“原理”是“不知其不可为而为之”，导论是“知其不可为而为之”。认识到这一点，我们对“导论”会抱有充分的赞赏，同时又不能不始终有所保留。“路标”终将被行人置于身后，这是它的遗憾，也是它的幸运。作为历史性产物的“导论”终究是临时性、暂时性的思想存在物。这样说，正是给予它崇高的位置。

从根本上看，这种崇高的位置源于20世纪90年代之后的思想语境。对于这个语境，可以有这样那样的命名，但无论怎样

①参见〔德〕维尔默：《论现代和后现代的辩证法——遵循阿多诺的理性批判》，钦文译，商务印书馆2003年版，第149—150页。

命名，对启蒙的反思都是题中应有之义。[①]这里的启蒙，既是指20世纪80年代的新启蒙运动，也是指“五四”新文化运动以来时断时续的启蒙思潮，进而指向17世纪到18世纪的百余年间，以法国为中心展开的启蒙运动。传统与现代、主体与客体的二元对立，理性的分化以及工具理性的盛行，对发展规律的迷信以及本质主义的理解，等等，都是启蒙的思想内核。对启蒙的反思涉及三个方面的议题：启蒙是否属于历史的必然产物？启蒙的理论预设和价值前提是否无懈可击？启蒙的现实效应是否合乎起初目的？所有议题的思考，都再度汇聚到这样一个主题：中国向何处去？中国的现代化向何处去？关于激进与保守的论争，“人文精神”的论争，后现代与后殖民文化的论争，市民社会的论争，等等，都是对于这样一个主题的探索。而所有这些探索，都作为最基本的要素，嵌入“导论”写作的背景之中。在各种“导论”中即使看不到相应的显性文字，也必须考虑到这些因素的存在，只有这样，我们才能对“导论”的意图有更为充分的体认，对“导论”的历史定位有更为明确的把握。如果说“原理”到“导论”意味着一种过渡，那就是从对启蒙的执迷渡往反思的彼岸；如果说从“原理”到“导论”意味着一种转向，那就是“后启蒙”时代正在到来。这样一个背景是我们定位“导论”时应当考虑到的，从“原理”向

---

① 关于海外华人学者的近期思考，可以参见杜维明和黄万盛的对话《启蒙的反思》，载哈佛燕京学社主编：《启蒙的反思》，江苏教育出版社2005年版。关于国内学者的讨论概貌，可以参见许纪霖等：《启蒙的自我瓦解：20世纪90年代以来中国思想文化界重大论争研究》，吉林出版集团有限责任公司2007年版。

“导论”的转变是否彻底，也有赖于对这个背景的自觉意识。简言之，“原理”属于启蒙时代的产物，“导论”是后启蒙时期的新生事物。

十余年间，国内高校陆续开设“哲学导论”课程，以之命名的专著、教材亦有数种。其中有三本引起广泛的关注，一本是孙正聿著，一本是张世英著，一本是王德峰著。在下面的论述中，为简便起见，分别称作“孙本”“张本”和“王本”。

我们先来谈谈“孙本”。

从目录可以看出，“孙本”包括三个部分：第一章“哲学是什么”属于基本的引论，第二章“哲学的研究领域”介绍了八个二级学科；第三、四、五、六章从外延方面，把哲学和宗教、艺术、常识、科学区分开来；其余的八章都是从内涵方面来展开，可以归为一类。可以看出，“孙本”作为“导论”，着重于深入研究之前的知识性和思想性的准备工作，即着重于分析或梳理有关哲学自身的重要问题，如哲学的学科状况，哲学的研究领域，哲学的社会功能，特别是哲学的主要特性。

哲学的旨归在于塑造和引领新的时代精神。这一纲领性的认识促成了“孙本”的思想高度和叙事方式。“孙本”思考的重心，就是在后启蒙时期，哲学能够做些什么，人们通过哲学学习能够学到什么，以及通过哲学的学习，能够有什么样的收获。“孙本”无意反启蒙，相反，它更为突出地强调启蒙最初的基本精神。譬如，在对哲学及其派别斗争的理解中，“孙本”解析了科学主义和人本主义的概念，批判科学主义而弘扬科学精神，倡导从人文主义的视野去理解科学，并在对科学的人文主义理解中，消弭科学主义与人本主义的对峙。只有这样，才能更好地实现哲学的目标："爱智的哲学，它要激发人们的想象力、批判力和创造力，它要弘扬人们的主体意识、反思态度和探索精神。"[①]哲学在原初的意义上就是启蒙，从"原理"转向"启蒙"，正是回到哲学的本来面目。这样一种认识，很容易让读者联想到利奥塔的观点："在现代中已有了后现代，因为现代性就是现代的时间性，它自身就包含着自我超越，改变自己的冲动力……现代性是从其构成上，不间断地受孕于后现代性的。"[②]"孙本"中"清理地基"的工作方式，正是对于哲学的自我清洗、清理和梳理，即以思想为对象反过来而思之，以启蒙为对象反过来而思之。

从标题来看，"孙本"有哲学、宗教、艺术、常识、科学为一类的大词，人类性、民族性、反思性、批判性、派别性、时代性、创造性为另一类的大词，难免"宏大叙事"的嫌疑。但若把这些大词放在作者关于"后教科书范式"的阐述中加以理解，嫌疑就不攻自破。[③]不再是从教科书提出问题，而是从现实生活、从理论自身提出问题，一方面持之以恒地坚持哲学"面向现实"，另一方面自觉地以"哲学方式"面向现实。所有的大词都是在哲学反思的前提下加以使用的。很多习以为常的词被打上引号，也正是为了把它们从日常的、庸俗化的使用

① 孙正聿：《哲学导论》，中国人民大学出版社2000年版，第2页。

②〔法〕利奥塔：《非人——时间漫谈》，罗国祥译，商务印书馆2000年版，第26页。

③ 孙正聿：《从体系意识到问题意识——九十年代中国的哲学主流》，载《长白学刊》1994年第1期；《当代中国的哲学历程》，载《教学与研究》2001年第8期。

中区分出来，赋予新的、特殊的含义。哲学研究的不是自然，而是“自然”，不是社会，而是“社会”，不是思维，而是“思维”，因而也就不是以整个世界，而是以“整个世界”为研究对象。哲学的基本问题是“思维和存在”的关系问题，不能把它简单地、直接地归结为或等同于“精神和物质”的关系问题。对于“宏大叙事”，“孙本”并不泛泛地一概反对，而是依然坚持寻求“本体”和“崇高”的“宏大叙事”，从哲学对人类自身存在的关切去理解这种“宏大叙事”，也就是从哲学作为人类关于自身存在的理论形态的自我意识，去坚持哲学对“本体”的寻求。

以反思的、批判的方式追寻“本体”即“崇高”，乃是哲学的“天命”。随着后现代思潮的弥漫播撒，“躲避崇高”成为人云亦云的时尚。“孙本”却固执地在“小我”和“大我”之间寻求平衡，超越两极对立的思维方式，辩证地看待理想与现实、道德与利益、传统与现代、规则与选择、崇高与平凡的关系，在理想主义与功利主义、统一规范与多样选择之间寻求一种“必要的张力”。这是一种艰苦卓绝的思想努力。“后启蒙”在“孙本”中的表现，就是不断地伸展这种“必要的张力”。为此，“孙本”一次次地做出区分，经由这些区分，和曾经的哲学原理及其培育的常识拉开距离。既然是哲学导论，当然要把哲学和宗教、艺术、常识、科学区分开来，问题在于，这样的区分何以可能？在多大意义上是可能的？特别是在后现代的语境中，区分是否必要？对于这些问题，作者显然是了然于胸。之所以做出区分，不是出于截然对立的二元思维，作者很清楚哲学和宗教、艺术、科学之间的密切联系，这样，与其说是在做出区分，不如说是在探讨联系。区分是为了更好地联系，深层的联系也只有通过必要乃至充分的区分，才能得到更好地体现。所有联系都需要以“中介”的观点来看待，所有关于区分的探讨，目的都在于“深化我们对哲学与人类把握世界其他方式相互关系的理解，从而深化对哲学自身的理解”。[①]基于这样的思考，“孙本”没有简单地摒弃以往的命题，如哲学是“世界观理论”和“普遍规律说”，而是对它们做出新的阐释。“世界观”是人对自己与世界的关系的理解，“世界观理论”是理解和协调人与世界之间关系的理论。只有理解哲学对理论思维的前提批判，才能理解哲学基本问题的真实意义，把握哲学的反思的思维方式。从根本上说，人类生活的“现代世界”就是现代哲学反思的对象。

下面我们谈谈“王本”。

相比较“孙本”先扫清外围，再切近内核，“王本”除第一章对于哲学的一般界定，第二章“哲学的诞生”外，其余篇幅都交给了哲学的问题域：本体论、形而上学、认识论、先验哲学和历史哲学。对这几大问题域的阐述和讨论，构成“王本”的主干，它较为充分地展示了哲学问题的缘起、性质、意义、求解的动力与途径，以及这些问题与人类生活世界的关系。叙述的力度和强度，在相当程度上就缘于这种展示的视角和切入方式。

作者借助于哲学史的材料，引领我们进入这种或那种思想境域，开始真正地思考。道路是崎岖不平的，每一步的前行都

① 孙正聿：《哲学导论》，中国人民大学出版社2000年版，第85页。

需要特别的努力。哲学导论最基本的要义，就是把读者引入哲学的历史潮流中去，至少是引入某种哲学思考或某个哲学家的思考之中。正是在这种努力中，我们一再感受到思想之“识”的诱惑和魅力，也深深地体会到急切和焦虑。如果说急切缘于用词和句式，焦虑则和更大的关怀有关。百余年来中国进步思想家们急于改造固有的思想和文化，迫切地从西方引入“最新的”“最当用的”知识、观念和方法，然而何为新，何为当用，引入又谈何容易！哲学真理要通过人的个体生命来体现，当代人渴求真理，但已缺乏把它辨认出来的心灵和将其现实地展开出来的力量，因此，重新记起并守护住人类最本己的文化生命，就成了哲学在当代的首要使命。[①]行文的匆促，和文本中弥漫的异化感、危机意识、使命感、责任感唇齿相依。

东西方哲学的对话和会通，是当代哲学的最大任务。这要求东西方思想平等对话，共同培育人类的文明。“王本”深知这一点，却又不能不遗憾地承认，直到目前，这还只能是良好的愿望。20世纪初以来，中国学者大抵是以西方哲学的学术规范、标准和框架来阐述中国哲学，实际上未能真正展开中西哲学的比较研究，遑论对话和沟通了。因此，作者一再强调，不要误以为西方哲学是哲学之为哲学的标准形态，而在具体的写作中，又不能不依据西方哲学的路数来导引哲学思考。[②]“王本”的焦虑，在某种意义上说，即可归咎于这种无可奈何的心态。

① 王德峰：《哲学导论》，复旦大学出版社2000年版，第281页。

② 王德峰：《哲学导论》，复旦大学出版社2000年版，第66、73页。

理性与历史的统一，是黑格尔哲学发展的必然归宿。理性应当成为历史的，与此同时，历史也当成为理性的，这原本属于黑格尔的崇高追求，被“王本”照单全收了。“王本”的落脚点是历史哲学。作者认为在中国思想传统中，历史原本与哲学合二为一，这种观点即使无可非议，我们也不能不思考这样一个问题：中华民族的历史在什么时候、什么意义上可以成为理性史的一部分？困惑还在于，理性这一宏大的历史叙事在20世纪后，业已遭到海德格尔强有力的质疑。对中国人的历史意识来说，我们既要迅速抵达黑格尔和马克思的层面，又不能不“拥抱”海德格尔这样的哲学家。这真可谓“惶恐滩头说惶恐，零丁洋里叹零丁”。

在“结束语”之前，“王本”仅仅谈到马克思和黑格尔，这是否预示着哲学的“导论”到此为止了呢？姑且妄言揣测。“导论”从“本体论与形而上学”谈到“认识论与先验哲学”，止于“历史哲学”，强调人的本质在其历史中显露并证明自己。在“历史哲学”的最后一节“历史与自然”中，批评黑格尔哲学的根本谬误在于，把自然界从历史中放逐出去了，唯有马克思的新本体论视域，才在克服近代理性本体论的意义上，最终代表了唯物主义原则的胜利。而马克思的本体论革命，也只不过是近代哲学的当代批判之先声。在“结束语”中，海德格尔闪亮登场。联想其《哲学的终结和思的任务》《面向思的事情》等著述，可以不无理由地说，“王本”之为“导论”，意在穿越传统哲学和近代哲学的殿堂，把读者带到当代哲学的入门处。

福柯所理解的现代性不是一个时代及其特征，而是一种态度："人们是否能把现代性看作一种态度而不是历史的一个时期。我说的态度是指对于现实性的一种关系方式：一些人所做的自愿选择，一种思考和感觉的方式，一种行动、行为的方式。它既标志着属性也表现为一种使命。当然，它也有一点像希腊人叫作ETHOS（气质）的东西。"[①]在福柯看来，作为态度的现代性"使人得以把握现实中的'英雄'的东西。现代性并不是一种对短暂的现在的敏感，而是一种使现在'英雄化'的意愿。"福柯显然是在讥讽的意义上使用"英雄"这个词的，不过，讥讽并不等同于批判，从而不等同于彻底地摒弃，而是希望通过"对我们的历史存在作永久批判"，克服"启蒙"的局限。"王本"的作者会怎样看待福柯的这种意识呢？那种"英雄"的东西似乎很容易发现："我们必得探寻和表达能够守护我们的存在之根的思想，这是当代哲学变革的根本使命，其崇高的旨趣在于重新发现人类文化创造最基本的原动力。"[②]我们自己的思想英雄在哪里呢？黑格尔也好，海德格尔也罢，都是西方的哲学英雄。在后启蒙时代，我们依然需要自己的英雄，这是颇具有讥讽意味的。

最后我们谈谈"张本"。

除导言外，"张本"分为五篇：本体论与认识论；审美观；伦理观；历史观；哲学发展的历程。通观该书，唯美是它的特质。且不说第二篇以"审美观"为题，第一、三、四篇都贯穿着美的、唯美的意识。哲学本身就是艺术哲学，人生的家园只

① 福柯：《何谓启蒙》，载杜小真：《福柯集》，上海远东出版社1998年版，第534页。

② 王德峰：《哲学导论》，复旦大学出版社2000年版，第278页。

有在艺术中，在审美意识中，才能真正地抵达。审美意识是人与世界融合的产物，它的核心在于“超越”，它给人以自由，自由在于超越必然。

从“导言”中可以看出，作者始终在思考这样一个问题：当今的中国需要提倡一种什么样的哲学？就此而言，“张本”作为哲学导论，或可称作“未来哲学导论”，它构造了一个想象的哲学乌托邦：哲学是追求人与万物一体的境界之学。在这个乌托邦图景中，中国传统哲学中人与万物一体的思想、西方现当代关于人与世界融合为一的思想，同西方近代的主客关系思想结合起来。这样的建构具有特别的思想勇气。“五四”新文化以来的启蒙思潮中，中国传统思想在政治、经济、社会和文化方面作为制度建设的资源几乎被完全抛弃了，所谓现代化往往被等同于“西方化”。直到启蒙的反思得以兴起，才引发了对本土传统的改造、再造与再认识。“张本”以为，中国的“万物一体”可以为人类思想史上真善美的真正统一提供可贵的基石，同时，它也仍有待于开发和阐发，有待于我们在此基础上吸取西方哲学思想的优秀成果，建立起自己的宏伟大厦。[①]

在一些议题中，作者采取了平行的共时性叙述，例如，中西哲学史都兼有“天人合一”和“主客二分”的思想。在更多的时候，作者借鉴了海德格尔“在世”“去蔽”、想象、超越等概念，这一方面意味着对海德格尔的充分借重，另一方面也

① 张世英：《哲学导论》，北京大学出版社2002年版，第233页。

是考虑到晚年海德格尔对中国老庄哲学的关注。①在海德格尔那里，“存在”（Sein）的希腊源头有“从隐蔽中破茧而出”“从幽暗到光亮中”的意思。一些中国学者认为，中文的“在”是由“土”和“有”组成，是“草木之初”的意思；“存”是“有”“子”，是“人之初”的意思，因此，中文“存在”与海德格尔异曲同工。“张本”力图在中国传统思想的“人生境界”与西方现当代一些思想家所讲的“生活世界”间探寻对话的机缘，着力吸取中国“前主客关系的天人合一”的合理之处，把它同西方近代的“主体—客体”式相结合，走一条具有民族特色的“后主客关系的天人合一”的哲学之路，富有启迪，值得赞赏。在这个过程中，哲学被极大限度地美学化，意识形态维度和本体论维度交织纠葛，则需要审慎看待。②

从多元文化教育的视角来看，“张本”提供了一个范例。多元文化教育要求在传授陈述性知识时，运用人类大家庭中多种多样的例子和内容，对基本概念、准则及概括所举的例子取自丰富而广泛的文化基础，通过不同的文化视角，使课程真正反映各种知识的文化多样性和多视点的特性。③“张本”致力于“不相同而相通”地阐释，把中国传统思想与西方思想糅合、会通，就是用“万物一体”“民胞物与”的思想精神来提高和

① 此一议题的详细讨论，参见张祥龙：《海德格尔思想与中国天道》，三联书店1996年版。

②〔美〕沃林：《海德格尔的弟子们》，张国清、王大林译，江苏教育出版社2005年版，第12页。

③〔美〕奥恩斯坦等：《课程：基础、原理和问题》，森柯译，江苏教育出版社2002年版，第387—389页。

沟通不同的精神境界。“万物一体”是不同境界之间得以沟通的本体论根据。有了这种思想精神，就有可能进行商谈，平等对话，建立共同遵守的道德规范。

三位作者都没有简单地摒弃启蒙思想，而是在一个更高的视点上据以把握。超越哲学的知识论立场，为人类重建精神的家园，是三者的共识。在“孙本”中，“只有超越哲学的知识论立场，才能真正理解哲学反思，并实现对思想的前提批判”。[①]在“王本”中，“在本体论上拯救人的感性的文化生命，是当代哲学变革的根本主题”。[②]“在张本”中，“用中国传统的天人合一代替和排斥主客关系的思维方式，当然不行，但取中国传统的天人合一之优点与西方的主客关系思维方式相结合，则是必由之路”。[③]由于治学路径有所不同，“导论”的面貌也就迥然有别。在“孙本”中，我们很容易感觉到，作者是从马克思主义哲学的知识背景出发的，当然，这里所说的马克思主义哲学不再是苏联哲学教科书的那种样式，而是中国学者在改革开放三十年来孜孜以求所阐发的马克思主义哲学。在当代中国的思想语境中，脚踏实地的哲学思考以及对于哲学的思考，都不能不从既有的苏联模式教科书体系出发，背离它，远离它，在这种背离和远离中，我们逐渐“回到马克思”，真正体认马克思主义哲学的当代价值。在这个意义上，“孙本”典型地表现出从“原理”到“导论”的变迁路线。“王本”的思想基座是黑格尔或早期马克思，坚持人类在劳动的基础上赢

① 孙正聿：《哲学导论》，中国人民大学出版社2000年版，第148页。

② 王德峰：《哲学导论》，复旦大学出版社2000年版，第270—271页。

③ 张世英：《哲学导论》，北京大学出版社2002年版，第405页。

得了自身作为主体性的精神存在，而后转向海德格尔，这很容易让我们联想起马尔库塞，他在黑格尔、马克思和海德格尔的思想间穿梭，力图把马克思主义和现象学创造性地结合起来，其中，劳动概念扮演了至关重要的角色。宽泛地说，"王本"是经由西方马克思主义"开出"的"导论"。在"张本"中，海德格尔始终扮演了穿针引线的角色，所谓的中西会通都是由于这个角色才得以可能。而且，由于哈贝马斯和罗蒂时隐时现，"张本"中的海德格尔哲学愈加诗意，愈来愈成为一种全球化时代的美妙音响。无论怎样，"张本"是源于中西哲学会通的"导论"尝试。

"孙本"的基调是从容的，"王本"的基调是急促的，"张本"的基调是浪漫的。基调的差异，和文本的思想重心直接相关。"孙本"更多地提示了从事哲学思考的方法，引领我们多侧面地思考哲学，为深入学习和研究哲学打开思路，奠定一个高起点的基础。"王本"更多地表现出独特的姿态，作者或者引领前行，或者自己只是站在路口，作为读者的我们顺着他目光所及，他手臂所伸展的方向，逐渐前行。道路本身"不是固定的，而是可供人们在上面来回移动的，还可供人们继续开拓。在它上面，人们不能希冀捡取任何现成的果实，但它却标示了代表着希望的方向"。[①]"张本"则给我们这样一种意向与立场：历尽沧桑的长者坐在中国古文明的院落里，品茶饮酒，宣称"希望就是做出某种抉择"，[②]超越有限，追寻无限，这希望

① 王德峰：《哲学导论》，复旦大学出版社2000年版，第279页。

② 张世英：《哲学导论》，北京大学出版社2002年版，第409页。

是崇高的向往，审美的向往，也是“民吾同胞”的道德向往。

就思想的品格而言，“孙本”以高度见长，“王本”以力度取胜，“张本”以圆润性为重，各有千秋，我们无意进行等级上的高低评价。我们所能做的，是基于“后启蒙”的背景来判断它们各自的抉择与取向。与此同时，又借助于它们各自的抉择与取向，来判断“后启蒙”在中国的具体呈现和多重面相。随着市场经济的迅速推进，“世俗化”的现象普遍呈现，工具理性成为大众广泛的意识形态，人的存在方式由“人对人的依附性”转向“人对物的依赖性为基础的人的独立性”，“人在神圣形象中的自我异化”转为“人在非神圣形象中的自我异化”。一方面是现代化的期待，另一方面是现代性的忧思，20世纪90年代思想文化界的一系列重大论争都是围绕这个矛盾展开的。“大一统”的“原理”显然过于虚妄，无法应对现实生活的矛盾重重和诸般分化，“导论”应运而生，它通过对本体的重新思考，对终极价值的重新阐释，为人们“安身立命”提供合法化的依据。而三本“导论”的不同特点，既表明对这种依据的不同探寻，也意味着对时代境况的不同体认。

在后启蒙时期，客观上具有绝对约束力的意义系统很难立足，从“哲学原理”到“哲学导论”，意味着从一元走向多元，从简单接受定论转向苦心孤诣，上下求索。哲学所能提供的，是多元化的价值、含义和生活方式，这一多元化是交往潜力释放的结果。如果我们把课程看作不同的文本，将文化视作一系列相互影响、生成附加文本的文本，将哲学视为争取人们注意力的文本，那么，三种不同的“导论”意味着思考的不同方式，而非接受某种特定的哲学观，我们可以从一个文本得到另一种解读，将一个文本融入另一个文本，或者，从诸多文本中得出一个全新的文本。哲学更多地作为视点、视界和视域而发挥出强有力的作用，诸种“导论”众声喧哗，蔚为大观，构成“后启蒙”的华丽景象。

（本文登载于《社会科学辑刊》2008年第4期，曾收入《哲学基础理论研究（第2辑）》，中国社会科学出版社2009年版；《张世英哲学思想研究文集》，商务印书馆2020年版）

“主体”的执着:《面向实践的反思》之反思

《面向实践的反思》是郭湛先生1980年至2009年间论文的选集。作为中国人民大学复校后的第一届硕士研究生，郭先生亲身经历并参与了三十年来的哲学变迁，这一过程中的风风雨雨、点点滴滴，都在《面向实践的反思》中有所凝聚。如同书名所示，该书既是对于过往社会实践的理论思考，又是对于既有思想实践的哲学反思。就此而言，它堪称一道瑰丽的风景线，带领我们回溯纷繁的哲学进程，并经由这一哲学进程的镜像，重新展现20世纪80年代以降的社会和思想景观。基于这样的先见，实践、主体和结构三个关键词自然地脱颖而出。

实 践

1978年党的十一届三中全会后，工作重心由以阶级斗争为纲转移到以经济建设为中心，中国迈开改革开放的步伐，开始社会主义现代化的新的伟大实践。实践呼唤与之相匹配的理论，作为国家主导意识形态的马克思主义哲学素以革命地、能动地改造世界为目标，焕发精神，投入新的实践和实践理论的建设之中。随着真理标准问题讨论的展开，实践在其和认识的关系中获得首要地位，它作为认识的来源、动力、目的和真理性的标准再度得到学界和社会的重视。实践的旗帜高扬，认识的发生、发展、作用及其规律的探讨五花八门，认识的发展过程被分解开来，从其各个部分、各个方面的区别、联系及整体上加以分析，而作为认识基础的实践却没能作为独立的客观过程予以详细剖析。郭湛先生敏锐地注意到这一缺憾，探讨了实践的效能、效果和反馈的概念构成和应用价值，分析了“实践——效能——效果——反馈——实践”的动态循环，并把它指认为实践运动的一个“基本规律”。[①]在实践和认识的关系中，更多地关注实践；对实践的探讨亦非泛泛而谈，而是着眼于实践能力的发挥程度、实践得出的有效结果及实践运动的自我调节，为现代化实践提供科学的方法论指导。所有这些，塑造了郭先生哲学运思的起点和基本特征。

20世纪80年代的中国洋溢着改革开放的激情，“被开除球籍”的忧患意识既是压力也是动力，速度与效率是全社会的共同追求。在1989年完成的博士学位论文《人活动的效率》中，郭湛先生从讨论人的活动的展开和有效性入手，剖析活动效率的本质、制约活动的因素、人的活动方式与活动效率的关系，阐明人的活动效率的规律性，完整地建构了人的活动效率概念。

在此前后的十余年间，“效率”是郭先生思想的基本关怀。除《论实践的效能、效果和反馈》（《哲学研究》1983年第7期）外，他还发表了《论活动的展开和有效性》（《中国人民大学学报》1989年第6期），《人的活动与效率》（《哲学研究》1989年第6期），《认识的效率意义与有效率的认识》（《哲学研究》1997年第4期），《认识的进步与效率》（《中国人民大学学

① 郭湛：《论实践的效能、效果和反馈》，原载《哲学研究》1983年第7期，见《面向实践的反思》，武汉大学出版社2010年版，第20页。

报》1997年第4期）等论文，彰显“效率”的重要性。此外还有很多文章，标题虽然没有出现“效率”一词，研读则不难发现，郭先生一直对效率念兹在兹。现代化的要义在于效率，哲学现代化的要义在于效率，马克思主义哲学现代化的要义在于效率，实践在马克思主义哲学中脱颖而出亦在于它可能的效应、效果和效率。

郭湛先生20世纪80年代的哲学思考主要是在实践和认识的关系中展开的，这一关系一直作为基础性平台发挥着作用。一篇为纪念真理标准问题讨论20周年而撰写的文章表明，真理标准问题讨论的主旨在于破除对原有理论的盲目崇拜，克服理论上的惯性与惰性，而今时过境迁，从学理上重新审视“实践是检验真理的唯一标准”这一命题，它究竟表达了什么？表述本身是否准确，认识之真理性到底是怎样检验的？马克思《关于费尔巴哈的提纲》中所说“人应该在实践中证明自己思维的真理性”，并不意味着“人应该以实践来证明自己思维的真理性”。郭先生提出，衡量主观认识是否与客观实际相符合、相一致的标准或尺度就是客观实际，但客观实际对于主观认识并不是完全自动呈现的，能把主体与客体、主观与客观、认识与实践内在联结起来的是实践，所以说，实践是检验认识之真理性的“根本途径”。但不能据此否定“真理标准”命题，这个命题尽管在概念表述上不很确切，其理论内涵的正确性却不能轻易无视。“实践是检验真理的唯一标准”这个命题不只是由几个概念连接起来构成的普遍判断，而是充满了历史内容的理论概括，就理论和逻辑而言，这一命题在精神实质上和“实践是检验真理的根本途径”并不矛盾。因为当我们所说的真理是关于实践的真理时，这种真理所反映的客观实际就是实践本身，检验真理的客观标准和现实途径于是合二为一。经过深入细致的推理，郭先生提出了一个更为确切的表述："实践是检验关于实践的认识之真理性的客观标准和根本途径。"[①]

自20世纪80年代以来，把马克思主义哲学理解为实践唯物主义成为普遍的潮流，郭湛先生也是这一潮流的积极推动者。但进入新的世纪后，他突破了对实践唯物主义的一般化理解，研究并强调它的批判本性，提出就其理论内容和精神实质而言，马克思主义哲学不只是强调实践的核心地位和基础作用，不只是认为社会实践是现实的、革命的力量，更是批判实践的理论，是一种实践批判理论。实践和实践批判作为马克思主义哲学的两个侧面，相互联系、相互渗透而又相互转化，防止了实践的抽象化和理想化，避免了"唯实践主义"或"实践至上主义"。[②]郭先生把马克思主义哲学意义上的"实践批判"概括为以实践为手段的批判、以实践为对象的批判和实践的自我批判，并从历时态、共时态及实践和理论的关系等方面，论述了实践批判的多重维度，阐明了实践批判是社会进步和历史发展的形式，人们的实践活动不断改变的历史就是不断进行实践批判，从而不断进行实践调整乃至变革的历史。现在我们强调建

① 郭湛：《确定实践标准的实际意义与哲学内涵》，原载《社会科学战线》1998年第6期，见《面向实践的反思》，武汉大学出版社2010年版，第35页。

② 郭湛：《马克思主义哲学的实践批判理论》，原载《哲学研究》2006年第7期，见《面向实践的反思》，武汉大学出版社2010年版，第42页。

设社会主义和谐社会，并不意味着不需要或不应该进行实践批判。郭先生还把实践批判落实到执政者的能力建设上，提出最根本的就是实践批判能力的建设，特别是实践的自我批判能力的建设。

郭湛先生特别探讨了马克思的社会自我批判思想，澄清了社会自我批判的内涵、现实主体条件、客观历史条件及其现实意义，认为掌握和运用马克思的社会自我批判思想，对中国特色社会主义的实践具有重要意义。实际上，在中国特色社会主义的理论和实践中，始终贯彻了马克思的社会自我批判思想，社会自我批判业已成为中国社会健康发展的重要调节机制，是不同利益群体表达和实现利益诉求的方式和途径，“有利于化解社会矛盾，构建社会主义和谐社会”。[①]郭先生充分注意到，改革开放30年来，伴随着社会结构和利益关系的调整，人们的利益发生了分化，产生了不同的利益群体和利益诉求。为此他区分了对实践的两种理解，一是从抽象、整体的角度，把实践理解为主体改造世界的对象性活动的总和，二是从现实、具体的角度，把实践理解为个人具体的生存和发展方式。如果仅仅止步于抽象、整体意义的实践，而不深入分析具体的实践活动本身，那么，当我们将这种理论运用于实际过程时，就可能忽视主体对具体的实践活动进行选择的权利，及对实践本身进行批

① 郭湛：《论马克思的社会自我批判思想》，原载《中国人民大学学报》2008年第3期，见《面向实践的反思》，武汉大学出版社2010年版，第76—77页。

判的必要性。[①]郭先生敏锐地意识到这一点，希望通过对个体实践的关怀，充分、合理地行使实践权利与实践批判权利。

郭湛先生的实践批判更多是在信奉现代化的前提下展开的，提供了很多功能性的思考。他从人、契约与社会的统一中论述契约关系的社会本质和社会作用，认为社会主义体制改革的一个明显特征，在于普遍建立各种新的契约关系，形成合理的社会保障体系，促进各项事业协调发展；他探讨社会系统中的被动效应和主动效应，呼吁自下而上与自上而下两方面的改革的主动性紧密结合，构成完整的社会生活的能动主体；他批判物质需求无限的观念，认为研究人的现实需求的质和量，设计合理的需求构成，是建设现代人健康的、可持续的生存方式的最重要的内容。特别是，他探讨社会运行机制的特点及优化途径，从社会利益机制把握改革、发展、稳定、和谐的互动，探讨四者间的动力机制和方向引导机制。所有这些思考，都表现出对社会主义现代化建设实践的深切关注，对马克思主义哲学在当代中国的命运和实践功能的深入阐释。

主　体

社会是以人为主体的存在，实践是以人为主体的活动。社会实践的能动发展有赖于人的主体性的充分发挥。郭湛先生在博士论文中提出："唯有当代中国人作为自觉的历史主体能动地、高效率地从事各方面的社会活动，才能促成中国现代化的

① 郭湛：《实践的权利和实践批判的权利》，原载《中国人民大学学报》2007年第2期，见《面向实践的反思》，武汉大学出版社2010年版，第51页。

腾飞。”事实上，1978年以来思想解放的直接能源就在人的思想本身，思想的解放是人的解放的先导，是人的全面解放的一部分。人要实现自己的解放，首先要以主体的姿态挺立起来，发挥主体的能动作用，在主体与客体的现实关系中寻找实现人的主体性的现实道路。基于这样的认识前提，哲学界对于主体问题、主客体关系问题、异化问题、人道主义问题、主体性问题、人的个性和全面发展问题、思想自由问题、人的能动性与历史规律问题、人和自然及人和社会的关系问题的研究，在郭先生看来，始终都未离开“人的解放”这个主题。[①]以人为最高目的的思想解放，对中国现实的社会发展无疑起了十分积极的作用。

郭湛先生哲学地描述了人的主体性进程，提出人的主体性是在与客体的相互作用中得到发展的，经由初级期的自在、自然、自知和自我，通过转折期的自失，最终抵达高级期的自觉、自强、自为和自由。他较早地提出，对于人的主体性的认识需要向其具体性深化，而不是笼统的主张；要区分破坏的与建设的主体性、重复的与创造的主体性，鼓励、发扬建设和创造的主体性。[②]如果说21世纪中国的主旋律是“创造”，那么，持续不断的改革开放就是创造力的激发和引导。马克思主义哲学原本就是一种创造的哲学，1978年后的系列哲学探讨都内在地贯穿着一条红线，就是对人的创造性活动和人的活动的创造

① 郭湛：《解放·探索·实践》，原载《教学与研究》1988年第5期，见《面向实践的反思》，武汉大学出版社2010年版，第23页。

② 郭湛《论建设和创造的主体性》，原载《教学与研究》1993年第5期，见《面向实践的反思》，武汉大学出版社2010年版，第205—214页。

性的关注。创造的哲学是高扬人的主体性、能动性、创造性的哲学，是推动中华民族发挥空前的创造精神和创造能力的哲学。郭先生激情澎湃地写道：“创造，创造，再创造！中华民族创造精神和创造能力的重新焕发，将给我们古老而年轻的祖国带来崭新的面貌。”[①]

20世纪90年代中期后，随着后现代思潮的弥漫，“主体”概念受到重重质疑，就在这个时候，郭湛先生反其道而行之，毅然决然地维护主体的地位，撰写了《主体性哲学》一书。“现在的问题是，人的主体性的演化在个体表现的差异之中是否有某种相同或相似的顺序，这种现象的经验描述是否可以以逻辑的形式概要地表述出来？”[②]这样的句子很自然让人联想到康德的问题：“人类（整体）是否不断地在朝着改善前进？”[③]郭先生的整个思想立场无疑是马克思主义哲学的，而他所理解的马克思主义哲学和马克思所承继的德国古典哲学一脉相承。就总体品质而言，郭先生是主体性哲学家、启蒙哲学家。他清醒地注意到后现代思潮的冲击，思虑再三，依然坚持启蒙哲学的乐观和自信，以及启蒙哲学家秉持的主体性观念：“真正的主体性是人的本性及其实现的理想状态。”理想状态遥不可及，但对它的信赖则不可或缺。郭先生探讨了当代的主体性困境，倡导主体间性或交互主体性，并对信息与网络时代的主体性有所涉猎，

---

① 郭湛：《创造：21世纪中国的主旋律》，原载《社会科学战线》1993年第1期，见《面向实践的反思》，武汉大学出版社2010年版，第222页。

② 郭湛：《主体性哲学》修订版，中国人民大学出版社2011年版，第53页。

③ 康德：《历史理性批判文集》，商务印书馆1990年版，第145页。

最终所明确的是这样一点："一般意义上的或总体意义上的主体性并没有衰落，衰落的是片面的、狭隘的、走极端的、不成熟的主体性。"[①]这样的结论，无论是康德式的还是黑格尔式的，都表现出对规律的信奉，对历史与逻辑统一性的信奉。

由主体性开始，经过主体间性、互主体性或交互主体性，进而达到共同主体性，是郭湛先生主体性思想的发展趋向。他相信，在个人、群体和人类的主体性之间，存在着相互渗透、相互结合的一致性。在中国走向现代化的历史进程中，主体性作为一种哲学理念，凝结着对民族的复兴、国家的强盛、社会的进步和人的全面发展的坚强意志和无穷渴望。交互主体性观念则是"入世"者必须具备的哲学理念。在维护主体性的过程中，郭先生从主体性向公共性游移。和20世纪80年代凸显主体性不同，90年代再度突出主体性，实则为公共性开辟道路，或者说，是在通往公共性的道路上再度高扬主体性的旗帜。从主体性到公共性是郭先生思想发展的主导线索，同时我们也应看到，即使把思想重心游移到公共性之后，主体和主体性一类的思想关怀依然熠熠闪现，其内涵和质地则悄悄地发生了一些变化。

在社会生活、社会科学和社会哲学中，一个公共性的时代业已到来。哲学意欲在新世纪得到新的发展，就必须高度重视公众密切关注的公共领域。郭湛先生提出了和美国当代哲学家罗蒂类似的观点，认为哲学的表述应当采用公众喜闻乐见的表

① 郭湛：《无法消解的主体性》，原载《湘潭师范学院学报》2001年第6期，见《面向实践的反思》，武汉大学出版社2010年版，第230页。

述方式，也许更应该像文学，而不是更像科学。社会的公共领域和公共活动的当代转向，为马克思主义哲学提出了新的时代课题。郭湛先生从哲学层面梳理公共性问题，阐释社会公共性的内涵及其历史演化，探究公共性问题研究和解决的方法论，提出公共性问题其实就是人的问题，因而对它的说明不能离开对人的必然性的探讨。利益驱动人的活动，人的必然性也就是人的利益要求，人类的现实生活是不断追求自身利益要求实现的过程。立足于人的利益要求，把公共性与人类现实生活世界紧密联系起来，是郭先生关于公共性问题研究的基本原则。

郭湛先生发掘了马克思的“公共利益”概念。公共利益根源于人们的社会实践和交往，产生于人们私人利益的相互实现过程中。马克思关于公共利益的产生和实现、资本主义社会公共利益的产生和实现，及公共利益的历史发展等丰富思想，是对于公共利益的唯物史观解读，为我们处理公共利益问题提供了深刻的启示。在具体的论述中，郭先生也会引经据典，但诠释经典文本不是他的主题所在，他所有的思考都是针对某个问题，哲学的现实问题或现实的哲学问题。经典作家的援引仅仅在于“启示”，更为重要的思想源泉还有赖于现实生活中的人们自己，正如马克思所说：“它不断从现实世界中涌出，又作为越来越丰富的精神唤起新的生机，流回现实世界。”[①]由此，我们在郭先生的笔下看到的是一个又一个的问题，而不是伟大哲人的擂台争霸。

郭湛先生正确地认识到，强调公共性并不意味着抹杀公共

① 《马克思恩格斯全集》第1卷，人民出版社1995年版，第179页。

世界中的个体差异性，恰恰相反，应当以个体的差异性来获得真实意义的公共性，建立在差异性基础上的公共性才是成熟自洽的公共性。[①]这当然是美好的理想。在过去的20年间，中国向全球资本开放并导入市场机制，无论在社会层面还是个人层面，国家权力与跨国资本的联姻都生成新的控制形态，种种新的主体形式开始呈现，譬如，新兴打工者主体的形成。这就要求思考："在中国追求现代性和全球化的变革时期，个体的社会关系与打工者地位发生了怎样的变化？国家社会主义与资本主义关系的混合体到底对个体提出了怎样的要求？而且，将会出现怎样的新主体、新身份认同以及新的权力——抗争关系？"[②]这就提示我们，一方面要寻求人之为人的公共本性，另一方面，要对人与人之间的差异有足够的重视，对主体的历史生成有深刻的把握，对主体的现实构造更要有敏感的领悟。为什么是主体？为什么需要主体性？如果论述的主体没有种族、阶级、性别之分，它就必然是抽象的、被整编的；如果高扬人的主体性仅仅是为了建设一个名副其实的现代国家，那么，被高扬的就不可能是人的主体性。一方面，主体尚未构成；另一方面，主体早已构成，那么，究竟在怎样的意义和向度上，我们已然被构成为实践主体、认识主体、文化主体和道德主体，亟须深思。

---

① 郭湛：《哲学领域中的公共性及其当代诠释》，原载《齐鲁学刊》2005年第1期，见《面向实践的反思》，武汉大学出版社2010年版，第310页。

② 潘毅：《中国女工——新兴打工者主体的形成》，九州出版社2011年版，第7页。

结 构

《面向实践的反思》分为六编，第一编题为“实践与批判”，第六编题为“哲学的反思”，正好显示论文集的题中应有之义。

改革开放伊始，马克思主义哲学被视作“现代化的哲学”，它的使命在于推动社会的现代化，不仅为了“现在的”现代化，而且为了“未来的”现代化。基于这样的高度期许，马克思主义哲学应当“开阔视野”“活跃思想”“重视应用”。而这样的一种自觉，又是基于马克思主义哲学“本来就是”唯物主义的认识论、辩证法和历史观的有机整体，在马克思主义哲学与社会主义的关系中“也是如此”的充分自信。马克思主义哲学和现代化建设似乎是一而二、二而一的内在关联，它曾经为“阶级斗争”和“文化大革命”所提供的理论证明似乎不值一提，不过是有意无意的错觉罢了。哲学与现实、哲学与政治，乃至哲学自身的复杂性都未能获得应有的重视。

到20世纪80年代后期，郭湛先生依然坚信，哲学的性质从根本上讲是“理性”的哲学，哲学的功能则在于提供一种“哲学”的理性，但是毕竟，他注意到哲学的视野之内，哲学的思考和表述之中，都包含着非理性的成分。尽管非理性只不过是通往理性的阶段，作为反思理性的哲学对非理性的掌握方式还是理性的，但对于非理性的承认毕竟丰富了对人类意识和生命现象的理解。更为重要的意义还在于，郭先生强调哲学的理性是科学的理性，同时又是人道的理性，表现出综合与超越科学主义和人道主义两大流派的追求。

20世纪80年代后期，郭湛先生开始思考哲学的分化与综合，90年代早期，则转而思考哲学的凝结与消解。他对哲学的消解抱持乐观态度，认为哲学不因凝结而凝固，也不因消解而消失，相反，通过消解而“融于现实生活之流”。随着市场经济时代的到来，物质文化卓然突出，通俗文化和感性文化大行其道，一些学者慨叹人文精神的丧失，郭先生则回到哲学的童年，发掘出哲学最初的含义“爱智慧”，强调哲学首先是一种“情感”，只有真正热爱智慧，才能真正理解智慧，才能成为有智慧的人。作为其时“人文精神寻思”[①]的一种回应，郭先生指出，与其沉湎于人文精神失落的恐惧，不如转而探求这样一个问题：“我们希望如何创造新世纪的人类生活？我们需要一个何种形态的中国和世界？”[②]

郭湛先生2001年所作《新中国政治与马克思主义哲学》，作为文集的压卷之作或许出于偶然，实则寓意深远。它的主题在于：马克思主义哲学如何为中国共产党执政的合法性和新中国政治的合法性进行理论论证，特别是在政策多变的情况下，如何保持当代中国政治合法性的历史连续性、逻辑一贯性和符号象征体系同一性，同时自身的理论内容和思考重心也得到了更新和转变。如果说《马克思主义哲学的实践批判理论》一文所提示的，是运用马克思主义哲学展开中国现代化的实践批判，

---

① 20世纪90年代初市场经济兴起，一些人文知识分子痛感精神困境，发起了关于人文精神是否可能、何以可能的讨论。参见王晓明编：《人文精神寻思录》，文汇出版社1996年版。

② 郭湛：《哲学与社会文化理想》，原载《长白论丛》1996年第5期，见《面向实践的反思》，武汉大学出版社2010年版，第563页。

《论马克思的社会自我批判思想》一文所提示的，是社会主义社会更加需要自觉的社会自我批判，那么，《新中国政治与马克思主义哲学》一文所提示的，是马克思主义哲学始终需要对自身的合法性予以警示。

三十年来的社会结构、思想结构、大学结构和郭湛先生在这种结构中的位置，是阅读《面向实践的反思》时每每需要领悟的。自硕士毕业留校以来，教学与科研是郭先生主要的实践活动，其中，教科书的撰写与重修更是基本。20世纪80年代，哲学原理教科书的改革浪潮高涨，苏联模式的教科书体系受到严厉批评，编写符合马克思主义哲学本真、同时又具有中国特色的哲学原理教科书成为当务之急。在肖前、李秀林等前辈教授的率领下，中国人民大学哲学系在这一方面做出了开拓性的贡献。郭先生作为高等学校文科教材《辩证唯物主义和历史唯物主义原理》的主要撰稿人之一，倾注了大量心血。我们这些后来者极大地受益于不断翻新的教科书，最初是仰慕的眼光，而后是逐渐变得苛刻的挑剔，却很少考虑到，教科书和论文撰写方式的不同在相当程度上塑造了作者。论文写作相对自由得多，这不仅体现在思想的表达上，也体现在文体乃至文字的表现上。如果说论文写作中体现更多的自我，那么，教科书则体现出更多的公共性，《面向实践的反思》洋溢的激情和率真展现出论文写作的样态，透露的整齐归一则显然是教科书写作的印痕。从这个意义上说，郭先生的文本是结构中的存在，也是结构性的存在。

论文写作是一个“编码”的过程，论文汇编成集当属二重编码，文集的阅读也就需要多重的解码。采用的解码方式不同，阅读效果和收获自然不同。对同一个文本来说，在某个特定时期，各种各样的解码方式和解读方法中应当有一种是最为恰当的，而究竟哪一种最为恰当，需要考虑文本写作的时代和当前解读的时代，以及文本本身特质等诸方面的因素等。在阅读《面向实践的反思》一书时，我有时会想，把收入该书的论文重新编排，譬如，划分为实践、认识、哲学三个部分或社会、文化、公共性三个部分，效果会有怎样的不同？更多的时候，我希望寻找文集深层的议题及其可能的答案，譬如，人类主体与其所处结构的关系，历史的可理解性和意义，个体的政治地位，等等。虽然没有读到对于尼采、福柯等人思想的明确辩驳，但读者有理由相信，郭先生充分注意到主体性与后主体性、人道主义与反人道主义的复杂思想线索，注意到对结构同一性和主体同一性的寻求已被差异哲学所取代，“在差异性的旗帜下，人们已对综合和普遍化原则本身发起攻击”。[①]由此，我们对郭先生的坚持当有更深的体会。

阅读《面向实践的反思》，不能简单地立足于人文主义的思想传统[②]，亦不能貌似深刻地运用西方马克思主义和后马克思主义的视角。任何一种现成的参照系都是值得警惕的，我们应当从文集出发，从思想、文字等显性存在和思路、背景都有待

①〔英〕凯蒂·索柏：《人道主义与反人道主义》，廖申白译，华夏出版社1999年版，第95页。

②按照布洛克的概括，西方人文主义传统的主旨在于：拒绝接受决定论或简化论的关于人的观点，坚持认为人虽然并不享有完全的自由但在某种程度上仍掌握着选择的自由。〔英〕布洛克：《西方人文主义传统》，董乐山译，三联书店1997年版，第297—298页。

勾画的隐形存在出发，形成自身特有的参照系统。这时就想，如果郭湛先生给每篇论文以必要的“补记”，当给读者提供更多的信息，从而有助于参照系的形成。所谓“补记”，自然是时过境迁之后，对自己当初撰写论文的缘起、设想，论文发表的前前后后，以及而今的感想等等提供或多或少的资料。“补记”具有两个方面的作用，一是介入，即作者介入自己曾经的论文，激活若干年前写就的文字；二是指引，通过方方面面的回忆和说明，引导读者更好地领会论文所处的境遇。假若说在阅读的一些时候，我们需要遗忘作者，那么另一些时候，则需要反复地召唤作者在场，才能更好地领会文本。

阅读就是解构，而解构就是解放。解放，意味着摆脱束缚而获得自由。为纪念改革开放十周年，郭湛先生撰文提出，实践检验标准的讨论标志着我国社会生活一个新时期的开端：思想解放。“思想的解放是人的解放的先导，是人的全面解放的一部分。”[①]如果说解放针对过去，那么，探索面向未来，在“实践——解放——探索——实践”的往复循环中，世界不断获得新的面貌。对于人文学科的从业者来说，阅读、思考与写作是重要的生存方式，因而，如何从事解放性的阅读、思考和写作，在解放作者的同时自己也努力成为解放性的作者，就成为首当其冲且自始至终的重要议题。

综上所述，郭湛先生《面向实践的反思》一书所展现的，

① 郭湛：《解放·探索·实践》，原载《教学与研究》1988年第5期，见《面向实践的反思》，武汉大学出版社2010年版，第23页。

是“主体”在“实践”和“结构”中的执着，这样的执着与知识构成有关，也与直觉和信念有关；作为直觉和信念是无可厚非的，可能引起质疑的不是“执着”而是“主体”。究竟是怎样的一种“主体”，是问题的核心所在。如果我们已然莅临后现代的境域，那么，“主体”的意象和镜像是否也应该随之漂移呢？它又可能以怎样的速度和方式，往何处漂移呢？还有，这种漂移是集体性的还是个体性的，乃至个体的零碎的方面呢？

在1997年的一篇人物介绍中，郭湛先生被称作“中年哲学家”。[①]“中年”既是生理年龄的定位，也是思想年龄的定位。“中年”有很多种类型，但无论怎样，它不同于青年，也不同于老年。如果我们认同“中年哲学家”这一定位，那么可以说，郭先生一开始就是中年哲学家，并始终是中年哲学家。这一方面和他那代人特殊的经历有关，青春时代遭遇“文革”的洗礼，再度回到校园已是三十岁开外，另一方面则和郭先生本人的性情与文风有关，沉静、从容，条分缕析，这些都是贯穿于《面向实践的反思》所有篇章的基调。社会生活不断变迁，他也敏锐而及时地予以捕捉，但在思想关怀、运思方式和生活

① 刘敬东：《中年哲学家——郭湛》，《中国人民大学学报》1997年第5期。

信念等方面始终保持了80年代的思想姿态。[①] 当然，历史是多重的，所谓的80年代不是一个，而是多个，对于20世纪80年代的回顾同样如此，叠加复叠加，重重复重重。如果说后现代思潮刚刚袭来之时，这样的姿态难免"落伍"之虞，那么，随着后现代思潮遭受重重质疑，人们对80年代开始充满温情和敬意。20世纪80年代虽然过去了，80年代的姿态和方法则可以常在，任凭时代的风雨飘摇，默默地、坚实而有力地发挥作用。

作为20世纪80年代中后期跨入大学校园、90年代早期进入研究生阶段并受郭湛先生面命耳提的后学，"新时期"可谓亲历。这样的处境使我在阅读《面向实践的反思》时，既有感同身受的亲近，又有如影随形的隔膜，在貌似无缝的亲近中不乏疏离。毕竟，20世纪80年代、90年代乃至昨天的阅读、思考和写作都已成为对象化的存在，曾经的亲近难以避开当下的想象与建构。全面地评价郭湛先生的哲学思想非我所能及，赋予其恰当的历史定位也非本文的主旨，阅读过程中，我一次次明确意识到距离，时代的、思想的、历史意识的，一个念头反复在脑海中闪现：这是一部历史文本，其中关于主体的论说实质上是对于主体的建构；诸多论文在结集聚合在一起时，郭先生作为研究和论说的"主体"也得以再次构建。作为读者，我们往

① "80年代"业已成为一个时代的象征和符号，但所指为何依然议论纷纷，疑窦丛生。近年来，对于20世纪80年代的回顾颇为流行。如查建英主编《八十年代访谈录》（三联书店2006年版），洪子诚等著《重返八十年代》（北京大学出版社2009年版），程光炜著《文学讲稿："八十年代"作为方法》（北京大学出版社2009年版），贺桂梅著《"新启蒙"知识档案：80年代中国文化研究》（北京大学出版社2010年版）等。

往期待酣畅淋漓，直抵思想、生命和时代根部的论说，然而，一些乃至很多时候，适可而止和秘而不宣在带给我们多多少少的不满足和遗憾的同时，留给我们更多的空间。思想需要反复不断地展开，是为反思，历史亦是如此。

（本文被收入《走向制度文明：从主体性到公共性——郭湛教授从教45周年纪念文集》，国家行政学院出版社2014年版。）

学术、思想与时代的有机契合
——兼评《重释历史唯物主义》

在马克思主义哲学研究中，思想与时代向来是题中应有之义。哲学是时代精神的精华，马克思主义哲学正是通过时代精神的梳理、提炼和彰显，表现出自己特有的思想品格；思想是时代的思想，时代是思想的时代。直到20世纪90年代之前，这些都是马克思主义哲学界基本的信念。随着全球化时代的到来，马克思主义哲学作为时代的思想以及对思想的时代性把握，却似乎疑窦丛生，一方面是形形色色的思潮风云激荡，一方面是马克思主义哲学既有的概念和命题受到质疑，面对时代情势的变幻莫衷一是。于是，一些业界人士采取退守的姿态，埋首于马克思的文本之中，为其文稿的本来面目孜孜以求，努力成为治学严谨的学者；一些弄潮儿则依然故我，大而无当地谈论马克思主义哲学的当代意义和价值，在悬浮的应景话语上将时代排除，所谓的思想也就成为空中的浮尘。没有学术的思想是无根之木，脱离时代的学术是无源之水，把学术、思想与时代切实凝聚起来，是马克思主义哲学研究的必由之路。基于这样的背景与体认，我们希望对段忠桥《重释历史唯物主义》一书做出恰当的定位，并对国内人文社科研究领域的两种取向做出一般性的理解。

过去三十年的简要梳理

为了论述的方便，我们简要回顾一下过去三十年来中国马克思主义哲学研究的基本历程。首先是人道主义和异化问题的讨论，唯物主义的人本关怀受到普遍关注；然后是主体性和实践唯物主义的思潮，在这一思潮中，哲学教科书体系的改革被提上议事日程；再后来是马克思主义哲学当代形态的建构，部门哲学就是在这个时候出现的。世纪之交，随着后现代思潮的流行，对马克思文本的深入解读和当代现实的积极面对成为主要思路。

在20世纪80年代的语境中，学界在传统和现代的二元框架中思考问题，主体性和实践被视作现代哲学的基本概念，或者说，学者们依据现代哲学的基本界定来理解它们，马克思主义哲学中一系列范畴、概念和命题的重新勾画，都为了使得自己“现代”起来，“主体”起来，“实践”起来，现代以其时间的后置性克服了传统，主体意识略过了物质基础，实践意志压倒了客观力量。[①]这是一个思想先行的年代，重要的是思想，如何思想，如何现代思想。既有被决定的、被规律化的马克思主义哲学，必须重新思想，重新主体化，重新“实践”，才能再度成为“现代”，成为时代和思想中的“现代”。当然也有文本依据，在马克思《关于费尔巴哈的提纲》中，在马克思恩格斯

---

① 马克思主义哲学的现代化，需要对中国现代化的哲学沉思。其实这一方面的著述很多，例如，李秀林等：《中国现代化之哲学探讨》，人民出版社1990年版。关于这一问题的新研究，参见赵剑英、庞元正主编：《马克思哲学与中国现代建构》，社会科学文献出版社2006年版。

合著的《德意志意识形态》中，乃至于马克思早期的“巴黎手稿”中，都可以找到言简意赅的文本依据，诸如：“全部社会生活在本质上是实践的”，“问题在于改变世界”，“对实践的唯物主义者即共产主义者来说，全部问题都在于使现存世界革命化，实际地反对并改变现存的事物”，等等。在那个时候，很少有人怀疑这些依据的合法性，白纸黑字印得清清楚楚，马克思主义哲学于是“现代”起来。和辩证唯物主义相比，新唯物主义、现代唯物主义①、实践唯物主义②成为时尚的名称。

经由这样的重塑，马克思主义哲学成为强有力的时代话语，参与并引导了时代的拓展，发挥了极其重要的历史性作用。“工业的历史和工业的已经产生的对象性的存在，是人的本质力量打开了书本，是感性地摆在我们面前的、人的心理学。”③“巴黎手稿”中的类似表述，积极参与并促成了20世纪80年代的思想解放和社会改革。在这个过程中，马克思主义哲学的历史性被置换为历史主义。如果说历史性是指一切文本都具有特定的社会根源和文化氛围，历史主义则迥然不同，与其说它注重历史，不如说注重当下，在对当下的无限膨胀中消灭历史，很容易走向相对主义和虚无主义。在20世纪80年代以来的种种阐释中，马克思的文本释放出巨大的思想能量，这无疑

---

① 代表性的著作如陈晏清等：《现代唯物主义导引》，南开大学出版社1996年版。

② 代表性的著述是肖前等：《实践唯物主义研究》，中国人民大学出版社1996年版。

③ 马克思：《1844年经济学—哲学手稿》，人民出版社1979年版，第80页。

值得肯定和赞赏，同时却不能不遗憾地看到，诸多的能量常常难以聚集，反倒相互对抗，个中缘由固然在于凝固文本内涵的老生常谈，更大的问题还是源于各取所需、随意阐发。在这种时候，文本依据固然必要，但只是在观点先行之后，文本的作用仅仅在于充实观点，因而片言只字常常被无限制地引用和发挥。从“巴黎手稿”到《关于费尔巴哈的提纲》再到《共产党宣言》，从《〈政治经济学批判〉序言》到《资本论》，译者随意择取，相互拼凑，无视马克思写作的具体情境和不同文本的独特结构，整合出马克思主义哲学的种种不同构架，眼花缭乱，云腾雾绕。

马克思就这样被融入20世纪80年代的社会境况中。在这个过程中，西方马克思主义发挥了足够的作用。当时普遍的看法是，中国的现代化是“后发性”现代化、“被移植”的现代化，我们在现代化的进程中不可避免地引进、借鉴、吸收西方“先发”的现代思想，西方马克思主义作为西方现代化进程中的重要思潮，自然获得适时的引介。西方马克思主义是一种反现代化的现代化思想，而在20世纪80年代的中国语境中，对其反现代性、后现代性缺乏必要的认知，事实上当时也不可能认识到这一点。西方马克思主义实际上发挥的作用，反倒顺应了我们把马克思主义哲学现代化的趋势。①马克思是现代思想家，甚

① 参见俞吾金等：《现代性现象学：与西方马克思主义者的对话》，上海社会科学院出版社2002年版。

至是现代哲学奠基者[①]，在诸如此类的阐释中，马克思主义哲学作为改革开放的主流意识形态，再度熠熠生辉。

20世纪90年代后，国际国内形势都发生了巨大的变化，全球化、消费时代一类的命名广为流行，后现代思潮长驱直入。在这种背景下，马克思主义哲学和后现代主义的关系成为新的议题。一条线索是从马克思经由阿多诺抵达后现代，一条线索是马克思经由阿尔都塞抵达后现代，马克思思想中的后现代因素得以挖掘，尽管不无启发，但难以抵挡德里达、福柯的思想光辉，甚至马克思的幽灵有待德里达的召唤。问题还在于，这是一个思想逃遁、学术彰显的时代，西方马克思主义的势头让位于西方马克思学，马克思主义哲学界开始从思想转向学术，学术、思想与时代的关系获得新的规划。

思想的文本依据切实获得重视。所谓文本依据，不是先有思想而后翻检马克思的文本，寻找片言只语，而是抛开思想先见，把目光转向马克思的文稿，从字词句入手，把握马克思文本的主导思路和整体结构。这是一个文献学的过程，也是现象学的过程，回到文本本身也就是回到事实本身，由此，马克思的研究有望成为一门科学。[②]对中国学者来说，由于各种具体条件的限制，很难接触马克思的原始文稿，这是一个极大的缺

---

① 直到世纪之交，类似的观点依然在强化，当然，论证更为丰富了。参见梁蓬：《马克思是现代哲学的开创者——访杨耕教授》，《光明日报》1998-04-10。李文阁：《马克思：一位现代哲学家》，《天津社会科学》2000年第4期。

② 鲁克俭：《中国马克思学：哲学抑或科学》，《北京行政学院学报》2007年第3期。

憾，幸而身处信息时代，可以及时追踪国外MEAG2版的出版和研究动态，多少能够有所弥补。问题的诡秘性在于，纯粹的马克思学何以可能？即使可能，也是把马克思置于哲学的博物馆中，被当作古董予以保存和研究。马克思学说的思想生命力行将丧失殆尽。

围绕马克思主义哲学的命名和性质，20世纪80年代分化出辩证唯物主义①和实践唯物主义，20世纪90年代后历史唯物主义异军突起②，直到最近几年，关于历史唯物主义的研究依然引人瞩目③，可谓对实践唯物主义的深化与纠偏，被泛化的实践得以具体化、历史化、辩证化，但同时也不难发现，“历史”依然是大写的历史，宏大叙事的历史，思想过度乃至虚化的症候依旧明显。另一方面，或者对现实政策亦步亦趋，徒劳地予以解释，或者大而无当地谈论马克思主义哲学的当代性，这样的研究层出不穷。

在上述简要的梳理中，我们不难发现，学术思潮和时代情势之间一直保持着错综复杂的关联，时代引导学术，学术又反过来影响时代。直到目前，学术议题依然是明显地受制于时

---

① 譬如，黄楠森先生就一直坚持马克思主义哲学就是辩证唯物主义。黄楠森：《必须坚持辩证唯物主义》，《北京大学学报》1998年第2期。

② 杨耕较早提出马克思的哲学就是历史唯物主义，俞吾金提出马克思哲学是一种广义的历史唯物主义。杨耕：《危机中的重建——历史唯物主义的现代阐释》，中国人民大学出版社1995年版；俞吾金：《论两种不同的历史唯物主义概念》，《中国社会科学》1995年第6期。

③ 代表性的著述如孙正聿：《历史的唯物主义与马克思主义的新世界观》，《哲学研究》2007年第3期。

代情势特别是时代的政治情势，随着政治乃至政策的变化，学术界亦步亦趋改变自己的研究主题和主旨。马克思学尽管一再标榜自己的独立性和不偏不倚，事实上也是特定时代情势的产物。学术完全沉溺于政治固然荒唐，纯粹的学术逻辑也是子虚乌有。一种可能的策略在于，始终保持敏感和警惕，无论是政策主导学术，还是学术脱离思想，所造成的结果都是学术、思想和时代的关系支离破碎。

《重释历史唯物主义》作为表征

段忠桥教授2009年出版的《重释历史唯物主义》一书由33篇论文整编而成，最早的发表于1981年，最晚的发表于2009年，根据论文发表的先后顺序和与主题的关系，划分为五章。通览全书，我们不无惊喜地意识到，从写作时间的跨度、涉及的主题和达到的高度来看，该书可谓改革开放以来中国马克思主义哲学研究进程的参与和见证，从中可以窥探到过去三十年来历史唯物主义研究的踪迹，具有历史表征的意义。

历史唯物主义的基础性概念是生产实践，从这个概念出发，引导出生产力、生产关系、社会形态等一系列概念构架，以及阶级、剥削、社会公平等一系列概念构架，围绕这两个概念构架，段忠桥教授展开了独特的研究。针对学术界长期以来把生产资料所有制形式问题仅仅归结为生产资料的归属问题，忽略对生产资料的占有即实际支配的问题，他1981年撰写《生产资料所有制形式问题初探》重新阐述马克思的相关论述，进而阐明这些论述对我国当时正在进行的经济体制改革的重要意义，由此涉入历史唯物主义的研究领域，并从一开始就和改革开放以来的实践进程紧密联系。《商品经济与人的全面发展》《社会主义初级阶段理论对传统社会形态理论的突破》等文章，都表现出对现实的密切关注和哲学思考。1993年到1996年间，段教授撰文质疑历史发展“五种形态论”，重新考察马克思的社会形态概念，澄清生产力、生产方式和生产关系等概念，阐明资本主义生产关系产生的生产力前提，论述经济基础的构成。如果说这一阶段对马克思社会形态理论的讨论还局限在唯物史观的范围，那么十年后，段教授由对“五种社会形态理论”的一个主要依据的质疑入手，明确马克思从未提出过“五种社会形态理论”，进而对某些“重新理解马克思”的理路表示质疑，对所谓“广义的历史唯物主义”表示质疑，进入了更为深入的研究阶段。我们从《重释历史唯物主义》第四章所读到的，大体就是这些内容。

阶级和剥削是马克思主义的经典范畴，蹊跷而无奈的是，在过去三十年间却成为敏感的话题，论者不是避而不谈，就是轻描淡写。在20世纪80年代后期，段教授一般性考察过马克思对阶级斗争理论的新贡献，进入新世纪后，又围绕“公平、剥削、人的全面发展”做了比较全面的研究，涉及马克思和恩格斯的公平观、道德公平与社会公平、马克思和恩格斯论剥削的“历史正当性”，表现出学者努力介入现实，毫不回避的理论态度。把马克思主义的公平观和中国当前的公平问题联系起来予以考察，是现时代中国马克思主义研究的焦点问题，也是有望取得创造性成果的议题。

在历史唯物主义研究中，除了基本的概念构架，理论来源也引发了国内学术界的热烈探讨。从《唯物史观是马克思的一大发现》开始，段教授对唯物史观的来源孜孜以求。除了第一章的两篇文章外，第五章专门从“对历史唯物主义起源问题的再考察”，提出马克思在《德法年鉴》中对历史唯物主义做了最初表述，《莱茵报》时期使马克思苦恼的“疑问”是物质生产关系在社会历史中的地位和作用，并把《关于费尔巴哈的提纲》视作历史唯物主义的起源。所有这些推论，都是依据大刀阔斧的文本解读。段教授1980年借调到中国社会科学院哲学所工作时，参加了由中国历史唯物主义研究会组织的《马克思、恩格斯、列宁、斯大林、毛泽东论历史唯物主义》的编辑工作，有计划大量地阅读马克思主义经典著作。依据他本人的自述，正是在这个过程中，他发现当时流行的哲学教科书的许多内容来自斯大林而非马克思，并注意到斯大林的论述与马克思有很大差异。

《重释历史唯物主义》一书不断强调思想的基本逻辑，它的魅力正在于此。逻辑在日常交往中的必要性不言而喻，但即使付之阙如，也不至于造成太大的漏洞和缺憾，真实的生活往往是非逻辑和超逻辑的。而在学术研究和思想阐述中，逻辑不可或缺，不遵循基本的逻辑，任何讨论都难以深入，且容易沦为乱弹。段忠桥在书中一再重申普通逻辑的重要性和不可或缺，“在学术争鸣中，偷换概念和答非所问都是不恰当的”。[①]马克思主义哲学研究中之所以充斥大量的似是而非之论，有一个非常突出的因素，就是忽视乃至无视逻辑。而不讲逻辑，就是不讲道理，纵然抱着讲道理的良好愿望，也很难落到实处。

---

① 段忠桥：《重释历史唯物主义》，江苏人民出版社2009年版，第297页。

自20世纪80年代以来，关于马克思主义哲学的命名和实质有两个代表性的观点：实践唯物主义就是马克思本人提出来的；实践唯物主义就是马克思的历史唯物主义。尽管对实践唯物主义和历史唯物主义的具体认识有所不同，但大都承认这样两点。就此而言，可以把过去二十年间的流行看法，视作实践唯物主义。段教授所针对的，恰恰是实践唯物主义的思想路线，因此，他不是和哪一位学者叫板，而是和一个时期的流行看法对阵。这自然使得自己处于边缘的位置，往往易招致“僵化保守”和“背道而驰”的反驳。事实上，段教授的特点在于他所使用的分析哲学的方法。譬如《德意志意识形态》中有一句话：“对实践的唯物主义者即共产主义者来说，全部问题都在于使现存世界革命化，实际地反对和改变现存的事物”。实践唯物主义的倡导者经常援引，耳熟能详，段教授通过语义和语境的分析，提出在德文和英文中，“实践的”都是作为形容词修饰名词“唯物主义者”，而非修饰“唯物主义”；“实践的”只不过是意味投身于推翻现存事物的革命，所以，由马克思使用“实践的唯物主义者”一词无法推断出他认可“实践唯物主义”，更不能推断出他自诩为“实践唯物主义者”。

分析的马克思主义和分析哲学在20世纪80年代即被介绍到中国，但其时的思想氛围不适合它的传播和接受。殊为难得的是，段教授1991年在英国留学期间，选题“马克思的社会形态理论”，针对西方学术界流行的对历史唯物主义基本范畴和原理的理解，以马克思本人成熟时期的相关论述为依据，力图对历史唯物主义做出新阐释。在这个过程中，他对分析哲学予以足够的重视，借鉴了分析的马克思主义者的逻辑分析方法，也就是使得概念更为清晰、逻辑更为严谨的语义分析法、语境分析法、逻辑排除法。正是由于对这些方法的采用，段教授的研究具有了开阔的国际视野。《重释历史唯物主义》第二章所收录的九篇论文均出自段教授的英文专著《马克思的社会形态理论》，1995年由国际著名的马克思主义研究专家麦克莱伦作序，由英国埃夫伯里出版社出版。美国《科学与社会》杂志1997年秋季号上登载加拿大社会学家史密斯的书评，称赞段忠桥的著作“对马克思的历史唯物主义的一些基本组成部分做了简要的、具有挑战性的重新建构”。

段教授非常清楚，马克思对历史唯物主义的论述虽然很多，但有些只是粗线条的勾画，缺少细节的说明；有些只涉及某一方面的问题，而不涉及其他方面；有些只是一带而过，没有展开；有些只是对具体问题的说明，而没有展现其普遍的意义；有些对概念的使用过于灵活，缺少对其含义的严格界定。简言之，马克思的论述未能直接呈现一个概念清晰、逻辑严谨、完整系统的历史唯物主义理论体系，研究者必须通过自己的理论工作，把它构造出来。由于知识结构和思想方法的不同，具体的构造肯定各不相同，乃至相去甚远。就此而言，需要把素材、方法和结果区别开来。面对同样的素材，梳理的方法有所区别，结果自然也就各不相同。段教授对某些方法的非科学性的批评不无道理，但非科学性的方法也是方法，简单地斥之为“非科学”是不够的，需要分析这些方法得以流行的社会根源和思想根源。在这个意义上，我们不妨再向前推进一步，而不是停留于“是与非”的简单判定。一种视角下的“是”，在另一种视角下可能成为“非”，一种语境下的“是”，在另一种语境下可能是最大的“非”。方法固然重要，视角和语境也不可忽略。

在对于哲学教科书体系的批评中，一些人认为它对马克思和恩格斯的论述缺乏正确、全面地把握，另一些人认为原因在于恩格斯对马克思的错误阐释。段教授坚持前一种看法，并做了详细的文本考证，但他对马克思和恩格斯的一致性可能是过于信任了。对马克思和恩格斯亲密的思想合作和理论分工，我们不必质疑，但二人的知识背景、思想旨趣方面的差异也是客观存在。过分地批评恩格斯误解了马克思是不足取的，但无视马克思和恩格斯的差异也失之于简单，我们应当采取一种更为复杂的学术态度，特别是在比较研究的方法上有所突破。马克思和恩格斯思想关联的真相作为难解的历史之谜，也许不会有最终的谜底，解谜方法上的翻新和推进却足以使这个谜题的空间更为开阔，内涵更为丰富。

国内学术界的学术争鸣相当稀缺，有限的争鸣又往往南辕北辙，双方谈论的不是同一个概念，或不在同一个层面上，或者陷于意气之争。以学术的态度积极地从事学术争鸣，敞开冲突的场域，是《重释历史唯物主义》一书的重要贡献。学术需要争鸣，争鸣推动学术，《重释历史唯物主义》中的许多篇章都是学术争鸣的产物。段教授始终富于认真而热烈的争鸣激情，一些学者对此不太理解，揣测他“撰写商榷文章的真正兴趣似乎并不在学术方面”，并告诫学术界的同行，“历史和实践一再启示我们，引入非学术的，甚至意识形态的和政治的动机来开展学术讨论”，“很难获得学术上的实质性的推进”。[①]无端的心理揣测和背景暗示无助于学术争鸣的正常展开，对待学术争鸣应当抱持耐心冷静的态度。英国分析哲学家科恩有一段话值得借鉴：“哲学在时间和空间上的进步，在于容纳新的问题以供讨论；在于更为广泛地比较对立的理论；在于说明和批判新的论据或更严格地讨论老的论据；在于更为连贯地或更为概括地发展学术观点；在于决定不留下不经推敲的假定的能力。”[②]

概言之，国际视野、分析哲学或分析马克思主义的方法、在争鸣中推进学术思考，是段教授《重释历史唯物主义》的特点和高度所在。作为读者，我们与其指责其观点的保守性，不如关注其方法的科学性；与其推究其动机的可疑性，不如关注其结构的严谨性；与其批评其个别枝节的薄弱，不如关注其总体的冲击力，由此，它所带给我们的影响将积极而生动。

进一步的思考

基于过去三十年来国内实践唯物主义的讨论背景，段忠桥教授《重释历史唯物主义》的特点可谓一目了然。如果希望对该书做出进一步的评论，并对中国马克思主义哲学研究的现状和前景做出更加丰富的估量，就需要在更为一般的背景和语境中展开思考。

从20世纪中国的哲学思想构成及其变迁来看，德法的思

---

① 段忠桥：《重释历史唯物主义》，江苏人民出版社2009年版，第297、305、312页。

②〔英〕科恩：《理性的对话：分析哲学的分析》，邱仁宗译，社会科学文献出版社2000年版，第3页。

想影响历来甚于英美。这和晚清以来西学东渐及马克思主义在中国的传播有关，马克思、恩格斯的思想及其理论资源德国古典哲学，极大地塑造了20世纪以来的中国思想面貌。改革开放后，先是德国的尼采、伽达默尔、海德格尔等思想家长驱直入，而后，法国的福柯、德里达、德勒兹等人频频在期刊和书籍上露面，为我们提供了重要的思想养料。相对而言，德法思想的特点是浪漫，英美的思想特点是分析，德法哲学更多诗人的性情，英美哲学更多科学家的气质。从黑格尔到海德格尔，从圣西门到德里达，中国马克思主义哲学研究从整体上而言，一直浸染德法思想的浓墨重彩。[①]《重释历史唯物主义》一书之所以显得另类，正是由于它追求英美的分析风范，它的批评对象汲取的则是德法的理论资源。就此而言，这本书所遭遇的辩驳，反映了浪漫派和分析派不同的学术风格和思想气质。

两种气质孰轻孰重，不能简单定夺。从中国知识语境的总体来看，德法思想的分量远远大于英美的分量，人文领域和社科领域的情况又有所不同，在社会学、经济学和法学界中，注重实证研究，英美思想的影响甚于德法。[②]这一方面和学科的宗旨有关，另一方面也和从业人员的学术经历包括海外求学经历有关。人文领域不可能完全排除英美的影响，但不难看到，

---

①〔美〕李欧梵：《中国现代作家的浪漫一代》，王宏志等译，新星出版社2005年版。现代作家是浪漫的一代，现代思想家也是如此，进而言之，当代的作家和思想家也大抵如此。中国的马克思主义哲学研究风貌总体上也是浪漫的。

② 例如，茅于轼：《不道德的经济学》，经济出版社1998年版。道德不失为一种浪漫，不道德就是不浪漫。

我们所接受的英美思想几乎都受到德法思想的洗礼。以美国的罗蒂为例，他的成名作《哲学和自然之镜》1987年就推出了中译本，但他在中国大陆产生较大影响则是在1992年他的《后哲学文化》出版中译本之后。反基础主义、反中心主义、反本质主义的广泛流行，和罗蒂息息相关，以至于普遍把他视作后现代思潮的代表人物。就思想追求而言，《哲学和自然之镜》业已摆脱纯正的分析哲学传统，力图在分析哲学和非分析哲学，尤其是和尼采、后期的海德格尔等人进行融通，但是该书的大部分内容是重述和发展由一些分析哲学家提出的论点，如塞拉斯、蒯因、戴维森、普特南、赖尔和维特根斯坦，所以给人的印象还是更多地处于分析哲学的论域中。而罗蒂和艾柯等人关于诠释的讨论，使得他的影响扩展到文学和艺术批评领域。在中国的人文思想界，新批评派、形式主义、符号学等纯正的分析方法始终未能盖过解释学、后现代主义、后殖民主义等具有浪漫风格的理论话语。

德法思想的精髓固然有待进一步汲取，但英美分析哲学的精神更亟须我们掌握。加拿大分析的马克思主义哲学家韦尔认为：“如果说分析哲学还剩下什么的话，那就不是方法，更不是工具，而是一种强调细节、阐释的明晰性以及论证严密性的风格。”①韦尔强调分析哲学的风格，但要把这种风格发扬光大，还是需要从方法着手。对我们从事哲学研究包括马克思主义哲学研究来说，分析哲学方法的恰当运用，有助于概念的澄清。

---

①〔加〕罗伯特·韦尔，凯·尼尔森：《分析马克思主义新论》，鲁克俭等译，中国人民大学出版社2003年版，第3—4页。

从中学阶段起，马克思主义哲学的基本原理我们背得滚瓜烂熟，具体到某个概念的具体内涵，却往往不甚了了。这是相当致命的缺憾。若想深入把握基本原理，必须澄清其中的基本概念，以此为契机，才能进一步明确它的主要构架。

泛泛而谈，分析哲学的方法是科学哲学的方法，是科学的方法，而我们即使是把马克思视作哲学家，马克思哲学的研究也应当是一项科学的工作。分析哲学给予我们的启示，是运用科学的方法面对马克思卷帙浩繁的著述，条分缕析。马克思的表述可能是跳跃式的，对马克思的研究却必须采取踏实稳健的文风。况且，分析的风格和路数可以习得，只要缜密踏实，在细节上予以努力，就能够逐步推进。相对而言，成为真正的思想家非常困难，可遇而不可求，成为科学家相对容易一些，只要有恰当的方法和步骤，至少可以成为有模有样的技术专家。对学术界来说，需要大量的专家，就像对一个发展中的国家来说，需要大量的工程技术人员。[①]当然，更为全面地说，我们既需要技术员，也需要思想家。只是要培养一个思想家出来非常困难，培养一个技术员相对要容易得多，而且，应当从技术员起步，努力成为专家，然后才有望成为科学家和思想家。

作为技术性的考量，必须正视这样一个问题：在什么意义上还原是可能的？《重释历史唯物主义》一书强调还原马克思的原初意图，并试图从文本的结构和语义的澄清入手，实现这个任务。我们一般并不否认作者原初意图的存在，以及尝试性

① 一方面是就业难，一方面是技工的缺乏，这是近年来中国经济发展中的难题。例如，梅志清，向坤山：《年薪十万难聘指甲钳高级技工》，《南方日报》2004—07—08。

地予以把握的可能性。20世纪中后期的新批评派、形式主义、解释学、结构主义致力于文本的意义和结构挖掘，都意识到还原的难度乃至不可能性，后结构主义则把这种不可能性推向极致。作为读者的我们都受益并受制于自己特定的时代境遇、知识构成与思想旨趣，由此读出的马克思或多或少难免自我的镜像。困难还在于马克思文本的复杂性。同样的一个术语，在马克思的不同文本中常常具有不同的内涵，马克思不同时期的文本是否系统自洽也是疑问，如果承认马克思文本的不完整性和非系统性，那么，就必须正视任何解读都需要创造性地阐释、发挥和拼贴。遇到马克思不同文本中对同一问题的表述有所不同，甚至于同一文本中的表述也有纠结之处，尤其需要选择、协调和重组。选择不同，协调不同，重组的结果自然不同。如果说浪漫派往往诠释过度，肆意发挥，那么，分析派常常是诠释不足，留下巨大的意义空洞。①

在将分析哲学的方法运用于马克思的文本解读时，我们还需要一个前提性的思考：为什么今天尤其需要分析哲学的方法？如果说浪漫派是非理性的话，那么，分析派是否过于理性了呢？如果把中国目前的市场化概括为理性化的进程，那么，相对于浪漫派给大众以虚幻的激情，分析派的貌似冷静是否意味着听之任之，和市场的另一种合谋呢？随着分析哲学方法的重要性获得越来越多的承认，如何保持和中国社会现实的恰当的关联，如何保持和马克思文本的恰当的关联，势必需要愈益

①关于诠释过度和诠释不足的讨论，参见〔意〕艾柯等：《诠释与过度诠释》，王宇根译，三联书店1997年版。

深入地思考。

一言以蔽之，我们需要一种高屋建瓴的概念构架，既适用于梳理马克思的文本，也适用于分析中国今天的进程，而且还可以适用于判断马克思学说在今天的适用性。[①]只有确立了这样的概念构架，学术、思想和时代之间的有机契合才能成为活生生的现实。

（本文登载于《马克思主义与现实》2010年第4期）

① 吴晓明的一本书名体现了这种追求。吴晓明：《思入时代的深处——马克思哲学与当代世界》，北京师范大学出版社2006年版。

从《走向历史的深处》到《回归生活》

——陈先达哲学随笔的意义与地位

20世纪80年代中后期，陈先达先生推出专著《走向历史的深处——马克思历史观研究》，影响深远。20世纪90年代中后期，陈先生推出随笔《漫步遐思——哲学随想录》，至2008年的《回归生活——哲学闲思录》，共出版了四本哲学随笔。从“走向历史的深处”到“回归生活”，从理论化著作到学术随笔，可以视作陈先生过去三十年来的思想轨迹，本文意欲描绘这一轨迹的缘起、生成、发展、意义，并给出恰当的历史定位。

一

《漫步遐思：哲学随想录》初版“前言”中，陈先生写道：

“我这一生一直以哲学为业，这是个需要不停思索、令人寝食难安的专业。我出版过几本书，时不时发表点文章。这都是些同行不耐看，隔行不爱看的专著和论文。经常听到年轻人说‘变个活法’，我想，文章是不是也可以‘变个写法’？即使是哲学的难点、疑点或争论不休的问题，也应该放下架子，写得通俗点、活泼点。于是，就有了这本书。”[①]

---

① 陈先达：《漫步遐思：哲学随想录》，中国青年出版社1997年版，第1页。

自1956年研究生毕业留校，陈先生一直从事马克思主义哲学的教学和研究工作，孜孜不倦，辛勤耕耘，写就了《马克思早期思想研究》《走向历史的深处》等高屋建瓴、大气磅礴的著述，影响广泛而深远，并非“同行不耐看，隔行不爱看”。只是这些专业著作没有把普通读者作为“意向中的读者”，难免阳春白雪，曲高和寡。20世纪90年代后，陈先生期待有更多的、更大范围的言说对象和读者群[①]，这就要求从重在说理的“理”转向“说”，“理”固然重要，“说”的方式也不可小觑，若是没有恰当的方式，“理”就难以为人理解和接受，遑论深入人心。由此，通俗化和大众化进入了陈先生的理论视域。

在马克思主义哲学的通俗化诉求中，艾思奇的《大众哲学》具有标志性的意义。1934年11月至1935年10月，艾思奇在上海《读书生活》杂志第一、二卷连载题为《哲学讲话》的片段，1936年1月，上海读书出版社出版《哲学讲话》单行本，同年6月第4次印刷时改名为《大众哲学》，以后又多次修订，到1948年即印行了32次。该书开启了马克思主义大众化的先河，为普及马克思主义理论做出了卓越贡献，艾思奇被公认为“哲学大众化”第一人。[②]延安时期，毛泽东致力于马克思主义哲学中国化，其中也蕴含了大众化的旨趣。在数十年的哲学教育尤其是马克思主义哲学教育中，大众化的诉求取得了相当的成

---

① 陈先生反对马克思主义哲学工作者“自视高群众一头，视群众为哲盲，背对着他们”。陈先达：《漫步遐思：哲学随想录》，中国青年出版社1997年版，第34页。

② 马汉儒：《哲学大众化第一人——艾思奇哲学思想研究》，云南人民出版社2002年版，第2页。

效，但究竟什么是大众化，如何实现大众化，面对时代情势的变化如何进一步完善大众化，始终是有待探索的理论议题。

随着中国社会的改革开放和市场化的进程，社会生活从过度的政治化转向过度的经济化，此前和政治紧密联系的哲学话语开始式微。马克思主义依然是国家的主流意识形态，但和普通民众的具体生活日渐脱节，即使对于高校学生来说，在应付了必要的政治课考试之后，课堂上所接受的哲学原理似乎可有可无。哲学如何深入人心，成为大众日常生活中的有机组成部分，情况堪忧，岌岌可危。“马克思主义哲学家不能是沙漠里的高僧”，远离生活、空谈哲理不符合马克思主义哲学的使命，陈先生清醒地意识到，如果我们采取离现实远点、远点、再远点的方针，马克思主义哲学工作者就会成为“多余的人”。①

随着市场经济的展开，消费时代转瞬而至，人们对激烈的言辞颇为厌倦，“温”“软”的话语似乎更能深入人心。“在这样的情况下，就是最直言直语、最风风火火的理论战士，大概也应学会使用新的理论阐述方法包括新的语句，这样才能最便捷地走进人民大众。”陈先生的理论“小品文”作为宣传和坚持马克思主义的一种“新式武器”，“分析是冷峻的，风格则是活泼的；理论是严肃的，语调则是平和的；结论甚至是批判性的，效果则如春雨般润物细无声”，②使得马克思主义哲学容易为人理解和接受。

---

① 陈先达：《漫步遐思：哲学随想录》，中国青年出版社1997年版，第34页。

② 夏伟东：《让哲学从哲学家的书斋中解放出来——读陈先达教授的〈漫步遐思〉一书有感》，载《高校理论战线》1998年第4期。

“不要回错了家”“哲学家的眼睛”“被请出庙的神像只是木偶”“不要忘记了镜子”“城市是一本打开的书”“历史不是苏兹达利城的拙劣绘画”“引证不是论证”……单单从标题来看，我们就充分感受到话题的迷人。在“走过来走过去”一节中，陈先生这样写道：

认识不是客体向主体走过来，而是主体向客体走过去。客体向主体走来是消极的直观反映论；主体向客体走过去，是积极的能动的反映论。不是世界向我敞开，而是我在实践中观察世界。正因为如此，认识什么，为什么认识以及认识能达到的水平，不是取决于客体，而是取决于人类的实践水平。人是在实践中认识的。①

认识的主体和客体，直观反映论和积极的能动的反映论，人和世界，认识和实践等认识论的重要论题都囊括殆尽，用笔却非常轻巧，宛若一幅山水画，轻轻几笔就形神皆俱。读者从这本书中所获教益良多，毛泽东的呼吁有望获得落实：“让哲学从哲学家的课堂上和书本里解放出来，变为群众手中的尖锐武器。”②

陈先生历来主张文章要通俗易懂，不要用生僻的词语，不要让人如读天书、捉摸不透。在四卷本《陈先达哲学随笔》的后记中，他明确提出：“不能流通的货币，票面价值再高也是近乎废纸。”马克思主义哲学不应当晦涩，对马克思主义哲学来说，曲高和寡不是优点而是缺点。就像《大众哲学》在一些

① 陈先达：《漫步遐思：哲学随想录》，中国青年出版社1997年版，第268页。

② 《毛泽东文集》第8卷，人民出版社1996年版，第323页。

人看来或许哲学味不够，作者艾思奇本人则“只希望这本书在都市街头，在店铺里，在乡村里，给那些失学者们解一解知识的饥荒，却不敢妄想一定要到尊贵的大学生们的手里，因为它不是装潢美丽的西点，只是一块干烧的大饼”。[①]陈先生深以为然，赞誉该书在现代哲学史上的地位“远远超过一些只是放在图书馆角落里的所谓纯学术著作”。[②]

晦涩不应该是哲学的本性，连康德这样以晦涩著称的哲学家都主张文章应该通俗，应该大众化。陈先生不厌其烦，多次引用康德的教导：“缺乏通俗性是人们对我的著作所提出的一个公正的指责。因为事实上任何哲学著作都必须是能够通俗化的，否则，就可能是在貌似深奥的烟幕下，掩盖着连篇废话。”不能认为凡是看不懂的就是好文章。在不久前的一次访谈中，陈先生再次强调：“写文章，浅入浅出没水平，浅入深出低水平，深入浅出才是高水平，特别是关于马克思主义哲学文章，应该注意文风。”[③]

《漫步遐思》可谓一部极具个性色彩的马克思主义哲学与文化辞典，卷一“我看哲学”，卷二“关于人”，卷三“社会历史”，卷四“认识、真理与辩证法”，卷五“文化与传统”，或是围绕某个概念，或是针对某个命题，以简明扼要而睿智的话语

---

① 艾思奇：《关于〈哲学讲话〉（四版代序）》，载艾思奇《白马问题》，重庆出版社2001年版，第271页。

② 陈先达：《回归生活：哲学闲思录》，北京师范大学出版社2008年版，第156页。

③ 陈先达：《专业、职业与信仰——我的治学之路》，载《光明日报》2010—03—30。

予以阐发，避免烦琐论证，直接切中要害，给读者以豁然开朗的印象。每个片段独立成章，联结起来浑然一体，片段由此显得突兀和纵深，整体亦如嶙峋嵯峨的山峰。《漫步遐思》包括393个片段，字数多了十万的《静园夜语》则只有90个片段，平均下来，每个片段都是四五千字的短论。这可能是由于其中更多一些宏大的现实问题的思考，需要深入、细致、更多层面的阐述，难以轻巧了结。但与此同时，依然避免了故弄玄虚、晦涩艰深，持续了《漫步遐思》的追求：写作风格并不仅仅是个人爱好问题，涉及“文风”和传播马克思主义的“效果”。①

陈先生力求写得“通俗点、活泼点”，固然不乏大众化的考虑，起初或许主要是大众化的考虑，但是，只有把“变个写法”和“变个活法”联系起来加以统观，才能真正领悟他在《哲学心语》中的肺腑之言：“我到晚年逐步意识到我离生活太远，离群众太远”；“我对我所论述的东西并不太了解”；“我离哲学太远，或者说哲学离我太远”；“我写的东西基本上都是书本上的资料，缺少个人的体悟”。基于这样一种全方位的反思，陈先生设想：“哲学能不能有另外一种写法，写自己稍微熟悉的在实际生活中摸得着的东西，有真情实感的东西？”②答案当然是肯定的，随着《哲学心语》和《回归生活》的问世，本然的“随笔”脱颖而出，与之相连，陈先生“随笔”的人生状态熠熠闪现。

---

① 刘建军：《陈先达教授和他的哲学随笔》，《北京高等教育》1999年第9期。

② 陈先达：《哲学心语：我的哲学人生》，北京师范大学出版社2007年版，第8页。

二

《漫步遐思》赢得“切近生活，没有教条气、经院气，深入浅出”[1]的好评，陈先生2008年出版的一本随笔则径直题为《回归生活》。回归生活，这不只是一个简单的名称，切近生活具有不同的视角和途径，回归生活则意味着脚踏实地，从生活开始思考，在生活中思考，思考自己的生活。从切近生活到回到生活，表明陈先生在哲学和思想的道路上达至返璞归真、大智若愚的境界。

在人类哲学的童年，哲学与生活紧密相连，无论东方和西方都是如此。而在此后的发展中，哲学不断地远离生活，又一次次回归生活，如此，方能保持生活的气息和坚实的基础。陈先生确信“哲学离人并不远，它就存在于人的生活之中”，[2]他引述叔本华的话说，哲学家比起任何其他人更应该从直观知识中汲取素材，哲学家的眼睛应该永远注视事物本身，让大自然、世事、人生而不是书本成为他的素材。[3]面对哲学工作者缩在纯哲学的圈子里，围绕某些概念范畴争论不休，丧失现实感、使命感和生命力，陈先生呼吁“深入哲学，走出哲学”，希望由此找到一条摆脱困境的道路。

---

① 哲兵：《熔哲史文于一炉的佳作——读〈漫步遐思：哲学随想录〉》，《广东社会科学》1998年第5期。

② 陈先达：《漫步遐思：哲学随想录》，中国青年出版社1997年版，第2页。

③ 陈先达：《回归生活：哲学闲思录》，北京师范大学出版社2008年版，第27页。

2008年8月，《漫步遐思》《静园夜语》《哲学心语》和《回归生活》结集为“陈先达哲学随笔”，以系列的形式再版。在后记中，陈先生把随笔写作“比喻为农家盖房子，木料、砖瓦，平时有点积累，不过堆在院子里，即写在笔记本上，当积累到一定时期需要盖房子时，再一样一样清理出来”。把写作喻为“农家盖房子”，不啻是一个轻巧的比方，而是表达出回到生活的明确态度：

文章水平的高低并不在于旁征博引，不在于长短，更不在于玄而又玄。有点味道的文章，无论长短，一定要说点“什么”，告诉人家点“什么”，这点所谓“什么”，就是要向读者传达你的想法、你的体悟、你的心得或者说思想“火花”。只要是从自己思想中流淌出来的东西，不管多少，不管深浅，总比东拼西凑的好。①

重要的是“自己思想中流淌出来的东西”。这不禁使我们联想到，可以在现代散文发展的历史线索中把握陈先生的随笔。五四时期，文学领域确立了小说、戏剧、诗歌、散文四分法，其中小说和戏剧是向外的叙事文体，反映客观世界，再现社会生活，诗歌和散文是向内的抒情文体，表现心灵世界，倾吐主观感情。散文尤其表现出自我性，它采用第一人称视点和告白笔调，颇有自传的色彩。倾吐心灵世界的丰富，抒发主观情感的瑰奇，许多时候，“我”字不一定出现，“我”的在场则是确

---

① 陈先达：《回归生活：哲学闲思录》，北京师范大学出版社2008年版，第357页。

确实实的。[①]陈先生一再强调个人的“想法”“体悟”“心得”，篇篇有“我”，他说：“我这辈子最大的工作是不断分析自我，寻找自己淹没在海水深处的冰山的下半部。”[②]自我即个性，即性灵，纸短韵长，隽永飘逸。

现代散文三“体”并包：叙事散文（报告和速写），说理散文（杂文和随笔），抒情散文（艺术散文和散文诗）合在一起统称“散文”。陈先达哲学随笔显然属于“说理散文”，如果承认哲学是一切道理中最大的道理、最深的道理、最后的道理，那么哲学随笔就是说理散文中最为透彻、最为宏大、最为精妙的一种。陈先生从“会做饭、会炒菜、会料理家务，这是生活的技能”谈起，阐明这是生活中的“形而下”，与之相对，“人也应该懂得祸福无常，懂得富贵而骄、自取其咎”这些生活中的形而上学，亦即生活的智慧。[③]

《漫步遐思》中不乏关于人生的格言警句，如“聪明人能从别人的眼睛中看到自己，蠢人只知道用自己的眼睛去看别人。聪明人善于用衡量别人的尺子衡量自己，蠢人只用自己的尺子衡量别人。”[④]《静园夜语》中“一位不懂哲学的国王就像一头戴王冠的驴”“人不是土豆”“老百姓不是零”“诗人不识渔

---

① 刘锡庆：《散文新思维》，河北教育出版社1998年版，第2页。

② 陈先达：《哲学心语：我的哲学人生》，北京师范大学出版社2007年版，第19页。

③ 陈先达：《回归生活：哲学闲思录》，北京师范大学出版社2008年版，第24页。

④ 陈先达：《漫步遐思：哲学随想录》，中国青年出版社1997年版，第383页。

人哭”等等说辞，也都洋溢着生活的智慧。《哲学心语》上篇堪称陈先生的自传，更准确地说，是具有自传性质的哲学随笔，下篇堪称“人生论”，《论后悔》《论失败》《论命运》《论幸福》《论良心》《论冷漠》一类的篇名很容易让读者联想到《培根论人生》。读书可以养生，哲学可以治病，“人的智慧是一味最好的保健药”是培根《论养生之道》中的一句话，成为陈先生《哲学心语》中的一个标题，堪称跨越民族、语言和时空的一次交流。

在中国现代散文的发育中，蒙田和卢梭发挥了不可或缺的媒介作用，林语堂、胡梦华、方重、梁遇春、李素伯等人都著文品评过蒙田和英国小品文的特征，周作人更是将英国小品文视作催生中国现代散文的两个重要因素之一。[①]陈先生的随笔之路上每每和卢梭、蒙田不期而遇。他谈到《漫步遐思》时说：“进入老年后，我只有两种运动：一为体力运动，这就是散步；另一是脑力运动，这就是思考。这是一本走出来的书，故名曰《漫步遐思》。”这很容易让我们想到卢梭的《漫步遐想录》。《哲学心语》中陈先生自陈：“从内心深处说，我自小受文学影响较大，是一个家庭比较富有但又不羡慕财富，喜欢无拘无束、追求所谓名士风格的人。”这让我们想起魏晋名士的同时，也想到现代散文散逸自然、洒脱不羁的Familiar essay余绪，亦即英国随笔的影响。

散文和随笔最适于表现老年人的生活、心境和口味，堪称

① 参见蔡江珍：《中国散文理论的现代性想象》，中国社会科学出版社2006年版，第166页。

老年人的文体。新时期的文艺复兴中，一些步入耄耋之年的作者加入散文创作的队伍，创造出“老生代散文”这一独特的文坛风景线。①源于阅历的丰富和学识的渊博，他们对现实生活的关注、对历史的思考睿智而通达。陈先生虽然不属于“老生代”，但不妨碍我们把他的哲学随笔置于老年散文的角度来看待，从而更好地体认其对历史和现实的沉思，忧虑与感奋、诤言与告诫，以及历史见证的性质与力量。从历史唯物主义到历史哲学，历史研究可谓陈先生的专长：“对历史的研究必须有历史感和现实感。没有历史感，历史就没有真实性，是虚假的历史……没有现实感，就没有历史研究的目的性和真实性，是没有意义的历史”。②在《哲学心语》和《回归生活》中，陈先生以历史的眼光回顾自己的历史，念兹在兹，往事历历在目，让作为读者的我们感受大时代变迁中个人的跌宕起伏，感慨万千，唏嘘不已。

回归生活之后，陈先生对一些具有意识形态性的话题予以“祛魅”的思考。他赞成继承中华民族的优秀文化传统，赞成恢复中国传统节日，赞成认真阅读古典经典，但对于恢复所谓的民族服装亦即古装不以为然。着装作为日常生活的一部分，必须有利于工作和生活。服装是变化的，至于是否具有民族特点，是一个自然的过程，“时变则世变，世变则事变，事变

① 参见陈亚丽：《文海晚晴——20世纪末老生代散文研究》，首都师范大学出版社2008年版。

② 陈先达：《静园夜语：哲学随思录》，中国人民大学出版社1998年版，第171页。

则理变”。[1]

从青年时代起即以哲学为业的陈先生，晚年愈来愈谨小慎微了，他一再表白：“我像一个走错了教室的孩子”，“我是个蹩脚的学生”，“在哲学的海洋中，我至今仍然是在深不及膝的浅水中试步而已”。[2]我们当然可以在自谦的意义上予以理解，但更为重要的，还在于哲学已经融入他的生活，他的生命，成为他的血肉，谈到哲学他怎能不小心翼翼？！他像珍爱自己的生命、人类的生命一样珍爱哲学，不敢有丝毫的放肆和随意。

依据郁达夫的概括，“现代的散文之最大特征，是每一个作家的每一篇散文里所表现的个性，比以前的任何散文都来得强”，翻开现代作家的散文集，“这些作家的世系、性格、嗜好、思想、信仰，以及生活习惯等等，无不活泼泼地显现在我们的眼前。”[3]强调自我不只是现代散文乃至整个文学的要求，也是中国现代思想的基本要求，陈独秀曾呼吁“以自我为中心”[4]，李大钊号召过“自我觉醒之绝叫”[5]。就此而言，我们不妨说，陈先生回归生活，不只是回到生活本身，回到自我，也是回到中国早期马克思主义的史前精神。这是一种从容豁达

---

① 陈先达：《回归生活：哲学闲思录》，北京师范大学出版社2008年版，第341页。

② 陈先达：《哲学心语：我的哲学人生》，北京师范大学出版社2007年版，第3页。

③ 郁达夫：《〈中国新文学大系·散文二集〉导言》，载鲁迅等著：《1917—1927中国新文学大系导言集》，天津人民出版社2009年版，第132页。

④ 陈独秀：《一九一六年》，载《新青年》1卷5号，1916年1月15日。

⑤ 李大钊：《〈晨钟〉之使命》，载《晨钟报》创刊号，1916年8月15日。

的精神，包罗万象的精神，《哲学心语》作为陈先生“自我觉醒之绝叫”，其中的哲学就不只是马克思主义哲学，而且是哲学一般，作为人类智慧结晶的哲学。在经历中学时代的自卑期、大学时代的困惑期后，陈先生在哲学中找到了出路，获得了心灵的平静、满足和愉悦，最终“从心灵地狱进入生命愉悦的天堂”。[①]

“变个写法”和“变个活法”具有内在的统一性。进入古稀之年，陈先生愈来愈自由而奔放，也愈来愈喜欢并习惯于随笔这种文体。在较多地从事随笔写作的同时，陈先生并没有放弃长篇论文的写作，他似乎有两支笔，一支用于撰写论文，一支用于流淌随笔，交互写作，并行不悖。如此，我们拜读他的论文时常常感受到随笔的飘逸，欣赏他的随笔时又往往体会论文的严谨。

三

在12年前为《漫步遐思》而作的评论中，我曾经写道：

该书的写作风格是新奇的，主题则是我们所熟悉的，假若说主题的熟稔性强化了写作风格的新奇性，那么，写作风格的新奇性则使我们对熟悉的主题产生某种疏离，即熟悉的主题具有了陌生感，从而提示我们需要一种更为认真的阅读态度。[②]

当时隐隐约约地感受而今似乎越来越清晰、明晰和明确

① 陈先达：《哲学心语：我的哲学人生》，北京师范大学出版社2007年版，第19页。

② 张立波：《〈漫步遐思：哲学随想录〉出版》，载《教学与研究》1998年第4期。

了。随着陈先达随笔系列的渐次推出，我们一方面为其论域的不断扩展而着迷，另一方面，也不能不思考这样一个问题：随笔作为一种文体，有其独立自洽的风格，这在相当程度上对叙述有所规约，甚至引导思想的发挥。如果说《漫步遐思》促使人们关注由形式超拔而促成的内容凸显，那么，陈先生后两部随笔的问世使得形式和内容的关系成为思考的核心。

自古希腊时代以来，西方思想就存在两种形式概念，一种是把形式视为现象，认为它不过是具体事物的外观；一种是把形式视作本体，认为它是事物的内在本质，是事物得以产生和存在的原因与根据。从前一种观念出发，艺术作品被视作思想内容和感性形式的统一体；从后一种观念出发，艺术作品被视作质料和形式相结合的产物。到18世纪，歌德强调艺术创作应当从个别事物出发，理解和描述个别特殊事物是艺术的真正生命，席勒则认为艺术创作必须从形式出发，艺术家的真正秘密在于用形式消灭素材。黑格尔通过扬弃，把质料——形式模型熔铸在内容——形式模型中，并确立了内容和形式相互转化的思想："内容非他，即形式之转化为内容；形式非他，即内容之转化为形式。"[①]19世纪中叶后，艺术家们纷纷抛开黑格尔，内容——形式模型被彻底抛弃，走向了形式主义和抽象主义。像俄国形式主义认为形式就是艺术本体，离开形式无法具体理解作品的内容，法兰克福学派则坚持形式即内容。鉴于思想史上内容——形式模型的歧见迭出，材料——结构模型应运而生，即把和审美没有关系的所有因素称作"材料"，把需要美学效

①〔德〕黑格尔：《小逻辑》，贺麟译，商务印书馆1980年版，第278页。

果的因素称作“结构”。如此，材料既包含了原先属于内容的部分，也包含了原先属于形式的一些部分，结构同样包含了原先的内容和形式中依审美目的组织起来的部分。艺术品被看成“一个为某种特别的审美目的服务的完整的符号体系或者符号结构”。[①]避开了把形式作为积极的美学因素，而把内容作为与美学无关的因素加以区别而导致的困难，我们看待陈先达哲学随笔时，就不会简单地认为它在形式上是随笔，内容上是哲学，把形式和内容结合起来就形成了哲学随笔，其意义也就不再仅仅或主要在于有效地适应了大众化的诉求。

事实上，艾思奇《大众哲学》中关于形式和内容关系的论述业已显示出某种困难。“一件事的内容，是包含着这件事的本质和现象的全部的”，而“无论找一件什么事情来，我们都可以看出它总有一定的形式，鸡蛋是椭圆的，桌子是方形的”，这样说来，形式仅仅是事物的外形。但他又认为“形式是内容本身生来所具备着的一定的形式，决不像瓶子那样从外面装上去的东西”，如果把形式比作瓶子、把内容比作瓶子里所装的酒，就会导致内容和形式成为随便分开的两件东西。一方面断言“形式是什么样，还得由内容来决定”，另一方面又强调“适当的形式可以把内容适当地表现出来，也能把内容限制在自己的范围之内”，这显然是在两种不同的形式理论中游移。从后一种形式理论出发，艾思奇清楚地意识到小品文形式的“限制”，特别

① 〔美〕韦勒克、沃伦：《文学理论》，刘象愚等译，文化艺术出版社2010年版，第151页。

是“对于问题不能够透彻发挥”。[①]或许也正是意识到这样的限制，陈先生《静园夜语》中多了一些滔滔长论。

从总体上看，《漫步遐思》和《静园夜语》可以更多地和艾思奇《大众哲学》相比附，内容——形式模型足以阐释其成功的秘密，《哲学心语》和《回归生活》可以更多地在现代散文和随笔的线索中来把握，材料——结构模型能更好地阐发它的存在。当然，具体到每个片段，情况有很大的不同。谈到这里，我们不能不特别指出，把哲学和随笔联系起来没有什么困难，哲学史上的随笔比比皆是，而马克思主义哲学和随笔联系起来远不是那么简单，二者在性质与使命上存在一定的冲突。

现代散文的根本特质在于用“人道主义之本，对于人生诸问题，加以记录研究”。这种人道主义是“个人主义的人间本位主义”，是“从个人做起”，“人的文学”要“发见人”，“辟人荒”。[②]如果说文学的根本意义在于表现“人化”的存在，那么散文就是人性景观中最直接的语言现实。现代散文在一开始，就确立了这样的坐标和路标，而马克思主义哲学的使命在于探索人类社会发展的一般规律，马克思“透过历史的表层——人们的意识和自我意识，走向历史的深处，发现了支配人类社会发展的一般规律”。[③]在陈先生看来，如果和马克思发现历史规律的道路背道而驰，把文化心理结构、自我意识结构或人的主

---

① 艾思奇：《白马问题》，重庆出版社2001年版，第241、243、245、275页。

② 周作人：《人的文学》，《新青年》5卷6号，1918年12月15日。

③ 陈先达：《走向历史的深处——马克思历史观研究》，上海人民出版社1987年版，第414页。

体性作为历史的深层结构，就会从不同的途径退回到唯心主义历史观。马克思主义哲学的主旨在于历史唯物主义，而现代散文和随笔的本体论特征在于人道主义，二者显然是冲突的，格格不入的。如果肯定陈先达哲学随笔可以在现代散文和随笔的线索中予以把握，那么，陈先生是如何从马克思主义哲学走向随笔的，在这个过程中，他论述的主题和视角、思想的关怀和重心发生了哪些细致入微而又至关重要的变化，就成为无可回避的问题。①

通过文本的细读，我们发现，如果说《漫步遐思》和《静园夜语》属于“通俗”哲学，《哲学心语》和《回归生活》属于“随笔之作”，那么，二者的很大区别在于，在《漫步遐思》和《静园夜语》中，我们率先看到的是马克思主义哲学，最后看到的还是马克思主义哲学，只不过论述的方式比较通俗易懂，采用了很多生活化的譬喻，而在《哲学心语》和《回归生活》中，我们看到的是衣食住行、人情冷暖、生老病死，是实然的生活本身，是一个在哲学道路上奋然前行了五十余年的老者的足迹和心迹。正是在主题和叙述方式的转换中，我们感受到陈先生对庄子和文化传统的亲近，对古今中外各种哲学与思想的融通，以及由此而来的对马克思主义哲学的一些新认识。

在《漫步遐思》中，只有三处提到庄子，其中一处是：“庄子讲如何善于养生时，提出了一个重要命题：‘善养生者，若

---

① 陈先生承认：“到晚年，我自己的哲学思路和文风都有点改变。”笔者希望把这一点具体化。陈先达：《哲学心语：我的哲学人生》，北京师范大学出版社2007年版，第8页。

牧羊然，视其后者而鞭之。’”[①]在《静园夜语》中，九处谈到《庄子》，核心在于阐明：“几乎所有重要的哲学论断都以具体生活事例为引子，从中得出具有普遍意义的哲学结论”。[②]到《哲学心语》中，庄子的名字开始到处散播，许多时候尽管落脚点还是马克思主义哲学，庄子哲学的影响却具有普遍的辐射力。最终，庄子和马克思轻松地走在一起。庄子主张“忘是非”，并认为找不到区分是非的标准，硬要分明是非只能自寻烦恼，而马克思在《关于费尔巴哈的提纲》中提出，人应该在实践中证明自己思维的真理性。在陈先生看来，“马克思仿佛是在回答庄子”，问题和答案且是如此贴切，仿佛当面辩论一样，“这表明哲学问题不是哪一个人的问题，而是人类共同的问题。”[③]到《回归生活》，庄子的“三自说”——自明、自得和自适贯彻全书，超越功名利禄和成败得失，淡定澄明，向死而生。

陈先生始终坚持马克思主义哲学不是关于个人如何解脱的哲学，而是寻求阶级和全人类解放的哲学，“试图把马克思主义哲学单纯作为个人的安身立命之道，如人们在儒释道中所寻求的那样是不可能的”。[④]但他从不否认马克思主义哲学和个人的

---

① 陈先达：《漫步遐思：哲学随想录》，中国青年出版社1997年版，第275页。

② 陈先达：《静园夜语：哲学随思录》，中国人民大学出版社1998年版，第11页。

③ 陈先达：《回归生活：哲学闲思录》，北京师范大学出版社2008年版，第239页。

④ 陈先达：《哲学心语：我的哲学人生》，北京师范大学出版社2007年版，第211页。

关联，也不否认它可以安身立命。《漫步遐思》中提出，马克思主义哲学不是从个人主义出发，而是把个人放在群众之中，放在国家民族之中，以唯物辩证的态度正确对待生与死、乐与苦、幸福与痛苦，由此“真正为自己的心灵找到了家”。[①]《回归生活》中也提出“只要善于应用，辩证唯物主义和历史唯物主义同样能够为解除个人在不同境遇下的苦恼提供正确的观点和方法”。[②]言辞和表述上似乎没有太大的变化，但是通览《回归生活》，我们很容易体会到，陈先生笔下的人愈来愈是现实生活中的个人，普普通通的个人，设身处地的个人；马克思主义哲学不只是“讲的、说的、写的”的哲学，而且是“想的、行的、信的”哲学，是“自己内心的哲学”，[③]由此，马克思主义哲学的人性化和个性化乃至个人化的色彩愈来愈浓了。

从《漫步遐思》经由《静园夜语》和《哲学心语》，最后《回归生活》，陈先生作为文化老人、思想老人和哲学老人的形象跃然纸上，和蔼可亲。回归生活意味着回到民族的文化传统，回到自己的童年、世界的童年和哲学的童年，正如陈先生所说：“一个人的一生就是一本传记……我现在正站在生命的尽

① 陈先达：《漫步遐思：哲学随想录》，中国青年出版社2007年版，第4页。

② 陈先达：《回归生活：哲学闲思录》，北京师范大学出版社2008年版，第151页。

③ 陈先达：《哲学心语：我的哲学人生》，北京师范大学出版社2007年版，第29页。

头，是一本从后往前读的书”。[①]

综上所述，在阅读陈先达哲学随笔时应注意区分两种不同重心的写作：一是以随笔形式阐发的哲学理论，二是关于哲学与人生的随笔式思考。前者重在谈问题、讲道理，理当属于哲学，后者重在讲故事、抒发情感，实实在在地属于随笔。对陈先达哲学随笔稳妥而积极的解读应当在两条线索上展开：一是哲学特别是马克思主义哲学通俗化、大众化的线索，就此而言，陈先生是在延续艾思奇以降的写作风格，践行毛泽东关于马克思主义哲学中国化的要求，为当前马克思主义哲学的中国化、时代化、大众化做出了可贵的表率。二是20世纪以来现代散文的诞生与发育的线索，从文学散文到学者散文，从文学随笔到学术随笔，其中蕴含了中国文化现代性的风范。经由这样两条线索的交互阐释，陈先达哲学随笔的意义与地位当能获得充分的阐释。

（本文登载于《哲学动态》2011年第1期）

---

① 陈先达：《哲学心语：我的哲学人生》，北京师范大学出版社2007年版，第14页。

实践、历史和中国式现代化的哲学沉思

——杨耕作品系列的意义与地位

2018年8月，北京师范大学出版社推出四卷本“杨耕作品系列”，包括《为马克思辩护：对马克思哲学的一种新解读》《危机中的重建：唯物主义历史观的现代阐释》《重建中的反思：重新理解历史唯物主义》和《东方的崛起：关于中国式现代化的哲学反思》。同年1月，他的哲学随笔《理性与激情》由中国青年出版社出版，6月，另一本哲学随笔《哲学遐思与文化断想》由北京师范大学出版社出版。堂皇六卷汇集了杨耕教授四十年来的哲学思考，这四十年正好是改革开放新时期的四十年，六卷本可谓是对改革开放的哲学思考，它们伴随着改革开放的整个进程，在根本上受到改革开放进程的激发，同时又积极有力地参与了改革开放的进程。对实践本体论的深入阐发，对历史唯物主义的重新解读，对中国式现代化的哲学沉思，构成了杨耕教授系列作品的主题，也促成了其哲学思想的意义和地位。

发掘实践的本体论意义

20世纪80年代，实践唯物主义作为一个重要的学术思想潮流有力地引领了中国学界对于马克思主义哲学的理解与阐释，杨耕教授属于这个潮流，并且是其中一个重要的代表性人物。

其作为和影响力特别表现在，他对马克思哲学做了实践本体论的阐发，并由此出发，揭示了苏联马克思主义哲学模式的弊端和西方马克思主义的病症，确立了马克思在现代哲学史上的开创者地位，重塑了马克思哲学的形象。

把实践的观点从马克思主义哲学认识论的首要的、基本的观点，推进到马克思主义哲学的首要的、基本的观点，是实践唯物主义的核心主张和作为。然而，即便在实践唯物主义潮流内部，“实践”获得的承认也更多的是时代与政治的，而非哲学与思想的，一些学者依然坚持物质本体论，一些学者提出物质—实践本体论，一些学者认为马克思主义哲学只是世界观而没有本体论，等等，这些观点无法真正落实实践的首要、基本观点的理论主旨地位。在这样的背景下，杨耕教授强调任何哲学的基础都是本体论，认为马克思批判并终结传统哲学的工作是从本体论层面上发动并展开的，其中的关键就在于马克思创立了实践本体论。马克思把物质生产实践作为实践的首要的、决定性的形式和根本内容，他所说的实践是同自然过程既相联系又相区别的社会过程，是一种自在自为的活动，这样，就找到了“把能动性、自由性、创造性与现实性、客观性、物质性统一起来的基础”。继而，马克思在确立“实践是人类世界的本体”的同时，又确认“实践是人的生存的本体”，两者是一个问题的两个方面。并且，实践本体论与“否定性的辩证法”具有内在的关联，是“一而二，二而一”的关系，当马克思把实践理解为人的存在方式，并把物质实践理解为人与自然、人与社会关系的基础时，否定性的辩证法获得了一个现实的基础，成为一种“合理形态”的辩证法。[①]杨教授的论述层层深入，环环相扣，实践的本体论地位卓然挺立。

基于实践本体论的认识和主张，苏联马克思主义哲学模式的弊端昭然若揭，西方马克思主义的症结一目了然。杨耕教授并不否认苏联马克思主义哲学模式深化并普及了马克思主义哲学的一些观点，但从总体上看，它曲解了马克思的哲学，忽视了实践的世界观或本体论意义，否定了人的主体地位，颠倒了马克思主义的总体逻辑。这一“颠倒”在斯大林《论辩证唯物主义和历史唯物主义》得到典型表现，其中，自然是脱离了人的活动以及历史过程的自然，实际上就是马克思所批判的“抽象的自然”“抽象的物质”，这是以“抽象的物质”为本体的近代唯物主义的复归，是一次“惊人的理论倒退”，马克思所关注的人与自然的“物质变换”以及“人类学的自然界”和“社会的物”不见了，作为人的存在方式、社会生活本质和现实世界基础的实践被遮蔽了，人的主体性被消解了，从而，马克思哲学的划时代贡献被摒弃了。卢卡奇作为西方马克思主义哲学的鼻祖，在其《历史和阶级意识》一书中，肯定了“历史的自然”，却又忽视了“自然的历史”；肯定了历史的总体性，却又夸大了无产阶级意识的作用；肯定了历史与实践的内在联系，并把实践引入本体论，却又取消了实践活动中人与自然的关系，从而笼罩着一层“唯心主义的阴影”。在其后期的《社会存在本体论》中，确立了正确的实践概念，并以此为基础把人与自

① 杨耕：《为马克思辩护：对马克思哲学的一种新解读》，北京师范大学出版社2018年版，第169、179、183、181页。

然、社会存在与自然存在联系起来，把人的目的与客观的因果关系统一起来，从而展示了一个新的思想地平线时，却又突然后退了一步，把一般本体论或者说自然本体论作为社会存在本体论的基础，从而“回归”到斯大林的自然本体论。杨教授的论述鞭辟入里，切中要害，苏联马克思主义哲学和西方马克思主义哲学的成败得失由此一目了然。

在论述马克思哲学的实践本体论时，杨耕教授区别了“马克思的哲学”和“马克思主义哲学”这两个概念。在国内哲学界，他比较早地做出这样的区别，并对区别的意义做了明确阐发，认为马克思的哲学是马克思本人的哲学思想，马克思主义哲学是由马克思、恩格斯所创立、由他们的后继者所发展了的哲学思想。众所周知，在《马克思主义的三个来源和三个组成部分》中，列宁提出了“马克思的哲学”与“马克思主义哲学”两个概念；在《卡尔·马克思》中，又提出了“马克思的学说”与“马克思主义”两个概念，强调“马克思主义是马克思的观点和学说的体系”。延续列宁的思想，杨教授提出，马克思是马克思主义的主要创始人，离开了马克思哲学思想的马克思主义哲学，只能是打引号的马克思主义哲学；离开了马克思观点和学说的马克思主义，只能是打引号的马克思主义；坚持和发展马克思主义哲学，首要的就是坚持马克思的哲学，坚持“马克思的观点和学说的体系”。杨教授的这些阐发，初衷不在于固守马克思哲学的所谓本义，而是致力于将马克思从误解和歪曲的沼泽中“解救”出来，特别是从来自不同方面的片面的意识形态的扭曲中“解救”出来，使其神采奕奕地矗立在“历史”和“历史性”的地平线上。

事实上，基于实践本体论的认识和主张，马克思作为一个现代哲学家乃至现代哲学的开创者的地位脱颖而出。杨耕教授在哲学上的一个重大努力和贡献，就是论证并阐释了马克思是一个现代哲学家，并且是现代西方哲学的开创者。相比较先前的研究，他以马克思主义哲学史、西方哲学史以及现代西方哲学为理论背景展开对马克思哲学的研究；相比较同时代其他人的阐释，他特别强调马克思哲学的本体论是实践本体论。他对马克思哲学的阐释，最终形成了三个重大创见：其一，马克思哲学的创立使哲学的主题发生了根本转换，即从“世界何以可能”转向“人类解放何以可能”，从“认识世界何以可能”转向“改变世界何以可能”，从而实现了对人的终极关怀和现实关怀的统一；其二，马克思的哲学是现代唯物主义，是历史、辩证、实践的唯物主义；其三，马克思的哲学是形而上学批判、意识形态批判和资本批判的统一。这样的三个创见高屋建瓴，融会贯通，展现出马克思哲学在当代中国的光辉形象。这是中国学者为马克思“辩护”的结果，这个“辩护”不是一件简单的事，不是一蹴而就的事。

《为马克思辩护》一书先后有四个版次，杨耕教授在2004年出版的第二版后记中明确指出，他的研究方向是马克思哲学，他注意到马克思的“形象”在其身后处于不断变换之中，“马克思离我们的时代越远，对他认识的分歧就越大”。杨教授的全部论著都是重读马克思的结果，或者说，是对马克思哲学的“一种新解读”，所以，第二版定名为《为马克思辩护——对马克思哲学的一种新解读》。2010年出版的第三版相比较第二版有较大的变化，其目的仍然是力图用新的科学和哲学研究成果阐释已成为“常识”的马克思哲学的基本观点，展示被现行的马克思主义哲学教科书“所忽视、所遗忘的”马克思哲学的基本观点，深入探讨、系统论证马克思“有所论述但又未充分展开，同时又契合当代重大问题的”观点，从而凸显马克思哲学的“现代性质”和“当代意义”。第三版出版之后，由于重读《1844年经济学哲学手稿》《德意志意识形态》和《资本论》等经典著作，杨教授再次感受到“马克思思想的穿透力、哲学的批判力”，深刻体会到马克思的哲学仍然具有“令人震撼的空间”，因而于2016年出版了第四版，力图呈现一个新的马克思“形象”。

值得欣喜的是，杨耕教授所重塑的新的马克思“形象”在哲学原理教科书中得以呈现。自20世纪80年代后期以来，他参与了高等学校文科教材《辩证唯物主义和历史唯物主义原理》第三版、四、五版的修订工作，并且，第五版的修订主要是由他负责的；他和陈先达教授联合主编的《马克思主义哲学原理》作为普通高等教育国家级规划教材、高校思想政治理论课重点教材，出版了4版；他是马克思主义理论研究和建设工程重点教材《马克思主义哲学原理》的主要编写者之一；中央宣传部理论局组织马克思主义理论研究和建设工程专家编写了《马克思主义哲学十讲》，他也是主要编写者之一。在编写和修订教材的过程中，杨教授撰写了一系列的相关论文，包括：《哲学体系改革的尝试——高校文科哲学教材第三版介绍》（载《哲学动态》1990年第7期）；《〈辩证唯物主义和历史唯物主义原理〉第四版的基本思路和说明》（载《教学与研究》1995年第2期）；《如何讲授〈辩证唯物主义和历史唯物主义原理〉（第四版）导论》（载《教学与研究》1996年第5期）；《关于“马克思主义哲学原理”教学基本要求的说明》(载《教学与研究》1999年第1期)；《如何编写马克思主义哲学教科书——以〈马克思主义哲学原理〉(示范教材)为例》(载《北京大学学报》2000年第5期)；《辩证唯物主义和历史唯物主义“一体化”：内涵、基础与问题——写在〈辩证唯物主义和历史唯物主义原理〉出版20周年之际》(载《中国人民大学学报》2003年第5期)；《马克思主义哲学教学体系的形成与演变》(载《哲学研究》2011年第10、11期)；《马克思主义世界观和方法论的高度统一——〈马克思主义哲学十讲〉解读》(载《北京行政学院学报》2014年第4期)；《关于中国马克思主义哲学体系的历史沉思》(载《哲学研究》2016年第1期)。借用马克思所说的“哲学家们只是在解释世界，而问题在于改变世界”，我们可以说，杨教授从事的教材编写和讲授工作就是对世界的一种“改变”，改变了学生和干部的“头脑世界”，现实的社会世界的改变也就水到渠成，指日可待。

重释历史的唯物主义

在杨耕教授的著述中，“历史”属于高频率的一个词语，如“世界历史”“历史哲学”“历史唯物主义”等。如果说“世界历史”所表明的是一种世界的眼光、现代的视野，“历史哲学”所意味的是一种历史的意味、哲学的反思，那么，“历史唯物主义”所代表的，则是他对唯物主义历史观的现代阐释和对历史唯物主义的重新理解。这一现代阐释和重新理解，和他对马克思哲学的阐发与认识相互推动，相辅相成。

历史常常具有惊人的相似之处。19世纪与20世纪之交，历史处在转折点上，唯物主义历史观受到外部的指责和内部的

“修正”，拉布里奥拉写作了著名篇章《关于历史唯物主义》。20世纪与21世纪之交，历史又处在转折点上，马克思预言的资本主义“丧钟”仍未敲响，苏东社会主义阵营却被资本主义“不战而胜”，“历史终结论”沸沸扬扬，唯物史观似乎再次面临着“危机”。杨耕教授《危机中的重建：唯物主义历史观的现代阐释》一书所彰显的，正是他对这一危机的态度和担当。一方面是坦然地直面危机，认为“危机”正是唯物史观面对挑战而自我反省、自我超越、自我发展的时期，另一方面是寻求“危机”中的重建之路。既不能像以往意识形态“变形”那样，以改变自己的基本原则为代价去适应新的政治需要，也不是用其他理论体系来改造、“补充”唯物史观，是杨教授所坚持的基本原则。重建唯物史观，首先应当“回到马克思”，但这并不意味着奉行“原教旨主义”，而是站在当代实践、科学和哲学的基础上，把握唯物史观在现代的“理论生长点”①，也就是说，在“一切历史都是当代史”的意义上“回到”马克思。

马克思是现代社会理论的奠基者，也是现代历史哲学的开创者。通过追溯唯物主义历史观的创立和理论基础的演变过程，杨耕教授把唯物主义历史观归入历史哲学范畴，提出历史认识论是唯物主义历史观的理论生长点，历史本体论与历史认识论构成唯物主义历史观的双重职能。他的这一阐释，突出了实践作为出发点的首要地位，强调马克思从“感性的人的活动”的角度，以实践为出发点来考察和理解一切历史现象，来

① 杨耕：《危机中的重建：唯物主义历史观的现代阐释》，北京师范大学出版社2018年版，第3页。

审查、评价和改变以往历史哲学的范畴和规范。实践原则也就是主体性原则，马克思始终是把实践和主体联系在一起来考察人类历史的，在实践及其相互作用的基础上，唯物主义历史观找到了对于经济必然性的合理理解，同时注意直接或间接为经济必然性所决定的社会现象的总和，历史总体性因而构成它的又一内在原则。这样的并重态度意义重大，其直接的针对性在于，在改革开放新时期，一些学者以主体性之名遗弃经济必然性，从而遗弃了历史必然性；一些学者则以坚持经济必然性之由忽视主体性，从而忽视了历史总体性。杨教授对经济必然性的坚持，确保唯物史观与唯心史观划清了界限；对历史总体性的强调，确保唯物史观与宿命论保持了距离。

关于唯物史观的系统论述并不鲜见，问题在于，在传统的马克思主义哲学体系中，唯物史观是最后一个重要的组成部分，它是作为体系的一个部分而存在的，随着对马克思哲学和马克思主义哲学的重新认识，唯物史观本身的主导性和总体性得到承认，对它的系统化论述也就焕然一新了。《危机中的重建》一书无意构建体系，杨耕教授也一再强调“重要的不是体系，而是观点”，但该书显然具有一种体系的面相。第三章“社会和自然”，第四章“个人和社会”，第五章“社会的本质和社会有机体的特征”，第六章“社会结构和实践活动”，第七章“社会历史过程和‘自然历史过程’”，第八章“历史规律的形成和特征”，第九章“社会主义代替资本主义的历史必然性和人文取向”，第十章“世界历史的形成和东方社会的命运”，第十一章“社会科学方法的历史性转换”，第十二章“社会科学研究的基本环节”，第十三章“科学抽象法：社会研究的根本方法”，第十四章“‘从后思索法’：历史认识论的根本特征”，所有这些构成了一个整体，呈现了唯物主义历史观的基本观点、历史实践和认识方法。

杨耕教授对唯物史观的重新阐释，更大的意义还在于，对历史唯物主义做出了新的理解。传统的观点把唯物主义划分为三种历史形态，即朴素或自然唯物主义、机械或形而上学唯物主义和辩证唯物主义，杨教授的研究则表明，从“理论主题的历史转换”这一根本点来看，唯物主义具有三种历史形态，即自然唯物主义、人本唯物主义和历史唯物主义。这样的观点犹如石破天惊，促成了对唯物主义形态史的颠覆性认识，继而导致对马克思新唯物主义性质的革命性理解。恩格斯已降的马克思主义理论家和研究者对历史唯物主义的论述连篇累牍，但不曾有谁把唯物主义的第三种历史形态界定为历史唯物主义，历史的唯物主义无从真正展现，历史唯物主义所关注、所要解决的基本问题亦即人的实践活动所包含和展现出来的人与自然、人与人或人与社会的关系，也就不可能切实呈现。历史的唯物主义浮出水面，意味着“人与世界的关系问题”真正得到正视，马克思哲学研究的主旨和主题真正得以显现，即以实践为出发点解答人与世界的关系。历史唯物主义展现出一个新的哲学空间，一个自足而又完整、唯物而又辩证的世界图景，由此，历史唯物主义不仅仅是一种历史观，更重要的，是一种“唯物主义世界观”，一种内含“否定性的辩证法”的“真正批判的世界观”。[①]基于这样的一种认识，历史唯物主义和辩证唯

① 杨耕：《重建中的反思：重新理解历史唯物主义》，北京师范大学出版社2018年版，第15页。

物主义的关系就需要新的理解。

依据传统的观点，马克思主义哲学就是辩证唯物主义和历史唯物主义。单纯从名称来看，无法判断这一观点的真值，问题的关键在于，在马克思主义哲学的理论和历史上，如何理解辩证唯物主义和历史唯物主义。杨耕教授的研究表明，马克思是用“历史科学”“唯物主义世界观”来表述历史唯物主义内容，用“真正实证的科学”“真正批判的世界观”来表述历史唯物主义特征的；在马克思主义哲学史上，恩格斯率先提出并使用了历史唯物主义及唯物主义历史观这两个术语。在第二国际的马克思主义中，历史唯物主义和唯物主义历史观是作为同一概念使用的，在列宁的著作中，除了个别情况外，历史唯物主义、社会唯物主义、唯物主义历史观是作为同一概念使用的，指的都是马克思主义历史观。在斯大林那里，辩证唯物主义是唯物辩证的自然观，历史唯物主义是辩证唯物主义在历史领域的“推广”与“应用”，这样的理解存在两个重大缺陷，一是脱离人的活动和社会历史来谈论自然和物质，二是脱离自然环境孤立地考察生产方式和社会发展，与马克思的思想道路和理论观点大相径庭、相去甚远。在卢卡奇和科尔施等西方马克思主义者那里，马克思主义哲学本质上是“辩证的唯物史观”，即历史唯物主义。通过细致缜密的思想史的考察，杨教授得出结论：辩证唯物主义与历史唯物主义不是两种“观”，即辩证唯物主义是自然观，历史唯物主义是历史观，而是一个“观”，即马克思的世界观的不同表述；不是两个“主义”，即辩证唯物主义是自然主义，历史唯物主义是历史主义，而是同一个“主义”，即马克思的新唯物主义的不同表述。严格说来，“辩证唯物主义是历史唯物主义的代名词，体现的是历史唯物主义的辩证法维度及其批判性、革命性”。[①]

杨耕教授对历史唯物主义理论内核的阐发，与他对马克思哲学本体论的阐发相互贯通。其一，历史唯物主义不是以一种抽象的、超时空的方式谈论存在问题，而是从人的实践活动出发“询问并回答存在的问题”；其二，历史唯物主义不仅肯定了存在物和存在的差异，而且阐明了自然存在和社会存在的关系，并认为“人们的意识，随着人们的生活条件、人们的社会关系、人们的社会存在的改变而改变”，从而凸显了存在的根本特征——社会性或历史性；其三，历史唯物主义本质上是以资本为核心范畴而展开的对资本主义社会的批判，本质上是存在论意义上的批判。正是在这个批判过程中，历史唯物主义扬弃了“抽象的”存在，发现了“现实的”存在，并揭示了资本主义社会的秘密。[②]正是由于这三重内核及其意义，历史唯物主义终结了“抽象的存在”“抽象的本体”，把本体论与人间的苦难和幸福结合起来，开辟了从本体论认识现实的道路，并由此终结了形而上学。

赋义中国式的现代化

今年是马克思诞辰二百年，改革开放四十年。马克思主义自百年前的五四新文化运动传入中国，从一开始，就积极介

① 杨耕：《重建中的反思：重新理解历史唯物主义》，北京师范大学出版社2018年版，第19页。

② 杨耕：《重建中的反思：重新理解历史唯物主义》，北京师范大学出版社2018年版，第25—27页。

入中国社会的现代化事业，并在1949年后成为主导性的理论形态，是马克思主义为中国指出了一条社会主义的康庄大道，同样，也是马克思主义为中国导引了改革开放的新时期。马克思主义在中国势必形成中国化的马克思主义，中国马克思主义理论家的历史使命就在于“从理论上再现中国选择社会主义的历史必然性，再现中国式现代化建设的艰难性，再现波澜壮阔的当代中国改革开放的历程，从而再现社会主义在中华民族伟大复兴的基础上实现世纪复兴和中华民族在社会主义的基础上实现伟大复兴的辉煌远景”。[①]《东方的崛起：关于中国式现代化的哲学反思》一书集中反映了杨耕教授强烈的现实关怀和深沉的民族情怀。

党的十一届三中全会后，在总结新中国成立以来历史经验和改革开放以来新的实践经验的基础上，党对我国社会主义所处的历史阶段进行了新的探索，逐步做出了我国还处于并将长时期处于社会主义初级阶段的科学论断，准确地把握了我国的基本国情。遗憾的是，在一些理论界人士和群众的头脑中，对社会主义初级阶段存在种种错误的认识，其中之一，就是将社会主义初级阶段理解为“不够格的”社会主义，由此，中国特色社会主义的“社会主义”性质就遭到质疑，进而，社会主义代替资本主义的必然性遭到了质疑，科学社会主义的基本原则也遭到了质疑。对中国的马克思主义者来说，站在当代实践的基础上深刻反思、深入探讨科学社会主义，既是理论的需要，

① 杨耕：《东方的崛起：关于中国式现代化的哲学反思》，北京师范大学出版社2018年版，第2页。

也是现实的需要。杨耕教授就是这样的一个马克思主义理论家，他从科学社会主义的基本原则出发，阐述了社会主义代替资本主义的必然性及其历史进程，论证了落后国家社会主义革命的必然性及其特征，强调在生产力与交往形式矛盾运动的民族性和世界性相互作用下，落后国家能够超越典型的或完整的资本主义阶段，并先于发达国家直接走向社会主义，这表明，落后国家社会主义革命的产生既是历史发展的特殊性，又是历史发展的必然性。“历史发展是曲折的、多样的，但发展的进程是定向的；一个国家或民族的历史发展可以超越某一历史阶段，但它的历史运行不可能是同历史规律以及世界历史进程相反的逆向运动。”①

众所周知，马克思通过对现代西方资本主义状况的考察，概括了人类社会发展的普遍规律，揭示了人类社会演进的几个时代的一般进程和顺序，与此同时，他向来反对用一个固定不变的模式去裁剪不同民族与国家的历史，批评那种将他“关于西欧资本主义起源的历史概括彻底变成一般发展道路的历史哲学理论”的观点。在晚年，马克思吸取了民族学、人类学、社会学、法制史等领域的研究成果，集中探讨了东方社会非资本主义发展的现实性，展望了东方社会的发展前景。基于马克思的世界历史理论和东方社会理论，杨耕教授着重阐述了世界历史中的东方社会及其命运，论述了中国在世界历史中走向社会主义，在世界历史中走向社会主义现代化，强调这是“历史的

---

① 杨耕：《东方的崛起：关于中国式现代化的哲学反思》，北京师范大学出版社2018年版，第54页。

必然”，又是“中国人民的自觉选择”，集中体现了社会发展是决定性和选择性的统一。现代化是人类文明的一次巨大嬗变，标志着农业文明向工业文明的转变。通过回顾中国现代化道路的寻觅及其文化难题的解答，“中国工业化道路”的探索及其成功与失误，杨教授阐发了“中国式现代化道路”的拓展及其时代特征；从毛泽东和邓小平的现代化理论中，杨教授“透视出历经磨难的中华民族如何从东南西北悲壮奋起的宏大历史场面，领悟到一个古老的民族何以会复兴于当代的全部秘密”。[①]

邓小平作为一位历史伟人，领导当代中国实现了三大历史转折，即从以阶级斗争为纲转向以经济建设为中心，从传统的计划经济体制转向社会主义市场经济体制，从封闭半封闭型社会转向开放型社会，从而深刻地改变了中国的历史进程。杨耕教授较早地阐发了邓小平所说的“第二次革命”的基本内涵、性质和根本任务，探究了“第二次革命”得失成败的根本标准，强调对“生产力标准”的理解必须准确全面，不能把它简单化、绝对化，这一标准的实质在于价值尺度和科学尺度的统一，对这一标准的坚守从根本上划清了科学社会主义同空想社会主义的界限。“以生产力为根本标准的是彻底的唯物主义，为当代中国的社会发展展现了一个新的地平线。”[②]基于当代中国开放的时代背景与思维坐标的探讨，杨教授分析了当代中国社会基本矛盾的内在联系、运动过程和主要类型，挖掘了当

① 杨耕：《东方的崛起：关于中国式现代化的哲学反思》，北京师范大学出版社2018年版，第112页。

② 杨耕：《东方的崛起：关于中国式现代化的哲学反思》，北京师范大学出版社2018年版，第141页。

代中国社会发展的深层矛盾，阐述了当代中国社会发展的双重动力，强调“发展生产力是社会主义社会的根本任务，以人为本、实现社会公平是社会主义制度的内在要求”，因此，正确理解、把握和处理好效率与公平的关系是当代中国社会发展的“重大课题”，先进生产力的决定性作用和人民群众的决定性作用构成了当代中国社会发展的“双重动力”。

通过分析了邓小平理论形成的历史背景、时代特征、主观条件，挖掘邓小平理论的主题，杨耕教授深入阐述了“邓小平理论是当代中国的马克思主义，并构成了中华民族在当代振兴的精神支柱”这一重大理论命题，论证了“邓小平理论是一个科学体系”。为此，他提出了判断一个理论是否形成体系的标准在于，“它是否系统地回答或解答了所研究领域的基本问题”。[①]邓小平理论之所以构成一个科学体系，之所以是当代中国的马克思主义，就是运用了马克思主义的立场、观点和方法，系统而科学地回答了当代中国的一系列基本问题，包括：当代中国的主要矛盾和历史方位问题；当代中国的发展方向和发展道路问题；当代中国的根本问题和根本任务问题；当代中国的发展动力和政治保证问题；当代中国的国际环境和外交战略问题；当代中国的发展战略和战略重点问题；当代中国的领导力量和依靠力量问题；当代中国的国家统一问题，等等。“邓小平理论系统地回答了当代中国的一系列基本问题，围绕着什么是初级阶段的社会主义，在初级阶段怎样建设社会主义这个

① 杨耕：《东方的崛起：关于中国式现代化的哲学反思》，北京师范大学出版社2018年版，第225页。

中心问题，形成了一系列相互联系的基本观点，构成了一个科学的体系。”①

杨耕教授断然拒绝这样一种观点，即邓小平理论“没有界定明确的哲学深度”。的确，邓小平没有写过所谓的纯粹的理论专著，《邓小平文选》中的文章大多是谈话与对话，使用的语言也是日常语言，但不能由此否认邓小平理论的哲学向度、广度和深度。杨耕教授区分了两种不同的理论形态：一种是以各种特定的范畴、规律、规则形式出现的逻辑化了的理论，另一种则是深悟理论与实际的关系，善于把握理论中的立场、观点和方法，并将之精当地渗透于、贯穿在现实的社会运动中，形成一种辩证的思维方式和总体的战略“构想”，这是“活的理论运动”。邓小平理论无疑属于后者。在论证了邓小平理论的“哲学性”之后，杨教授阐述了邓小平哲学思想是当代中国的唯物辩证法这一重要理论命题。他把邓小平哲学思想的基础分为“一般”“特殊”和“个别”三个层次，认为邓小平哲学思想在根本上建立于马克思主义哲学的基础之上，这是其一般基础；从历史继承性而言，毛泽东思想构成了邓小平哲学思想的特殊基础；邓小平本人的经历、能力、品格，构成了其哲学思想的个别基础。他提出，邓小平哲学思想包括两个组成部分，一是邓小平的哲学理论观点，二是邓小平的哲学思维方式。邓小平的哲学理论观点主要由五部分构成；以生产力为根本标准的彻底唯物主义；以科学技术为第一生产力的新型实践观；以矛盾运

① 杨耕：《东方的崛起：关于中国式现代化的哲学反思》，北京师范大学出版社2018年版，第227页。

筹为主线的社会活动辩证法；以开放的世界为基石的世界历史观；以主体意识、时机意识和发展意识为内容的当代意识理论。邓小平哲学思维方式有四个特征：整体性和系统性；战略性和设计性；实践性和调控性；主体性和发展性。这四种思维方式有机结合、融为一体，使邓小平的哲学思维方式成为一种高超的思维艺术，是一个“艺术整体”。[①]杨教授还把邓小平哲学思想的精神实质概括为三个方面，其一，解放和转换人的思维框架，激发社会活力和唤起人们的不断进取的精神；其二，把哲学作为方法论；其三，尊重社会发展规律，植根人民群众的实践。

在2001年8月31日的一次重要讲话中，江泽民强调：我国改革开放的历史进程，就是一个不断解放思想、实事求是的过程；解放思想、实事求是，首先要解决正确对待马克思主义的问题，要从发展变化着的实际出发，把马克思主义看作是不断随着实践的发展而发展的科学；坚持马克思主义，要在解决实际问题的进程中来落实，要用实践的效果来检验。“以实际问题为中心研究马克思主义”是一个具有重大理论意义和现实意义的命题，杨耕教授对此一命题有过系统的探究，他认为，要以实际问题为中心理解马克思主义基本原理、把握社会主义社会的基本规定，中国特色社会主义理论就是“以实际问题为中心研究马克思主义的典范”。[②]他本人也一直认真地践行“以实际

① 杨耕：《东方的崛起：关于中国式现代化的哲学反思》，北京师范大学出版社2018年版，第252页。

② 杨耕：《东方的崛起：关于中国式现代化的哲学反思》，北京师范大学出版社2018年版，第343页。

问题为中心研究马克思主义”，从对实践本体论的弘扬，到对马克思世界历史理论和东方社会理论的领先研究，再到对邓小平理论的系统阐述，都展现出他对当代中国与世界深切的现实关怀。在2014年的光明日报教育专家委员会暨教育研究中心成立大会上，杨教授强调：“无论是学术研究，还是社会科学报刊，不能仅仅成为学者们之间的对话之地，更不能成为学者个人的自言自语之地，它应该面向实际，否则就会孤立。”他具体提出了“四个面向”，第一应该面向国家重大实际问题，面向教育改革重大实践；第二应该面向学术研究的前沿；第三应该面向知识分子，尤其是老师们关心的实际问题；第四应该面向学生尤其是大学生的问题。①在纪念《实践是检验真理的唯一标准》发表40周年之际，杨教授应邀为《光明日报》撰写专文，强调指出，《实践是检验真理的唯一标准》给我们的又一重要启示，就是“必须坚持理论与实践的统一这一马克思主义的基本原则，以实际问题为中心研究马克思主义，深刻感悟和把握马克思主义的真理力量，在实践中坚持和发展马克思主义，发展当代中国的马克思主义”。②

余 论

1993年9月，我到人民大学哲学系攻读硕士研究生，杨耕教授是我的导师；三年后，我继续攻读博士研究生，他和陈先达

① 《光明日报成立教育研究中心——光明日报教育专家委员会暨教育研究中心成立侧记》，《光明日报》2014年12月16日。

② 杨耕：《在实践中感悟和把握马克思主义的真理力量——纪念〈实践是检验真理的唯一标准〉发表40周年》，《光明日报》2018年5月11日。

教授共同担任我的导师。我若要说读过他的每一页著述，可能有点夸大其词，但是，他的每一本著作和大多数论文我肯定是认真拜读过的，有的文章读过不止三遍，对他的哲学探索和创造之路也有比较系统的认识。当然，门生评价导师的学术思想成就不是一件容易的事，也不是一件轻巧的事。这里择要表达三个方面的认识。

其一，杨耕教授的著作具有强烈的思想个性，其行文、笔法都有独特的个人气势。他二十世纪五十年代中期出生，改革开放新时期走进大学课堂，而后获得硕士、博士学位，是在学术理论上走在时代前列的一代思想家，他是他自己，又不只是他自己，他是一代思想家中的一个，又是一代思想家的代表人物之一。他有那一代人的思想共性，也有他自己独特的思想个性，共性意味着他的代表性，个性意味着他的独创性。

其二，马克思主义哲学在当代中国具有重要的政治意义，也具有重要的学术价值。政治意义已经得到普遍的认同，学术价值则处于不断地多重阐发之中。杨耕教授的著作在认同马克思主义哲学政治意义的前提下，对其学术价值孜孜以求，不断探索。这一探索的过程，既是追寻马克思哲学真义的过程，也是为马克思哲学提供辩护的过程。由于他的浓墨重彩的阐述，哲学是时代精神的精华、哲学是为“历史服务”的批判理论、哲学是关于现实的人及其发展的学说、哲学不仅是解释世界的理论、更是改变世界的理论等对马克思哲学观的基本阐述得以传播开来，并得到普遍认同。

其三，马克思主义哲学在当代中国具有重要的现实意义，就是为中国特色社会主义提供理论的支持。中国特色社会主义作为当代中国的探索，势必有其超出马克思思想初衷和原意的地方，与此同时，在基本的理论主张和价值规范上，始终处于马克思哲学的语义域之中。后现代思想家利奥塔认为，越是后现代的，越是现代的，在类似的意义上，越是“后”马克思的，越是马克思的，这里所谓的“后”意味着创新与超越，也意味着回归与坚守。杨耕教授对马克思哲学的阐发，以及他那一代人对马克思哲学的阐发，都可以在这样的意义上来看待。

全面地评价杨耕作品系列的思想意义和理论地位，不是本文所能承担的任务。这里暂且陈列近三十年间对他的一些访谈、介绍和评论。主要的访谈有：《建构哲学空间，雕塑思维个性——访杨耕博士》（载《学术研究》1994年第3期）；《历史唯物主义与当代社会——访杨耕博士》（载《哲学动态》1994年第4期）；《杨耕：“光荣的路是狭窄的”》（载《学术界》2001年第2期）；《要深化对社会主义发展历史进程的认识——访北京师范大学杨耕教授》（载《前线》2001年第3期）；《马克思和哲学：我们时代的真理和良心——杨耕教授访谈》（载《学术月刊》2004年第1期）；《行走在哲学与出版的路途上——访北京师范大学出版集团总经理杨耕》（《中国图书商报》2011年4月12日）；《杨耕的哲学人生：生命与使命同行》（载《中华读书报》2018年3月11日）。主要的介绍有：《“钟情”哲学的杨耕》（载《前线》1996年第9期）；《哲学家——杨耕》（载《中国人民大学学报》1998年第1期）。主要的评论有：《从实践反思中开拓研究的新思路——〈杨耕集〉读后》（载《中国读书评论》2001年第5期）；《马克思主义历史观研究的力作》（载《光明日报》2013年5月8日）；《杨耕：以实践本体论，助推马克思主义哲学研究中国化——读〈重建中的反思：重新理解历史唯物主义〉》（载《中华读书报》2017年3月29日）；《杨耕：让马克思哲学“活”在当代——读〈为马克思辩护：对马克思哲学的一种新解读（第四版）〉》（载《中华读书报》2017年6月28日）；《有为的价值取向——读杨耕的〈理性与激情〉》（载《光明日报》2018年5月6日）。

自20世纪90年代中期开始，杨耕教授得到学术理论界愈益增多的关注，愈益崇高的评价。在《理论前沿》2000年发表的一篇文章中，就有这样的话语：杨耕教授的解读范式“提供了一种新的马克思哲学的理解途径，突破了传统的马克思主义哲学的理论框架，建构了新的马克思主义哲学体系，对于我国哲学体系的改革和建设具有突破性意义”。[①]当代著名马克思主义哲学家陈先达先生谈论杨教授时表达了这样的意思：“弟子不必不如师，师不必贤于弟子”，“时代在发展，思想在进步。我从不用自己的思想束缚我的学生，我举起双手欢迎、赞同和支持我的学生用创造性思维进行马克思主义历史观以至马克思主义的研究。”[②]北京大学仰海峰教授认为，《重建中的反思：重新理解历史唯物主义》一书“既是历史唯物主义重新建构的理论成果，也是中国马克思主义哲学研究转折过程中的思想见

① 金民卿：《国内马克思哲学研究的几种理论范式》，《理论前沿》2000年第1期。

② 陈先达：《马克思主义历史观研究的力作》，《光明日报》2013年5月8日。

证”。[①] 南京大学张亮教授认为，杨耕教授是国内“最具代表性和影响力的”马克思主义哲学研究者之一，《为马克思辩护：对马克思哲学的一种新解读》（第4版）是“凤毛麟角中之尤为出类拔萃者”。[②]北京师范大学刘成纪教授认为，《理性与激情》一书“从一个特定的维度展现了作者在马克思哲学研究中表现出来的执着的理论追求和鲜明的体系性。如果说马克思哲学有其自身的理论体系，那么，杨耕在对马克思哲学的创造性阐释中也形成了自己的研究体系”。[③]通过上述这些评论，杨耕作品系列的意义与地位可窥一斑，毋庸置疑。

《浮士德》有云：“浮光只图炫耀一时，真品才能传诸后世。”这是杨耕教授颇为欣赏的两行诗句，而他的哲学著述正是能够传诸后世的“真品”。他的哲学研究与创新仍在途中，定能写作更多的真品出来。

（本文登载于《南京大学学报》2021年第5期）

---

① 仰海峰：《杨耕：以实践本体论，助推马克思主义哲学研究中国化》，《中华读书报》2017年3月29日。

② 张亮：《杨耕：让马克思哲学“活”在当代》，《中华读书报》2017年6月28日。

③ 刘成纪：《有为的价值取向——读杨耕的〈理性与激情〉》，《光明日报》2018年5月6日。

公民阅读：改革开放40年的图书空间

对于“阅读史”概念的最初关注，源于《鲁迅〈故乡〉阅读史——近代中国的文学空间》(中译本，新世界出版社2002年版)，日本学者藤井省三所著。自《故乡》在1921年5月号的《新青年》发表以来，《故乡》及其作者鲁迅一直处于被阅读、被评论乃至再生产的过程之中。藤井省三将研究的落脚点放在中国70年来的语文教科书上，具有一般性的启示意义。其一，语文教科书代表了一种群体性的阅读，具有公共领域的探讨价值，材料的广度以及接受群体的确定性都有数据保障；其二，教科书所选文本的变迁标志着国家教育导向的变化，及意识形态国家机器战略的变化。基于比较文学、接受美学及文化研究的视点，“闰土”显现出本尼迪克特·安德森提出的“想象的共同体”的角色价值，有助于促动知识分子的自我忏悔，争取广大农民群众对革命事业的想象与认同。通过《鲁迅〈故乡〉阅读史——近代中国的文学空间》这本书，我们很容易理解阅读史讨论六个基本问题：谁读，读什么，在哪儿，什么时候，怎么读，为什么。并且，还应当增加一个问题：怎么样。这一方面是指所读之书的好坏高低，另一方面是指读书的收获与效应。

四十年公民阅读史，是改革开放史的有机组成部分，借此可以探讨公民的知识构成、思想内涵与精神气质，也可以探讨社会的出版动态、写作空间与流传渠道，进而，显现改革的进程和开放的范围。广州和北京两地先后评选出“40年40本书”。可以看出，京广两地，或者是北方和南方的阅读记忆，有一定的不同。这与活动举办者的角色身份、主观意识、评选组织等环节有关，也与北方和南方的思想旨趣差异有关，当然，泛泛而谈，与北京和广州在中国思想版图上的不同位置有关。

7月13日，《向经典致敬——2018南国书香节“中国阅读四十年”致敬盛典》新闻发布会暨致敬榜单终评研讨会在广州举行。12位终评评委共同遴选出“40本致敬榜单书目”，构成“向经典致敬——中国阅读四十年”权威阅读优秀经典作品榜单。8月10日，《向经典致敬——2018南国书香节“中国阅读四十年”致敬盛典》上公布了书目。按照“南国书香节组委会”的说明，这个活动旨在“记录中国社会的时代变迁，梳理中国人走过的精神世界，推崇经典大家作品，传承经典魅力，让更多人爱上阅读，从经典里读懂中国”。本届“向经典致敬”系列活动，以“传承经典魅力、颂扬时代强音”为主题，由广东省委宣传部、广东省新闻出版广电局、南国书香节组委会主办，广东广播电视台、广东新华发行集团、广东卫视文化传播有限公司承办。

9月23日下午，《新京报》“大民大国·40年40本书”揭晓礼在北京举行，通过不同领域的专家评委、线上读者和现场观众投票，最终在100本提名书单中决选出了影响中国“改革开放”40年以来的40本书。按照《新京报》的说法，“最终评选出的40本书，包含经济、社会、政治、文学、艺术、科学等领域，首次公开出版，或首次被翻译引进中国大陆是在1978年及以后。它们都在现实逻辑中对人们的认知、审美或社会经济实践等产生过重大影响，或是推动了社会经济秩序或法律制度改革，抑或严谨地描述或解释了一个当时的真问题”。9月23日下午，《新京报》“大民大国·40年40本书”揭晓礼在北京举行，根据不同领域的学者分为三场论坛。第一场论坛“审美与启蒙：我们40年的文学阅读史”，邀请了学者止庵、诗人欧阳江河、作家梁鸿、作家双雪涛，共同回望中国读者在过去40年中文学阅读趣味的变化，探讨这些变化对当下的影响；第二场论坛“怀疑与焦虑：朝向未来的精神史”，邀请了历史学家雷颐、大众文化与电影学者戴锦华、思想史学者贺照田，共同回顾40年以来时代焦虑与精神面貌的变化，探讨当下与未来观念的诸种可能；第三场论坛“选择与变革：如何通向更好的市场”，邀请了经济学家张维迎、政治学家任剑涛、法学家高全喜，从不同视角切入市场发展这一议题。

个体阅读经验和集体阅读记忆的不同值得重视。个体阅读受制于集体阅读意识，图书选择受到其时集体阅读氛围的影响。就阅读史而言，特别需要探讨的是，个体阅读经验（或这种经验的回忆）受制于集体阅读的历史记忆。一切历史都是当代史，一切历史都是集体史。在这个意义上，“40年40本书”的评选活动，不只是在总结以往的个体阅读，而且在相当程度上规训了个体的阅读经验及其记忆。在编撰公民阅读史时，对此应当有清醒地认识。阅读即政治，这不只是说阅读本身具有政治性，也是指对阅读的记忆与规训具有政治性。

十年前，改革开放30年时，《中国图书商报》组编了《30年中国最具影响力的300本书》《30年中国人的阅读心灵史》《30

年中国畅销书史》。之后，还组编了《60年中国最具影响力的600本书》《60年中国人的阅读心灵史》。今天如果编写类似的书，怎么做？40年选出来的书目对30年的书目会有怎样的补充和调节？即便是同样的书，今天对其意义的考量与10年前会有什么不同？

我个人的阅读，一方面，可以纳入既有的文学史思想史谱系，比如，文学史而言，伤痕文学到反思文学到寻根文学到改革文学，朦胧诗到新生代诗到第三代诗，等等。思想史，启蒙到后启蒙，现代到后现代，思想到学术，等等。随笔《坐言起行录》收录了自己2007年到2009年的一些读书笔记，主要是民国文人作家的散文之类，迎合了当时的“民国热”。阅读旨趣的变迁，如果用三个词概括，就是：思想、学术、生活。现在开始读花草之类的书，比如，《中国常见植物野外识别手册》《传情植物》《幸运植物》《染色植物》《改变世界的七种花》，等等。

在培养学生过程中，注重阅读书目的制订，也曾经开过几年的读书会。大体上，强调两个方面，其一，后现代、后殖民和后革命作为当代的社会和思想语境；其二，语言学、符号学、叙事学和话语分析作为阅读方法和写作策略。对文学批评理论一直比较热衷，伊格尔顿所著《当代西方文学理论》读过多遍，该书有好几个中译本。书中所谈的结构主义、新批评、读者反映理论、接受美学、性别研究、解构主义之类，都提供了阅读方法。卡勒所著《文学理论入门》堪称人文学科的入门读物。法国结构主义的马克思主义者阿尔都塞所谈“症候式阅读”也是一种阅读方法。为刚入学的哲学专业本科生，制订专业的入门书目；对马克思主义哲学专业的研究生，也制订了专业性的通识读物。

就阅读史而言，我比较关注个体（或者说，私人）的阅读与写作，及一些图书杂志的出版情况。比如，洪子诚著《我的阅读史》、肖复兴著《我的读书笔记》、王俊著《阅读的伦理》、张清主编《1978—2008私人阅读史》，等等。一些图书包括盗版在内的不同版本，从内部发行到公开面世的变迁情况，冒牌作者的冒牌出版物，这些在一定范围内产生的阅读效应值得细究。

在探讨公民阅读史时，应注意图书馆、书店、地摊、网络等读书场所的不同价值。就我个人的阅读史而言，最初主要是在图书馆的阅览室读书（1982—1990），后来是书店（新华书店和古旧书店）及书摊（1990——2008），再后来是电脑（手机）阅读。当然，家庭作为阅读场所，向来如此。不同场所，所读种类不同，阅读效果不同。

近五年来，参与乡村文化建设，各地调研时，注意乡村的图书馆情况。比如，河北馆陶“教育小镇”王桃园村有一个很小的新华书店。各地的文明村，都有阅览室。相对于城市的阅读生活，乡村的阅读尤为值得关注。城乡之别，大小城市之分，往往也体现在阅读上。十年前在北师大哲学院工作，连续两年参加硕士生复试，问及课外阅读，提到《平凡的世界》一书的频率比较高，让我很是感伤，这和学生原生家庭及环境的生存状况有直接关系。国家现在倡导乡村振兴战略，一个内容就是乡风文明，并且，“乡风文明是乡村振兴的灵魂所在”，对此，阅读应当发挥很大的作用。

借用王德威《想象中国的方法》一书中提到的“小说中国”，我们可以讨论“阅读中国”。质言之，阅读表征中国，阅读引导中国。阅读史所做的工作，就是研究阅读的“表征”和“引导”功能，研究公民的知识、思想与精神库存，研究时代的神魄、气质与高度。

（本文登载于《北京师范大学校报》2018年11月21日）

“社会热点”的历史构建

——论《社会热点解读》系列

2003年、2004年，两本《社会热点解读》先后出版。十三年后，《解读：2016》出版，又一年，《社会热点解读：2017》出版。四本“解读”的主编为同一人，沈湘平先生。第四本“解读”的书名重归“社会热点解读”，很容易让读者感觉，主编试图重续前缘，把“社会热点解读”的大业扛在肩上，持久向前。本文主要基于四个“前言”和“把生命活成一本书——《我是范雨素》刷屏”一章的阐发，勾勒《社会热点解读》系列的“来龙去脉”，解说其“相关链接”，呈现其“微言大义”，挖掘其“深度解读”，以期引发读者对该系列出版物的进一步的兴趣和探究。

何谓“社会热点”？

《社会热点解读》2003年版的“前言”从贝克莱“存在就是被感知”和笛卡尔“我思故我在”开始谈起，提出“我感知故我在”，“有一种感知叫关注”。[①]在全球化时代，我们“不得不”对世界进行“关注”。基于这样的哲学、思想和社会前提，

① 沈湘平主编：《社会热点解读》“前言”，北京出版社2003年版，第1页。

“前言”阐释了“社会热点问题”这一概念。

就其缘起来说，社会热点问题是在关注和谈论中形成的，“在每一个时代和社会的特定时期内，往往有大家共同关注的问题，它们成为媒体追踪报道的焦点、老百姓茶余饭后的谈资和学者们研究的对象。这些被大多数社会成员所吸引和讨论的问题就成了所谓社会热点问题”。社会热点是话语的产物，本身也构成话语，由此，“社会热点问题具有关注持续时间长、参与范围广、后续影响大的特点”。[①]这些特点貌似自发形成，实则是反思的结果，至少，“后续影响”是自觉不自觉的反思的结果。热点接踵而至，人们又实在是惯于遗忘（当然，在一定意义上说，必须有所遗忘），只有把热点“问题化”，使热点成为“热点问题”，社会热点成为“社会热点问题”，“热点”和“社会热点”才能积淀在人们的思想和经验中，成就“生活智慧”。

《社会热点解读》2004年版的“前言”，重申“全部历史的关键之关键永远是正在创造着的活的当代史”（读者不妨将此理解为《社会热点解读》就是在创造“活的当代史”），“阶段性标志林立的背后隐藏的却是历史的连续”[②]，如此说来，该书的意义就在于创造历史的连续性，一个个“热点”就是历史连续性中的一个个节点和支点。这样的一个隐含意思，在《解读：2016》的“前言”中可以得到印证。十多年前连续出版的两本《社会热点解读》，“如今读来，恍若隔世却又异常鲜活。

① 沈湘平主编：《社会热点解读》“前言”，北京出版社2003年版，第2页。

② 沈湘平主编：《社会热点解读》“前言”，北京出版社2004年版，第1页。

两本书不仅记录了彼时的事件，描摹了彼时的社会心理、思想动态，而且反映了我们的一些思想判断，不少被证明是颇有预见性的”。[①]字里行间不曾出现“热点”的字样，却对“热点”和“热点解读”的历史性做了散文化的阐发，一时的“热”难以成为“热点”，多年之后依旧鲜活的“热”才是真正的“热点”。概言之，热点是在连绵起伏的历史中凸显出来的，并在斗转星移的历史中不断熠熠闪现，由此，历史的热点成为历史性的热点。

《社会热点解读：2017》的“前言”，援引孔子两千多年所说的“众恶之，必察焉；众好之，必察焉”，对社会热点做了进一步的阐发。“所谓众好之、恶之者，即今天所谓舆论热点也；察焉，就是要聚焦、解剖，对之进行深度的分析、解读。”[②]从先贤圣哲的语录中探寻“热点”的渊源，并予以当代传媒理论的诠释，“热点”之传统与现代的关联得以确立。这样的一种关联，在《解读：2106》“前言”中已有端倪，这个“前言”从诗人木心的《从前慢》开始谈起，追踪两千四五百年前的“我们今天无法想象”的“慢”时代，庄子发出“人生天地之间，若白驹过隙，忽然而已”的感慨。木心的符号性价值在于，既意味着近世中的传统，也意味着传统中的近世，他横亘在传统与近世的桥梁上，甚至可以说，他自己就是这座桥梁。无论“前言”的撰写者有怎样的主观意图，作为读者的我有这样的一个

---

① 沈湘平主编：《解读：2016》“前言”，北京出版社2017年版，第3—4页。

② 沈湘平主编：《社会热点解读：2017》“前言”，北京出版社2018年版，第2页。

想法，这里事实上触及“热点解读”的一个功能，让转瞬即逝的人、事、物能够慢下来、停下来，哪怕只是暂时的“徐缓”，只是目光或心理上的“驻留”。“热点解读”的这一功能，也是“热点”的功能。

“社会热点”何以构建？

从2003年版《社会热点解读》到《社会热点解读：2017》时隔十四年，社会日新月异，人们的思想发生很大的变化，主编对“热点”和“热点解读”的认识和处理方式也有了根本性的深化。

从板块构成来看，2003年版《社会热点解读》，在2002年的众多热点中，精选了22个进行“热点重温”“相关链接”和“深度点评”。2004年版《社会热点解读》，在2003年的众多热点中，精选了19个进行“热点重温”“相关链接”和“深度点评”。《解读：2016》精选了2016年度的22个热点问题，分别梳理“来龙去脉”，扩展“相关链接”，萃取“微言大义”，进行“深度解读”。《社会热点解读：2017》精选了2017年度的20个热点问题，采取同样的体例。

从编辑宗旨来看，2003年版《社会热点解读》的宗旨在于，“使人们对熟知而非真知的热点的来龙去脉有一个系统的了解”，并“通过深度的分析、评述使人们能从曾经的热点中领悟某些有意义的东西”[①]。质言之，呈现真相、深度分析、提

① 沈湘平主编：《社会热点解读》“前言”，北京出版社2003年版，第2页。

供领悟。2004年版《社会热点解读》的“前言”强调：“当‘盘点’、‘总结’成为一种情结和需要时，我们要做的是如何使它变得更为精致和倍有意义。”①也就是说，把前一年的旨趣实施得更为彻底，落实得更为到位。《解读：2016》注意到“忙碌的生活节奏和对更多、更快、更新信息的喜好，使我们丧失了沉思的机会、反刍的能力和记忆的功能”，“对真相与意义的追问也只是变成更多、更快、更新信息产生的驱动力”，强调指出：“在无暇沉思、拒绝深刻、告别崇高的反智氛围中，好好思考是一条道德法则，也是洞穿幻象、复原整体、超越虚无、迫近自我的不二法门”。②不过是十二、三年的时间，社会已然改头换面，主编的宗旨亦是相去甚远，不过，此时还是保持对“真相与意义”的信赖与期待，希望把握真相、阐发意义。

《社会热点解读：2017》的“前言”有一个重大的突破，就是意识到“后真相时代”的莅临。尽管一如既往地致力于“使人们对经历而未必清楚、熟知而并非真知的现象和事件有一个比较全面系统的了解，进而在博采众家观点的基础上以独到的视角洞察真相、前瞻未来，增益一种感知与领悟同在、体验与反思共存的生活智慧”③，但对何谓“真相”“真相”何为之类问题的思考已然有了根本性变化。“耽于现场直播和深

---

① 沈湘平主编：《社会热点解读》“前言”，北京出版社2004年版，第1页。

② 沈湘平主编：《解读：2016》“前言”，北京出版社2017年版，第1—3页。

③ 沈湘平主编：《社会热点解读：2017》“前言”，北京出版社2018年版，第4页。

谙炒作之道的媒体迎合甚至刺激着大众的态度表达，从事件到关于这个事件，从关于这个事件到关于这个事件的人，再到围观、评论这个事件新闻报道的人，不断累积的是与事实渐行渐远的晕圈，最终我们进入了一个羚羊挂角的所谓后真相（post-truth）时代。”[①]这样的一个时代，也就是媒介时代、消费者社会，科学化的历史学与现代性理念式微，“历史终究是一种虚构故事而已”，“只是偶尔触及那些存在于细密无缝的语言织绣之外的独立事物”。[②]当然，我们不必屈从于相对主义和虚无主义，“过去”的确存在，重构“过去”是必要的，也是可行的，尽管更是困难的。著名小说家米兰·昆德拉说过，人们抵抗权势的斗争乃是记忆抵抗遗忘的斗争。泛泛而谈，《社会热点解读》系列的意义就在于，运用记忆抵抗遗忘，通过思想抵抗平庸，借助书写抵抗虚无。

从年度肖像来看，四本“解读”呈现的形象有很大的乃至大相径庭的区别。2002年，人造子宫、克隆人技术使得全球哗然，中国龙芯让龙的传人精神振奋，“只爱陌生人”的网恋如火如荼，人体彩绘和热吻激情大赛风靡全国，手机短信、彩信方兴未艾；这一年也是中国加入WTO的第一年，中国人由此普遍真切地领悟到全球化，国内外的热点交织在一起，巴以冲突、“9·11”周年记忆、伊拉克危机成为国人普遍关注的热点问题；网络媒介异军突起，网络评论由于其匿名性、直接性、

① 沈湘平主编：《社会热点解读：2017》“前言”，北京出版社2018年版，第2页。

②〔美〕乔伊斯·阿尔普比，林恩·亨特，玛格丽特·雅各布：《历史的真相》，刘北成，薛绚译，上海人民出版社2011年版，第199、211页。

广泛的参与性而成为大众评论的主要途径；评价的多元性也由于技术而迅速展现出来。2003年，伊拉克战争，朝鲜核危机，SARS，矿难，孙志刚、张国荣之陨，这些都是灰色的画面，此外，也有新一届政府的亲民形象、中国可以说“不”、《走向共和》热播、开发大东北、“神五”载人航天成功，这些都是绚烂的画面，还有毛泽东诞辰110周年这一令人感伤而又充满怀念的境况。

2016年“充满喜怒哀乐”，背景模糊而感受依然真切，无须赘言。2017年，中国人相信自己从站起来、富起来走向了强起来，比以往任何时候都更接近、更有信心和能力实现中华民族伟大复兴，狄更斯名言的前半句“这是一个最好的时代”堪称量身定做、再恰当不过的表述。时针已经指向2018年的年末，我们的思想与脚步似乎仍然行走在2017年的节奏中，或者说，2017年的节奏延续至今，并将在未来的数年中继续延宕。中国古代神话中的“龙”、西方古代神话中的“菲尼克斯”，于《社会热点解读》年度系列究竟意味着什么？作为“龙的传人”，我们对灰烬中重生的幼鸟怀有怎样的错综复杂的情感呢？所有这些问题，都是我们念兹在兹、无可回避的重大现实问题，亦是《社会热点解读》一书必须直面与担当的“重中之重”。

《社会热点解读》的影响力

《解读：2016》和《社会热点解读：2017》的封底都有这样的字样：

见微知著，在这里读懂中国

由此及彼，从当下寻觅未来
实证分析。学理探究
文化品位。大众视角

这无疑是编者的崇高追求。明代杨慎诗云：“滚滚长江东逝水，浪花淘尽英雄。是非成败转头空。青山依旧在，几度夕阳红。白发渔樵江渚上，惯看秋月春风。一壶浊酒喜相逢。古今多少事，都付笑谈中。”这首诗的总体意象不同于上述封底的字样，不过，“笑谈”应当也是主编和各位作者的胸怀与风格。

《社会热点解读》系列在业界产生了良好的反响，“60后”“70后”“80后”“90后”的喜爱度尤高。之所以能够产生大的影响力，与选择的热点有关，更与对热点的解读有关。比如，“把生命活成一本书——《我是范雨素》刷屏”一章，先是有三个题引，分别是托马斯·布朗《翁葬》中的一句话“生命是纯粹的火焰，每个人都靠内心看不见的太阳活着”，阿贝尔·加缪《置身于苦难与阳光之间》中的一句话“矛盾就在于此，人拒绝现实世界，但又不愿意脱离它”，约翰·多恩《没有人是一座孤岛》中的一句话“没有谁是一座孤岛，自成一体；每个人都是大陆的一小块，大陆的一部分”。三句话、三个作者、三本书名，具有“题眼”的指意性，把“范雨素”置于既有的一个庞大的语义域，范雨素和范雨素现象具有了国际性，也把每个读者拉入这个国际性的语义域之中，生成“我们都是范雨素”的奇特效果，一同分担“范雨素”的喜怒哀乐，感受“范雨素现象”的悲欢离合。我是范雨素；我不是范雨素；我们都是范雨素——对三种自我指认予以不同的排序，生成光怪陆离的间离效果。

“来龙去脉”栏介绍了范雨素的成长经历和成名过程，并谈及“无独有偶”的余秀华。“相关链接”栏提供了四则消息，《全身瘫痪农村妇女20年发表19篇文章》《河北景县农民自造飞机成功上天》《“民科”凡伟号称“拿诺奖只是时间问题”》《朱之文做慈善惹不满》，境况或有相近之处，走向却是各有千秋，评价褒贬不一。通过这些链接，“范雨素现象”得以呈现，且是以斑驳陆离的方式呈现出来，扩展开来。

重要的还在于“微言大义”栏，援引不同方面的言语和评价对范雨素和范雨素现象予以阐发，比如，波普艺术家安迪·沃霍尔认为“每个人都有可能红15分钟”，《钱江晚报》提醒“消费范雨素，请手下留情”，《诗刊》编辑刘年评论“余秀华的诗放在中国女诗人的诗歌中，就像把杀人犯放在一群大家闺秀里一样醒目——别人穿戴整齐，唯她烟熏火燎、泥沙俱下”，“简书艳伟”有言“范雨素的作品刷爆朋友圈，说明很多人并不是鸵鸟；说明我们的内心深处对抗着‘愚乐化’的浪潮，渴望着那一份真实所带来的触动”，等等。这些阐发指向各异，深浅不同，阴晴不定，但都不乏刀光凌厉之气，入木三分之力。

惯于深度思考的读者们最为看重的，还是“深度解读”栏。“劳动的暗伤：原乡离散与底层薄凉”一节阐发了“当离散与原乡一起指向个体命运时，离散就变成了深刻的创伤体验”，无法回到故乡，亦难以在城市扎根，“形而上的写作，并不能代替形而下的生活”。“新媒体赋权：先媒体，后文学”一节阐发了面对余秀华和范雨素这样的新媒体时代的“景观”，“看客们在围观真实，也在消费苦难”，文学沦为媒体的嫁衣裳。“打工文学：民间陈情与精神返乡”一节重申文学的社会学意义，对打工文学抱持深沉而隽美的期待，“生活虽然有无尽的苦难，但文学有一壶心灵，足以慰世道风尘”。[①]“深度解读”所动员的思想资源是丰富的，来自人文社会科学的各个领域，哲学、政治学居多；赋予的情感成分是多样的，喜欢或厌恶，尊敬或轻视，同情或排斥，等等，但最为根本的还是人类的大爱和基于现实的真爱；它貌似社会时评，但就总体而言，是融实证分析、学理探究为一体，兼具文化政治学的思想品位。至于是否体现“大众视角”，有待商榷。“大众”是一个晦暗不明的语汇，法兰克福学派的文化工业批评早已被视作一种“精英视角”，当代的文化研究学派比如约翰·费斯克的通俗文化研究亦被指责为“不加批判的”民粹主义，真正民主的大众文化何以可能？大众何在？大众何为？这些都是值得深究的。《社会热点解读》是深刻的，“深度解读”是深刻的，原因正是在于，它是“学院派”或者说“学院知识人”对社会热点的解读。

2003年版《社会热点解读》“前言”有言：“我们愿以此为起点，最终将这项工作做成‘年鉴’性的连续出版物。”[②]遗憾的是，2004年版《社会热点解读》之后，“社会热点”被空置了十二年，才再度被“问题化”，并连续出版了两年。社会热点，

---

① 沈湘平主编：《社会热点解读：2017》，北京出版社2018年版，第89、90、95、99页。

② 沈湘平主编：《社会热点解读》“前言”，北京出版社2003年版，第2页。

就是社会的笑点、泪点、兴奋点，社会的痒点、痛点、切入点，当然，也是社会的卖点。《社会热点解读》的工作与价值就在于抓痛点、挠痒点、放大兴奋点，满足读者、社会和时代的需求，所有这些方面都还有相当的开拓空间，“深度解读”板块更是大有可为，可以在“后哲学”“后政治”和“后文化”的哲学、政治和文化向度上开疆辟土，高填、深挖、细掘，更为有力地发挥反思、拯救和导引的思想功能。我们期待并相信，《社会热点解读》从此真正能够连续，对层出不穷的社会热点进行绵延的解读；我们也期待和相信，《社会热点解读》本身成为每个年度的出版物热点，引发社会的普遍关注和思想知识界的多元解读。“长安回望绣成堆，山顶千门次第开。一骑红尘妃子笑，无人知是荔枝来。”《社会热点解读》就是“荔枝”。

（本文登载于《京师文化评论》2019年春季号，社会科学文献出版社2021年版）

博物馆·实践所·进阶场：《中华优秀传统文化六百篇》的三重意象

2023年10月7日至8日，全国宣传思想文化工作会议在北京召开。会议最重要的成果就是首次提出了习近平文化思想。在习近平文化思想中，针对推动中华优秀传统文化创造性转化、创新性发展，提出了一系列新思想新观点新论断。在坚持以习近平文化思想为指导，切实担负起新时代新的文化使命的大背景下，《中华优秀传统文化六百篇》的编纂出版恰逢其时。依据我的初步认识，这套系列丛书呈现出博物馆、实践所和进阶场的三重意象。

博物馆

博物馆作为公共文化服务机构，在展示人类文明、促进文化交流、提高人民群众思想道德和科学文化素质等方面发挥着十分重要的作用。按照国际博物馆协会2007年修订的《国际博物馆协会章程》，博物馆“向公众开放，为研究、教育、欣赏之目的征集、保护、研究、传播、展示人类及人类环境的有形遗产和无形遗产”。按照中华人民共和国国务院令第659号公布的《博物馆条例》，博物馆“以教育、研究和欣赏为目的，收藏、保护并向公众展示人类活动和自然环境的见证物”。可以看出，《国际博物馆协会章程》和我国《博物馆条例》均把教育、研究和欣赏作为“目的”，把收藏、保护和展示作为“功能”。

《中华优秀传统文化六百篇》呈现出“博物馆”的意象。形成这样的认识，正是因为，这套丛书基于历史考察、现实需求和统计分析，选取了流传久远、影响深广和新时代中国人特别是青少年必读可读的603篇（首/章）作品。坚持经典性原则，从经、史、子、集里选择文质兼美之作，多角度、多维度呈现中华优秀传统文化的思想道德之美和语言文字之美，使得这套丛书彰显教育、研究和欣赏的“目的”，发挥收藏、保护和展示的“功能”，塑造出彰明较著的博物馆意象。这套丛书从《昭明文选》《乐府诗集》《古文观止》《古文辞类纂》《经史百家杂钞》和《唐诗三百首》中博采众长，因而能够从近年来不断推出的中华优秀传统文化读本中脱颖而出，值得收藏在中国国家版本馆中，成为“藏之名山、传之后世”的文化种子。

实践所

在中国传统思想中，对“知行”关系的探讨始终是一个焦点问题。老子主张“知先行后”，荀子认为“先行后知”，宋代朱熹提出格物致知的理论，明代王阳明提出“知行合一”的观点，强调言行一致、身体力行的知行互动。马克思主义实践观科学地阐明了认识和实践关系这一哲学问题，在马克思主义中国化新的飞跃中，习近平新时代中国特色社会主义思想进一步强调了“知”和“行”的统一。为加强基层思想政治工作、夯实党的执政基础，以习近平同志为核心的党中央做出了建设新时代文明实践中心的重大部署，先后印发了《关于建设新时代文明实践中心试点工作的指导意见》《关于深化拓展新时代文明实践中心建设试点工作的实施方案》和《关于拓展新时代文明实践中心建设的意见》。实践中心、实践所和实践站，构成新时代文明实践中心的三级机构。

《中华优秀传统文化六百篇》展现出“新时代文明实践所”的意象。做出这样的判断，是因为这套丛书“旨在帮助国民特别是青少年通过有序、有效学习中华优秀传统文化，感知和领会优秀传统文化的思想内容美与语言形式美，提高传统文化的阅读能力、鉴赏能力和践行能力，为切实推动全民阅读文化经典、提升思想道德素养、实现新时代美好生活奠定基础”，这在根本上应和了新时代文明实践中心的宗旨。习近平总书记在2019年的全国宣传思想工作会议上强调，要推进新时代文明实践中心建设，不断提升人民思想觉悟、道德水准、文明素养和全社会文明程度。新时代文明实践中心具有政治性、教育性和公众性，《中华优秀传统文化六百篇》同样具有政治性、教育性和公众性。各单元均设计3个板块，分别为“导与引”“文与解”和“思与行”，“导与引”无疑具有政治性，“文与解”着重于教育性，“思与行”更多地展现公众性。学习者反复研读领悟，内化于心、外化于行，达到学以致用、学以成人的目的。

把这套丛书称作“博物馆”，编者的主观意图、选篇的客观存在是需要首先考虑的，把这套丛书视作“实践所”，学习者的主动性、多样性则有望得到充分的展现。第一条编写原则“学习者视角”表明，这套丛书充分尊重学习者的不同阅读习惯和接受水平，开辟了以共享和参与为标志的公共空间。学习者不是简单地接受，而是积极主动地、创造性地予以理解，由此，《中华优秀传统文化六百篇》成为始终保持开放的“活的文本”，传统文化历久弥新，一批批、一代代的学习者常读常新。

进阶场

古汉语的“进阶”即“台阶”，《中华优秀传统文化六百篇》的“进阶场”意象显而易见。对应启蒙级、初级、中级和高级，编写出启蒙本、初级本、中级本和高级本，这既适应了学习者的认知特点和身心发展的“进阶”，也反映了语言文字演化和形成的“进阶”，更展现了传统文化创造性转化和创新性发展的“进阶”。

《中华优秀传统文化六百篇》堪称中华人文精神的一栋进阶场。称作“一栋”而非“一个”，区别在于，“栋”所指的是屋子正中最高处的东西向横木，引申为担负重任的人或事物。这套丛书荟萃了我国历代优秀诗文，是新时代中国人学习优秀传统文化的必读篇目，所以，它在中华优秀传统文化的传承弘扬中有望发挥栋梁纽带的作用。中华优秀传统文化的思想观念和道德规范都体现出丰厚的人文精神，换言之，中华文化的思想价值和传统美德积淀在人文精神中，并经由人文精神的传承得到弘扬。只要理解了中华传统文化中的人文概念及其精神，就能全面系统地把握中华传统文化的思想观念和道德规范。国民特别是青少年通过学习《中华优秀传统文化六百篇》，了解经典篇目、熟知经典篇目、读懂经典篇目，这套丛书“护文明之火种，传永续之文脉”的使命任务当能很好地予以完成。

我所从事的专业是马克思主义哲学，近年来专注于马克思主义哲学中国化研究。2021年7月1日，习近平总书记在庆祝中国共产党成立100周年大会上的重要讲话中首次明确提出“把马克思主义基本原理同中华优秀传统文化相结合”的重大命题，并将其与“把马克思主义基本原理同中国具体实际相结合”并列起来。深刻把握“第二个结合”的重大意义，势必要求深入思考实现“第二个结合”的方法论路径，努力探索贯彻落实“第二个结合”的具体方式，并在文本的意义上予以成就和展现。应当肯定，《中华优秀传统文化六百篇》就是这样的文本。习近平总书记强调“第二个结合”的结果是“互相成就，造就了一个有机统一的新的文化生命体”，我们可以说，《中华优秀传统文化六百篇》就是在为这一“新的文化生命体”添砖加瓦。

（本文系2023年10月19日在《中华优秀传统文化六百篇》出版座谈会上的发言稿）

第七辑　道长论短

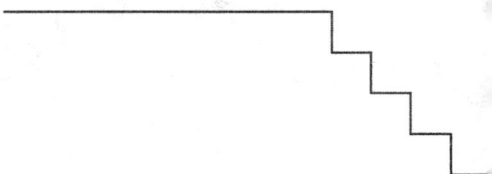

文化的地方性、民族民间性和日常生活实践

各位领导、专家、朋友：

大家好！

昨天下午在局长的带领下，游览了时光贵州古镇。时光贵州，贵州时光，这个名字意蕴万千。我们总要在某个地方，总是在这里或那里，在这个时候或那个时候，严格说来，我们只能在“这里”，只能在“这个时候”，我们所拥有的只有“现在”，我们只能属于“此时此地”。在时光贵州，此时是贵州的“此时”，此地是贵州的“此地”。文化的地方性就是“此时此地”，时光贵州古镇将四面八方的来客立刻置于贵州的“此时此地”，功莫大焉！

此时此地是一种现代性意识。在追溯的意义上，古人也有时间概念，也有现在或现代概念，但在根本上而言，古人没有我们现在的这种过去、现在和未来不断延伸、进步的时间观念。古人的时间是循环的，现代人的时间是一往无前的，因此有了自信、从容和乐观。此时此地作为一种“现在”意识，蕴含着“过去”，召唤着“未来”。在时光贵州，我们处于“现在”，体验的却不仅仅是“现在”。“现在”本身在不断推移，“现代”本身在不断延伸，推移和延伸就是“旅游”。沿着时光贵州蜿蜒的街道，目睹街道两旁别致的店名，“遇见”“久别重逢”，我们仿佛回到遥远的年代，钟表上的时针在倒转。时光就

是旅游，时光古镇就是旅游古镇。

此时此地是一种历史意识。历史意识包含三个问题：我从哪里来，我是谁，往哪里去？技术的逻辑是日新月异，历史的意识是怀旧和乡愁。我们不断地离家出走，不断地返乡归来，如此往复。有家才有“游”，“游”确认“家”的意义。而在时光古镇，我们同时感受到“家”和“旅游”的意义，这实在是一种非凡的创意。

文化旅游是文化在旅游，游客要具有文化体验的基本能力，目的地要具有文化的吸引物和象征性。我用“风物贵州”来概括贵州文化旅游的内涵，风是风景，物是物品；风是风情，物是人物。山清水秀，人杰地灵，纵情飘逸，风物贵州。

在文化政治学的意义上，地方性就是民族性。现代世界是一个民族国家体系的世界，民族国家意义上的民族就是国族。在中国，只有一个国族，就是中华民族，我们正在努力实现中华民族伟大复兴。中华民族是一个政治实体，也是一个文化实体。与之相应，少数民族主要是文化实体，有其特殊的文化渊源、历史背景。在文化地理学的意义上，地方性就是民间性，所谓朝野之殊，官民之别，庙堂与江湖，贵族与平民，等等，都意味着“民间性”是基础，是基数。民间文化与贵族文化相对应，与高雅文化相对应，显示的是朴素性。民间文化还有一个一般性的意义，它就是日常生活本身。贵族生活离不开民间文化，离不开日常生活，高雅文化都是由民间文化提升而来，并始终不断地从民间文化汲取营养。

民族文化和国族文化是特殊与普遍的关系，民间文化是一般意义上的、原初意义上的文化本身。生活需要规则，文化需要规则，而规则存在的意义，在于始终有一些东西需要被规范，被规训。在现有的民族国家的世界体系中，国族文化对民族文化的政治整合必不可少，而民间文化具备被收编的价值，又始终存在逃脱收编的因素。编码与解码，收编与逃离，是文化发展特别是民间文化发展的规律。要允许一定的杂乱，允许一定的混沌，允许一定的非理性。杂乱、混沌和非理性，是民间文化的根本所在。

底蕴丰厚的民族文化、神秘莫测的民间文化，瑰丽的自然景观、二十世纪以来的红色文化，共同构成了风物贵州。对贵州来说，在重构的意义上维护好民族文化，在发展的意义上抢救民间文化，应该说是旅游文化政策的基本取向。在这个过程中，文化符号的挖掘和培育至关重要。

我们的每天都是日常生活，日常生活就是饮食起居，饮食起居就是日常生活。有思想家特别是哲学家终其一生待在一个城堡里，在思想中旅游，心的畅想。但更多的人，需要身体的旅游。旅游本身已经成为一种现代的日常生活。由于铁路，由于公路，由于通信，互联网，旅游日益便捷，“快旅慢游”成为现实。贵族生活的普遍化了，有了大众旅游；宗教生活凡俗化了，有了优雅精神。

对我们贵州的旅游来说，媒介宣传肯定是绝对必要的，一批优秀的推介是必要的。把国内外的游客吸引过来，到此一游。旅游作为一个整体过程，包括最初的被吸引、动心、筹划，实地旅游、返程之后的回顾，兴奋地跟亲朋好友分享，把贵州的文化风情传播到全国的各个地方，世界的各个地方。

更为重要的是，要让游客恋恋不舍，在离去的时候“三步一回头”。如何做到这一点，在文化符号学的角度，就是贵州的旅游文化、文化旅游在多大程度上能够满足民众的旅游需要，在多大程度上能够引导游客的旅游旨趣，以及更为重要的，在多大程度上能够激发和创造游客的文化心理。文化是人的精神家园，人说到底是一种文化的存在。

文化旅游的根本在于文化的传播、交融，贵州文化旅游的前景在于贵州的文化和日常生活在国内和国际上弥漫播撒。游客把贵州的饮食起居和风情带回自己的家乡，或者从旅游发展为旅居，乐意在贵州的山水间享受惬意时光，都是家常“贵州”的要义所在。

贵州，贵在“此时此地”。我们相信，在人性、现代性和消费文化的融会中，贵州山地旅游发展升级版的愿景就在眼前。

我的发言就到这里。

谢谢大家！

（本文系2017年11月10日应邀出席2017中国〔贵州〕国际民族民间文化旅游产品博览会，在“文化旅游论坛”上的主旨发言）

传统的隐喻

今天我们坐在这里，讨论“中小学传统文化教育”。在座的都是这方面的专家，或者是一线教师，或者是从事传统文化研究的学者，或者是直接服务于传统文化教育的官员和工作者。

谈论的资格

参加这个论坛，首先会想到自己的资格问题。谈论传统文化，是需要资格的。泛泛而谈，谁都可以谈，但在公共场合谈论，需要资格。这是对受众的尊重，也是对自己的尊重，更是对传统文化的尊重。

关于这个资格，大致有三点：

第一，自己是传统文化教育的受益者。我已故的祖父曾经是小学老师，讲授语文和算术，在我发蒙时期，祖父时常给我讲授传统文化故事，比如，孔子的故事，岳飞的故事，廉颇和蔺相如的故事。我的父亲是地理老师，史地一家，地理课中贯穿着历史文化和传统文化。小学和中学阶段，语文及其他课程，都有传统文化的内容，尽管在那个时期，对传统文化持更多批评和反思的态度。读大学时期，遇到“文化热”，中西文化的比较，传统与现代化的关系研究，古今中外都有涉猎。

第二，前几年，参与北京市高中政治课教改工作。近年来的高中政治课及高考命题，传统文化的分值很重。高考政治题的第一个选择题，就是文化题，传统文化的题目。比如，2014年高考的一道选择题，题材就是丰子恺的漫画。

第三，我的专业是马克思主义哲学，主要从事历史唯物主义研究。从历史唯物主义很容易走到历史哲学、文化哲学，还有中国现当代社会思想研究。

我的导师陈先达教授，去年出了一本书:《文化自信中的传统与当代》。我写过一篇书评，发表在《光明日报》。当代中国文化自信按内容来说，有中华优秀传统文化、中国特色革命文化、社会主义先进文化三个重要的来源。当然，关于传统，也有另外一种划分，包括“古代传统”“五四新文化传统”和“革命传统”。我今天所谈的传统，只是指中国古代的传统，也就是狭义的传统。

传统的定性

本次论坛的主题是“蒙以养正 学以成人”。最简单的理解，就是教化发蒙、修身养性、羽化成人。每个议题都很具体，如果不是中小学传统文化教育领域的具体从业者，很难做出具有针对性的思考。我的思考主要是理念性的，比较抽象和宏观。

以什么作为发言题目，很自然就想到《传统的隐喻》。传统的隐喻，传统本身是一个隐喻，还是传统中包含隐喻，抑或把传统当作隐喻？事实上，我自己也不是很清楚。当代的人文研究中，语言学、叙事学、符号学、话语分析是基础性的知识和方法，其中，隐喻至为关键。

“传统”这个词很简单，“传统”这个概念不简单。百年前的五四新文化运动时期，传统的意味和当今的意味，大相径庭，相去甚远，甚至天翻地覆。今天我们谈到传统，不言而喻地包含这样几层意思：

（1）传统是个好东西。曾经的“去其糟粕，取其精华”这个说法，是明确地把传统区分为好的和坏的。现在，也使用优秀的传统文化这个词，以便把好的和坏的区别开来，但更多的时候，在人们的下意识里，“传统”这个词自带光环，指的是旧的、老的，由来已久、根深蒂固的，神秘莫测、美妙无比的东西。传统本身就是好东西，那些不好的东西很自然被排除在传统之外。

（2）传统是一个整体性的东西。传统的内涵博大精深，可以有各种各样的分类，比如，物质性的和精神性的；文本的和生活的；高雅的和世俗的，等等。我们日常谈到传统的时候，谈到传统文化的时候，是在总体性的意义上谈的，是在本性、本质的意义上谈的。这样，传统就是一个浑然天成的存在物，其内在的方方面面紧密联系在一起的存在物。

（3）传统是应该发扬光大的。泛泛而谈，没有谁会完全彻底地拒斥传统，但在五四新文化运动的潮流中，倡导传统的发扬光大很容易被戴上“顽固保守”帽子。而今，对传统的好感是普遍的。林林总总的国学班、女德班、国艺学习营。

在民族主义兴盛的现时代，在中华民族走向伟大复兴的现时代，上述三个方面的意思很容易理解，也很容易得到认同。与此同时，我们也应当注意到，情感、情绪、理性是有区别的。我们的教育离不开情感，离不开感性，但归根结底应当是理性化的。

传统的历史性

在五四新文化以来的现代化过程中，传统文化一直在发挥作用，相关方面也一直重视传统文化，不过，“重视”的价值向度有很大不同乃至大相径庭。简言之，传统文化是好东西还是坏东西？对传统文化是应当大力弘扬还是有意抑制？马克思主义、自由主义和保守主义的态度各不相同。直到20世纪90年代以前，保守主义往往被贴上敌视进步的标签，保守主义者被视作现代化的阻碍者。之后，保守主义成为褒义词，与健康、理性的现代化模式相联系。

传统文化受到重视，是在全球化的语境中，中国特色社会主义的语境中。在全球化的语境中，“越是民族的越是世界的”。全球化与民族化是一个对子，全球化的趋势越是明显，民族化的思潮也就越是弥漫。中国特色社会主义的“特色”，也是包含传统文化在里面的。也就是在这样的背景下，传统文化的重要性、传统文化教育的重要性脱颖而出。

传统的语义、寓意、功能的变迁值得重视。大约是五四运动八十周年的时候，传统的语义、寓意和功能发生了巨大的变化。其中的路线图值得认真研究。传统文化教育的宗旨在于公民个体，也在于民族国家，在于构建人类命运共同体。个体的东西、民族主义的东西，要和人类命运共同体结合起来。也就是说，立足现实，面向未来，召唤传统；立足中国，面向世界，召唤传统。

在当代的语境中，我们讲述传统文化的时候，我们传授传统文化的时候，始终具有两个方面的向度，一方面，希望直接明了地展现传统文化；另一方面，希望改头换面地展现传统文化。由此营造了双重的效果，一方面，传统文化就是传统文化本身；另一方面，传统文化从来都不是它本身。所谓“被诠释的传统”或“被构建的传统”，表达的就是这样的意思。

古代教育以学习“四书五经”为主要内容，以私塾等为主要场景，以阅读、背诵与讲解为主要教学形式。今天的教育经过中西文化的相互影响借鉴，吸收了大量教育科学、学习科学和心理学研究成果，形成了将知识进行系统化组织，以课程和教材形式呈现，以师生互动方式开展的教育模式。在传统文化的教育教学中，要继承发扬我国古代因材施教、循序渐进、启发式教育等优良传统，也要充分运用多种多样的现代教学原则、教学策略和教学技术手段，以适应当代社会儿童、青少年的特点。

一般性建议

结合前面提到的传统的不言而喻的三层含义，就我们的传统文化教育而言，应当注意这样三个方面：

第一，传统是一个好东西，在教材编写、教学方法等方面，要尽可能地把这种“好”呈现出来、展现出来、体现出来。这种好，是思想的“好”，艺术的“好”，历史性的“好”。对于基础教育阶段的儿童、青少年来说，要根据其知识基础和认知水平来控制内容难度，突出民族语言文字和历史教育，开展以蒙学和儒学内容为主的基本经典阅读，开展书法、艺术、游戏、体育等基本技能教育，培养基本的礼仪习惯和道德品质，养成对传统文化的情感认同。

第二，传统是一个整体性的东西，在教材编写、教学方法等方面，要尽可能地把这种整体性呈现出来，把其中的不同内容、向度、层面展现出来，把它的本性、本质、特质凸显出来。要让学生广泛接触、学习和体验丰富多彩的中华优秀传统文化，对物质、制度、精神多领域，文字、思想、行为、技艺多载体，真、善、美多层次，经、史、子、集多种类，诸子百家多流派，不同地区多民族的传统文化，都应当有基本的了解。

第三，传统是需要发扬光大的，在课堂教学和课外教学、知识学习和实践活动、学校教育和社会教育等方面，都应该重视传统文化教育。传统文化教育，不只是语文课的事情，不只是历史、地理课的事情，中小学教育的所有科目中，都贯穿着传统文化教育。日常生活，诸如电视广告，都有体现。要尊重学生认知规律和教育教学规律，循序渐进，对教育内容作出序列化、分学段、划层次、有重点的安排。

总之，中小学教育是起点的教育、基础的教育，也是全面影响每个人的知识与能力、情感态度与价值观的教育，文化的传承繁荣要由中小学教育而起，加强中小学传统文化教育，是坚定中华文化自信，构建中华优秀传统文化传承体系，推动文化传承、转化、创新的重基础环节。

（本文系2018年9月25日在国子监举办的第三届全国中小学传统文化教育论坛上的主旨发言）

历史·设计·生活：推进宽窄哲学研究的三大路径

自宽窄哲学研究院于2017年3月20日揭牌以来，宽窄哲学的研究不断拓展和深化，取得了相当可观的进展。表现之一，是《宽窄九章》一书的问世；另一个表现，就是“2018宽窄哲学高峰论坛”的举办。一院、一书、一坛，为宽窄哲学的研究奠定了稳固的基础，搭建了崇高的平台，开辟了广阔的世界。概括而言，《宽窄九章》一书基于广义的文化视域，对宽窄哲学做了全方位、多层面的阐发，“2018宽窄哲学高峰论坛”取得的成果则显现于三个主题发言的标题，其一是《宽窄辩证法与生活哲学》，其二是《宽窄思维和中庸宽容的价值》，其三是《宽窄哲学的历史方位和时代意义》。应当承认，对于宽窄哲学可能阐发的向度已经面面俱到，与此同时，我们也必须不断更新观念，提高认识，使得宽窄哲学最终真正“成为具有全球意义的哲学体系”。宽窄哲学的旨趣围绕宽窄香烟而生，亦随着香烟缭绕而升腾，而非停留在唯一的香烟实体上，事实上，宽窄香烟承载着成都乃至整个川渝地区的悠长记忆，普通版的宽窄如意底部图案即成都的标志性建筑宽窄巷子门楼。基于这样的基础性认识，本文力图从历史、设计和生活三个维度入手，敞开宽窄哲学研究的三大路径。

历史的进路

《宽窄九章》一书从西方哲学中的宽窄入手，阐发了中华文化中的宽窄，进而论述了巴蜀文化中的宽窄，提出了三个重要观点：其一，宽窄是“天下逻辑”；其二，中国主流的哲学派别根底皆为“宽窄之道”；其三，宽窄就是“整个巴蜀文明的发展逻辑”。论点高屋建瓴，论证雍容大度，基于这样的理论前提和思想平台，宽窄与生命智慧，宽窄与生存智慧，宽窄与生活智慧，宽窄与生态智慧，宽窄与商业智慧，诸如此类的关系一一呈现。在具体的论述中，参照了历史的发展和变迁，援引了历史的故事和案例，体现了历史的眼光和远见。

历史、历史性和历史意识是同一序列中渐次提升的三个概念，历史的眼光应当升华为历史性的意识，进而提升为历史哲学的视域。按照当代历史哲学的观点，我们从哪里来、我们现在哪里、我们将往哪里去，这三个问题构成了历史性的思想构架，对这三个问题的回答促成了历史意识，不同时期对这三个问题的不同回答促成了不同的历史意识。如果我们把宽窄视作“天下逻辑”，宽窄巷子的前世今生、成都的前世今生、巴蜀文明的前世今生、中国城市变迁的前世今生，乃至整个人类世界的前世今生，都应当始终在宽窄文化和宽窄哲学的阐发中若隐若现。换言之，宽窄文化和宽窄哲学始终要与宽窄巷子及类似的实体同在，与宽窄巷子及类似实体的历史同在。

“宽窄巷子因成都而生，成都因宽窄巷子而荣。” 宽窄巷子作为成都的一部分，其形成和发展属于成都城市史的重要组成，也是满城历史的重要标志。军营胡同和川西民居融合，留存满族旗人的历史痕迹，街道、院落和建筑既有北方的风貌又有南方的特色，全国唯独宽窄巷子一处。改造后的宽窄巷子实现了历史文化传承和现代城市发展的有机结合，显现了过去、现在和将来的城市变迁轨迹。由此发端，宽窄文化和宽窄哲学首先是一种历史的文化和哲学。从实体中提炼出的文化和哲学，始终应当不忘初心，牢记使命，不断地回到历史中去，回到历史的情节中去，回到历史的细节中去，并一次又一次地由历史重新出发，才能在提升的过程中始终拥有稳固的基础、充实的内核、发展的动力，而避免沦为空洞无物的教条。从哲学原初的定义来说，哲学是爱智慧而非智慧本身，一旦我们把哲学等同于智慧，“哲学的终结和思的开端”也就箭在弦上，刻不容缓。

设计的进路

川流不息、门庭若市的宽窄巷子是保护与更新的结果。在历史文化街区的保护与更新中，原真性、整体性、恢复性始终是基本的原则，与此同时，我们也应当承认，对这些原则的遵循本身是一个干预的过程，设计的过程，创造的过程。全方位参与宽窄巷子项目的清华安地公司明确指出：“在宽窄巷子历史文化街区的保护改造中，我们通过研究探寻清末民初宽窄巷子的原貌，在规划设计中对建筑和院落进行了梳理分析，弥补了一系列历史空间要素、历史空间节点和空间轮廓，恢复历史建筑的肌理特征，同时将传统文化与现代都市的过渡融入其中，保护和再现宽窄巷子的历史环境。”

“宽窄巷子开始就是创新的、经过精心设计的。” 宽窄巷子历史文化保护区的规划建设过程，就是一系列设计的过程，包括：概念规划、修建性详细规划，传统院落保护建筑测绘，招商规划与建筑设计，样板区建筑方案设计，总体建筑方案设计，传统建筑施工图设计，新建建筑初步设计，农贸市场改造方案设计，东广场方案与施工图设计，景观方案与施工图设计，现场修改设计，等等。“城市设计项目反映了城市空间概念和经验的变化，涉及休闲娱乐和城市规划研究。” 建筑环境、它的规划与设计以及地点的视觉消费，关乎全球语境下的城市经济和文化地位的变化，体现由变动的阶层和就业模式形成的新城市趣味。肇始于此，关于宽窄文化和宽窄哲学的阐发，应当包括设计的文化和设计的哲学，并且，这种设计的文化和哲学所阐发的宽窄巷子的风格，融汇物质的、空间的、文本的和视觉的设计元素，是通过设计进行城市区域的地点塑造，是城市地区和民族的品牌化，是足以表征时代精神的风格。

需要强调的是，包括宽窄巷子在内的整个成都的建筑设计，不是狭义上的那种设计，而是广义的城市设计，包括清华安地公司的工作，也包括开街以来各项活动的设计。设计在持续不断地进行。它要思考一系列前提性的问题，比如，整个社会大的背景的转换，城市从功能城市向文化城市发展，历史街区通过创新发展变成城市不可或缺的生活场所，真正成为城市的文化名片，促成并引领城市的创意生活。在这个意义上，宽窄文化和宽窄哲学是关乎创意、创造与创新的文化和哲学，我们固然可以从中国传统的思想文化中寻求支持和例证，但更应当基于中华文化的创造性转化、创新性发展，不断铸就中华文化新辉煌的向度，为宽窄在中华文化中的崇高地位提供新的论说。

生活的进路

对宽窄文化和哲学的阐发离不开生活哲学和生命哲学，可以从生活智慧的角度来阐发生活哲学，也可以从生命智慧的角度来阐发生命哲学，不过，从当代哲学的发展趋势来看，生活哲学首先是公共生活的哲学，这里的生命哲学首先是生命政治学的哲学。城市作为人们聚会、交流思想、购物，或者简单放松和享受生活的场所，提供了巨大的公共空间，展现了丰富多彩的公共生活。宽窄巷子作为成都市井文化的缩影，作为名副其实的“老成都底片，新都市客厅”，在公共生活哲学和生命政治学的向度上，都能够予以充分的哲学抽象。

街道作为城市最基本的公共产品，是城市居民关系最为密切的公共活动场所，也是城市历史、文化重要的空间载体。在其1960年出版的《城市的意象》一书中，当代著名的城市规划专家凯文·林区提出，城市意象以实体形态为主，大体包括五类：通道、边界、区域、节点、地标。宽窄巷子属于典型的通道，宽窄巷子历史文化保护区属于典范性的区域，对宽巷子、窄巷子、井巷子和这片区域的研究，可以成为公共生活研究的一个范例，它能够促进人们的交往与互动，寄托人们对城市的情感和印象，也有助于推动环保、智慧的新材料、新技术的应用，增强城市魅力，激发经济活力。正如阿普尔亚德在《宜居街道》一书中所说：“街道需要被重新定义，它可以作为人类的庇护所、宜居的场所、交往的社区、居住的领地，还可以是玩耍、充满绿色和承载当地历史的地方。”驻足、感知和交往，漫步、体验与消费，公共空间和公共生活的不断拓展意味着社会生活方式的转型，也意味着人们美好生活需要的满足。

当代的生命政治学大体上有三个理路，其一是以米歇尔·福柯为代表的“治理主义生命政治”，其二是以奈格里和哈特为代表的“自治主义马克思主义”的生命政治学，其三是以齐泽克为代表的“生命在场”的生命政治学。齐泽克紧紧抓住人们普遍关心的生命安全、生命福利、生命自由等话题，强调生命政治是指对人类生命的安全、福利及自由等的管理，且以这种管理为其第一要义。生命是一个不断“出场”和持续“在场”的过程，“生命在场”所探求的是“生命”的回家之路或者说返乡之旅。宽窄茶会、街头音乐季、跨年摇滚音乐会、宽窄讲堂、井巷子市集等活动，使得宽窄巷子成为成都的生活样本，也正是在这些活动中，生命政治学得到活生生地彰显。从活动中提炼出理论，将理论上升为哲学，宽窄哲学也就成为活动场所的哲学、生命活动的哲学。

小　结

宽窄之道蕴含着认识论和辩证法，蕴含世界观和生活智慧，也可以说，宽窄之道即世界观、认识论、辩证法。在更为根本和基础的意义上，宽窄哲学是实践论，是生存论，是符号学，历史的进路、设计的进路、生活的进路都应当并可以在这样的哲学论域中得到合理的安置，取得恰当的发展。

“往昔犹在，今复何来，少城里闲时又花开；在时光之外，一巷贯古今，旧风物新事物，数不尽的风流人物；在境界之外，一隅观天地，世事皆宽窄。”历史文化街区是城市不可多得的文化遗产，是一笔宝贵的物质财富和精神财富，值得我们努力地传承并发扬光大。城市里的巷子不同于乡村里的巷子，宽窄巷子位于历史文化名城成都，我们阐发宽窄巷子的文化和哲学内涵时，始终应当明确，这是对于城市文化和城市哲学的探讨。宽窄哲学应当塑造城市的文化和哲学。

城市规划和发展越来越把人性化作为首要的宗旨。按照扬·盖尔的观点，“对城市中人的关心是成功获得更加充满活力的、安全的、可持续的且健康的城市的关键”，这也是21世纪的城市规划和发展应当追求的重要目标。在充满活力的、安全的、可持续的且健康的城市中，城市生活的先决条件就是“提供良好的步行的可能性”。宽窄巷子显然提供了这样的可能性，就此而言，它是成都作为一座人性化城市的重要标志。宽窄哲学，也就是一种人性化的哲学，固然需要运用理性，但始终离不开感官作用的充分发挥，感知的触角要充分伸张，感性的翅膀要挥舞跃动。应当尽可能地掌握城市发展史，了解设计的理念与技术，观察现实的活生生的人的活动。为此，宽窄哲学的研究也不只是哲学工作者的事情，应当邀请城市史学者、建筑设计师、创意生活爱好者等方方面面的人都加入进来。

（本文系2017年12月8日在第二届宽窄哲学高峰论坛上的发言稿）

冰雪休闲与雪乡的发展前景

冰雪运动在黑龙江已经有比较长足的发展，现在把冰雪与休闲关联起来，无论是用休闲来辅助冰雪，还是用冰雪来辅助休闲，都涉及休闲的本质与意蕴。从休闲的概念史和思想史来看，在中外的文明史上，选择的相对自由一直是定义“休闲”的一个要素，正是“可选择”的特征使得休闲成为一种存在的现实。就此而言，“冰雪+休闲”不仅仅是外在的勾连和拼贴，而是具有内在的融通性。

冰雪的灵动与凝重足以展现和落实休闲的本质与追求。休闲所能给人的满足感大致包括六个方面：（1）心理方面的自由感，享受，参与，挑战；（2）教育方面的智力挑战，知识习得；（3）社交方面的与他人联系，使自己受益；（4）放松方面，从紧张和压力中解脱出来；（5）生理方面，强身、健体、塑身；（6）审美方面，对令人愉悦的设计或优美的环境所做的反应。在广义的冰雪休闲中，上述六个方面的满足感都可以得以实现，而由于活动项目的不同，参与者所获得的满足感的重心也会有所不同。比如，此时此刻，我们在会议室里讨论“冰雪与休闲”，会场之外，激情穿越中国雪乡 2019林海雪原极限挑战赛震撼开跑，参赛者所追求和获得的首先是心理和生理方面的满足感。

休闲是人的天性，休闲的具体落实则有赖于社会的发展和生活水平的提高。休闲是人的权利，休闲市场应当面向所有年龄、学识、地域和收入层次的人群。不应该有歧视，这是伦理的需要，政治的需要。但是，冰雪休闲作为事业，作为产业，对目标客户、消费群体是有选择的，这是市场的选择，也是消费者的选择。对市场来说，应当针对不同的消费群体，提供不同的产品和服务；对消费者来说，应当基于自己的消费理念和生活水准，寻求不同的活动和项目。市场细分至关重要，休闲参与者的特点和行为各不相同，这种多样化会在很大程度上影响到消费者对服务质量和满意度的感受。具体到雪乡，服务质量和感受取决于三个关键群体：游客、商户和当地居民，他们各自所追求的价值如果能够很好地衔接和契合，彼此会友好地相处；如果各自所追求的价值存在偏差和矛盾，就会发生这样那样的一些冲突。对管理者来说，需要直面休闲状况的多样性，理解不同群体的生活方式和价值追求，考虑每个群体核心关注的问题及其初衷，清楚地把握每个群体的需求和关注点，制订恰当的管理战略和营销计划，掌握每个群体对旅游项目的满意状况。

休闲是一种多元的现象，它与背景有关，却又不完全由背景决定，随着整个社会的发展，社会层级不再被当作休闲的直接决定因素，而是被视作一个人可能体验何种兴趣和机会的标志。参与休闲活动的风格，可能比休闲活动本身的意义还要重大。当代的剧场理论提示我们，意义和满足感中很大一部分来自角色的扮演，人们对休闲的选择不仅仅是因为休闲活动或背景，更是因为休闲场所提供的表演角色的机遇。当我们说“我休闲，故我在”的时候，一个重要的意思就是，参与者能够自由地扮演自己喜欢的角色，在休闲中实现自我的表达。冰雪休闲最大的意义，可能也就是体现在这个方面，儿童在这里玩耍和成长，成人在这里体验相对的自由，展现和确认独特的社会空间。

在人的生命历程中，休闲具有稳定持续的中心性，并且，在角色变化的过程中，休闲也会具有不断改变的特性。无论如何，休闲时间和业余活动将成为所有年龄段的时间预算中最大的一部分，休闲产业市场广阔而远大。冰雪休闲应当在这个市场中争取应有的份额。在社会生活不断加速的状况下，重新发现慢生活与休闲时间业已成为一种时尚和潮流，冰雪休闲可以很好地把“快”与“慢”结合起来，比如，滑雪之“快”所伴随的既有内心的兴奋也有内心的宁静。阿尔卑斯山的旅游业近年来探讨这样的一个问题：慢游能否为阿尔卑斯山地区带来新生？游客在休闲地重新发现简单的快乐，比如，随意散步、观赏美景、嗅闻花香、品尝美食、享受安宁。在感受宁静和真正放松时，“假期”和“空闲”的本意得以重现。休闲游的新视野包括（简单的）住宿、（健康的）饮食、（安宁的）休憩、（当地的）文化、（愉悦的）服务，以及对自然环境的尊重。在瑞士，基于慢游的理念，设计了特殊主题的步行道，如土拨鼠之路、猞猁之路、禅之道、花之路等，还有“无时间概念酒店”。雪乡在发展冰雪休闲方面，也可以在“慢游”上做一些文章，直接的意义在于游客在这里待的时间可以长一点，记忆多一些，亲历的雪乡故事韵味更足一些。

雪乡的风景很美，我们从哈尔滨乘坐大巴过来，需要五个半小时。这就涉及“休闲移动”的概念。泛泛而谈，休闲移动包括居家周边的休闲移动、目的地之间的休闲移动、目的地内部的休闲移动。现在有了“腾讯智慧”，相关的数据比较容易掌握，有助于积极主动地引导游客，把控局势。就冰雪休闲来说，作为外地人，比如，我们在北京，想要体会哈尔滨的冰雪休闲，就必须坐车、坐飞机过来，参观一些公众场合、集体提供的休闲项目，雪乡是一个项目集中的地方。但对本地人来说，一方面可以参观雪雕、冰雕等等，另一方面，应该也可以在自己家的房前屋后，进行一些休闲方面的活动。这些都是很大的市场，休闲的集中化与分散化、个别化，休闲所需的器械和产品，休闲所需的培训和服务，都是很大的市场。雪乡的发展，在交通方面还有一些基础的工作要做，首先要研究，不同形式的休闲活动对交通工具提出了哪些要求，以及，如何满足这些要求。

冰雪休闲是事业、产业，也是概念、故事。雪乡要把事情做大，把产业做强，这样的一个过程，伴随着概念的重构与新生，伴随着故事的讲述与播撒。黑龙江的冰雪文化、冰雪休闲，应该有这样的目标和追求。尽管最近几年，雪花南移，但是，我们不能指望南方的某个城市发展冰雪文化，提供冰雪休闲的概念构架。冰雪文化、冰雪休闲的事业与产业、概念与故事，只能是在东北，只能是黑龙江，只能是雪乡。责无旁贷，前景明媚。

（本文系2019年2月15日在雪乡旅游高端论坛上的发言稿）

《走向全球化时代的中国哲学》等书评五篇

《走向全球化时代的中国哲学：从世界思想史看中国哲学的现代转型与当代重建》，张法著，北京大学出版社2011年3月第1版。

这是一本“大书”，题目宏大，主旨重大，篇幅巨大，叙述方式阔达。无论读者是否认同，“中里西表”当属新见，由此，被动转为主动，悲观变为昂扬，中国思想“具有了”世界意义。并且，世界思想史格局中的中国哲学，有望在走向全球化时代提供某种示范和启迪，令人血脉偾张。宏大的结构叙事和类型叙事，在文本细读、语汇梳理、话语分析的路数中得到比较妥当的处置，高谈阔论得到实证材料的有力支持，实证材料亦在高谈阔论中熠熠闪光。中国现代哲学的地图逐次呈现，趋势一目了然，面对西方哲学的演进对全球化哲学提出的难题，该书构想了哲学原理体系的全球化重建，提供了哲学基本语汇的全球化重建，羽扇纶巾，高屋建瓴。从思想史或哲学史起步，终究有了哲学的向度，配以美学和艺术的品质，该书洋洋乎大哉。

《批判与建构：〈德意志意识形态〉文本学研究》，聂锦芳著，人民出版社2012年4月第1版。

在充分承认该书对国内外研究成果有所吸收的前提下，

必须指出，这是一部“土生土长的”著作，三十多年来中国马克思主义研究者苦心孤诣，在研究方式上不断积累和推进，终于有了这样一本颇具原创性的作品。作者理解和倡导的版本考证、文本解读和思想阐释相结合的“文本学研究”方式，在该书中得到显现。从版本考证到文本解读的过渡比较容易，从文本解读到思想阐释则有相当的跨度。论证和叙述别具一格，对20世纪80年代以来的诸多观点予以偏转，但重大主题上的新见有待拓展，耽于新奇的读者可能不甚满足，这就提示了一个问题：对于《德意志意识形态》这样的“未完成的文本”，当尽快地将其“完成”呢，还是在维持其“未完成”的状态中努力呈现其思想的历史性？

《〈巴黎手稿〉研究》，韩立新著，北京师范大学出版社2014年4月第1版。

近百年来对于《巴黎手稿》的研究不胜枚举，且有三四次热潮。该书吸收了20世纪60年代以来《巴黎手稿》文献学的研究成果，提出《巴黎手稿》从孤立的个人转向社会关系，因而比《德意志意识形态》更有资格充当马克思思想的转折点。文献学、文本研究和思想构架相结合，成就了该书的厚度、硬度和历史地位。如果承认一切历史都是当代史，一切写作也都不过是历史的沉淀物。如果在有限的意义上划分思想和学术，该书的思想构架过于强势，在一定程度上抑制了学术品质。20世纪60年代出生的一代人，终归是思想强势，做学术也得弄出思想，否则意犹未尽。作者主编的“日本马克思主义译丛”之“总序”末了提出：“在今天，我们可能更需要引进日本马克思主义的范畴。”该书当可视作“引进”与“杂糅”的一个结果。

《有尊严的幸福生活何以可能》，贺来著，中国社会科学出版社2013年9月版。

该书系部分论文的结集，六大板块的“形而上学”“辩证法”“价值规范”等字样似乎显出文不对题，“后记”中先见之明地对读者的这一疑问做出解释：不同领域与课题中贯串着一个内在的精神旨趣，那就是如何以一种哲学的方式，破除种种与人的尊严与幸福相悖的抽象教条与过时观念，确立与人的尊严和幸福相适应的现代哲学观念。哲学的论题涉及终极价值、一般原则、实在的本性、知识、正义、幸福、真理、上帝、美和德行等，该书无条件地认同黑格尔把“论证人的尊严和幸福”作为哲学根本问题的论述，不乏回到黑格尔，重新思考现代性的意味。“代序”显示，作者一直致力于哲学观念的深入变革，对本学科建设具有创新性构想和战略性思维，由此，我们当能理解该书的特点、优点和缺憾。

《马克思主义哲学大众化史论》，张华著，人民出版社2013年9月第1版。

马克思主义哲学大众化属于老生常谈，对其过程却缺乏细究。该书从史料出发，爬梳剔抉，对学界有过研究的艾思奇、陈唯实、沈志远、胡绳、冯定等人的贡献进行深入研究，对以往几乎未曾触及的巴克、曹达、陈瑞志、黄特、李何明、刘鸿钧、卢心远、马特、平生、秋平、袖群、宋振庭、王健、徐懋庸等人的贡献做出开创性的研究，铺排了“三个高潮”，呈现

“一个完完整整的沿革有序的马克思主义哲学大众化运动”。“导论”和“经验启示”可能会让富有反思性的读者慵懒，对于新哲学、大众、大众化、大众化运动等概念的梳理则不乏概念史的旨趣。作者的主观意图应当是“挖掘”和“还原”历史，作为读者的我们必须清醒，历史是构建出来的，这本书提供的也不过是一段历史罢了。

（本文刊登于《马克思主义哲学评论》第1辑，社会科学文献出版社2016年版）

《当代哲学问题九讲》等书评五篇

陈家琪:《当代哲学问题九讲》,北京大学出版社2014年8月第1版。

作为给同济大学人文学院研究生授课的讲稿，该书旁征博引，纵横捭阖，颇有“极高明而道中庸”之风。如果给它换一个名字，非《现时代的精神状况》莫属。黑格尔把哲学视作被把握在思想中的它的时代，因而，时代在思想中的重构和赋形就成了时代的哲学问题。作者指认我们正处于一个时代的拐点之中，并基于这样的背景提出现代性反思和如何认识我们的时代。作者一再指出，作为知识分子的“我们”没有尽到自己的职责，没有从对社会的“特殊性”的分析中发现那些能自生自长成长为“普遍性”或向着“普遍性”生长的社会机制。由此，该书追本溯源，在聚焦现时代的过程中回顾了西方和中国的历史，包括社会史和观念史，阐述了世纪的思想情绪及20世纪的主导逻辑，在与现代性危机的关联中梳理了知识分子的不同类型，详述了社会转型中的信任问题，最后结合语言学的转向探讨了母语的危机问题。关乎时代的问题也就是历史的问题，这本讲稿具有历史哲学或历史理论的性质。

陈明明:《在革命与现代化之间——关于党治国家的一个观察与讨论》,复旦大学出版社2015年10月第1版。

“党治国家”是我们的一个阶段性现实，对此的恰当态度可以用黑格尔的名言来概括：凡是现实的都是合理的；凡是合理的都是现实的。党的谱系、意识形态、路径依赖和根本任务决定了党的集权是一个必然的历史过程，现代化环境的严峻性质、赶超战略、挫折危机则把党的集权推向了极端。国家最终完成对社会的全面宰制后，党的高度集权便获得了可靠的经济基础和体制保证。党治国家从根本上而言，是一个中国现代化国家建设问题，其主题是重构现代化过程中国家与社会关系的新格局，并在此基础上对公共权力的组织、配置、行使和监督做出合理的制度安排。改革开放以来的中国国家建设是在集权和分权的双重逻辑交互作用下展开的，中共十八届三中全会提出“国家治理体系和治理能力的现代化”的总目标，正是反映了对这种双重逻辑的顺应和协调。党的治国理念及由此决定的治国方式将直接决定中国现代国家建设的成败与国家治理的品质，这是该书所阐述的要点，也是我们每个中国人所关注的核心。

强乃社：《论都市社会》，首都师范大学出版社2016年11月第1版。

中国已经开始进入城市社会或者都市社会阶段，如何理解都市在当代中国乃至世界范围内的状况成为马克思主义者亟须关注的重要议题。国外马克思主义的都市社会研究硕果累累，形成了“都市马克思主义”理论思潮，它注重从都市和空间的向度理解马克思主义，从方位、规模、区域、密集度、场所等视角认识当代社会运动的主体、内容与结果，都市辩证法应运而生。这些理论成果固然直接针对西方社会，也具有对于都市化的一般的适用性。都市社会研究在根本上说，属于“问题”或“紧张关系”的研究，需要处理资本与空间之间的紧张关系，人与人之间的“拥挤”和“拥堵”关系，大众文化的平面化和碎片化的矛盾，等等。从都市社会研究的理论视野出发，中国传统社会的非乡土特征脱颖而出，中西文明的差异在于不同的城市文明之间的差异，建设有中国特色的社会主义都市社会自然成为我们的发展愿景。该书的基本思路和观点大抵如此，掩卷足以发人深思。

胡大平：《城市与人》，南京大学出版社2015年5月第1版。

从生活经验出发探讨城市与人的关系，熔铸哲学、社会学、建筑学、符号学、政治学等学科的城市研究精髓，宏观扫描与微观案例相结合，集现代性、社会主义和乌托邦等反思于一体，域外的理论在实际运用中得以改造与应景，使得这本书散发开启城市理论之“中国话语”的气势，有望成为一部当代城市研究的“经典”。作者对其就读和供职的“作为一座城池”的南京大学的论述，提供了物质、仪式、神话及权力在一个特定空间中的不断的历史累积，展示了一个学校、三个校园、三段历史、三种历史形态。“桥”向来具有各种跨越性的意象，该书对南京长江大桥的论述是全方位的，既有来自不同视角的观察，也有政治美学的剖析，更有政治经济学的批评，从而呈现了一座历史之桥的凝重风貌。社区是城市构成的基本单位，该书以南京市咏梅山庄的三场斗争为例，阐明了市场经济条件下由人群聚集推动产生的作为政治和社会行动单元的社区的基本特点，富有空间政治学的寓意与前瞻。

孙伟平：《我在故我思》，黑龙江教育出版社2016年1月第1版。

书名显然挪用了法国哲学家笛卡尔“我思故我在”的命题。上篇“‘我’是怎样炼成的”很容易让二十世纪五六十年代出生的人们想起奥斯特洛夫斯基的长篇小说《钢铁是怎样炼成的》，所讲述的是一个湘西北山村少年从小学到攻读博士学位的诸多故事，颇有“百炼成钢”之味，个人的成长与社会的变迁密切相关，人情世故掺杂其间，堪称“五十自述”的前半部分；下篇“人生与幸福”即便不能说是苦尽甘来，至少可以自在从容地看待言说和游历了，“思”之雅兴和力度远远超越了先前的“炼钢”阶段。上篇展现“我（何以）在”，下篇展现“我（之所）思”；上篇以故事见长，下篇以道理为主。无论是故事还是道理都浸透了作者的辛酸苦辣，与此同时，作为叙述者的“我”始终保持了和作为主人公的“我”之间的距离，这是思想的距离，时代的距离，也是居高临下因而坦然自若的距离，幸福中隐含着往事不堪回首的距离。相信二十世纪六十年代出生的一代学人，多多少少从该书中看到自己的成长之路，发生共鸣。

（本文刊登于《马克思主义哲学评论》第2辑，社会科学文献出版社2017年版）

《1+12：通向常识的道路》等书评五篇

刘苏里：《1+12：通向常识的道路》，中国文史出版社2015年8月第1版。

以“重温经典”为主题，刘苏里与梁文道、萧瀚、于向东、高全喜、阎克文、卢跃刚、金雁、钱永祥、郑也夫、刘小枫、止庵、吴思等十二位学者对谈，所以是“1+12”。从潘恩的《常识》开始，纵论美国宪法、《论美国的民主》、费希特、韦伯、科尔奈、德热拉斯、伯林、凯恩斯、《君主论》、奥威尔、《道德经》等诸多人物思想，所以是“通向常识的道路”。“把自我完全脱落之后进入普遍领域的普遍律则”，是为常识的基本理念或逻辑起点，就此而言，今天的中国需要常识的启蒙，承认、尊重和接受业已为人类的社会发展道路所印证的常识。经典之所以历久弥新，一个根本的原因就在于，它们预言、蕴含、阐述了常识。通过阅读古今中外的经典，把人类智慧转化为当今中国的智慧，回应当下的现实，堪称学者的使命、思想者的使命。

许章润主编：《重思国家》，中央编译出版社2015年11月第1版。

“中国为何？中国如何？中国奈何？”是晚清以来每一位中国公民尤其是知识人念兹在兹的历史和现实议题。1962年出生的十二位学者在“知天命”之年，力图肩负起应尽的责任，聚会研讨“国家”与“现代中国”，在建构论、生存论和历史哲学的维度梳理近代国家的一般学理和基本脉络，进而着力反思近代中国的立国建政过程，辨析其间涉及的主权与政权、城邦与政治、人民和国家、文明与生存、中国与世界等关系，阐明法律共同体、政治共同体、经济共同体、文明共同体何以成为一种命运共同体。最后重温先贤的思考，选择一些代表性的思想个案，如傅斯年关于国家的思考和后学衡时期的国家观念，借以反思当下的国家现状，探求改进的机缘。归根结底，“中国”与“现代中国”是文明与政治的统一体，人民与城邦的共同体。

陈宜中：《何为正义》，中央编译出版社2016年9月第1版。

正义论述作为近年来学界的重要议题，论域相对狭隘和现实关怀不足是两大缺憾，就此而言，该书是一个极大的例外。从当代自由主义者对正义概念与视野的分歧开始，阐述罗尔斯、哈耶克、德沃金、沃尔泽等人的公共正义理论，分析仇恨言论、色情管制、拒战权利等公民自由与正义的议题，触及国际容忍、政体改造、人道干预等战争与正义的议题，视域开阔，论题广泛。读者了解罗尔斯等当代最具影响力的政治哲学家的主要观点之余，深入多项当代公共争辩，理清思路，借以形成自己富有学理性的现实判断。与该书惯于“接着讲”的风格有关，对正义话语前贤的思想挖掘不够充分，甚至给人以理论创新不足的感觉，但其价值在于理论与现实的关联，即便是第三章“罗尔斯与政治自由主义”和第五章“公民不服从与自由民主”也非耽于纯粹的理论运思。

赵汀阳:《四种分叉》,华东师范大学出版社2017年5月第1版。

从博尔赫斯的交叉小径花园到炙手可热的人工智能,从人类意识的起源到有轨电车悖论带来的道德疑难,赵汀阳跳跃而分叉的话题贯穿着一以贯之的“可能性”概念。自二十年前《论可能生活》一书直面“世界和生活本身”的“自相矛盾”以来,“矛盾”中探求“可能生活”就成为赵汀阳思想的基本旨趣,“分叉”概念的阐述可谓是“可能生活”的一种哲学论证。时间分叉、意识分叉、道德分叉、智能分叉,哲学思考的无限潜力正是由人类生存的无限可能性亦即“分叉”决定的。万物为什么存在而不是不存在?这个古老而永恒的形而上学问题并非哲学家的自说自话,而是牵扯人类生存的命运攸关、历史性与伦理尊严。分叉无关多元性的趣味,智能的分叉尤其可能升级为一个“危及人类自身存在”的问题。“危言耸听”,开卷有益。

杨凯麟:《分裂分析德勒兹:先验经验论与建构主义》,河南大学出版社2017年11月第1版。

对德勒兹这位反中心化和总体化的哲学家来说,欲望政治学是其重要旨趣,但非其哲学的思想重心。该书的要旨在于,将德勒兹的时空概念如时间–影像、生成、折曲、虚拟、重复等“再问题化”,分析每个概念不可分离的内在极点,触及每个概念的边界,罗列其所聚集的冲突、互斥、汇合、发散等两种或两种以上的异质力量，探测由此诞生的思想平面，寻觅“给予思考”的条件，绘出“分裂分析”的模型。由此，先验经验论和建构主义的“分裂分析”也就成为不可分割的“互补分析”。德勒兹的先验经验论反转了康德的观点，认为富有差异性的经验能够使得概念被生产，使得人们不被分类法所桎梏，不受限制地思考。一如德勒兹强调真实世界能够改变和调整我们的思维，“分裂分析”与“互补分析”异曲同工。

（本文刊登于《马克思主义哲学评论》第3辑，社会科学文献出版社2018年版）

《大国话语》等书评五篇

韩震:《大国话语》,韩震著,人民日报出版社2018年3月第1版。

这是“中国梦·中国道路”丛书中的一本,“话语权”是其核心概念。话语权事关合法性,西方中心主义是一种独断性的话语体系。面对国际话语权的现状,我们应大力推进我国主流意识形态的凝聚力,不断夯实文化自信的根基,提升对外政治传播的议题设置能力,打造人类命运共同体的新理念,凝练构建亚洲价值观,从理论和话语层面总结概括“习近平新时代中国特色社会主义”。在这一过程中,要坚持运用马克思主义科学方法论,加快构建中国特色的哲学社会科学,大力推进中国特色哲学社会科学的创新。在把握该书基本观点的同时,也应充分关注该书的概念构架和论述方式,它有历史哲学的视野,也有现实政治的关怀;有学术思想的风格,也有面向大众的意趣。该书对“话语权”概念的界定当能引起普遍的讨论,“话语权就是把握时代脉搏的能力”;关于改进话语方式和概念术语策略的建议当能引起舆论界的认同,“改文风首先要转变看问题的方式”,要加强“议题的针对性”,善于讲“群众关心和能够理解的问题”,还要清理“日常大量的不合时宜的概念和不太准确的术语”。

【英】罗纳德·哈里·科斯，王宁：《变革中国——市场经济的中国之路》，中信出版社2013年1月第1版。

该书的“卖点”首先在于其第一作者是诺贝尔经济学奖得主，承认的政治在此显现为市场的效益；其次在于它的叙述应用了哈耶克“人类行为的意外后果”理论，叙述的策略产生了故事般的可读性。这是古老中国之变革的正向故事，也是基于当下中国之回顾与反思的逆向故事。在这个故事中，发挥作用的不只是毛泽东、邓小平、陈云、江泽民、朱镕基等历史人物，也不只是干部、农民、工人、知识分子、私营企业主等社会阶层，更有意识形态、市场经济和国际环境，而最为深层的，还是历史哲学的概念构架，当然，这不是任何一个既有的概念构架，而是在市场经济的中国之路上生成的一个新的概念构架。无论我们是否认可“中国能有幸逃脱致命的自负仅仅是一个偶然”这一命题，中国的改革包括“政府引导的改革”和“自下而上的改革”亦即“边缘革命”是不争的事实，并且，与吴敬琏《当代中国经济改革教程》将两种改革都视作政府的精心设计不同，该书强调分别看待两种改革系统，以便“更好地理解中国市场化转型的本质”。该书的理论背景是亚当·斯密、弗里德曼、卡尔·波普尔、因而，它对中国走向市场经济这一“非凡的故事”的阐述，与我们的阐述有所不同，不过，中国市场经济的确是一个“开放式的集体学习与自我转型”的变迁过程，中国特色内涵“解放思想”，这就要求“思想市场”及“知识与创新”。

周其仁：《改革的逻辑》（修订版），中信出版集团2017年10

月第2版。

在改革开放四十年的诸多庆祝和思考中，该书毋庸忽视。作者1978年从农村考入中国人民大学经济系，其后的人生道路与新时期并行，与经济改革和农村发展共进，倡导“真实世界的经济学”，深入“真实的经济生活”，通过学术研究推进中国的改革与发展进程，有中国改革的“活化石”和“鼓手”之称。该书的经验性、理论性和历史感都很强，在“中国做对了什么”的宏大关怀下，对产权改革、土地制度改革、货币深化、改革驱动的经济增长等议题做了有理有据、精细周到的论述，进而展望“中国还需要做对什么”。基于科斯的“中国影响力”，该书强调回到经验的基础上来推进改革，认为中国学人遵循科斯的方法论原则去从事经济研究，也就有更大的机会进入“经济科学”而非“神学”的殿堂。熟悉马克思理论方法的读者或可看出，该书体现了“具体—抽象—具体”的思维原则和研究方法。改革的故事借助于改革的逻辑，更有赖于改革的前景。改革是对未来最重要的“投资”，防止改革成为“半拉子”工程，以规则的确定应对结果的“不确定”，在上下互动、观念与实践互动、设计与实施互动中推进中国的改革和转型，是该书结尾处的黄钟大吕。

赵树凯：《农民的政治》（修订版），商务印书馆2018年8月第1版。

该书和《农民的新命》《农民的鼎革》并称“农民三部曲”，德文版由施普林格出版发行。基于对农民的高度的“政治”承认，该书阐发了对这样一些问题的深入思考：在当代中国，农民的政治属性是怎样的？农民在政治上的角色是什么？农民的政治能力将怎样展现？政治制度与农民的关系是怎样的？政治应该怎样对待农民？作者二十世纪八九十年代供职于“九号院”，也曾在地方工作过两年，还担任过中央政治局集体学习的讲解专家，因而在该书中我们可以看到高层政策的“过程观察”，也能看到基层政府的“改革体验”。辅之以国际学术的广阔视野，对基层民主、乡镇改革、乡村治理、村民自治的现实问题，对农民在国家政治生活与政策过程中的位置与作用，也就情怀、信念、格局与务实同在。研究者总是难免“高高在上”，该书的叙述也不乏“公文”色彩，好在历史反思性意识一再浮现，比如，历史“其实不是”只有一种解释；历史发展的规律“殊难把握”，农民的前进方向“殊难设计”；被设计出来的“前进方向”如果背离了农民自身的利益感觉和需要，总是受到农民或积极或消极的反抗和抵制。

孟彦弘：《不够专业》，广东人民出版社2018年7月第1版。

这是一本基于史学研究的学术、思想和社会随笔，包括“问学”“忆旧”和“杂感”三辑。所谓“不够”专业，主观而言是“懒得”专业和“何必”专业，客观上看是“超乎”专业和“出乎”专业，无论怎样，沉潜的专业素养跃然纸上。经由三十多年爬梳剔抉的历史文献学、法制史、隋唐史研究，作者培育了张弛有度的方法和笔调，对“封建”与“专制”的名与实的阐发关乎中国马克思主义的一桩“公案”，对《水浒传》中西门庆与王婆对话的分析彰显历史语言学和文本阐释学的深厚功底。“忆旧”富有历史的温情与敬意，对周一良、田余庆、沙知、宁可等前辈的回忆堪称“学案”;“杂感”兼具认真、同情与理解,“短命的隋朝”亦有其“历史的意义”,“有多少东西能留下来”有赖于历史性的“解释与构建”,如此,学术传承的要义和历史演进的步骤连绵起伏。阅读历史学者的“小书”,文前“题记”和文末“附记”依旧不可小觑,它们构成补缺挂漏、俾臻完善的补缀和印记。涉及的材料是古代的,贯彻的原则是当代的,洋溢的性情是率真而古朴的,三者融为一体,成就该书的蔚然气象。

(本文刊登于《马克思主义哲学评论》第4辑,社会科学文献出版社2019年版)

《中国空间策略》等书评五篇

朱剑飞：《中国空间策略：帝都北京（1420–1911）》，生活·读书·新知三联书店2017年8月第1版。

空间即政治，空间句法映射政治运作。该书独占鳌头，开创性地探讨了两个方面的关联；第一，都城建筑与儒家意识形态具有直接的关联，北京城的整体布局体现出中心性和对称性，以《周礼》所概括的古典宇宙论及象征性布局为基础；第二，都城建筑与法家原则具有潜在的关联，从宫城延展到京城进而扩及全国各省的现实空间，构成了行使皇帝权力和统治的潜隐的领域。帝都北京的宏大辽阔，在于它既是实证主义的也是宇宙论和道德主义的，既是功能空间的也是象征形式的，作凝视状、具操控性的功能主义的主体作为空间策略的产物，是理想化的仪式实践的主体，旨在确保芸芸众生与宇宙天地之间的和谐。用三个词来概括该书的价值与意义所在，那就是：意象；权力；尺度。帝都意象的焦点就是权力，权力一方面无所不在，另一方面又是分层次、有尺寸的，尺度最终凌驾于意象和权力之上，由此，最高的意象是尺度的意象，最大的权力是尺度的权力。这个尺度的根本，就是时隐时现的天道。

李忠杰：《马克思恩格斯怎样看中国》，北京出版社2019年8月第1版。

中国共产党自1921年成立时起就把马克思主义作为自己的指导思想，1949年以来中华人民共和国的发展历程，更是贯穿着一条马克思主义中国化的红线。马克思恩格斯到底是如何看待中国的呢？该书把《马克思恩格斯全集》中涉及中国的内容搜罗殆尽，包括最早提到中国的《评普鲁士最近的书报检查令》在内，涉及政治、经济、文化、外交、军事、科技等，夹叙夹议，比较完整地展示了马克思恩格斯关于中国和中国问题的系统思想。通过该书，我们能够比较清楚地了解马克思恩格斯“面对”中国时所思所想、所褒所贬，以及期待和预言，从而更为深入地认识马克思主义的世界历史理论和东方社会理论。特别值得一提的是，该书专辟一章“邀请马克思恩格斯到中国来旅游”。马克思肯定愿意到中国来看一看，他对今天的中国会有满意和欣喜，有不满和不快，可能也会有不解和意外，比如，“社会主义市场经济”他就不曾设想过。归根结底，我们只有真正领悟了马克思恩格斯“看”中国的眼光，才能自在从容地从事中国特色社会主义的伟大实践。

方红：《〈共产党宣言〉陈望道译本考》，辽宁人民出版社2019年10月第1版。

改革开放以来的四十年间，对马克思主义经典著作的研究经历了从文本到翻译再到版本不断深入的过程，经典文献考据研究的重要性得到普遍认可，马克思主义经典文本整理研究的成果与日俱增，“马克思主义经典文献传播通考”水到渠成。该书系国内第一套比较全面、系统地考证马克思主义经典文献传播的大型主题图书“马克思主义经典文献传播通考”的第一本，内容包括“原版考释”“译本考释”“译本译文解析”三个部分，按照古今文献考据方法和解释学方法，对《共产党宣言》陈望道译本传入中国的各个方面、各个环节，包括文本考据、版本考据、术语考据、语义考据、语用考据等做了比较全面的考究，显示出迄今为止的研究的“概貌”。陈望道译本的理论价值、历史意义首屈一指，无从替代，尽管“通考”编写框架的限制使得该书未能充分展开，“通考”的超大规模仍使得该书俊伟挺拔，作者良好的外语专业背景亦在很大程度上确保了该书的知识根底和“理论之旅”的可靠度。

杨念群:《五四的另一面 ： “社会”观念的形成与新型组织的诞生》,上海人民出版社2019年4月第1版。

百年以来，对五四性质的界定先是以“反帝反封建的新民主主义革命”最为强盛，后又以“文艺复兴”或“启蒙运动”影响深远。前者属于政治史的阐发，后者属于思想史的论述；前者基于马克思主义的思想路线，后者具有自由主义的理论倾向。该书把五四看作近代历史长程运动中的一个环节重新加以审视，认为五四新文化运动固然是新知识界发起的运动，五四本身的主题则是经历了一个从政治关怀向文化问题迁徙，而后又向社会问题移动的过程，从而凸显五四之“社会改造”的面相和历程。由此，五四解释学具有了“社会史化”的新向度，无政府主义者随之浮出历史的水面，社会主义者的思想与行动方略获得新的表现。作为西方舶来品的“个人主义”为“团体主义”和“社会主义”所取代是内外力混合发生作用的结果，与五四精英对中国传统思维有意无意地传承息息相关，并且，后五四时期悲剧的根本不在于个人主义的湮灭无闻，而在于乡村文化再生的渠道被彻底阻断。历史的实情究竟如何，只能见仁见智了。

顾红亮：《杜威在华学谱》，华东师范大学出版社2019年5月第1版。

五四运动前夕，杜威自日本抵上海，至1921年8月2日离开中国，在华时间共计2年3个月又3天。该书以时间为序，搜集整理了杜威在华两年间的日程安排、重要事件文字记录，包括杜威对当时发生的大量的中国现象、事件和运动的理解、评论等，构建了杜威在华活动的学术性断代年谱，呈现了杜威在中国的学术行程和日常生活方式，包括思考、旅行、演讲、会友、写作、参观、聚餐等，反映了杜威对中国近代教育、文化、政治、社会等方面的积极介入和重要影响，也展示了中国知识界对杜威的热烈欢迎和不尽一致的认同态度。该书的魅力在于，促使后世的读者回到历史现场，体会杜威对中国政治和文化的浓厚兴趣，对中国问题与时局命运的时刻关注，以及他所表示的美好期望和善意批评。从时间上而言，杜威在华"学谱"也就是杜威的"五四"学谱，纪念五四不能不回望杜威的在华行程，对五四的全面肯定自然包括对杜威思想的必要肯定，从五四再出发也就离不开对杜威的再认识、再讨论。该书不容错过。

（本文刊登于《马克思主义哲学评论》第5辑，社会科学文献出版社2020年版）

《看得见与看不见的光》等书评五篇

魏磊杰主编：《看得见与看不见的光：21人16国域外疫情观察日记》，当代世界出版社2020年10月第1版。

2020年，“新冠”疫情席卷全球，整个世界陷入“至暗时刻”。身处16个国家的21位中国学人，用日记的形式记录所在国家或城市的“众生相”。这些日记作为参与式观察的结晶，具有田野日志的性质，足以载入新冠疫情的民族志史册。从书名和封面设计来看，“光”传递的是信心与坚强，“看得见与看不见的光”表达的是眼前的光亮和心中的希望。以“看得见”与/或“看不见”为题的作品已然很多，最为著名的是意大利作家伊塔洛·卡尔维诺所著《看不见的城市》，此外，域外有法国经济学家巴斯夏150年前所著《看得见的与看不见的：商界、政界及经济生活中的隐形决策思维》，牛津大学美术史教授马丁·肯普所著《看得见的，看不见的：艺术、科学和直觉——从达·芬奇到哈勃望远镜》，国内有当代印象派诗人刘棉朵2011年出版的诗集《看得见与看不见的》，李默2018年出版的音乐专辑《看得见　看不见》等。“看得见的”值得重视，“看不见的”值得探寻，“看得见与看不见的”都值得铭记、反思和彻悟。

夏明方：《文明的“双相”：灾害与历史的缠绕》，广西师范大学出版社2020年7月第1版。

新冠病毒肆虐下，一位历史学者从生态史、灾害史的角度透视人类文明的发展及其不确定性，构建“文明的双相”这一基础概念，重新解释了近代中国历史上一系列重大事件，如光绪初年的“丁戊奇荒”、1920年华北大饥荒、1938年黄河花园口决口、1943年中原大饥荒、1959～1961年自然灾害及1979年的唐山大地震等，并对其成因、影响及当局的应对措施做了细致梳理，呈现了灾害与历史缠绕的“另一个中国”。把不确定性重新带入历史中来，直陈灾害是形塑历史的重要力量，是该书的首要思想贡献，此外的一个重要贡献是，阐述一种社会制度的优越性在于正确处置危机，由此从处置灾害的态度、政策、成效等方面对中共赢得民心做出了补充性的解说。对自然灾害的应对从来不是“小事”，而是关乎历史走向的“国之大事”。晚近的事件如长江洪水、“非典”和新冠疫情给人以极大的警示，对于过去灾害史料的搜集、整理和研究之“灾难记忆”的重建刻不容缓，并且，应当注意政治事件对灾难记忆的重构和再造。

王柯：《从“天下”国家到民族国家：历史中国的认知与实践》，上海人民出版社2020年3月第1版。

以中国从“天下”国家到民族国家的演进史为线索，展现汉族、少数民族、中华民族三个概念的变迁脉络，阐述中国现如今多民族一体国家格局的渊源与逻辑，是该书的基本内容。书中的一些阐述值得高度重视，如中国古代的政治制度就是文化制度，先秦汉族形成的多源说造就了开放性天下观的文化本位论，民族国家是建立在国民共同体基础之上的认同而非血统的种族主义。从天下国家到民族国家的转变背后是中国传统民族观念的不断延续，该书关于“多重型天下体制模式”和“多元型天下模式”的分辨发人深省，对元朝以后的论述相当精彩。就主题和论述内容而言，可以和葛兆光著《宅兹中国》，许倬云著《说中国》，王明珂著《华夏边缘》，葛剑雄著《统一与分裂》参照阅读。就该书提示与遗留的问题而言，当代中国在天下国家与现代民族国家之间如何保持平衡依然悬而未决，天下思想与有德者居之促成主体民族与少数民族间统治地位转换的合法性构建，却又在民族国家话语下可能成为某种分裂与征服的陷阱。

冯蕙：《毛泽东著作编研文存》，生活·读书·新知三联书店2020年6月第1版。

对毛泽东思想的研究离不开对其著述的研读，毋庸忽视的一个情况是，大多数的研究者无从接触毛泽东的手稿及初版，所研读的只能是经过编纂的选集、文集、文稿、著作、批注集、批语集、论集等。承担这一编纂工作的就是中共中央文献研究室，其任务包括：编辑党和国家主要领导人的著作，研究他们的思想和生平；编辑研究党和国家及军队的当代文献和历史文献。冯惠研究员从事毛泽东著作编辑和生平思想研究工作近五十载，参加编辑《毛泽东选集》（1—4卷）第2版，《建国以来毛泽东文稿》《毛泽东文集》《毛泽东书信选集》《毛泽东诗词集》等，担任《毛泽东年谱（1893—1949）》副主编和《毛泽东年谱（1949—1976）》主编，并在此过程中撰写、发表了多篇高质量的文献研究阐释文章和重大史实考证文，《毛泽东著作编研文存》即由这些文章汇编而成。经验之谈富有历史价值，显现治学之道，版本的考证与选择、文章的取舍、文字的辨认和事实的考订等，为构建与“马克思学”相媲美的“毛泽东学”奠定了基础。

吴琦幸:《王元化传》,上海教育出版社2020年11月第1版。

满足传记所需要的诸项条件，如传主具有历史性、戏剧性乃至国际性，作传者具有学术、思想及关系优势，就会成为一部好传记。20世纪90年代后期，“北钱南王”与“北李南王”两种称谓流传于学界及传媒，意指彼时学术版图中的地标性人物，“南王”即王元化。2001年，法国哲学家德里达来中国讲学时，王元化受邀进行了精彩的哲学对话。就我们这一代人的记忆而言，这部传记可以采用倒叙的手法，从王元化晚年编辑出版《新启蒙》和《学术集林》谈起，言及五四的再认识，然后回到其早年的生涯。称之为“五四之子”，恰如其分。王元化终其一生，属于左翼知识分子，思想积极昂扬；深受《新约》中基督教精神的影响，富有悲悯精神；怀有清华情结，浸染独特的治学精神和气质。吴琦幸作为王先生弟子，在中美两国都经受过系统的人文学术训练，获版本目录学硕士学位和中国文学批评史博士学位，思想贴近、资料详尽、史家笔法，使得该传成为一部能“留得下来”的传记，昭示王元化与时代、文化、思想及政治之密切关联的广度和深度。

（本文刊登于《马克思主义哲学评论》第6辑，社会科学文献出版社2021年版）

《现代社会调查在中国的兴起》等书评五篇

李章鹏：《现代社会调查在中国的兴起（1897—1937）》，西苑出版社2021年2月第1版。

按照通常的看法，中国现代社会调查始于1914年左右北京社会实进会有关人力车夫的调查，李章鹏的研究揭示出，国人最早的调查应为1871年黄宽对广州流行病情形的调查，1897年出现的物产调查更是对中国现代社会调查的潮流起到直接推动作用，这就在一定程度上改写了中国现代社会调查史。系统梳理社会调查在近代中国兴起的历史，对于了解近代学术变革和社会改良运动具有重要的意义，就前者而言，该书着重阐述了社会调查对民国统计学学科建设的影响；就后者而言，该书着重分析了社会调查与定县实验工作之间的关系。重中之重，社会调查在近代中国肇兴的实践逻辑和知识逻辑亟待充分挖掘，实证主义和唯物主义作为总体性的社会思想背景更是需要明确的论述。就此而言，梁启超1920年撰写的《清代学术概论》，伍启元1934年出版的《中国文化运动概观》和郭湛波1935年出版的《近三十年中国思想史》仍然是不可绕过的思想镜像，中国现代社会调查肇兴时期的丰富内容、多重线索和划时代意义有待更为充分地阐发。

韩晓莉：《革命与节日：华北根据地节日文化生活（1937—

1949)》，社会科学文献出版社2019年1月第1版。

现代中国革命作为一场翻天覆地的运动，不断地利用、整编与再造传统，包括对节日的再造。从社会文化史角度书写中国革命是该书的创新性所在，以抗日战争和解放战争时期中共华北根据地的节日文化生活为考察对象，详述围绕节日文化的生活习俗、庆祝方式和政治教育，构成了该书的基本内容。节日文化对于理解中共在华北根据地的政治动员与社会治理，是一个很好的切入点，困难在于：在叙说"革命邂逅节日"而予以强力干预的同时，如何比较充分地呈现"节日遇上革命"的创造性响应。"革命"与"节日"关系的理想状态应为相辅相成、无缚无脱，该书的理想目标当是革命史与日常生活史的有机嫁接。节日娱乐被赋予了更多革命性意涵，无疑是一个重要的时代表象，研究的最终旨趣在于呈现民众的主体性和经验，阐发意义的社会生产和建构。偏离了这一追求，史料的梳理和分析就会受到很大的限制，节日生活作为组织民众的工具性难以获得恰如其分的阐述，革命的节日性与节日的革命化的深层思考更是无从谈起。

夏松涛：《展示新中国：展览、空间与新生政权的形象建构(1949—1957)》，中华书局2020年6月第1版。

会展业的一位人士表示，会展活动伴随着党的每一步，通过会展活动庆祝重大节庆已成为很突出的特点。该书以中华人民共和国1949—1957年举办的展览活动为研究对象，基于权力空间的视角，探究展示政治与国家形象建构之间的关系，选题及其初衷值得赞许。这样的研究，需要具备展览布局与展示设计、会展品牌策划与管理、博物馆陈列展览、出国展览实务等方面的知识，需要懂得传播学术性研究方法、项目管理中的领导力、生产性服务业与制造业的互动融合、视觉传播与国家形象建构关系等方面的理论，必不可少乃至更为重要的，是置于1949—1957年间的国际政治秩序和地缘政治局势，予以深入细致地分析。展示政治学的旨趣在于揭示展览中的文化、社会、政治意蕴，包括展览的组构之中有哪些程序、团体和谈判参与，谁有权赋予特定的展示编码，参与者的广泛对话，等等。读者寄望于该书的，或可像罗兰·巴特的《明室》一书，借助“明室”敞亮地对摄影予以解说，并借助投影绘画仪这一“明室”构建《明室》所要阐述的理论模型。

贺东航：《现代国家构建的中国路径：源自地方的尝试性解答》，北京大学出版社2021年9月第1版。

以地处东南沿海的福建晋江为个案，运用“国家构建”的理论视角透视一个世纪以来中国现代国家的构建历程，构成该书的核心内容，亦为该书的根本旨趣。政党、政府、市场与社会作为四个行动主体，科层制、国家能力、政权合法性和民间社会作为国家构建的四个层面，在1901—1949、1949—1978、1978年已降三个阶段呈现出相去甚远乃至大相径庭的样态。1978年已降阶段获得浓墨重彩，占据该书近半的篇幅，最后一章“复线性的成长”可以视作中华人民共和国开创的现代国家构建的“中国路径”的结晶，亦堪称正在展开的中国特色社会主义新时代的描画。作为中国现代国家构建百年史研究的一部巨著，该书借助共时性、复线式和量子态的制高点看待未来中国国家建设，当能激发一些“老问题”的再思考，诸如：从国家看地方与从地方看国家的区别所在，中西部地区与沿海地区的建构异同，物理学理论在社会研究中的应用，等等。该书给予读者最深的印象，则当属这样的一个观点：中国就像是一个“混沌、量子纠缠的、巨大的场”，始终需要一个核心能动者。

徐前进：《驶于当下：技术理性的个体化阐释》，上海书店出版社2021年9月第1版。

汽车是理解现代社会的一个重要的突破口。该书基于作者本人的购车与驾驶经历，阐述汽车技术谱系、道路心理与技术理性，进而在个体经验的意义上沉思机器、消费与技术政治学，呈现了参与式研究的良好案例，提供了日常生活叙事的可资借鉴的样式，并在技术现象学、身体现象学乃至社会哲学和历史哲学方面发挥积极的推动作用。作为机械—技术的综合体，汽车创造了一系列现代意义的个体感觉，以至于“车驶（思）故车（我）在”取代了“我思故我在”，根本上重构了“现代真实”。技术化的游荡强化了陌生人社会，“我”的“在场”严重地受制于“不在场”的状况与机制，由此，“驶于当下”的是技术理性而非人类个体，是现代的物质主义而非人类中心主义叙事。随着自动驾驶系统的出现，手动挡汽车的机械性功能行将消失，一种新的技术景观联翩而至，但在思想史的意义上，或如作者所言，一个追溯性的记忆空间即将开启。该书的一个历史性价值就在于，为即将开启的电车难题之类的记忆空间提供了一份及时的档案材料。

（本文刊登于《马克思主义哲学评论》第7辑，社会科学文献出版社2022年版）

后　记

将自己三十年来写作的评论汇编成册，实属兴之所至。在汇编的过程中，意识到应当对书评史有必要的了解，对书评的基础知识有一定的把握，遂查阅图书编目，注意到《中国书评史初探》《书评面面观》《书评家的趣味》和《书评工作指导与探索》等相关书籍。

赵晓梅著《中国书评史初探》，是中国近代书评产生以来的第一部也是唯一的一部中国书评史。该书辨析了中国书评起源的不同观点，梳理了中国近代书评产生的环节，绘制了中国现代书评事业的繁荣景象，回顾了中国当代书评事业的建设历程，述说了改革开放新时期以来书评事业的腾飞气象。作者的硕士论文主题是二十世纪四十年代中国书评史，该书是在此一研究的基础上扩展而成的，因而容易理解，171页的正文中，第四章"中国现代书评事业的繁荣（20世纪30—40年代）"占了93页的篇幅，附录的三个材料的价值也就毋庸置疑了，分别是：40年代中国书评大事记；40年代中国部分书评报刊中的书评作品篇目；40年代中国书评作品选读。

据赵晓梅的统计，二十世纪三四十年代中国期刊的名称中，以"图书""书""新书""读书""读者""出版"开头的期刊，据不完全统计，三十年代41种，四十年代35种。三四十年代，一些学术期刊、文学期刊上辟有书评栏目，中共创办的期刊上也辟有书评栏目。三四十年代，延续晚清以来的风格，大报、小报、日报、晚报等各类报纸大都有副刊，书评是副刊的重要内容。著名作家萧乾1935年于燕京大学新闻系毕业时，提交了毕业论文《书评研究》，同年由商务印书馆出版，这是迄今可查的我国最早的一部书评理论专著。更值得称道的是，萧乾在接办《大公报》“文艺副刊”的两年间，大力倡导书评，开辟“书评特刊”，聚集了一批专门从事书评写作的名家如李健吾、常风、李影心等，以及学识渊博的学者和作家从事书评文章的写作，推动书评理论研究，为书评研究和现代文学研究留下了珍贵的资料。“好的书评，如好的创作一样，同样具有长久的价值。”基于这样的认识，二十世纪八十年代末，学者李辉将《书评研究》和萧乾主持《大公报》副刊期间编发的书评文章汇集成《书评面面观》一书，由人民日报出版社于1989年4月出版。萧乾为此书所写的“代序”中，将自己对书评的倡导喻之为“未完成的梦”，这一比喻至今仍然具有启示性，于是，三十年后的今天，《书评面面观》又出了新版。

萧乾在《书评面面观》“代序”中忆及，他主编天津《大公报·文艺》期间，“组织起一支书评队伍：杨刚、宗珏、常风、李影心、刘荣恩等”。李影心的名字赫然在列，这是1957年以来关于李影心的唯一记载。按照陈子善的观点，治中国现代文学史，若要探讨“京派文学”，“京派”书评不可忽略。从杨振声和沈从文1933年9月23日主编天津《大公报·文艺副刊》开始，尤其是萧乾1935年7月4日接编《大公报·小公园》，9月1日起主编由《文艺副刊》和《小公园》合并的《大公报·文艺》以后，书评成为这个最具代表性的“京派”文学副刊的显著特色。统计1933年10月至1937年7月《大公报》之《文艺副刊》《小公园》和《文艺》发表的书评，撰写篇数最多的是至今鲜为人知的李影心，他总共发表了17篇书评，常风以16篇紧随其后，大名鼎鼎的京派评论家刘西渭也只能以14篇屈居第三。李影心的书评几乎清一色评论新文学作品，“就总体而言，是描述性和抒情性的，富于才情，优美潇洒”，充分体现了“京派”书评的鲜明特色。与其他两位“京派”书评名家刘西渭和常风不同，李影心的书评一直未见结集出版，为了这位“文学史上的失踪者”不至于被完全遗忘，陈子善、张可可将李影心的书评汇编成册，2014年出版了《书评家的趣味》一书。

1986年，中共中央宣传部出版局编选了《书评工作指导与探索》一书。依据该书“内容提要”，这是新中国成立以来第一部系统阐述书评工作的论文集，包括三方面的内容：一是中央和国家机关自50年代以来对书评工作的指导性文件、指示和社论，以及出版部门领导、负责同志的讲话；二是中央和地方出版社以及几大书评刊物、图书发行部门近几年来开展书评工作的情况和经验；三是有关书评文献的资料，如我国近代书评文献简述、三中全会以来书评选目索引、民国书评出版物简介等。三十三年后的今天，该书仍然是新中国成立以来唯一一部系统阐述书评工作的论文集，其中关于书评的指示精神仍然具有积极的指导意义。

对书评的写作者来说，无论是把书评作为职业还是事业，主业还是副业，都有一些基本的要求。黄梅说，书评该是一种科学，真正的好书评家都能成为好的科学家。沈从文说，书评的自由解放也正是整个文学的自由解放。朱光潜说，世界有这许多分歧差异，所以它无限，所以它有趣，每篇书评和每篇文艺作品一样，都是这“无限”的某一片段的缩影。王瑞说，书评家不应该有意地想在读者心目中建立起权威的地位。书评是如此的不易，也就难怪萧乾八十年前就预言，多少书评家因为挑不起这担子而改业了。

希望自己有勇气在评论的道路上继续前行。

2023年11月25日